蒋绍愚文集

第四卷

唐诗语言研究
（修订本）

蒋绍愚 著

商务印书馆
The Commercial Press

图书在版编目(CIP)数据

唐诗语言研究 / 蒋绍愚著. --修订本. --北京：商务印书馆，2024. --（蒋绍愚文集）. --ISBN 978-7-100-24256-1

Ⅰ.I207.227.42

中国国家版本馆CIP数据核字第2024UN8803号

权利保留，侵权必究。

蒋绍愚文集
（第四卷）

唐诗语言研究（修订本）

蒋绍愚　著

商　务　印　书　馆　出　版
（北京王府井大街36号　邮政编码100710）
商　务　印　书　馆　发　行
北京捷迅佳彩印刷有限公司印刷
ISBN 978-7-100-24256-1

2024年10月第1版	开本 889×1194　1/32
2024年10月北京第1次印刷	印张 12½

定价：111.00元

文集自序

感谢商务印书馆给我出版《蒋绍愚文集》。《文集》共七卷,前六卷都是学术专著,第七卷是论文选集。各卷的出版情况和大致内容如下:

第一卷 《古汉语词汇纲要》

此书1989年12月由北京大学出版社出版。2005年版权归商务印书馆。2005年韩国首尔大学李康齐教授译为韩文,由韩国中国书屋出版。2021年商务印书馆将此书收入"中华当代学术著作辑要"中。

此书是20世纪80年代我在北京大学中文系给研究生开设的"古汉语词汇"课的基础上写成的,主要用"义素""义位"等概念来分析古汉语词汇的一些问题。

第二卷 《汉语历史词汇学概要》

此书2015年11月由商务印书馆出版。

"汉语历史词汇学"包括两个方面:一是对汉语历史词汇所做的史的研究,二是对汉语历史词汇的理论研究。此书主要是后一方面,力求站在现代语言学的高度,对汉语历史词汇的有关理论问题进行研究,较多地吸取了现代语义学和认知语言学的研究成果,并力图和汉语历史词汇的实际紧密结合,用于分析和解决汉语历史词汇研究的问题。此书的内容曾在北京大学中文系、香港科技大学人文学院、香港中文大学中文系和浙江大学中文系讲过。

第三卷 《近代汉语研究概要》（修订本）

我写过一本《近代汉语研究概况》，北京大学出版社1994年2月出版，是对近代汉语语音、语法、词汇研究成果的介绍。后来又写了《近代汉语研究概要》，里面多了一点自己对近代汉语语音、语法、词汇的研究，2005年11月由北京大学出版社出版。2017年7月又由北京大学出版社出版了《近代汉语研究概要》（修订本），根据2005年以后的研究进展，对《近代汉语研究概要》做了较大幅度的修订。此书于2021年获教育部全国优秀教材二等奖。2019年，韩国外国语大学的教授崔宰荣、林弥娜把此书的语法部分译为韩文，在韩国BP Press出版。2022年，日本神户外国语大学教授竹越孝着手把此书的语法部分译为日文，尚待出版。

撰写和出版此书的缘由是受命于朱德熙先生，以推进近代汉语的研究。这在此书的"序"中已有交代。

第四卷 《唐诗语言研究》（修订本）

《唐诗语言研究》1990年5月由中州古籍出版社出版。2008年8月由语文出版社出版了增订本，2023年3月由语文出版社出版修订本。

此书的原著是在我给北京大学中文系学生开设的"唐诗语言研究"的基础上写成的，从唐诗的格律、唐诗的词语、唐诗的语法、唐诗的修辞四个方面对唐诗的语言做了全面的介绍。增订本收了我的《唐诗词语小札》和两篇有关唐诗语言的论文。修订本进一步核实了例句，并对原著做了较大幅度的修订。

第五卷 《唐宋诗词的语言艺术》

此书2022年8月由商务印书馆出版。2022年9月被评为当此书的内容和《唐诗语言研究》不同。一是把研究的范围扩大到宋诗和唐宋词,二是从阅读和鉴赏的角度来谈唐宋诗词的语言艺术,希望能帮助读者提高唐宋诗词的阅读和鉴赏能力。

第六卷　《论语研读》(修订本)

《论语研读》2018年9月由上海中西书局出版。2021年又由上海中西书局出版了《论语研读》(修订本)。

此书是在我给北京大学国学研究院为博士生开设的"《论语》研读"课的基础上写成的。主要从语言文字的角度来分析历来对《论语》的各种解读究竟哪一种正确。

第七卷　《汉语词汇语法史论文选》

我在汉语词汇语法史方面的论文,商务印书馆曾给我出版过三个论文集:2000年8月出版的《汉语词汇语法史论文集》,收入1980—1999年的论文22篇;2012年4月出版的《汉语词汇语法史论文续集》,收入2000—2010年的论文30篇;2022年3月出版的《汉语词汇语法史论文三集》,收入2011—2020年的论文18篇。

这次《文集》中的《汉语词汇语法史论文选》,从上述三个论文集中选取了论文21篇,加上2021年后发表的论文4篇,共25篇。这是我从1980年以来所写的论文的总选集。其中《古汉语词典的编纂和资料的运用》是我参加《汉语大词典》的修订工作后写的。我曾为《古汉语常用字字典》的1—6版统稿,又和张万起一起主编了《商务馆学生古汉语词典》和《古汉语常用词词典》,近年来又参加了《汉语大词典》的修订,对古汉语词典编纂的甘苦有些体会。

这个《文集》是我一生的学术总结。在编纂《文集》的过程中,我把这些专著和论文都重新看了一遍,觉得里面有不少地方说得不对。这些地方,在《文集》中都保留原样,不加改动,但用"今按"的方式加以纠正。有重要补充的也用"今按"表示。如果有我自己未能觉察的错误,请专家和读者指出并予以纠正。

蒋绍愚
2023 年 3 月于北京大学

修 订 说 明

《唐诗语言研究》在1990年由中州古籍出版社出版。2008年，加上两篇相关的文章，由语文出版社出版了《唐诗语言研究》增订本。应读者的要求，在2019年又重印一次。

但此书是在30年前写的，反映的是当时的认识水平。这些年学术研究进展很快，我觉得有必要作一修订。

这次修订，全书的总格局没有变，但改动的幅度较大。主要修订之处在第一章"唐诗的格律"和第三章"唐诗的句法"。在第一章"唐诗的格律"中，根据最新的研究成果，对"半格诗""齐梁体""新乐府"等作了修改。在第三章"唐诗的句法"中，原先没有"话题"和"话题句"的观念，对很多句子的解释不正确。修订时删去了"特殊判断句"一小节，增加了"话题句"一小节；对很多诗句重新作了解释，整章的安排也有不少改动。在其余两章中，也作了适当的修改。修订时还改正了2008版的一些错字。

这次修订得到语文出版社的大力支持，出版了这本《唐诗语言研究》修订本。责编工作认真负责，细致地把书中的引文与原书逐一核对，对此，我深表感谢。

虽然作了较大幅度的修订，但错误还在所难免。恳切地希望得到专家和读者的批评指正！

蒋绍愚
2021年6月于北大

2008年增订本出版说明

20世纪80年代,蒋绍愚先生为北京大学中文系开设"唐诗语言研究"课。在这门课讲义的基础上,蒋先生写成《唐诗语言研究》一书,于1990年由中州古籍出版社出版。此书一出版,即得到学界的广泛好评。可惜的是,该书自出版以来,一直没有重印,今日坊间早已难觅其踪,一册难求。

承蒋先生垂青,把《唐诗语言研究》增订本交由我社出版。增订本除对原书中的一些内容作了适当删改外,还在附录中增补了蒋先生近作《语言的艺术 艺术的语言》和《李白、杜甫诗中的"月"和"风"》两篇文章。

相信增订本的出版,能满足广大唐诗研究者和唐诗爱好者对《唐诗语言研究》的急切需求。

语文出版社
2008年7月

1990年第1版前言

唐诗是我国古典文学中的瑰宝。它虽然是一千多年前的创作，但直至今日，它还给我们艺术上的享受和精神上的陶冶。可以这样说：要了解中国的文化，要了解中华民族的思想和情操，都不能不读唐诗。

但是，今天读唐诗，却首先遇到语言上的隔阂。唐诗中的一些词语，我们不大懂；唐诗中的一些句法，我们也不大熟悉；唐诗中的一些修辞方式，今天也不大常用了；至于唐诗的平平仄仄，一些年轻人就更觉得难以掌握。所以，要读懂唐诗，首先就要扫除这些语言上的障碍。语言障碍扫除了，才能进而对唐诗作思想、艺术上的分析和鉴赏。

正是为了帮助大家扫除语言上的障碍，能够比较容易地读懂唐诗，我从1985年起为北京大学中文系的学生开设了"唐诗语言研究"课，至今已讲了四遍。在讲课过程中，对讲稿逐步作了补充和修改。去年，中州古籍出版社说愿意将此稿出版，就又在讲稿的基础上进一步整理加工。在此过程中，我的主观愿望是努力提高此书的水平，但终觉未能如愿。

此书共分四章：唐诗的格律，唐诗的词汇，唐诗的句法，唐诗的修辞。关于唐诗语言方面的问题，大体都已涉及了。在给北大中文系学生讲课时，因为学生都已在古代汉语课中学过诗词格律的基本知识，所以这些最基本的知识都略去不讲，只讲古代汉语课中未能涉及的内容，如近体诗的形成和古人关于诗律的一些讨论等等。又因为在课上已指定王力先生的《汉语诗律学》为基本参考书，所以《汉语诗律学》中已讲过的问题一般也略去不讲，只讲一些补充意见和不同看法。这次整理成书准备出版，基本上仍保持了这个格局。因为关于唐诗格律的基本知识，不但在各种《古代汉语》教材中都会讲到，而且目前各种讲诗词格律的普及性读物也不少，读者完全可以从这些书中了解到有关的内容，因此在本书中不必再作详尽的讲解，只是为了深入讨论一些问题的需要而在有关章节中作一些概括的介绍。王力先生的《汉语诗律学》博大精深，关于诗歌的格律、句法都讲到了，而且讲得很全面、很精辟。这部巨著在1979年已经再版，现在也不难买到，有兴趣的读者尽可阅读原书，所以，在我这本小书中也不必过多地引用。我想，这样的做法，读者是会同意的。

本书的直接目的，是为了帮助读者读懂唐诗。书中大部分问题都是从这一目的出发来加以论述的，希望能给读者以实际的帮助。那么，是不是读完这本书就可以读懂唐诗了呢？这当然是不可能的。读懂唐诗最大的语言障碍还在于词汇（包括典故），而要掌握唐诗的词汇，是需要像掌握外语的词汇一样，下功夫一个一个地记的。关于唐诗的词汇，已有一些专著对一些常用的词语作了解释，但还有不少的词语，还有待于进一步研究。本书在第二章中介绍了这些专著，也谈了一些词汇研究的方法，读者要想掌握唐诗的词汇，可以去阅读那些专著，有条件的也可以自己作一些研究。

本书的另一个目的是希望此书的出版能推动唐诗语言的研究。本书包含了一些作者的研究成果。对于这些不成熟的看法，我未敢自以为是，谈出来是为了引起进一步的讨论，以推动唐诗语言的研究。唐诗语言的各个方面，包括格律、词汇、句法、修辞，都有许多问题值得进一步深入研究。但就目前的情况来看，除了在唐诗词语的研究方面出现了一些高水平的研究专著以外，其他方面似乎在《汉语诗律学》以后没有出现过有影响的学术专著。近年来，关于唐诗鉴赏方面的书籍和文章出版、发表了不少，这是可喜的现象；但相比之下，关于唐诗语言的研究却显得相当冷落。这种不平衡的情况是应当改变的，因为，事情很明白：鉴赏的基础必须是能够读懂。

本书的附录《唐诗词语小札》，是由我发表过的三篇关于唐诗词语的论文合并而成的。这三篇论文是：《杜诗词语札记》（《语言学论丛》第六辑）、《唐诗词语札记》（《北京大学学报》1980年第3期）、《唐诗词语札记（二）》（《语言学论丛》第十辑），这次收入附录时，除一些条目作了归并外，内容上也略有删改。

这部稿子虽然在几年来的讲课过程中以及这次写定时几经修改，但缺点、错误仍然会有不少，恳切地希望读者、专家予以指正。

蒋绍愚
1988年于北大蔚秀园

目　录

第一章　唐诗的格律 …………………………………………… 1
- 第一节　唐诗的体裁 ………………………………………… 1
- 第二节　近体诗的形成 …………………………………… 20
- 第三节　近体诗的平仄 …………………………………… 40
- 第四节　近体诗的用韵和对仗 …………………………… 56

第二章　唐诗的词汇 …………………………………………… 76
- 第一节　唐诗词汇的构成 ………………………………… 76
- 第二节　研究唐诗口语词汇的意义 ……………………… 98
- 第三节　唐诗口语词汇研究的概况和方法 …………… 117

第三章　唐诗的句法 ………………………………………… 142
- 第一节　唐诗的句式 ……………………………………… 143
- 第二节　唐诗的省略 ……………………………………… 159
- 第三节　唐诗的错位 ……………………………………… 176
- 第四节　唐诗中几种特殊的句式 ………………………… 194

第四章　唐诗的修辞 ………………………………………… 205
- 第一节　炼字、炼句、炼意 ……………………………… 205
- 第二节　形象、生动、精练、含蓄 ……………………… 220
- 第三节　比喻、比拟、夸张、想象 ……………………… 239
- 第四节　沿袭、点化、翻案 ……………………………… 255

参考书目 ……………………………………………………… 269

附录 ·· 271
  唐诗词语小札 ·· 271
  语言的艺术　艺术的语言 ···························· 340
  李白、杜甫诗中的"月"和"风"
  　　——计算机如何用于古典诗词鉴赏 ················ 361

第一章 唐诗的格律

第一节 唐诗的体裁

§1.1.1 概说

要讲唐诗的格律，先要从唐诗的体裁讲起。

唐诗分为"古体诗"和"近体诗"两大类。这两类的区别，是体裁上的区别。即"近体诗"是讲究格律的，特别是讲究平仄和对仗，"古体诗"是不大讲究格律的，它不要求平仄和对仗。（当然，这样讲是一种很粗略的说法，关于两者的区别，在下面会进一步说到。）那么，为什么又称之为"古体"和"近体"呢？"古"和"近"都是相对于唐朝而言的，在唐朝人看来，那种不讲平仄、对仗的诗体，是古已有之的，因此称之为"古体"，也叫作"往体"；那种讲究平仄、对仗的诗体，是产生于六朝，形成于唐代，因此称之为"近体"，也叫作"今体"。这种名称，在唐人的诗集或唐人的诗文中都可以见到。如白居易的诗集是他生前自己编定的，在诗集的各卷下都注明"古调诗若干首"或"律诗若干首"，汲古阁所藏宋版《松陵集》（皮日休、陆龟蒙等人唱和的诗集）每卷标题下注有"往体诗"或"今体诗"若干首。张籍《酬秘书王丞见寄》："今体诗中偏出格，常参官里每同班。"元稹《叙诗寄乐天书》："有诗八百余首，色类相从，共成十体，凡二十卷."其中"声势沿顺属对稳切者,为律诗,仍以七言、五言为两体"。

"古体诗"和"近体诗"两大类中,还可以作更细的分类,明代唐诗研究专家胡震亨在《唐音癸签·体凡》中说:

> 今考唐人集录所标体名,凡效汉魏以下诗,声律未叶者,名往体;其所变诗体,则声律之叶者,不论长句、绝句,概名为律诗、为近体;而七言古诗,于往体外另为一目,又或名歌行。举其大凡,不过此三者,为之区分而已。至宋元编录唐人总集,始于古、律二体中备析五七等言为次。于是流委秩然,可得具论。一曰四言古诗(有古章句及韦孟长篇二体,唐作者不多),一曰五言古诗(唐初体,沿六朝,陈子昂始尽革之,复汉魏旧),一曰七言古诗,一曰长短句(全篇七字始魏文;间杂长句始鲍明远。唐人承之,体变尤为不一。当与后歌行诸类互参),一曰五言律诗(唐人因梁陈五言四韵之偶对者而变),一曰五言排律(因梁陈五言长篇而变),一曰七言律诗(又因梁陈七言四韵而变者也。唐一代诗之盛,尤以此诸律体云),一曰七言排律(唐作者亦不多,聊备一体),一曰五言绝句,一曰七言绝句(绝句即六朝人所名断句也。五言绝始汉人小诗,而盛于齐梁。七言绝起自齐梁间,至唐初四杰后始成调。又唐人多以绝句为乐曲,详后"乐通"内)。外古体有三字诗(李贺《邺城童子谣》)、六字诗(《牧护歌》)、三五七言诗(始郑世翼,李白继作)、一字至七字诗(张南史及元白等集有之,以题为韵,偶对成联。又鲍防、严维多至九字),骚体杂言诗(此种本当入骚,如李之《鸣皋歌》,杜之《桃竹杖引》,相沿入诗,例难芟漏),律体有五言小律、七言小律(严沧浪以唐人六句诗合律者称三韵律诗,昭代王弇州始名之为小律云),又六言律诗(刘长卿集有之),及

第一章　唐诗的格律

六言绝句(王维集有)。而诸诗内又有诗与乐府之别,乐府内又有往题、新题之别。往题者,汉魏以下陈隋以上乐府古题,唐人所拟作也。(诸家概有,而李白所拟为多,皆仍乐府旧名。李贺拟古乐府,多别为之名,而变其旧。)新题者,古乐府所无,唐人新制为乐府题者也。(始于杜甫,盛于元、白、张籍、王建诸家。元微之尝有云:"后人沿袭古题,唱和重复,不如寓意古题,刺美见事,为得诗人讽兴之义者,此也。"详后"乐通"内。)其题或名歌,亦或名行,或兼名歌行。(歌,曲之总名。衍其事而歌之曰行。歌最古,行与歌行皆始汉,唐人因之。)又有曰引者,曰曲者,曰谣者,曰辞者,曰篇者。(抽其意为引,导其情为曲,合乎俗曰谣,进乎文为辞,又衍而盛焉为篇。皆以其词为名者也。)有曰咏者,曰吟者,曰叹者,曰唱者,曰弄者。(咏以永其言,吟以呻其郁,叹以抒其伤,唱则吐于喉吻,弄则被诸丝管。此皆以其声为名者也。)复有曰思者,曰怨者,曰悲若哀者,曰乐者。(如李白之《静夜思》、王翰之《蛾眉怨》、杜甫之《悲陈陶》《哀江头》《哀王孙》,乐则如杜审言之《大酺乐》、白居易之《太平乐》、张祜之《千秋乐》,又皆以其情为名者也。)凡此多属之乐府,然非必尽谱之于乐。谱之乐者,自有大乐,郊庙之乐章,梨园教坊所歌之绝句,所变之长短填词,以及琴操、琵琶、筝笛、胡笳、拍弹等曲,其体不一。而民间之歌谣,又不在其数。(并详"乐通"。)唐诗体名,庶尽乎此矣。

这段话全面地讲述了唐诗的各种诗体。下面根据胡震亨的说法列一表格,并且分别加以说明(见下页)[①]。

---

① 此表参考了小川环树《唐诗概说》。

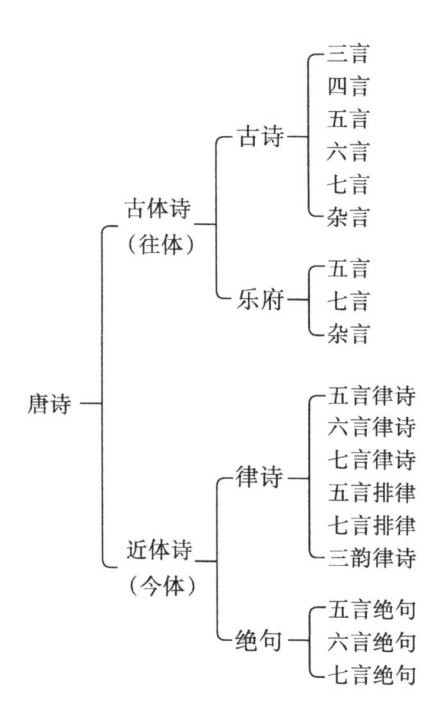

```
                        ┌─ 三言
                        ├─ 四言
                  ┌─古诗├─ 五言
                  │     ├─ 六言
            ┌古体诗│     ├─ 七言
            │(往体)│     └─ 杂言
            │     │     ┌─ 五言
            │     └─乐府├─ 七言
            │           └─ 杂言
      唐诗──┤
            │           ┌─ 五言律诗
            │           ├─ 六言律诗
            │     ┌─律诗├─ 七言律诗
            │     │     ├─ 五言排律
            └近体诗│     ├─ 七言排律
              (今体)│     └─ 三韵律诗
                  │     ┌─ 五言绝句
                  └─绝句├─ 六言绝句
                        └─ 七言绝句
```

§1.1.2 近体诗

为了叙述的方便，先讲近体诗。

近体诗是在齐梁时期开始萌芽，而到初唐时期正式形成的一种格律诗。它的特点是：

（1）字数固定。近体诗包括律诗和绝句，律诗每首八句，绝句每首四句，句数都是限定的。也有"三韵律诗"，但很少见（见下）。也有所谓"排律"，句数可超过八句，最多可多至一百五六十韵（三百多句），但是句数都是偶数的。近体诗每句一般是五言或七言，六言的也很少见（见下）。所以，字数固定可以说是近体诗的一个共同特点。

(2)用韵严格。这指的是：一首诗必须一韵到底，中间不能换韵；一首诗必须用同一韵的字，不许出韵；一般只用平声韵。

(3)讲究平仄。

(4)讲究对仗。

第(3)(4)两点是近体诗的本质特点，这在下面几节中将详细讨论。

关于近体诗，有几点需要进一步说明。

1.唐朝人常常把"律诗"作为"近体诗"的通称，也就是说，唐朝人所说的"律诗"，有时包括我们今天所说的"律诗"（八句）、"绝句"（四句）和"排律"（八句以上）。比如白居易的诗集中，有的卷下注明"律诗若干首"，有时就既有今天所说的"律诗"，也有今天所说的"绝句"和"排律"。上面所引元稹所说的"十体"中，也只有"律诗"而无"绝句"，其实他所说的"律诗"，是包括"绝句"在内的。明代吴讷《文章辨体》引《诗法源流》说："唐人称绝句为律诗，观李汉编《昌黎集》，凡绝句皆收入律诗内是也。"这话是对的。不过唐代并不是没有"绝句"这个名称。如杜牧的许多诗篇就标明"××绝句"，只是在诗体的分类上不把它另分一类，而包括在"律诗"之中罢了。绝句是律诗的一种，而又只有四句，比一般的"律诗"要短，所以，唐人又称之为"小律诗"。清人钱木庵《唐音审体》已说到这一点："绝句之体，五言七言略同，唐人谓之'小律诗'。"白居易《江上吟元八绝句》："大江深处月明时，一夜吟君小律诗。应有水仙潜出听，翻将唱作步虚词。"诗题中称为"绝句"，诗中称为"小律诗"，可见两种叫法当时都有。

另外，"排律"这一称呼，是后起的。钱木庵《唐音审体》："上下句相粘缀，以第二字为准……自二韵以至百韵，皆律诗也。二韵谓之绝句,六韵以上谓之长韵(见《杜牧集》)。……自高棅《唐诗品汇》出,人遂不知绝句是律诗,棅又创'排律'之名,益为不典。……古人初无此名,今人竟以为定格而不知怪,可叹也!"我们倒并不反对给十韵以上的律诗起一个"排律"的名称,但是这个名称不是唐代就有的(唐人只在诗题上标明"若干韵",如杜甫《投赠哥舒开府二十韵》),这一点却应当知道。

2.六言的律诗和绝句比较少见。现各录一首于下。

谪仙怨

刘长卿

晴川落日初低,惆怅孤舟解携。
鸟向平芜远近,人随流水东西。
白云千里万里,明月前溪后溪。
独恨长沙谪去,江潭春草萋萋。

田园乐七首(选一)

王 维

出入千门万户,经过北里南邻。
蹀躞鸣珂有底,崆峒散发何人。

近体诗四句的为绝句,八句的为律诗。但律诗还有一种变体,即三韵律诗,王力《汉语诗律学》选录五言和七言的三韵律诗各一首,现转录如下:

李员外寄纸笔

韩　愈

题是临池后，分从起草余。

兔尖针莫并，茧净雪难如。

莫怪殷勤谢，虞卿正著书。

送羽林陶将军

李　白

将军出使拥楼船，江上旌旗拂紫烟。

万里横戈探虎穴，三杯拔剑舞龙泉。

莫道词人无胆气，临行将赠绕朝鞭。

近体诗的句子都是偶数的，不但如此，排律用若干韵（两句为一韵），韵一般也是双数的，不过这只是由于求整齐的心理，少数诗也有用单数韵的。如杨师道《还山宅》为五韵（十句），骆宾王《灵隐寺》为七韵（十四句）。这也是不大多见的。

仄韵律诗和绝句也不多见。王力《汉语诗律学》举刘长卿《湘中纪行十首》（选一）、刘禹锡《海阳十咏》（选一）（以上为五律）、韩偓《意绪》（七律）、刘长卿《送方外上人》、顾况《忆鄱阳旧游》（以上为五绝）为例，此处不再转录。

3. 诗体中还有"格诗"和"半格诗"。《白氏长庆集·后序》："迩来复有格诗、律诗、碑志、序记、表赞，以类相附，合为卷轴。"《白氏长庆集》卷二十一、卷三十有"格诗"，卷三十六有"半格诗"。什么叫"格诗""半格诗"？"格诗"有不同解释。王利器《文镜秘府论·前言》："齐梁调律诗又叫'格诗'。"陈寅恪《元白诗笺证稿》认为"格诗"有广、狭两义，"就广义言之，格与律对言，格诗即今所谓古体诗，律诗即今所谓近体诗。……就狭义言之，格者，格力骨格之谓。"谢思炜《白居易诗集校注》（2006）同意陈氏看法。但杜晓勤《六朝声律与唐诗体格》（2017）认为"格诗"是指诗歌的格式，不是指诗歌的风格，"格诗"无广义、狭义之分，就是古体诗。在白居易集中，"格诗"之名称见于如下几卷："格诗歌行杂体"（卷二十一、二十九），"格诗杂体"（卷二十二），"格诗"（卷三十），"半格诗"（卷三十六部分）。"各卷标注不同，当与其文集编定过程、作品分类标准和卷首标注方式有关。"（201页）"半格诗"也有两种看法。清代纳兰性德《渌水亭杂记》云："建安无偶句，西晋颇有之。日盛月加，至梁陈谓之格诗，有排偶而无粘。沈宋又加翦裁，成五言唐律。《长庆集》中尚有半格诗。"清代赵执信《声调后谱》列有"半格诗"，举白居易《小阁闲坐》一诗为例，云："前六句为古体，后六句为齐梁体。"照这种看法，"格诗"就是"齐梁体"（详见本章第二节），"半格诗"就是一首诗中一半是齐梁体，一半是古体。清代汪立名《白香山诗集注》云："古体诗、乐府、歌行俱属格诗，半格诗指该卷中半为格诗，半为律诗。"照这种看法，"格诗"就是古体诗，"半格诗"不是一种诗体，而是指一卷诗中半为格诗（古诗），半为律诗。近来的学者支持后一种意见。谢思炜（2006）说："白氏自开成二年至会昌二年之古体诗均收入此卷，绝不可能在此一时期专作此与古体有别之'半格诗'体。赵氏所举之例本为孤例，无法求验于本卷其他作品。"（2708页）杜晓勤认为："至于卷三十六所标之'半格诗'，当如汪立名、翁方纲所解，意谓其中所收半为'格诗'，半为'律诗'，并非此卷所收为别一新诗体——'半格诗'。"（207页）

§1.1.3 古体诗

古体诗是相对于近体诗而言的。作为一种体裁，古体诗的特点是不大讲究格律。凡是诗歌，多多少少总是要讲究一些格律的，比如押韵，这就是一种格律；字句比较整齐（四言、五言或七言），这也是一种格律。这些因素，古体诗都是具备的，所以不能说古体诗完全不讲格律。但古体诗格律的要求不像近体诗那么严，即前面所说的近体诗在字数、押韵、平仄、对仗四方面的要求，古体诗都没有。也就是说，古体诗不同于近体诗的地方在于：

(1)字数句数不限，可以是四、五、七言，也可以是杂言；最少可以是两句，如傅玄《杂言》："雷隐隐感妾心，倾耳清听非车音。"最多可以达三百多句，如《古诗为焦仲卿妻作》共357句。

(2)押韵不严格，可以换韵，可以通押，可以用平声韵，也可以用仄声韵。

(3)不讲平仄。

(4)不讲对仗。

"古体诗"也叫"古诗"。作为一种体裁来说，在近体诗产生以前的诗歌，包括《诗经》、《楚辞》、汉乐府和汉魏六朝五、七言诗，都可以称为"古体诗"或"古诗"。在唐代近体诗产生以后，唐代的诗人除了写近体诗外，还继续写这种不大讲究格律的诗，包括四言、五言、七言、乐府等，也都可以称为"古体诗"。但是在习惯上，往往把"乐府"另立一类，而把其余的称为"古诗"，特别是把五言的和七言的称为"古诗"，这是狭义的"古诗"。

古体诗中的三、四、五、七言及杂言不必细说了。胡震亨提到的"三五七言"和"一至七字诗"比较少见，各举一例如下：

三五七言

李白(一曰郑世翼作)

秋风清,秋月明。

落叶聚还散,寒鸦栖复惊。

相思相见知何日,此时此夜难为情。

一字至七字诗

白居易

诗。

绮美,瑰奇。

明月夜,落花时。

能助欢笑,亦伤别离。

调清金石怨,吟苦鬼神悲。

天下只应我爱,世间唯有君知。

自从都尉别苏句,便到司空送白辞。

关于"乐府"和"歌行"两种体裁,需要专门讲一讲。

(一) 乐府

"乐府"本是汉武帝时设立的一个机构,后来也把"乐府"这个机构所编录和演奏的诗歌称为"乐府",从曹操以后,一些文人沿用乐府旧题,模仿乐府民歌的风格来写诗,这些诗也叫"乐府"或"乐府体诗"。这是文学史上的常识,不必多说。这里要说的是唐代"乐府"诗的情况。

第一章 唐诗的格律

唐代的"乐府"诗有以下四类：

(1)唐代诗人沿用乐府旧题所写的诗，如李白《将进酒》《行路难》《战城南》、高适《燕歌行》、张籍《伤歌行》等。这就是胡震亨所说的"往题"。

(2)什么是唐代的"新乐府"？有不同的看法。

白居易在自己作品的第二卷和第三卷下明确地标出是"新乐府"，共五十首诗。元稹《和李校书新题乐府十二首序》："余友李公垂贶余乐府新题二十首，雅有所谓，不虚为文，余取其病时之尤急者，列而和之，盖十二而已。"(《元稹集》卷二四)李绅(字公垂)的"乐府新题二十首"今已佚，仅能从元稹的十二首"新题乐府"知其十二首之名。这是唐诗中明确地称之为"新乐府"的。

此外，元稹《乐府古题序》(《元稹集》卷二三)："近时唯诗人杜甫《悲陈陶》《哀江头》《兵车》《丽人》等，凡所歌行，率皆即事名篇，无复依傍。余少时与友人乐天、李公垂辈，谓是为当，遂不复拟古题。"有人认为杜甫的这些诗篇也属于"新乐府"，而且把"即事名篇，无复依傍"作为新乐府的特点。

有些学者认为，"新乐府"应当仅限于李绅、白居易、元稹的这些诗篇。而且，"新乐府"是诗体的概念，上述杜甫诗篇都是七言歌行或以七言为主的杂言歌行体。

而宋代郭茂倩《乐府诗集》扩大了"新乐府"的范围，"在体式、作意和题材上均已无特定限制"，杜晓勤(2017，340页)认为唐人新作之歌，讽咏当世之事，虽未必配乐，就是新乐府。直到现代，一些学者还对"新乐府"作宽泛的理解。

这个问题，杜晓勤《六朝声律与唐诗体格》下编第三章论之甚详，可以参看。

(3) 有的乐府诗,从另一个角度来看,也可以说是近体诗。清代汪师韩《诗学纂闻》:"七言律诗,即乐府也。《旧唐书·音乐志》载《享龙池乐章》十首:一、姚崇,二、蔡孚,三、沈佺期,四、卢怀慎,五、姜皎,六、崔日用,七、苏颋,八、李乂,九、姜晞,十、裴璀。十人之作,皆七言律诗也。沈佺期'卢家少妇'一诗,即乐府之《独不见》;陈标《饮马长城窟》,亦是七言律诗。谢偃《新曲》,崔融《从军行》,蔡孚《打毬篇》,俱直是七言长律。"这种分类上的交叉现象是不难理解的:一方面,唐人仍沿用乐府旧题来写诗,从这个角度看,这种诗叫乐府诗;另一方面,既然唐代已形成了近体诗,所以诗人在写乐府旧题时,也可以像写七律一样,写成七言八句,一韵到底,讲平仄,讲对仗。从这个角度看,就又是近体诗了。比如:

古　意

沈佺期

卢家少妇郁金香,海燕双栖玳瑁梁。
九月寒砧催木叶,十年征戍忆辽阳。
白狼河北音书断,丹凤城南秋夜长。
谁为含愁独不见,更教明月照流黄。

这首诗一名《独不见》,是乐府古题,李白也用这个旧题写过诗:

独不见

李　白

白马谁家子,黄龙边塞儿。

天山三丈雪，岂是远行时。
春蕙忽秋草，莎鸡鸣曲池。
风催寒梭响，月入霜闺悲。
忆与君别年，种桃齐蛾眉。
桃今百余尺，花落成枯枝。
终然独不见，流泪空自知。

倒数第二句都有"独不见"三字。但从平仄、对仗等方面看，李白的诗是古体，沈佺期的诗是近体。沈德潜编《唐诗别裁》，就把沈佺期《古意》编在七言律诗之下。

《饮马长城窟》也是乐府旧题，但陈标《饮马长城窟》从格律方面看，又是七律。

饮马长城窟

陈 标

日日风吹虏骑尘，年年饮马汉营人。
千堆战骨那知主，万里枯沙不辨春。
浴谷气寒愁坠指，断崖冰滑恐伤神。
金鞍玉勒无颜色，泪满征衣怨暴秦。

(4) 有的诗，本是唐人所写的律诗或绝句，从格律上看属于近体诗，但后来被配上音乐演唱，从与音乐有关的角度来看，也可以称为乐府。

如前面提到的汪师韩所说的《享龙池乐章》十首，是唐玄宗时

在兴庆宫中祭祀龙池时命词臣写的诗篇,诗都是七律,但因配上乐曲歌唱,所以也可以称为乐府,现举沈佺期一首为例:

龙池篇

沈佺期

龙池跃龙龙已飞,龙德先天天不违。
池开天汉分黄道,龙向天门入紫微。
邸第楼台多气色,君王凫雁有光辉。
为报寰中百川水,来朝此地莫东归。

又如王维《送元二使安西》(又名《阳关曲》)、白居易《杨柳枝》、刘禹锡《竹枝》等,都是七言绝句,但后来都配上音乐歌唱,所以也可以看作乐府。宋代郭茂倩编《乐府诗集》,将《杨柳枝》和《竹枝》都选入其中。现录白居易《杨柳枝词》于下:

杨柳枝词

白居易

一树春风千万枝,嫩于黄金软于丝。
永丰西角荒园里,尽日无人属阿谁?

这首诗当时流传极广。河南尹卢贞有和诗,其序云:"永丰坊西南角园中,有垂柳一株,柔条极茂。白尚书曾赋诗,传入乐府,遍流京师。"可见白居易写的时候是"诗"(《白氏文集》编入"律诗"中),而配上乐就成了"乐府"。"诗"和"乐府"是从不同角度说的。

以上四类乐府，从格律上看，第(1)(2)类是古体诗，第(3)(4)类就是近体诗了。

(二) 歌行

据前面所引胡震亨的说法，"歌行"就是七言古诗。但除胡震亨外，"歌行"还有两种说法。一是明代徐师曾《文体明辨序说》："按歌行有有声有词者，乐府所载诸歌是也；有有词无声者，后人所作诸歌是也。其名多与乐府同，而曰咏，曰谣，曰哀，曰别，则乐府所未有。盖即事命篇，既不沿袭古题，而声调亦复相远，乃诗之三变也。故今不入乐府，而以近体歌行括之，使学者知其源之有自，而流之有别云。"一是清代钱木庵《唐音审体》："歌行本出于乐府，然指事咏物，凡七言与长短句不用古题者，通谓之歌行，故《文苑英华》分乐府、歌行为二。"

徐、钱两人的话需要解释一下。徐师曾《文体明辨序说》在"乐府"条下说："乐府命题，名称不一：盖自琴曲之外，其放情长言，杂而无方者曰'歌'；步骤驰骋，疏而不滞者曰'行'；兼之曰'歌行'。""歌行"本是乐府诗中的一类，如《长歌行》《短歌行》《怨歌行》《伤歌行》等。这些最初都是配乐的(也就是徐师曾所说的"有声有词者")。后来有文人沿袭乐府"××歌""××行""××歌行"之旧题仿作而不再入乐(也就是徐师曾所说的"有词无声者")，这两类都归于乐府。再后来又有既不入乐，又不沿用乐府旧题的诗作，形式上是七言或带有七言的杂言体诗，名称叫作"歌""行""咏""谣""哀""别"等的，就是通常所说的"歌行"。为了区别于乐府中的"歌行"，徐师曾称之为"近体歌行"。如李白《梦游天姥吟》、杜甫《兵车行》《茅屋为秋风所破歌》《新婚别》、白居易《琵琶行》《长恨歌》等都是歌行(或"近体歌行")。

可见,唐诗中的"歌行"可归入广义的七言古诗之中,但并非所有的七言古诗都是"歌行"。所以《白氏长庆集》中既有"古调诗",又有"歌行",两者并不合一。至于杜甫《兵车行》等诗既可称歌行,又可称新乐府,那是因为从不同角度分类的缘故。从总体上说,歌行出于乐府,而又区别于乐府,但就具体作品来说,究竟是歌行还是新乐府,有时是可以两属的。

上面说过,古体诗是不大讲究格律的,在字数、用韵、平仄、对仗几方面都和近体诗有区别。但是,在唐代产生了近体诗以后,古体诗也受到近体诗的影响。这种影响表现在两个方面:(1)有些古体诗也注重平仄对仗,一首诗中有不少"律句"。最典型的如以元稹、白居易为代表的"元和体",如《琵琶行》《长恨歌》等,就是这类作品,这类可称为"入律的古风"。(2)相反,还有一些古体诗为了显示和近体诗的区别,尽量在声律句法方面追求古拙,例如多用叠平叠仄,多用"平平平""仄仄仄""仄平仄""平仄平"等句脚,这类称为"仿古的古风",这个问题王力《汉语诗律学》谈得很多,此处从略。

§1.1.4 其他

除了上表所列的几种诗体以外,唐诗中还有一些其他的诗体,下面介绍常见的几种。

(一) 联句

"联句"就是一首诗不是一人所作,而是几个人每人作几句连缀成诗。这种形式的诗最早的是《柏梁台诗》,据说是汉武帝在柏梁台宴饮群臣,君臣联句而成的。但经后人考证,认为其中所注人名、官名多与武帝时代不合,因而断定是伪作。但王力《汉语诗律学》认为,根据其用韵,大致还是两汉时期的作品。唐代诗人也采用联句的形式,而且这种形式在唐代还有发展。钱木庵《唐音审体》:"唐人联句多五言,有人赋一韵者,有人赋几韵长短不齐者。唯韩孟《城南作》,自起句后先对一句,次出一句,彼此交互,工力悉敌,极联句之能事矣。"钱木庵说的是这样一种情况:一般的联句,都是每人说一联(两句)或几联。例如:

改九子山为九华山联句

李 白 高 霁 韦权舆

妙有分二气,灵山开九华。(白)

层标遏迟日,半壁明朝霞。(霁)

积雪曜阴壑,飞流喷阳崖。(权舆)

青莹玉树色,缥缈羽人家。(白)

而韩愈、孟郊的《城南联句》却不同:

城南联句

韩 愈 孟 郊

竹影金琐碎(郊),泉音玉淙琤。

琉璃翦木叶(愈),翡翠开园英。

流滑随仄步(郊),搜寻得深行。

遥岑出寸碧(愈),远目增双明。

乾鹊纷拄地（郊），化虫枯搞茎。

木腐或垂耳（愈），……

这是孟郊先作一句（出句），韩愈给他对上一句。然后再作一句（出句），由孟郊对上一句。然后孟郊又作一句（出句）……这样联下去，最后由韩愈作一句作结。这种联句，难度比每人作一联或几联的更大。因为每人作一联或几联，是各人自己作出句，自己对对句；而像《城南联句》这种形式，每一联都是要为别人的出句对对句。这种形式的联句，在唐诗中还有陆龟蒙、嵩起、皮日休的《报恩寺南池联句》。但这种形式不大常见，多数联句还是每人作一联或几联的。

（二）柏梁体

《柏梁台联句》在形式上的另一特点是七言诗句句用韵，而且是用平声韵。唐代的一些古诗也模仿这种特点。凡是七言古诗句句用韵，而且是用平声韵一韵到底的，就称为柏梁体的古风。既然是句句押韵，诗句就可以是偶数句，也可以是奇数句。关于这种诗体，《汉语诗律学》举了若干例，现转录一首于下：

白纻辞

李 白

吴刀剪彩缝舞衣，明妆丽服夺春辉。
扬眉转袖若雪飞，倾城独立世所稀。
激楚结风醉忘归，高堂月落烛已微，
玉钗挂缨君莫违。

杜甫的《饮中八仙歌》也属于这一体。

（三）五句

唐诗中近体诗都是偶数句，古体诗以偶数句为多，也有奇数句。如上面所举李白《白纻辞》就是奇数句。又如岑参《走马川行》、杜甫《茅屋为秋风所破歌》也是奇数句。奇数句的句数是不定的。有一种体裁叫"五句"，规定全诗由五句组成。如：

曲江三章章五句（选一）

杜 甫

曲江萧条秋气高，菱荷枯折随风涛，游子空嗟垂二毛。
白石素沙亦相荡，哀鸿独叫求其曹。

这首诗的其余两章也都是五句。从押韵来看，是第一、二、三、五句押韵，第四句不押韵。《诗人玉屑》说："此格即事遣兴可作，如题物赠送之类则不可用。"所以不是一种常见的诗体。

（四）口号

唐诗中有一种诗叫"口号"。如唐玄宗有《潼关口号》，张说有《十五日夜御前口号踏歌词二首》，李白有《口号赠卢征君》，杜甫有《晚行口号》《紫宸殿退朝口号》，杜牧有《岁日朝回口号》等。这种体裁六朝时就有，如梁简文帝有《和卫尉新渝侯巡城口号》。"口号"是随口行吟而作的意思，形式上可以是五律、七律，也可以是五绝、七绝。如上举几首，五律、七律、五绝、七绝都有。下面举一首为例：

晚行口号

杜 甫

三川不可到，归路晚山稠。
落雁浮寒水，饥乌集戍楼。
市朝今日异，丧乱几时休。
远愧梁江总，还家尚黑头。

第二节 近体诗的形成

§1.2.1 概说

在谈近体诗的形成以前，先要把近体诗的平仄简单地介绍一下。

近体诗平仄的格律看起来很复杂，其实很简单。从根本上说，无非是一点：要求平仄相间，以造成声调的抑扬顿挫，使诗歌具有音乐美。平仄相间无非是两种（下面用"—"代表平，用"｜"代表仄）：

　　— ｜ ｜　　　　｜ ｜ —

但这只有四个音节，而五言诗有五个音节。所以在这基础上还要加上一个音节（这个加上去的音节在下面加·来表示），这样就成了：

　　（甲）｜ ｜ — — ｜　　（乙）— — ｜ ｜ —
　　（丙）— — — ｜ ｜　　（丁）｜ ｜ ｜ — —

这样四种基本句式，我们分别用（甲）（乙）（丙）（丁）来表示。

这四种基本句式，（甲）（丙）两种是仄声收尾的，（乙）（丁）两种是平声收尾的。近体诗中一般用平声韵，每一联中出句（上句）的句尾都应是仄声,对句(下句)的句尾都应是平声,所以,(甲)(丙)句只能作出句,(乙)(丁)句只能作对句。又因为近体诗要求一联中上下句平仄相对,所以一般都由(甲)(乙)组成一联,(丙)(丁)组成一联。至于这两联哪一联放在前面,则是任意的。这样就出现了五言律诗的两种格式:

(1)仄起仄收式(指首句的第二字仄,第五字也仄):

(甲)丨丨一一丨,(乙)一一丨丨一。

(丙)一一一丨丨,(丁)丨丨丨一一。

(甲)丨丨一一丨,(乙)一一丨丨一。

(丙)一一一丨丨,(丁)丨丨丨一一。

(2)平起仄收式(指首句的第二字平,第五字仄):

(丙)一一一丨丨,(丁)丨丨丨一一。

(甲)丨丨一一丨,(乙)一一丨丨一。

(丙)一一一丨丨,(丁)丨丨丨一一。

(甲)丨丨一一丨,(乙)一一丨丨一。

不难看出,两者的不同只在于(甲)(乙)和(丙)(丁)的先后不同,一是(甲)(乙)(丙)(丁),一是(丙)(丁)(甲)(乙)。

但五言律诗还可以是首句入韵的。首句入韵就要求首句的句尾是个平声字,这就必须让(乙)种句或(丁)种句充当首句。于是又出现五律的两种格式。

(3)仄起平收式(指首句的第二字仄,第五字平):

(丁)丨丨丨一一,(乙)一一丨丨一。

(丙)一一一丨丨,(丁)丨丨丨一一。

(甲)丨丨一一丨,(乙)一一丨丨一。

(丙)一一一丨丨,(丁)丨丨丨一一。

21

(4) 平起平收式（指首句的第二字平，第五字也平）：

（乙）— — | | —,（丁）| | | — —。

（甲）| | | — —,（乙）— — | | —。

（丙）— — — | |,（丁）| | | — —。

（甲）| | | — —,（乙）— — | | —。

以(3)(4)和(1)(2)比较，实际上只有首句不同，其余七句全同。这(1)(2)(3)(4)就是五言律诗的四种基本格式。

懂得了五言律诗的平仄，七言律诗的平仄就很容易掌握。在五言律诗的每种基本句式前面加上相反的平仄，就成了七言律诗的基本句式（加上去的平仄在下面加·来表示）：

（甲）— — | | — — |,（乙）| | — — | | —。

（丙）| | — — — | |,（丁）— — | | | — —。

而七言律诗的四种基本格式（仄起仄收，平起仄收，仄起平收，平起平收）也是由这四种（甲）（乙）（丙）（丁）交错而成，这就不再赘述了。

简单地说，近体诗的平仄基本格式就是这样。当然实际上近体诗并非都是这样平仄整齐的，还有所谓"拗救"，这到下一节中再讲。

在本节中着重要讨论的是：这种平仄格律是怎样形成的？

§1.2.2 四声说

近体诗一般都认为是在初唐沈佺期、宋之问时正式形成的。元稹《唐故工部员外郎杜君墓系铭并序》说：

> 唐兴，官学大振。历世之文，能者互出。而又沈宋之流，研练精切，稳顺声势，谓之为律诗。

他说的"律诗"，就是我们所说的"近体诗"，元稹《叙诗寄乐天书》

的"声势沿顺，属对稳切者，为律诗"，正说出了"律诗"的两个特点：讲究声律，讲究对仗。

从沈佺期、宋之问的诗歌创作来看，沈佺期四韵的诗共138首，其中合律的有76首，宋之问四韵的诗共170余首，其中合律的有120首。[①]可见在这两个诗人那里，近体诗已经是成熟了。

但是，一种新的文体由产生到形成，总会有一个过程。近体诗是怎样发展起来，逐渐成熟的呢？

近体诗最根本的特点既是讲平仄，谈近体诗的形成，就要从"四声说"谈起。

"四声"，指的是平上去入四个声调，这是汉语所固有的。（关于先秦时汉语有哪几个声调，这个问题在学术界有不同的看法，这里不谈。但至少从汉代起，汉语有平上去入四声，这是没有问题的。）但汉语有四声是一回事，认识到汉语有四声又是一回事。人们认识汉语具有四声，是比较晚的事。一般认为，是从宋、齐时的周颙和沈约开始的。请看下面这些材料：

《南史·周颙传》：大

（颙）始著《四声切韵》，行于时。

《文镜秘府论·天卷·四声论》：

宋末以来，始有四声之目。沈氏乃著其谱论，云起自周颙。

（按：《文镜秘府论·天卷·四声论》用的是隋代刘善经《四声指归》。）

《南齐书·陆厥传》：

永明末，盛为文章。吴兴沈约、陈郡谢朓、琅琊王融以气

[①] 这两个数字是根据北大中文系研究生王刚、温杰的统计。

类相推彀。汝南周颙善识声韵。约等文皆用宫商，以平上去入为四声，以此制韵，不可增减，世呼为永明体。

《梁书·沈约传》：

> （约）又撰《四声谱》，以为在昔词人，累千载而不寤，而独得胸衿，穷其妙旨，自谓入神之作。

沈约关于诗歌声律的主张，见于他所撰的《宋书·谢灵运传论》：

> 若夫敷衽论心，商榷前藻，工拙之数，如有可言。夫五色相宣，八音协畅，由乎玄黄律吕，各适物宜。欲使宫羽相变，低昂互节，若前有浮声，则后须切响。一简之内，音韵尽殊；两句之中，轻重悉异。妙达此旨，始可言文。……自灵均以来，多历年代，虽文体稍精，而此秘未睹。至于高言妙句，音韵天成，皆暗与理合，匪由思至。张蔡曹王，曾无先觉；潘陆颜谢，去之弥远。世之知音者，有以得之，知此言之非谬。

这里关键的几句话，是"欲使宫羽相变，低昂互节，若前有浮声，则后须切响。一简之内，音韵尽殊；两句之中，轻重悉异"。"宫羽"指的是平仄。《文镜秘府论·天卷·调声》引元氏（元兢）曰："声有五声，角徵宫商羽也。分于文字四声，平上去入也。宫商为平声，徵为上声，羽为去声，角为入声。"清代陈澧《切韵考·通论》以沈约所说的"宫"为平声，"羽"为仄声。"低昂"和"浮声""切响"也是指平仄。《文镜秘府论·西卷·文笔十病得失》云："平声哀而安，上声厉而举，去声清而远，入声直而促。"虽然这描写的是隋唐时的四声，但也可作为齐梁时四声的参考。所以称平声为"浮声"，仄声为"切响"。"两句之中，轻重悉异"，指的是五言诗十个字中不能同声。"轻重"，有人认为也是指声调，但是，唐宋时人常以"轻重"指声母的清浊。如日僧安然《悉昙藏》(作于日本元庆四年,即公元880年,相当于唐代末年)卷二引武元之《韵诠》"反音例",安然释云:"其反音者,连呼两字成一音,但低昂依下,轻重依上,上下相和,以发诸响。"这是指的被切字的声调(低昂)根据反切下字,被切字的声母清浊根据反切上字。《苕溪渔隐丛话》前集卷二引《蔡宽夫诗话》:"声韵之兴,自谢庄、沈约以来,其变日多。四声中又别其清浊以为双声、一韵者以为叠韵,盖以轻重为清浊尔。"与此相应,则前两句"一简之内,音韵尽殊",似应指五言诗一句之内的字不得同韵。这一段话,总起来说是要求五言诗中平仄交替,声母和韵也要错综变化。这一总的原则结合下面将要讲到的"八病"说,就可以看得更清楚。

不过,说到这里,我们要回过头来讨论一下:关于诗歌声律的主张,是不是仅仅始于周颙、沈约?在他们之前,有没有人提出过这方面的主张?有没有人在诗歌创作中考虑到了声律的因素?

关于这一点,沈约是很自负的,在上引《宋书·谢灵运传论》中,他说:"自灵均以来","此秘未睹",偶有"高言妙句",那也是"音韵天成,皆暗与理合,匪由思至"。言下之意,是认为他自己第一个发现了这个秘密。他的这种意见,当时就受到陆厥的反对,陆厥《与沈约书》说:"但观历代众贤,似不都暗此处。而云'此秘未睹',近于诬乎?""愚谓前英已早识宫徵,但未屈曲指的,若今论所申。"意思是说在沈约之前,一些诗人已经懂得在诗中讲究声律,但只是没有像沈约那样作明确的说明。沈约的《答陆厥书》,则仍然坚持自己的意见。这两种意见,究竟哪一种更接近于事实呢?

从道理上讲,任何一种新文体的创立,任何一种新理论的出现,都不可能是在一夜之间产生的。在这之前,必然有一个逐渐发展的过程。上引沈约的一段话,一开始就讲到"五色相宣,八音协畅,由乎玄黄律吕,各适物宜"。这很自然地使我们想起晋代陆机《文赋》中的一些话:

> 其为物也多姿,其为体也屡迁。其会意也尚巧,其遣言也贵妍。暨音声之迭代,若五色之相宣。

这里不但提出了"音声之迭代",而且也是以"五色相宣"来作比喻,显然,从陆机到沈约,这种主张是有继承关系的。只是陆机并没有具体说明"音声"如何"迭代",不像沈约说得那么明确。

再从诗歌创作的情况来看,陆机的诗中已有一些是第二、第四字不同声的(这是近体诗声律方面非常重要的一点,详见下)。例如:

赠弟士龙

陆 机

行矣怨路长,悠焉伤别促。
指途悲有余,临觞欢不足。
我若西流水,子为东跱岳。
慷慨逝言感,徘徊居情育。
安得携手俱,契阔成騑服。

其中只有"行矣怨路长""徘徊居情育""安得携手俱"三句二、四两字同声,其余都是二、四不同声的。其中"临觞欢不足""我若西流水""契阔成騑服"三句,还是典型的律句。

再往上追溯,曹植的诗中就有不少律句。范文澜《中国通史简编》第二编第三章说:

第一章　唐诗的格律

　　曹植诗中也确有运用声律的形迹。如"孤魂翔故域，灵柩寄京师。"（赠白马王彪诗）"游鱼潜绿水，翔鸟薄天飞。""始出严霜结，今来白露晞。"（情诗）等句，平仄谐调，俨然律句，不能概指为偶合。自然，这只是律诗最初的胚胎，距律诗的形成还很遥远，但既有胚胎，便会继续成长。

这是说得很对的。可见，关于诗歌中声律的运用，在周、沈之前，就已经有人注意到，并已在探索了。

　　但总的说来，周、沈在认识四声以及注意诗歌中平仄的运用方面，是起了很大作用的。齐太子舍人李概《音韵决疑序》云："平上去入，出行闾里。"据此，则当时知道四声的人已有不少。但是，《梁书·沈约传》："（沈约）又撰《四声谱》，以为在昔词人，累千载而不寤，而独得胸衿，穷其妙旨，自谓入神之作，高祖雅不好焉。帝问周舍曰：'何谓四声？'舍曰：'天子圣哲'是也，然帝竟不遵用。"又《文镜秘府论·天卷·四声论》："经（刘善经）数闻江表人士云：梁主萧衍不知四声，尝从容谓中领军朱异曰：'何者名为四声？'异答云：'天子万福，即是四声。'衍谓异：'天子寿考，岂不是四声也？'以萧主之博洽通识，竟不能辨之。"这是两种不同的记载。如果按刘善经的记载，则梁武帝萧衍真是不知四声。如果按《梁书》的记载，则是梁武帝萧衍不喜欢遵用四声来写诗。看来《梁书》的记载更为可靠。钟嵘《诗品序》也说："余谓文制本须讽诵，不可蹇碍，但令清浊通流，口吻调利，斯为足矣。至于平上去入，则余病未能；蜂腰鹤膝，闾里已具。""平上去入，则余病未能"，并非是钟嵘不能辨四声，而是钟嵘根据自己的文学主张，不赞成在诗歌创作中严格按照四声。但当时也有人反对沈约"四声论"，如《文镜秘府论·天卷·四声论》云："魏定州刺史甄思伯，一代伟人，以为沈氏《四声

27

谱》，不依古典，妄自穿凿。"沈约作《答甄公论》作了回答。所以，周颙和沈约对四声的认识，以及他们在诗歌创作中大力提倡平仄，其作用虽然不能夸大，但还是应当肯定的。

关于永明时诗歌的声律，陈寅恪写过《四声三问》，认为四声的分别是受了"当日转读佛经之三声"的影响。他认为入声容易与其他声调区别，而平上去三声"应分别之为若干数之声，殊不易定。故中国文士依据及模拟当日转读佛经之声，分别定为平上去之三声。合入声共计之，适成四声。"对此说法，饶宗颐等提出了质疑。这个问题在此不深入讨论。

§1.2.3 八病

沈约对诗歌声律的具体主张是要避忌"八病"。《文镜秘府论·天卷·四声论》引沈约《答甄公论》云："作五言诗者，善用四声，则讽咏而流靡；能达八体，则陆离而华洁。"这里的"八体"，就是"八病"。"八病"这个名称，在现存的典籍中最早见于隋朝王通《文中子·天地》："李伯药见子而论诗，子不答。伯药退谓薛收曰：'吾上陈应刘，下述沈谢，分四声八病，刚柔清浊，各有端序，音若埙篪，而夫子不应，我其未达欤？'"但是对"八病"未作具体解释。

唐代封演《封氏闻见记》："永明中，沈约文词精拔，盛解音律，遂撰《四声谱》，文章八病，有平头、上尾、蜂腰、鹤膝，以为自灵均以来，此秘未睹。"这里只提到"四病"，"八病"没有说全。

对"八病"解释得最为详细的是《文镜秘府论·西卷·文二十八种病》。

在本节中已屡次提到《文镜秘府论》，在这里作一简单的介绍。《文镜秘府论》的作者是日本高僧空海(774—835)。空海俗姓佐伯(一作佐伯真)，法号遍照金刚，死后追封弘法大师。他在延历二十三年(804年，相当于唐德宗贞元二十年)入唐，唐宪宗元和元年(806年)回国。回国后撰写的《文镜秘府论》是一部根据他当时所见的齐梁以至隋唐的文籍归纳整理，专谈诗文格律和诗人创作的著作。全书分为"天""地""东""南""西""北"六卷，其中保存了很多难得的珍贵资料。

现将《文镜秘府论·西卷·文二十八种病》关于"八病"的解释摘录如下，并随文略加解释：

第一，平头。

> 平头诗者，五言诗第一字不得与第六字同声，第二字不得与第七字同声。同声者，不得同平上去入四声。……

> 释曰：上句第一、二两字是平声，则下句第六、七两字不得复用平声，为用同二句之首，即犯为病。余三声皆尔，不可不避。三声者，谓上去入也。

> 或曰：此平头如是，近代成例，然未精也。欲知之者，上句第一字与下句第一字同平声不为病，同上去入声一字即病。若上句第二字与下句第二字同声，无问平上去入，皆是巨病。

按："平头"主要是指上句第二字与下句第二字不得同声。上句第一字与下句第一字同平声是可以的；同为仄声，只要不同为上、去、入，也是可以的。事实上，第一字不能同上、去、入，在后来的近体诗中也只是一种技巧上的要求，而没有形成一种规则。

第二，上尾。

> 上尾诗者，五言诗中，第五字不得与第十字同声，名为上尾。……

或曰：……此为巨病。若犯者，文人以为未涉文途者也，唯连韵者非病也。如"青青河畔草，绵绵思远道"是也。

按：这是说首句入韵的诗第五字可以和第十字同声，其余均不得同声。近体诗中一般用平声韵，所以除首句入韵外，其余上句的末一字都必须用仄声。

王力《汉语诗律学》认为：《诗格》所说的"上尾者，谓第五字与第十字同声"，这种形式在《古诗十九首》里有，"《十九首》是五言的圭臬，沈约似乎不该规定一个排斥它们的形式的规律"。所以，"要认'第五字与第十五字同声'为上尾"。这是不同的看法。

第三，蜂腰。

蜂腰诗者，五言诗一句之中，第二字不得与第五字同声。言两头粗，中央细，似蜂腰也。……

或曰：……如第二字与第五字同去上入，皆是病，平声非病也。……

刘氏曰："……又第二字与第四字同声，亦不能善。此虽世无的目，而甚于蜂腰……平声赊缓，有用处最多，参彼三声，殆为大半。且五言之内，非两则三……亦得用一用四。若四，平声无居第四……用一，多在第二……"

按：在近体诗中，（甲）种句"仄仄平平仄"和（乙）种句"平平仄仄平"都是第二、五字同声。如果第二、五字同声为蜂腰，岂非近体诗多犯蜂腰之病？所以后来对"蜂腰"有多种解释。"或曰"就是一种解释，即二、五同为平声不为病，如此则（乙）种句"平平仄仄平"不为蜂腰，去上入不得同声，如此则二、五同为仄声亦可以，只要不同为去上入即可。《蔡宽夫诗话》云："所谓蜂腰鹤膝者，盖又出于双声之变，若五字首尾皆浊而中一字清，即为蜂腰，首尾皆清而中一字浊,即为鹤膝。"这又是一种解释。近人郭绍虞认为,蔡宽夫所说的"清""浊"即平仄,所以蜂腰即五字首尾皆仄而中一字平,鹤膝为五字首尾皆平而中一字仄。这是学术界尚有争论的问题,现在也难以下结论。[①]但值得注意的是"刘氏曰"这一段话。"刘氏"即隋朝刘善经,曾著《四声指归》,今已佚,片段保留在《文镜秘府论》中。刘善经这一段话指出,"二四同声"这一病甚于蜂腰。这是近体诗最基本的一条规则。下面说平声在五言句中"非两则三","亦得用一用四。若四,平声无居第四……用一,多在第二",这实际上也是说"二四不得同声"。因为五言中用四个平声字时,平声"无居第四",则第四字必然是仄声,用一个平声字时,平声"多在第二",这样也就和第四字的仄声不同了。"二四不得同声",虽不在八病之中,但十分重要。

第四,鹤膝。

  鹤膝诗者,五言诗第五字不得与第十五字同声。言两头细,中央粗,似鹤膝也,以其诗中央有病。

按:第五字与第十五字,即指近体诗中第一联出句的句脚和第二联出句的句脚。这两个字在近体诗中都应该是仄声。但同是仄声,还有上去入的不同。如果是同一声调,那就是"鹤膝"。

第五,大韵。

  大韵诗者,五言诗若以"新"为韵,上九字中,更不得安"人""津""邻""身""陈"等字,既同其类,名犯大韵。……
  释云:……除非故作叠韵,此即不论。

按:"新""人""津""邻""身""陈"均为《广韵》"真韵"字。五

---

① 冯春田《永明声病说的再认识》(《语言研究》1987年第1期)对平头、上尾、蜂腰、鹤膝有另一种解释,可以参看。

言诗两句十字中,有一字与韵脚字同韵,即是"大韵"。但两个叠韵联绵字一起用不算犯规。

第六,小韵。

>小韵诗,除韵以外,而有迭相犯者,名为犯小韵病也。……
>
>释曰:……若第九字是"灉"字,则上第五字不得复用"望"字等音,为同是韵之病。

按:五言诗两句十字内任何两字同韵即为犯小韵。同样的,两个叠韵联绵字一起用不算犯规。

第七,傍纽。

>傍纽诗者,五言诗一句之中有"月"字,更不得安"鱼""元""阮""愿"等字,此即双声,双声即犯傍纽。……
>
>元氏云:傍纽者,一韵之内,有隔字双声者也。……又若不隔字而是双声,非病也。……

按:"月""鱼""元""阮""愿"均为疑母。五言诗两句十字之内有两字双声,即犯傍纽。用双声联绵字不为病。

第八,正纽。

>正纽者,五言诗"壬""衽""任""入"四字为一纽。一句之中已有"壬"字,更不得安"衽""任""入"等字,如此之类,名为犯正纽之病也。……
>
>元氏曰:正纽者,一韵之内,有一字四声分为两处是也。……

按:"壬""衽""任""入"同为日母,又分属"侵"(平)、"寝"(上)、"沁"(去)、"缉"(入),这就是所谓"一字四声"。"壬""衽""任"声母韵母也全同,仅仅声调不同;"入"为入声,与"壬""衽""任"只是声调和韵尾不同。凡五言诗两句十字之内有两个字属于此类者,即为犯正纽。

上面对"八病"作了简单的介绍。"八病"之中,前四病比较重要,后四病不太重要。根据对前四病的规定,近体诗一联内的平仄格式基本上已定下来了。为什么这样说呢?请看下面的说明:

(A)如果五言诗上句第一、二字为"平平",那么:

(1)根据不得犯"平头"的规则,下句的一、二字必为"仄仄"(下面用"—"代表平,用"丨"代表仄):

— — □ □ □,丨丨□ □ □。

(2)根据"二四不得同声"的规则,上句第四字必为"仄",下句第四字必为"平":

— — □ 丨 □,丨丨□ — □。

(3)根据不得犯"蜂腰"的规则,上句第五字应为"仄",但也可为"平",这样上句就有两种平仄格式:

— — □ 丨 丨,丨丨□ — □。
— — □ 丨 —,丨丨□ — □。

(4)根据不得犯"上尾"的规则,下句第五字的平仄应与上句第五字相反,这样下句也有两种相应的格式:

— — □ 丨 丨,丨丨□ — —。
— — □ 丨 —,丨丨□ — 丨。

(5)至此,五言诗中每句四个字的平仄都已确定。如果再给第三字补上适当的平仄(近体诗中五言第三字一般是可平可仄的),那就成了前面说过的近体诗中的(甲)(乙)(丙)(丁)句了。

(丙)— — — 丨 丨,(丁)丨丨丨 — —。
(乙)— — 丨 丨 —,(甲)丨丨丨 — 丨。

(B)如果五言诗上句第一、二字为"仄仄",那么根据上述规则推出来的格式也还是(甲)(乙)(丙)(丁)。即：

(1) 不犯"平头"：｜｜□□□，——□□□。

(2) 二四不同声：｜｜□—□，——□｜□。

(3) 不犯"蜂腰"：｜｜□——，——□｜□。

　　　　　　　｜｜□—｜，——□｜□。

(4) 不犯"上尾"：｜｜□—｜，——□｜｜。

　　　　　　　｜｜□—｜，——□｜—。

(5) 为第三字加上平仄，同样是得到(甲)(乙)(丙)(丁)四种句式。

(丁)｜｜｜——，(丙)———｜｜。

(甲)｜｜——｜，(乙)——｜｜—。

以上是根据"八病"(主要是前四病)所作出的推论。从六朝时诗歌创作的实际情况看，这种符合近体诗平仄的句子确实也在迅速增多。日本学者高木正一作过一个统计①，摘录如下：

首先，就一句大体符合近体平仄的情况来看，"二四同声"在逐渐减少。

人 名	调查句数	二四同声句数	犯规律
谢灵运	894	459	51%
沈　约	1356	440	33%
庾肩吾	820	67	8%
庾　信	2329	172	7%
江　总	820	60	7%

---

① 见高木正一《六朝律诗之形成》，郑清茂译，载《大陆杂志语文丛书》第1辑第5册，下引同。

可见，"二四同声"的句子在六朝诗歌中越来越少了。

其次，由两句组成一联，一联符合近体诗平仄要求的情况在六朝也是逐渐增加。六朝诗歌中的一联有两种情况：一种是上下句每句中二四字均不同声，但上句的第二字与下句的第二字，上句的第四字与下句的第四字平仄却相同。如沈约《咏余雪》中的"阴庭覆素芷，南阶褰绿蓨"（上下句第二字都是平，第四字都是仄）。这是不合近体诗的诗律的，因为是犯了"平头"，或者用后来近体诗的术语来说就是"失对"。第二种是上下句每句中二四字不同声，并且上句的第二字与下句的第二字，上句的第四字与下句的第四字平仄也相反。如谢灵运《入华子冈是麻源第三谷》中的"铜陵映碧涧，石磴泻红泉"（"陵"平，"磴"仄；"碧"仄，"红"平）。这是合乎诗律的，因为避免了"平头"，或者说符合了"对"的规则。据高木正一统计，这种合律的"联"，在谢灵运诗中已开其端，在沈约诗中占27%，在庾肩吾诗中占60%，在庾信诗中占75%，可见这种句子也越来越占优势了。

§1.2.4 黏对

但是，"八病"（尤其是前四病）主要是讲的一联中的平仄规则。而一联是组不成一首诗的。一首近体诗至少有两联（四句），有的在两联以上。那么各联之间的联结又有什么规则呢？

唐代形成的近代诗讲"黏对"。所谓"对"，指的是同一联中上下句相同位置上的字平仄要相对（相反），这在上面已讲过。所谓"黏"，指的是上一联对句中的第二字要与下一联出句中的第二字平仄相同。比如：

（甲）｜｜——｜，（乙）——｜｜—。

（丙）———｜｜，（丁）｜｜｜——。

这是符合"黏"的要求的。

（甲）｜｜——｜，（乙）——｜｜—。

（甲）｜｜——｜，（乙）——｜｜—。

这就是"失黏"（因为上联对句第二字是平，而下联出句第二字是仄）。

在六朝时，两种形式都有。例如：

泛舟横大江

梁·简文帝

沧波白日晖，游子出王畿。

旁望重山转，前观远帆稀。

"子"和"望"都是仄声字，所以这是符合"黏"的。

怨　诗

梁·简文帝

秋风与白团，本自不相安。

新人及故爱，意气岂能宽？

"自"是仄声，"人"是平声，所以这是"失黏"。

"失黏"是所谓"齐梁体"的特点。"齐梁体"指的是在齐梁时期正在形成中的近体诗,或者叫近体诗的雏形[①]。这种诗体已经不同于古体诗了,因为诗中已有不少律句。但又还没有成为正式的近体诗,其重要原因之一,就是因为只有"对"而没有"黏",例如:

临高台

王 融

游人欲骋望,积步上高台。
井莲当夏吐,窗桂逐秋开。
花飞低不入,鸟散远时来。
还看云阵影,含月共徘徊。

四联都是"平平平仄仄,仄仄仄平平",也就是说,每两联之间全都失黏。

但是,从总的发展趋势看,六朝时不黏的逐渐减少,黏的逐渐增多。如果是四联(八句)组成的一首诗,在六朝时也有两种情况:

一是第一、二联黏,第三、四联黏,但二、三联之间失黏。例如:

春 日

庾肩吾

桃红柳絮白,照日复随风。
影出朱城外,香归青殿中。

---

① 在中唐时期,白居易和刘禹锡写过一些"齐梁格"或"齐梁体"的诗,晚唐标明"齐梁体"的诗现存25首。唐文宗开成年间诏令省试作诗"依齐梁体格"。杜晓勤《六朝声律与唐诗体格》认为这些诗"系刻意模仿齐梁诗且有意犯声病之五言诗"。(207页)其中很多是失黏的。

水映寄生竹，山横半死桐。

颂文知渥重，搦札愧才空。

"归"平声，"映"仄声，二、三两联失黏。但一、二两联黏，三、四两联黏，整首诗像是两首律绝拼合在一起。

另一种是四联皆黏的，这就是完整的律诗了。例如：

侍　宴

庾肩吾

沐道逢将圣，飞觞属上贤。

仁风开美景，瑞气动非烟。

秋树翻黄叶，寒池堕黑莲。

承恩谢命浅，念报在身前。

据高木正一统计，像这样一种各联皆黏的诗，齐梁时总共只有30首左右，而其中四联的诗为25首。可见当时近体诗尚未完全成熟。（上文所引齐梁时诗，均转引自高木正一文。）

到唐代，情况就起了变化。在本节开头已经说过，沈佺期、宋之问的诗中合律的已经占很大的比例。不仅如此，唐人关于各联之间"黏"的规则，已经有理论上的说明。说得最清楚的是《文镜秘府论·天卷·调声》中的一段话。这段话是引自元兢《诗髓脑》。（元兢，字思敬，大致活动于唐高宗到武则天时期。《旧唐书·文苑传》有传。《诗髓脑》在中国历代书目中未有记录，《日本国见在书目》有"《诗髓脑》一卷"。）开头以"换头者"为小标题，下面引了元兢自己的一首诗，然后说：

第一章 唐诗的格律

此篇／第一句头两字平,次句头两字去上入;／次句头两字去上入,次句头两字平;／次句头两字又平,次句头两字去上入;／次句头两字又去上入,次句头两字又平。／如此轮转,自初以终篇,名为双换头,是最善也。若不可得如此,则如／篇首第二字是平,下句第二字是用去上入;／次句第二字又用去上入,次句第二字又用平。／如此轮转终篇,唯换第二字,其第一字与下句第一字用平不妨。此亦名为换头,然不及双换。又不得句头第一字是去上入,次句头用去上入,则声不调也。可不慎欤!

文中的／是我们加的,两个／之间为诗的一联。"头"指的是每一句诗中的第一、二两字,特别是第二字。"去上入"可统称为仄声。"双换"是第一、二字同声,换时一起换;也可以只是第二字换。换的规则是:第一联上句之头为平,则下句之头为仄。第二联上句之头为仄,则下句之头为平。第三联上句之头为平,则下句之头为仄。第四联上句之头为仄,则下句之头为平。总之,各联的下句第一、二字或第一字的平仄,要和下一联上句第一、二字或第一字的平仄相同,这就是近体诗的"黏"。否则,就是"失黏"。

《文镜秘府论·天卷·调声》中的另一段话意思相同。

或曰:凡四十字诗,十字一管,即生其意……诗上句第二字重中轻,不与下句第二字同声为一管。上去入声一声。一管上句平声,下句上去入;上句上去入,下句平声;以次平声,以次又上去入;以次上去入,以次又平声。如此轮回用之,直至于尾。

这里所说的"一管",就是一联。这段话是说每联中上句第二字不得与下句第二字同声。但上去入可算为一声。如果第一联中上句第二字是平声,则下句第二字是上去入;而第二联中上句第二字就应是上去入,下句第二字是平声;第三联中上句第二字就应是平声，下句第二字是上去入；第四联中上句第二字就应是上去入，下句第二字是平声。这样轮回用之，直到一首诗完了。显然，这说的是近体诗"黏对"的规则。这里的"或曰"，可能指的是王昌龄。如果是那样的话，就说明在初唐时期"黏对"的规则就已形成了。

这种合乎黏对的近体诗因为在沈佺期、宋之问的诗中已经形成，所以人们称为"沈宋体"。

《新唐书·杜甫传赞》：

> 唐兴，诗人承陈、隋风流，浮靡相矜。至宋之问、沈佺期等，研揣声音，浮切不差，而号"律诗"，竞相袭沿。

《诗人玉屑》卷二《诗体》上云：

> 齐梁体，通两朝而言之。沈宋体，佺期、之问也。
>
> 《风》《雅》《颂》既亡，一变而为《离骚》，再变而为西汉五言，三变而为歌行杂体，四变而为沈宋律诗。

第三节　近体诗的平仄

§1.3.1 近体诗的拗救

关于近体诗平仄的基本格式，在上一节中已经谈过。在这一节里，主要对近体诗的拗救作进一步的讨论。

什么叫"拗"？"拗"是指不合平仄规则的字，所以要说"拗"，就先要弄清楚近体诗中哪些字是平仄有规定的，哪些字是平仄可以自由的。平仄有规定的地方，如果不合规定，就叫"拗"。如果是平仄可以自由的地方，那么用平仄都不违反规则，也就不叫"拗"了。"拗"的地方，有时需要"救"。

第一章 唐诗的格律

过去有过一个口诀,叫"一三五不论,二四六分明"。这是就七言诗来说的。意思是七言诗的第一、三、五个字平仄可以不论,第二、四、六个字平仄必须分明。第七个字没有讲,但那是不言而喻的:出句的第七个字必须是仄(入韵的首句例外),对句的第七个字必须是平。这口诀有一定的道理。因为二、四、六(双数字)是诗的节奏点,这些地方的平仄必须"分明",写出来的诗才能平仄相间,声调铿锵。而一、三、五(单数字)不是节奏点,这些地方的平仄可以不论。这是就七言诗来说的,若就五言诗来说,就是"一、三"(单数字)不论,"二、四"(双数字)分明。

王力《汉语诗律学》批评这个口诀不全面,这个批评是对的。因为"一、三、五"有的地方不能"不论","二、四、六"有的地方可不"分明"。但是,虽然这个口诀不全面,我们却可以利用它来掌握"拗救"。因为那些"一、三、五"不能不论的地方,以及"二、四、六"可不分明的地方,如果不合平仄就正是"拗",而这些"拗"的地方,有的可以救,有的不能救。

哪些地方是"一、三、五"不能"不论"的呢?这都在平收的句子中,即在(乙)(丁)种句中。

1.(乙)种句的第一字(这是就五言诗而论,若七言诗则应为第三字,下仿此)必须是平。如果变成仄,就叫"犯孤平",意思是全句除了韵脚外只有一个平声字了。(注意:"孤平"只指这种情况,在其他句子中只有一个平声字不叫"孤平"。)犯孤平是近体诗的大忌,在近体诗中是极少出现的。即:

(乙)— — | | —

不能变成

(乙)| — | | —

但是这一处"拗"能救。救的办法是第三字由仄变平。即(加 △ 表示拗,加 * 表示救):

(乙)－－｜｜－

变成

(乙)｜△－－＊｜－

这称为"孤平拗救"。

2.(丁)种句的第三字不能变平。如果变平,这句句末就成了连着三个平声字,这叫"三平调"。"三平调"是古体诗的句式,在近体诗中一般不允许出现。即:

(丁)｜｜｜－－

不能变成

(丁)｜｜－－－

也就是说,这种情况不能"救"。

哪些地方是"二、四、六"可不"分明"的呢?这都出现在仄收的句子中,即是(甲)(丙)种句的第四字。

3.(甲)种句的第四字可以变为仄声字,但条件是对句的第三字要相应地由仄变平。即:

(甲)｜｜－－｜,(乙)－－｜｜－

可以变成

(甲)｜｜△－｜｜,(乙)－－＊－｜－

这种拗救,我们姑且称之为"甲四拗救"。

4.(丙)种句的第四字可以变为平声字,但条件是本句的第三字要相应地由平变仄。即:

(丙)－－－｜｜

可以变成

（丙）— — ｜ — ｜

这种— — ｜ — ｜的句子，从道理上讲是拗句，但从唐诗的实际情况来看，它出现的频率比— — — ｜ ｜句要多，应该说— — ｜ — ｜例是正体，而— — — ｜ ｜反而是变体。所以王力《汉语诗律学》称之为"特种拗救"。

特种拗救还有一条规则：第一字必须是平声，即不能是｜ — ｜ — ｜。

除此之外，（甲）种句的第三字如果由平变仄，传统也称之为"拗"，这种"拗"通常也由对句的第三字由仄变平来救。但不救也是可以的。所以对此我们不拟详细讨论。

关于拗救，上面只是一个很简单的介绍，其目的是为下面的进一步讨论作准备。所以有些问题，如"甲四拗救"可以和"孤平拗救"结合起来等，这里就不详谈了。好在现在介绍诗律的书很多，有必要时可以参看。

现在我们要讨论的是：关于这些拗救的规则是怎样定下来的？有没有例外？

§1.3.2 古人谈诗律的著作

在上一节中说过，近体诗在齐梁时已逐渐形成，到了唐初的沈佺期、宋之问时已正式形成。这是从创作方面说的。与此同时，也有人对诗歌的格律（特别是平仄）作出说明，如《文镜秘府论·序》说："沈侯、刘善之后，王、皎、崔、元之前，盛谈四声，争吐病犯。"（"沈侯"指沈约，"刘善"指刘善经，上一节都已说过。"王"指初唐诗人王昌龄，著有《诗格》《诗中密旨》。"皎"指皎然，是唐代的一个诗僧，著有《诗式》《诗评》。"崔"指崔融，初唐诗人，著有《唐

43

代新定诗格》。"元"指元兢,著有《诗髓脑》。)宋代胡仔《苕溪渔隐丛话》前集卷七:"律诗之作,用字平仄,世固有定体,众共守之。"这些都说明在唐宋时,是有关于近体诗平仄规则和专讲这些规则的书的。

但是这些著作至今多不传,《文镜秘府论》以及《苕溪渔隐丛话》、《诗人玉屑》(宋魏庆之撰)等书保存了一些片段,但也不甚完备。对近体诗的平仄和拗救谈得比较详细的,是清代人的一些著作,如赵执信《声调谱》(以下简称《赵谱》)、《声调后谱》(以下简称《后谱》)、翟翚《声调谱拾遗》(以下简称《翟谱》)、董文涣《声调四谱图说》(以下简称《董谱》)等。这些著作都是根据唐诗的平仄加以总结,从而得出一些规律。下面我们着重介绍一些与拗救有关的部分。例如,《赵谱》在"五言律诗"下引杜牧诗而加注:

句溪夏日送卢霈秀才归王屋山将欲赴举

杜 牧

野店正(宜平而仄)分泊,黄蚕初(宜仄而平,第一字仄,第二字必平)引丝。(第三字救上句,亦可不救。二句律句中拗)行人碧(宜平而仄)溪(宜仄而平)渡(拗句。第四字拗平,第三字断断用仄,今人不论者非),系马绿杨枝。(不对格而实对)苒苒迹始去(五字俱仄。中有入声字,妙),悠悠心(此字必平,救上句)所期。(此必不可不救,因上句第三字、第四字皆当平而反仄,必以此第三字平声救之,否则落调矣。上句仄仄平仄仄亦同)秋山念君别(拗同第三句),惆怅桂花时。

这里的"·"表示仄,"。"表示平。《赵谱》这样表达不大好懂,下面以联为单位分别加以解释。

第一联:"野店正分泊,茧蚕初引丝。"

这本应是(甲)丨丨——丨,(乙)——丨丨—。但上句第三字"正"是"宜平而仄",是(甲)种句第三字拗,下句第三字"初"是宜仄而平,是救。这个字不仅救上句第三字,而且救本句第一字。本句第一字"茧"宜平而仄,正是孤平。"第一字仄,第三字必平"说的正是"孤平拗救"的规则。

第二联:"行人碧溪渡,系马绿杨枝。"

这本应是(丙)———丨丨,(丁)丨丨丨——。但上句是拗句。第四字"溪"本应仄而平,这是拗,因此第三字"碧"断断用仄,这是救。这是"特种拗救"。

第三联:"萋萋迹始去,悠悠心所期。"

这本应是(甲)丨丨——丨,(乙)——丨丨—。但上句五字皆仄。这是因为第三字本是"一三五不论",可平可仄的,而第四字"始"宜平而仄,这就是(甲)种句第四字拗。下句的第三字"心"用平声字,是救。这是"甲四拗救"。(据赵执信的意见,"心"字还是兼救上句第三、四字之拗。)

第四联:"秋山念君别,惆怅桂花时。"

这本应是(丙)———丨丨,(丁)丨丨丨——。但上句仍是"特种拗救",即——丨—丨。

这样,通过这首诗的分析,对于四种拗救(甲四拗救、特种拗救、孤平拗救以及甲三拗救)的规则都加以说明了。

董文涣《声调四谱图说》中列有"拗体图",《董谱》所归纳的拗救形式,和《赵谱》所归纳的基本一致。

《董谱》还提出了"正律""拗律""古律"以及"拗字""拗句""拗联""拗对""拗黏"等概念,对我们理解近体诗的"拗"有帮助,下面简单介绍一下。

"正律":指的就是近体诗的几种基本格式,平仄全合规定,无一拗者。(在可平可仄之处,用平或用仄都不称"拗"。)

"拗律":"拗者何?不过宜仄而平,宜平而仄而已。然用拗用救,而黏对断断不可紊,故必有一定之处。"简单地说,就是虽拗而有救,而且何处拗何处救都有规定(比如第二字绝不能"拗","拗"了就失黏失对)。"拗律"就是有上述几种拗救的律诗。

"古律":"用古体平仄而音节则律,此谓之古律。……盖古诗多下三平及中三平者,律体无之,拗律亦然。"即全诗大致符合近体诗的音节(平仄),但其中多用三平调以及二四两字叠平的("中三平"就必然二四叠平),称为"古律"。这种诗王力《汉语诗律学》称为"古风式的律诗"。

"拗字":"'仄平平仄仄''平仄仄平平'二句谓之拗字,首字可救可不救。"这种可平可仄的地方,如果和标准的平仄不合,董文涣称之为"拗字",现在一般不称为"拗"了。

"拗句":"本句自拗自救。如'平仄仄平仄'句与'仄平平仄平'句,三字拗而一字救,对句不救亦可,不必两句皆用拗也。"即本句自救的叫"拗句"。

"拗联":"本句拗,下句救,如'仄仄仄平仄,平平平仄平'联,首句三字拗仄,首句一字不救则下句三字必拗平救之也。"即本句拗对句救的一联称"拗联"。

"拗对":"首句上二字为仄仄者,次句亦仄仄;首句平平者,次句亦平平,是为拗对。"

"拗黏":"首联仄起平对者,次联亦仄起平对,是为拗黏。"

《董谱》认为"拗对""拗黏"是只有七言律诗才有的,即头两字失对或失黏,而后五字仍然符合黏对的规律。而且说,拗对最多限于两联,即前两联(或后两联)首二字若失对,则另两联首二字必不能再失对。但可以四联首二字都失黏。

为什么七言律诗头两字可失对失黏,而五言律诗不可以呢?这是因为五言律诗出现在前,而七言律诗被认为是五言律诗每句头上加两字而形成的,所以头上两字黏对可以不那么严格。

《董谱》所举的属于"拗对""拗黏"的律诗,王力《汉语诗律学》也称为"古风式的律诗"。这是叫法的不同,对于在唐诗中存在这一类诗,则是意见一致的。

上面对古人(主要是清朝人)所论近体诗格律作了一些简单的介绍,目的是使读者知道,现在一般谈诗律的书中所说的"拗救"的规则是依据什么定出来的。下面,对几种拗救作进一步的讨论。

§1.3.3 几种拗救的讨论

(一)甲四拗救

(甲)种句第四字拗(由平变仄),应该由下句第三字救(由仄变平)。前引《赵谱》在解释"苒苒迹始去,悠悠心所期"时,在"心"下注"此字必平,救上句",而且说"此必不可不救……否则落调矣",是强调必须用下句第三字救。

但《翟谱》在"五言律诗"杜甫《夜雨》诗下评论说:"杜律凡五字全仄及'仄仄平仄仄''平仄仄仄仄'等句皆用拗救,《赵谱》所论,直与符合。然唐人亦有不用拗救者。赵云'不救便落调',恐未必然。"他举了韩愈《独酌》诗中"秋半百物晦,溪鱼去不来""远岫重叠见,寒花散乱开"等联,以及裴说《道林寺》"对面浮世隔,垂

47

帘到老闲"等联,认为上句为甲四拗,下句第三字可以不救。

(二)孤平拗救

(乙)种句若第一字由平变仄就是犯孤平,孤平必须由本句第三字由仄变平来救。《赵谱》云:"仄平仄仄平,则古诗句矣。此格人多不知者,由'一三五不论'一语误之也。"王力《汉语诗律学》:"我们曾在一部《全唐诗》里寻觅犯孤平的诗句,结果只找到了两个例子:'醉多适不愁'(高适《淇上送韦司仓》),'百岁老翁不种田'(李颀《野老曝背》)。"可见孤平是非救不可的,不救的极其罕见。

但《翟谱》"五言律诗"李白《南阳送客》首联"斗酒勿谓薄,寸心贵不忘"下注云:"《赵谱》云:'下句第二字平,第一字及第三字用仄为落调。'观此似不可信。然上句不拗,下句亦不可著此。今人失调处在不论上下句,细参之。"意思是说:"寸心贵不忘"是孤平而未救("忘"在这里读平声),但这种拗而未救是有条件的,即上句为拗句("勿"为仄声,是甲种句第三字拗)。他还举出了杜甫《玩月呈汉中王》的首联"夜深露气清,江月满江城"(上句孤平)并注道:"首句拗,次句可不救。"戴叔伦《送友人东归》首联"万里杨柳色,出关送故人"(下句孤平),后面还说:"按,此等句法,唐人间有用之者,亦只在起调,他处未尝著也。世人所以不信《赵谱》,正以此等诗与《赵谱》所论间有不合故尔。"

日本中井积善《诗律兆》(安永五年 1776 刊)卷一、二、八中举出 15 例,皆为孤平而未救。列举如下(孤平句下加 ___ 号):

李白:"斗酒勿为薄,寸心贵不忘。"

李白:"平虏将军妇,入门二十年。"

孟浩然:"出谷未亭午,至家已夕曛。"

第一章　唐诗的格律

高适："饮酒莫辞醉,醉多适不愁。"
李峤："马眼冰陵影,竹根雪霰文。"
裴说："日影才添线,鬓根已半丝。"
杜甫："夜深露气清,江月满江城。"
李群玉："别筵欲盛(按:今本作'尽')秋,一醉海西楼。"
宋之问："六国兵同合,七雄势未分。"
杜审言："胜迹都无限,只应伴月归。"
李颀："百岁老翁不种田,惟知曝背乐残年。"
白居易："蚕老茧成不庇身,蜂饥蜜熟属他人。"
白居易："今朝欢喜缘何事,礼彻佛名百部经。"
元稹："春野醉吟十里程,斋宫潜咏万人惊。"
崔惠童："一月主人笑几回,相逢相值且衔杯。"

这15例加上《翟谱》所举的戴叔伦诗例共16例。在全唐诗中孤平而不救的有16例,那也可以说是极少的。但虽少毕竟还是有。

(三) 三平调

"三平调",《赵谱》和《董谱》都认为是古体诗的句式,近体诗是不允许的。但《翟谱》在"五言律诗"下举杜甫《暂如临邑至㟙山湖亭奉怀李员外率尔成兴》中的两联:"野亭逼湖水,歇马高林间","暂游阻词伯,却望怀青关",以及杜甫《去蜀》中的"如何关塞阻,转作潇湘游。万事已黄发,残生随白鸥"(_____为本书作者所加,表示"三平"),并解释说:"凡下句连用三平声字者,此句(按:指上句)必拗。""上句不作拗调,故下联以拗调救之。今人有不论上下联字句而突著三平声字者,非也。"他的意思是说,近体诗中也允许三平调,但或者要上句作拗句(如"野亭逼湖水""暂游阻词伯"

49

都是特种拗救），或者要下联是拗联（如"万事已黄发，残生随白鸥"是上句第三字拗，下句第三字救）。

（四）特种拗救

特种拗救的第一字，应该作平。《后谱》引杜甫《小寒食舟中作》"云白山青万余里"下注："第五字仄，上二字必平，若第三字仄，则落调矣。五言亦然。""第五字"指"万"，是用来救第六字"余"之拗的；"上二字"指"山青"，特别说明第三字"山"不能作仄。

但《翟谱》认为未必。在"五言律诗"杜甫《奉答岑参补阙见赠》"故人得佳句"下说："《赵谱》云：'第三字仄，第四字平，则第一字必平。'观此似不必拘。"又举杜甫《崔氏东山草堂》"爱汝玉山草堂静"、《将赴成都草堂途中有作先寄严郑公》"昔去为忧乱兵人"为证。按：这几句都是特种拗救，但五言第一字和七言第三字又都是仄声。

上面四种拗，《翟谱》举的都是一些例外。我们认为，不必因这些例外而否定一般的规律，但是，也不要反过来，一讲规律就认为绝无例外。因为《翟谱》所举的那些例外就是确实存在的。

（五）（丁）种句第四字拗仄

前面说过，《董谱》认为（丁）种句第四字拗仄，全句成为＋｜—｜—①，也是可以的，而且称之为"正拗句"，他举的例子是：王维《终南别业》"胜事空自知"，孟浩然《晚春》"二月湖水清"，

---

① "＋"可平可仄。

杜甫《郑驸马宅宴洞中》"冰浆碗碧玛瑙寒"，杜甫《昼梦》"普天无吏横索钱"，杜甫《暮春》"卧病拥塞在峡中"。这种拗句一般都不讲。也就是说，(丁)种句的第四字一般认为是不能变仄的。王力《汉语诗律学》认为，这是"极近似于古风式的律诗"，并又举了一些例子。这种例子不很多，但毕竟也是近体诗中的一种拗句。

§1.3.4 古体诗的平仄

古诗本是不讲平仄的。但是，自从唐代形成近体诗以后，诗人在写古体诗时，有的受近体诗的影响，成了"入律的古风"，有的又有意与近体诗相区别，成了"仿古的古风"。这一点在本章第一节中已经讲过。"仿古的古风"当然和近体诗很不相同，"入律的古风"也不能全是律句，总会杂有古句（与律句平仄不同的句子）。所以，唐代的古体诗就要有不同于近体诗的平仄。这就是：二、四、六字的叠平叠仄，句尾的三平调，以及仄仄仄、仄平仄、平仄平等句脚。这个问题在王力《汉语诗律学》中说得很详细，这里不再重复。

下面需要附带谈及的是：近体诗讲平仄，是为了求得音韵的和谐。但唐代及后代一些诗人却故意趋向另一极端，一首诗中全用平声或仄声，故意使音节单调，当然这是近于文字游戏的做法，这样的诗也不太多，下面各举一例：

夏日闲居作四声诗寄袭美

陆龟蒙

荒池菰蒲深，闲阶莓苔平。

江边松篁多，人家帘栊清。

为书凌遗编，调弦夸新声。

求欢虽殊途，探幽聊怡情。

"四声诗"共有四首，这一首是"平声"，其余三首是平上声（即一联中上句全是平声字，下句全是上声字。下仿此）、平去声、平入声。其余三首不录。

宋代诗人梅圣俞作过一首仄声诗：

舟中夜与家人饮

梅圣俞

月出断岸口，影照别舸背。
且独与妇饮，颇胜俗客对。
月渐上我席，暝色亦稍退。
岂必在秉烛，此景已可爱。

据《西清诗话》载："晏元献守汝阴，梅圣俞往见之。将行，公置酒颍河上，因言古人章句中全用平声，制字稳帖，如'枯桑知天风'是也，恨未见侧字诗。圣俞既引舟，遂作五侧体寄公。"可见这是故意写成全是仄声的。

§1.3.5 关于字的平仄

上面讲了近体诗的平仄，现在回过来谈谈如何判别一个字是平还是仄。

判别一个字是平还是仄，应该根据这个字在《广韵》或《平水韵》中是什么声调，而不应该根据现代汉语普通话的读音。比如"黑""一"在普通话中是阴平，"白""十"在普通话中是阳平，但它们在古代是入声字,所以不是平而是仄。这一点已是常识,在这里不多谈。

值得注意的是平仄两读的字。王力《汉语诗律学》将这些字分为两类:

1. 虽有平仄两读,而意义不变者。

如"看""过"("经过""超过"义,若"过失"义必须读去声)、"望"("观望""看望"义,但"声望"的"望"必读去声)、"忘""听""醒"。

2. 平声所表示的意义和仄声不同者。

举"中""重""雍""从""供"等几十字。有些字意义不同而平仄不同,在现代汉语中仍然如此,如"内中"为平声,"射中"为仄声,"重叠"为平声,"轻重"为仄声。但有些在现代汉语中读音已无区别,如"重来"的"重",古代读去声,"离去"的"离",古代读去声;"治理"的"治",古代读平声,等等,这些是需要特别注意的。

除此以外,还有两点需要注意:(一)有的字,本是平仄异义,但在唐诗中声调可以相通。即某字有甲音甲义,又有乙音乙义,但在诗中为了平仄的关系,可以把甲义读成乙音。例如:"难"作形容词表"困难"义时读平声,作名词表"灾难"义时读去声。但杜甫《因崔五侍御寄高彭州》:"百年已过半,秋至转饥寒。为问彭州牧,何时救急难?""难"名词而作平声。"应",表"应当"义时读平声,表"相应"义时读去声。但杜甫《寄刘峡州伯华使君四十韵》:"刺史诸侯贵,郎官列宿应。潘生云阁远,黄霸玺书增。""应"读作平声。"乘",作动词表"乘坐"义时读平声,作名词表"车乘"义时读去声。但王维五言长律《奉和圣制暮春送朝集使归郡应制》:"玉乘迎大客,金节送诸侯。""乘"读平声(否则平仄不合律)。又如"中兴"的"中",按词义应读平声,但在唐诗中也可读作去声。《艺苑雌黄》云:"凡王室中否而复兴,谓之中兴。周宣之诗曰:'任贤使能,周室中兴焉。''中'字,陆德明《释文》张仲切,徐安道音辨只作平声读。然古人用此,或作平声,或作去声。如杜陵云:'今朝汉社稷,新数中兴年。''万里伤心严谴日,百年垂死中兴时。'李义山云:'言皆在中兴。'此类皆作去声用。如杜陵云:'神灵汉代中兴主,功业汾阳异姓王。''侧听中兴主,长吟不世贤。'李义山云:'身闲不睹中兴盛。'此类皆作平声用。"(二)《汉语诗律学》所举的"一字平仄两读而意义不变者",如"看""过""望""忘"等字,平仄两读都是常见的读法,即古代字书中就有平仄两读。但在唐诗中还有一种情况:有些字通常只有一种声调,而在唐诗中可以有另一种声调。这一现象古人早已指出,现摘引如下:

《唐音癸签》卷二十四:

〔相〕杜:"恰似春风相欺得。"白:"为问长安月,谁教不相离。"相,思必切,读若瑟,今北人皆呼"相"为"厮"是也。

〔请〕白:"当时绮季不请钱。"姚合:"每月请钱共客分。"叶平声读。

〔司〕武元衡:"唯有白发张司马。"白:"五十着绯军司马。"并入去声"伺"字韵。

〔磷〕《论语》:"磨而不磷。"力刃切。杜:"此道未磷缁。""但取不磷缁。"皆作平声。

〔十〕白:"绿涨东西南北水,红栏三百九十桥。""十"作平声,读若"谌"。

〔予〕孟浩然《送辛大》:"不及日暮独悲予。"用《楚辞》:

第一章　唐诗的格律

"目眇眇兮愁予。"从上声读。

〔中酒之中〕今言"中酒"之"中",多以为平声,祖《三国志》"中圣人""中贤人"之语。齐己《柳》诗云:"秾低似中陶潜酒,软极如伤宋玉风。"按:《前汉·樊哙传》:"军士中酒。"注:"竹仲反。"已公或祖此。

〔蒲萄〕白:"烛泪粘盘罍蒲萄。"蒲,叶入声读。

〔枇杷〕白:"况对东谿野枇杷。"张祜:"生摘枇杷酸。"枇并叶入声。

〔琵琶〕白:"四弦不似琵琶声。""忽闻水上琵琶声。"张祜:"宫楼一曲琵琶声。"琵,亦并叶入声也。

〔亲家〕男女两姻家相谓曰"亲家",俗作去声呼,见唐萧嵩传。卢纶《王駙马花烛》诗:"人主人臣是亲家。"亦用此音。

清·王士禎《池北偶谈》卷十三《唐诗字音》:

李子田举唐人诗用字,音与今人别者,如刘梦得"停杯处分不须吹","分"作去声。王建"每日临行空挑战",罗虬"不应琴里挑文君","挑"皆上声。包佶"晓漱琼膏冰齿寒","冰"去声。段成式"牸牛独驾长担车","长"上声。予按:《白氏长庆集》中,此例尤多。如"请钱不早朝","请"作平声。"四十著绯军司马","司"入声。"红阑三百九十桥","十"读如"谌"。"为问长安月,如何不相离。""相"思必切。"燕姬酌蒲桃,烛泪粘盘垒。"蒲桃,"蒲"上声。"三年随例未量移","量"平声。"金屑琵琶槽","琵"仄声之类,子田皆未暇及。又:刘梦得"几人雄猛得宁馨","宁"平声。"抛却丞郎争奈何","争"去声。独孤及"徒言汉水才容舠","才"去声。卢纶"人主人臣是亲家","亲"去声,读如"靓"。徐铉

《骑省集》："莫折红芳树，但知尽意看。"自注云："但，平声。"予按《老学庵笔记》云："但，姓，音读如檀。"又宋陶谷"尖檐帽子卑凡厮"，"厮"入声。宋文安《三十六所春宫馆》："鄜州军司马，也好画为屏"，亦如白诗。又《猗觉寮杂记》举李商隐"可惜前朝元菟郡"，"菟"去声。"九枝灯檠夜珠圆"，唐彦谦"灯檠昏鱼目"，《释文》"檠音景"，《前汉·苏武传》注音"警"。唐人如此尚多，未能枚举。又陆游"烧灰除菜蝗"，"蝗"仄声。"拭盘堆连展"，"连"上声。今山东制新麦作条食之，谓之"连展"，"连"读如"辇"。东坡诗"左元放"，"放"作平声。"司马相如"，"如"作上声。

又清代汪师韩《诗学纂闻·平仄互用字》也举了一些平仄两读字的例子。因为大部分和上引两书重复，就不再摘引了。

第四节　近体诗的用韵和对仗

§1.4.1 近体诗的用韵

在本章第一节中说过，近体诗的特点之一是押韵严格，必须一韵到底，不能换韵，也不能出韵，而且一般用平声韵。

那么，近体诗用的是什么韵呢？王力《汉语诗律学》说：初唐时期，诗人用韵并没有以韵书为标准，开元、天宝以后，规定以《切韵》或《唐韵》为标准。到宋代，人们把《唐韵》加以增订，称为《广韵》，也是官定的韵书。但《切韵》(193韵)、《唐韵》、《广韵》(206韵)分韵都很细，读书人据以作诗感到不便，所以唐朝初年对《唐韵》中的韵就有"同用"和"独用"的规定，到宋金时期就索性

第一章　唐诗的格律

将"同用"的韵加以合并，成106韵，这就是通常所说的"平水韵"。因为这106韵和唐宋人作近体诗时所依据的《切韵》（或《唐韵》）以及《广韵》合并了的韵目大体一致，所以，《汉语诗律学》说："若说唐宋诗人用韵是依照'平水韵'的，虽然在历史上说不过去，而在韵部上却大致不差。"因此，我们今天来判断唐诗中一首诗是否用同一韵部的字，基本上可以依据"平水韵"。

关于近体诗不许出韵的问题，《汉语诗律学》讲得很详细，其结论是："盛唐（约在公元713至779）以前，除上面所说欣韵的情形之外，近体诗绝对不出韵；中唐（约在公元780至840）以后，偶然不免有出韵的情形。"下面举了李商隐《茂陵》、刘禹锡《贞元中侍郎舅氏……》、杜牧《题木兰庙》、李商隐《无题》、李远《游故王驸马池亭》、曹唐《小游仙诗》、崔珏《水精枕》、司空图《杨柳枝寿宫词》、刘兼《蜀都春晚感怀》《晚楼寓怀》为例。其中所说"欣韵的情形"，指的是中唐以前"欣"韵和"真"韵同用，晚唐以后，游移于"真""文"之间，后来就混入"文"韵了。

这个说法大体上是对的。但盛唐时也有少数近体诗通韵的。

汪师韩《诗学纂闻·律诗通韵》说：

> 律诗亦有通韵，自唐已然，而在东、冬、鱼、虞为尤多。如明皇《饯王晙巡边》长律乃鱼韵，次联用"符"字，十联用"敷"字，"符""敷"皆虞韵也。苏颋《出塞》五律乃微韵，次联用"麾"字，则支韵也。杜陵《寄贾严两阁老五十韵》乃先韵，末句用《骞》字，则元韵也。又《崔氏玉山草堂》七律乃真韵，三联用"芹"字，则文韵也。刘长卿《登思禅寺》五律乃东韵，三联用"松"字，则冬韵也。戴叔伦《江乡故人集客舍》五律乃冬韵，三联用"虫"字，则东韵也。闾丘晓《夜渡淮》五律乃覃

57

韵，次联用"帆"字，则咸韵也。魏兼恕《送张兵曹》五律乃东韵，首联用"农"字，则冬韵也。宋若昭《麟德殿》长律乃东韵，四联用"浓"字，五联用"宗"字，"浓""宗"皆冬韵也。耿沣《紫芝观》五律乃冬韵，首联用"风"字，则东韵也。释澹交《望樊川》五律乃冬韵，首联用"中"字，则东韵也。

其中所举杜甫《崔氏玉山草堂》（按："玉"应作"东"。）真韵而用"芹"字例不是通韵，因为"芹"是欣韵字，正如《汉语诗律学》所说，盛唐时欣韵本与真韵同用。其余则均为通韵，而且前面几例是初盛唐诗人。可见盛唐时亦偶有通韵的。[1]

近体诗是不能转韵的。像王勃《滕王阁》诗那样，前半首以"渚""舞""雨"相押（语麌通韵），后半首换成以"悠""秋""流"相押（尤韵），就不是近体诗而是古体诗了。

滕王阁

王 勃

滕王高阁临江渚，佩玉鸣鸾罢歌舞。
画栋朝飞南浦云，珠帘暮卷西山雨。
闲云潭影日悠悠，物换星移几度秋。
阁中帝子今何在？槛外长江空自流。

但是，在近体诗形成以后，又出现一些变格，叫"进退格""辘轳格""葫芦格"。胡仔《苕溪渔隐丛话》前集卷三十一引《湘素杂记》："郑谷与僧齐己、黄损等共定今体诗格云：凡诗用韵有数格：

---

[1] 胡应麟《诗薮》外编卷三亦举唐代近体诗出韵数例，可以参看。

一曰葫芦,一曰辘轳,一曰进退。葫芦韵者,先二后四(按:指两联同一韵,后面四联换另一韵,下仿此);辘轳韵者,双出双入;进退韵者,一进一退。"这种名目虽然是晚唐才出现的,但李贺《追赋画江潭苑》实际上已是这种"一进一退"的"进退韵"。

追赋画江潭苑(之四)

李 贺

十骑簇芙蓉,宫衣小队红。(东)
练香薰宋鹊,寻箭踏卢龙。(冬)
旗湿金铃重,霜干玉镫空。(东)
今朝画眉早,不待景阳钟。(冬)

还有一种变格,是出句仄声押韵,对句平声押韵。《蔡宽夫诗话》:"唐末有章碣者,乃以八句诗平仄各有一韵。如:'东南路尽吴江畔,正是愁穷暮雨天。鸥鹭不嫌斜雨岸,波涛欺得送风船。偶逢岛寺停帆看,深羡渔翁下钓眠。今古若论英达算,鸱夷高兴固无边。'自号变体,此尤可怪者也。"按:此诗"畔""岸""看""算"为翰韵,"天""船""眠""边"为先韵。

这些押韵方式都是很少见的,也是近乎文字游戏。

顺便讲一下"用韵""依韵""次韵"。这是诗人唱和时的几种用韵方式。

《唐音癸签》卷三:

和诗用来诗之韵曰用韵,依来诗之韵尽押之不必以次曰依韵,并依其先后而次之曰次韵。盛唐人和诗不和韵,晚唐人至有次韵者,洪迈曰:'古人酬和诗,必答其来意,非如今人为次韵所局也。'……至大历中,李端、卢纶野寺病居酬答,始有次韵。后元白二公次韵益多,皮、陆则更盛矣。

按:刘攽《中山诗话》:"唐诗赓和,有次韵(先后无易),有依韵(同在一韵),有用韵(用彼韵不必次),吏部和皇甫《陆浑山火》是也,今人多不晓。"则"依韵"和"用韵"的解释恰好与《唐音癸签》颠倒。徐师曾《文体明辨序说·和韵诗》:"按和韵诗有三体,一曰依韵,谓同在一韵中而不必用其字也。二曰次韵,谓和其原韵而先后次第皆因之也。三曰用韵,谓用其韵而先后不必次也。"与《中山诗话》的说法相同。

现录李端、卢纶赠答诗于下:

野寺病居喜卢纶见访

李 端

青青麦垅白云阴,古寺无人新草深。
乳燕拾泥依古井,鸣鸠拂羽历花林。
千年驳藓明山屐,万尺垂萝入水心。
一卧漳滨今欲老,谁知才子忽相寻。

酬李端公野寺病居见寄

卢 纶

野寺钟昏山正阴,乱藤高竹水声深。
田夫就饷还依草,野雉惊飞不过林。
斋沐暂思同静室,清羸已觉助禅心。
寂寞日长谁问疾,料君唯取古方寻。

第一章 唐诗的格律

一般认为"次韵"是始自元白，如《诗学纂闻》：

次韵创自元白，元微之《上令狐相公诗启》云："某与同门生白居易友善，居易雅能为诗，或为千言，或为五百言律诗，以相投寄；小生自审不能有以过之，往往戏排旧韵，别创新词，名为次韵，盖欲以难相挑耳。"观此，可知次韵之名由此起矣。

但是元白只是开始用"次韵"一词，实际上，像上举李端、卢纶的赠答诗，就已经是次韵了。

"依韵"诗，《唐音癸签》等并未举例。苏轼有一首诗，自己说是"依韵"，抄录如下：

寄邓道士并引

苏 轼

罗浮山有野人，相传葛稚川之隶也。邓道士守安，山中有道者也，尝于庵前，见其足迹长二尺许。绍圣二年正月二日，予偶读韦苏州《寄全椒山中道士》诗云："今朝郡斋冷，忽念山中客。涧底束荆薪，归来煮白石。遥持一樽酒，远慰风雨夕。落叶满空山，何处寻行迹。"乃以酒一壶，依苏州韵，作诗寄之。

> 一杯罗浮春，远饷采薇客。
> 遥知独酌罢，醉卧松下石。
> 幽人不可见，清啸闻月夕。
> 聊戏庵中人，空飞本无迹。

从这首诗看，"依韵"和"次韵"并无区别。

§1.4.2 近体诗的对仗

对仗也是近体诗的一个重要特点。对仗不是每一联都必须用的，一般用在律诗的中间两联。如果是长律，则除首联和末联之外，中间的若干联都要用对仗。

顺便说一下，律诗的四联各有名称。《诗人玉屑》卷十二引《金针诗格》云：

> 第一联谓之"破题"，欲如狂风卷浪，势欲滔天，又如海鸥风急，鸾凤倾巢，浪拍禹门，蛟龙失穴。第二联谓之"颔联"，欲似骊龙之珠，善抱而不脱也。亦谓之"撼联"者，言其雄赡道（遒）劲，能捭阖天地，动摇星辰也。第三联谓之"警联"，欲似疾雷破山，观者骇愕，搜索幽隐，哭泣鬼神。第四联谓之"落句"，欲如高山放石，一去不回。

这种解释并不可信，重要的是这段话讲了唐代对律诗四联的称呼。这四联现在称为"首联""颔联""颈联""尾联"。

对仗一般用在颔联和颈联。也有颔联不用对仗的，称为"蜂腰格"。《诗人玉屑》卷二：

> 颔联亦无对偶，然是十字叙一事，而意贯上二句，及颈联，方对偶分明，谓之蜂腰格，言若已断而复续也。"下第唯空囊，如何往帝乡？杏园啼百舌，谁醉在花傍？泪落故山远，病来春草长。知音逢岂易，孤棹负三湘。"（贾岛《下第诗》）

颔联不对仗，首联对仗，称为"偷春格"。《诗人玉屑》卷二：

> 其法颔联虽不拘对偶，疑非声律，然破题已的对矣，谓之"偷春格"，言如梅花偷春色而先开也。"无家对寒食，有泪如金波。斫却月中桂，清光应更多。仳离放红蕊，想像嚬青娥。

第一章　唐诗的格律

牛女漫愁思,秋期犹渡河。"(杜子美《寒食月》诗)

也有整首四联全不对仗的。如李白《夜泊牛渚怀古》:"牛渚西江夜,青天无片云。登舟望秋月,空忆谢将军。余亦能高咏,斯人不可闻。明朝挂帆去,枫叶落纷纷。"对于这首诗算不算近体诗,历来是有争议的。杨慎《升庵诗话》卷二:"五言律八句不对,太白、浩然集有之,乃是平仄稳贴古诗也。"认为不是近体诗。沈德潜《唐诗别裁》将此首放在"五言律诗"中,而且评论说:"不用对偶,一气旋折,律诗中有此一格。"则认为是近体诗。按:宋代严羽《沧浪诗话·诗体》:"有律诗彻首尾对者(少陵多此体,不可概举),有律诗彻首尾不对者(盛唐诸公有此体。如孟浩然诗:'挂席东南望,青山水国遥。轴舻争利涉,往来接风潮。问我今何适,天台访石桥。坐看霞色晚,疑是赤城标。'又'水国无边际'之篇,又太白'牛渚西江夜'之篇,皆文从字顺,音韵铿锵,八句皆无对偶)。"这话说得是对的。律诗也有自己的发展过程,盛唐时偶有整首不用对仗的,后来就少了。

对仗有各种种类。《文镜秘府论·东卷·二十九种对》共举了29种对仗,名目繁多。但有的是名异而实同,有的名异而差别不大,现在把它加以归并,重新分类,介绍如下:

1. 以对仗的精确程度而论,有:(1)的名对,(2)同类对,(3)异类对,(4)奇对。

(1)的名对。或是反义词相对,或是同义词相对。如:"东圃青梅发,西园绿草开。砌下花徐去,阶前絮缓来。"其中"东、西""去、来"是反义词,"圃、园""青、绿""发、开""砌、阶""徐、缓"是同义词。

(2)同类对。《文镜秘府论》称为"同对",但未举诗句,只举了同类对的字,如"云、雾;星、月;花、叶;风、烟;霜、雪;酒、觞"等等。

可知"同类对"是同一小类中的义近词相对。《文镜秘府论》中又有"邻近对",举例为"寒云轻重色,秋水去来波"。并说:"上是义,下是正名(按:"正名"即"的名")。此也对(按:疑当作"此对也")大体似的名;的名窄,邻近宽。""邻近对"和"同类对"意思差不多。

(3)异类对。不属于同一小类中的字对仗。如:"天清白云外,山峻紫微中。鸟飞随去影,花落逐摇风。"《文镜秘府论》解释说:"上句安'天',下句安'山','天''山'非敌体,'白云''紫微'亦非敌体,第三句安'鸟',第四句安'花','鸟''花'非敌体,'去影''摇风'亦非敌体:如此之类,名为异类对。"

(4)奇对。"奇对者,若'马颊河''熊耳山',此'马''熊'是兽名;'颊''耳'是形名,既非平常,是为奇对。他皆效此。又如'漆沮''四塞','漆'与'四'是数名,又两字各是双声对。又如古人名,上句用'曾参',下句用'陈轸','参'与'轸'同是二十八宿名。若此者,出奇而取对,故谓之奇对。他皆效此。"简单地说,"奇对"是两个用作专名的双音词对仗,而把这两个双音词拆开后,单个字的意义也能对仗。

以上四类中,前三类都很常见,因此不再举唐诗中的例子。"奇对"比较少见。举一唐诗中的例子如下:

  莳药闲庭延国老,开樽虚室值贤人。(柳宗元《从崔中丞过卢少府郊居》)

"国老"是甘草名。《本草》:"甘草名国老,谓其于诸药物中为君也。""贤人"指酒。《三国志·魏志·徐邈传》:"平日醉客谓酒清者为圣人,浊者为贤人。"在柳宗元诗中,"国老"和"贤人"既可作为"甘草"和"浊酒"的代称相对,又可作为普通的名词词组相对,这情况是和"马颊"对"熊耳"一样的,虽然就单字而论"国"和

"贤"对得并不是很工整。

2.以对仗的位置而论，有：(1)当句对，(2)隔句对，(3)续句对，(4)交络对，(5)双拟对，(6)流水对。

(1)当句对。"赋诗曰：'薰歇烬灭，光沉响绝。'"这就是所谓的"本句自对，而又两句相对"。《文镜秘府论》只举了上述一例，是鲍照《芜城赋》中的句子。《容斋随笔》《沧浪诗话》对这种对仗都有所论及，并举了一些例子，如：杜甫《涪城县香积寺官阁》："小院回廊春寂寂，浴凫飞鹭晚悠悠。"（"小院"对"回廊"，"浴凫"对"飞鹭"，然后"小院回廊"对"浴凫飞鹭"。）《滕王亭子》："清江碧石伤心丽，嫩蕊浓花满眼斑。"（"清江"对"碧石"，"嫩蕊"对"浓花"，然后"清江碧石"对"嫩蕊浓花"。）《容斋随笔》还引了李商隐《当句有对》一诗，其诗八句均为"当句对"。其诗曰："密迩平阳接上兰，秦楼鸳瓦汉宫盘。池光不定花光乱，日气初涵露气干。但觉游蜂饶舞蝶，岂知孤凤忆离鸾。三星自转三山远，紫府程遥碧落宽。"

(2)隔句对。"第一句与第三句对，第二句与第四句对，如此之类，名为隔句对。诗曰：'昨夜越溪难，含悲赴上兰；今朝逾岭易，抱笑入长安。'"

这种对仗又叫"扇格对"。《苕溪渔隐丛话》前集卷九："律诗有扇格对，第一句与第三句对，第二句与第四句对。如杜少陵《哭台州郑司户苏少监》：'得罪台州去，时危弃硕儒；移官蓬阁后，谷贵殁潜夫。'"《沧浪诗话·诗体》："有扇对，又谓之隔句对。如郑都官'昔年共照松溪影，松折碑荒僧已无；今日还思锦城事，雪消花谢梦何如'。"（按：郑都官即郑谷。此为郑谷《遇裴晤员外》诗。）

这种对仗，从语义上看是一、二句一联，三、四句一联。如杜甫诗一、二句是说郑虔被贬台州,三、四句是说苏源明饥饿而死。但从形式上看是一、三句相对,二、四句相对。更确切地说,应该是看成一联与一联相对。

(3)续句对。《文镜秘府论》未列此种对仗,这个名称见于《唐音癸签》卷四:"续句对。律诗如老杜'待尔鸣(按:杜甫诗作"嗔")乌鹊,抛书示鹡鸰;枝间喜不去,原上急曾经',排律如老杜'神女峰娟妙,昭君宅有无;曲留明怨惜,梦尽失欢娱'之类。一顺续,一倒续。又如《赠张山人》:'草书应甚苦,诗兴不无神。曹植休前辈,张芝更后身。数篇吟可老,一字买堪贫。'续至三联。白乐天以为诗有连环文藻隔句相解者,起于鲍照之'扰扰游宦子,营营市井人。怀金近从利,负剑远慈亲',其来有自云。"

这种对仗和"隔句对"恰恰相反:从对仗看,是一联中两句相对,从语义看,或是一、三两句相续,二、四两句相续(顺续),或是一、四两句相续,二、三两句相续(倒续)。如杜甫律诗《喜观即到复题短篇》前两联,从语义上看应是"待尔嗔乌鹊,枝间喜不去;抛书示鹡鸰,原上急曾经",意思是因等待弟弟心切,而迁怒于枝间鸣叫的喜鹊(喜鹊叫而弟弟未到);写信给弟弟望其速来(用《诗经·小雅·常棣》"脊令在原,兄弟急难"之典)。所引杜甫排律《大历三年春白帝城放船出瞿塘峡久居夔府将适江陵漂泊有诗凡四十韵》两联,从语义上看应是"神女峰娟妙"与"梦尽失欢娱"相续(用《高唐赋》"巫山神女"之典),"昭君宅有无"与"曲留明怨惜"相续(石崇曾作《昭君怨》,咏王昭君之事)。所引杜甫《赠张山人》六句,是说张山人诗歌和书法之妙,"草书应甚苦""张芝更后身""一字买堪贫"三句言其书法,"诗兴不无神""曹植休前辈""数篇吟可老"三句言其诗歌。此外,张谓《别韦郎中》:"南入洞庭随雁去,西过巫峡听猿多。峥嵘洲上飞黄蝶,滟滪堆边起白波。"也是"顺续"。

(4)交络对。"赋诗曰:'出入三代,五百余载。'"

按:所引为鲍照《芜城赋》。"交络对"指两句中对仗的字位置交错。《梦溪笔谈》《艺苑雌黄》也都论及,称为"蹉对"。《唐音癸签》卷四:"蹉对。沈存中以《九歌》之'蕙肴蒸''奠桂酒'为蹉对之祖。唐人七言起结对者,多用此法。其中联如刘长卿'离心日远如流水,回首川长共落晖'亦蹉对之类。"按:此为刘长卿《送皇甫曾赴上都》诗。诗中上句第三字"日"对下句第七字"晖",上句第七字"水"对下句第三字"川"。此外如李白《谢公亭》:"池花春映日,窗竹夜鸣秋。""春"和"秋"相对,"日"与"夜"相对,但不在同一位置上。《汉语诗律学》举李商隐、李群玉各一例,此处不重复。

(5)双拟对。"一句之中所论,假令第一字是'秋',第三字亦是'秋',二'秋'拟第二字;下句亦然。如此之类,名为双拟对。诗曰:'夏暑夏不衰,秋阴秋未归,炎至炎难却,凉消凉易追。'"就是说,两句都在相同的位置上重复一字。这种对仗唐诗中很常见,如王维《送方尊师归嵩山》:"山压天中半天上,洞穿江底出江南。"李商隐《杜工部蜀中离席》:"座中醉客延醒客,江上晴云杂雨云。"李山甫《隋堤柳》:"但经春色还秋色,不觉杨家是李家。"

还有一种双拟对的变式:上下句都在句中重复一字,但是重复的字在上下句中位置不完全相同。如杜审言《春日京中有怀》:"今年游寓独游秦,愁思看春不当春。"

(6)流水对。《文镜秘府论》中无此名目。严羽《沧浪诗话·诗体》:"有十字对。(刘慎虚'沧浪千万里,日夜一孤舟。')……有十四字对。(刘长卿'江客不堪频北望,塞鸿何事又南飞。')"《唐音癸签》解释说:"谓两句只一意也,盖流水对耳。""流水对"的特点是:一联中的上下两句,从语法上看只是一句话(或是一个单句,或是一个复句),但分成两个诗句,而且这个诗句是对仗的。流水对在唐诗中很常见,如元稹《遣悲怀》:"唯将终夜长开眼,报答平生未展眉。"(是一个单句。)李颀《送魏万之京》:"鸿雁不堪愁里听,云山况是客中过。"(是一个复句。)一般的对仗两句可以颠倒,流水对的两句不能颠倒。

3.字对而词不对。这是巧妙地利用了汉语中字和词的复杂关系。就词来说,在句中并不对仗,但就字来说,在句中可看作对仗。这又分为:(1)借义,(2)借音,(3)借专名作通名,(4)偏对。

(1)借义。《文镜秘府论》称为"字对"。"字对者,若'桂楫''荷戈','荷'是负之义,以其字草名,故与'桂'为对。不用义对,但取字为对也。"《梦溪笔谈》《蔡宽夫诗话》均有"假对",《沧浪诗话》称"借对"。其中"借义""借音"不分。今先举"借义"例于下:

杜甫《陪章留后侍御宴南楼》:"本无丹灶术,那免白头翁。""丹"在句中指"炼丹"之"丹",借"丹"字"红"义与"白"对。韩愈《酒中留上襄阳李相公》:"眼穿常讶双鱼断,耳热何辞数爵频。""爵"在句中指酒器,但《孟子·离娄上》:"为丛驱爵者,鹯也。""爵"通"雀",此处借"爵"的"雀"义与"鱼"相对。其他如刘长卿《逢雪宿芙蓉山主人》:"日暮苍山远,天寒白屋贫。""白"在句中是"无功名"之义,但借为白色义,与"苍"相对。杜甫《宿府》:"永夜角声悲自语,中天月色好谁看。""角"在句中指"画角",但借为二十八宿之一的"角宿"义,与"月"相对。白居易《新春江次》:"鸭头新绿水,雁齿小红桥。""齿"在句中为"次序"义,借为

"牙齿"义与"头"相对。

（2）借音。《文镜秘府论》称为"声对"。"声对者，若'晓路''秋霜'，'路'是道路，与'霜'非对，以其与'露'同声故。"今举《梦溪笔谈》等所举借音例于下：

孟浩然《裴司士见寻》："厨人具鸡黍，稚子摘杨梅。""杨"借音为"羊"，与"鸡"相对。李白《送内寻庐山女道士李腾空》："水舂云母碓，风扫石楠花。""楠"借音为"男"，与"母"相对。此外如杜甫《赠特进汝阳王二十韵》："鸿宝宁全秘，丹梯庶可凌。""鸿"借音为"红"，与"丹"相对。白居易《武丘寺路宴留别诸妓》："清管曲终鹦鹉语，红旗影动骇辀嘶。""清"借音为"青"，与"红"相对。

（3）借专名作通名。这一类古人也归在借对中，但因其性质不同，我们把它另分一类。如杜牧《商山富水驿》："当时物议朱云小，后代声名白日悬。""朱云"是汉代人名，但这里又作为通名（朱色之云）与"白日"相对。杜甫《九日》："竹叶于人既无分，菊花从此不须开。""竹叶"在句中是酒名，但又作为通名（竹子之叶）与"菊花"相对。此外如温庭筠《过五丈原》："下国卧龙空寤主，中原得鹿不由人。""卧龙"指诸葛亮，但又作通名（卧+龙）与"得鹿"相对。岑参《送卢郎中》："千家窥驿舫，五马饮春湖。""五马"指太守，但又作通名（五匹马）和"千家"相对。郭震《塞上》："死生随玉剑，辛苦向金微。""金微"是山名，但此处以"玉"和"金"相对，这也是以专名为通名。

（4）偏对。《文镜秘府论》举古诗"古墓犁为田，松柏摧为薪"为例，但未加说明。《苕溪渔隐丛话》前集卷八引《学林新编》："（杜甫）《寄高詹事》诗曰：'天上多鸿雁，池中足鲤鱼。''鸿''雁'二

69

物也,鲤者,鱼之一种,其名为鲤,疑不可以对鸿雁。然《怀李太白》诗曰:'鸿雁几时到,江湖秋水多。'则以'鸿雁'对'江湖'为正对矣。《得舍弟消息》诗曰:'浪传乌鹊喜,深负鹡鸰诗。''乌''鹊'二物,疑不可以对鹡鸰。然《偶题》诗曰:'音书恨乌鹊,号怒怪熊罴。'则以'乌鹊'对'熊罴'为正对矣。《寄李白》诗曰:'几年遭鵩鸟,独泣向麒麟。''鵩鸟'乃鸟之名鵩者,疑不可以对麒麟。然《寄贾岳州严巴州两阁老》诗曰:'貔虎开金甲,麒麟受玉鞭。'则以'貔虎'对'麒麟'为正对矣。《哭韦之晋》诗曰:'鵩鸟长沙讳,犀牛蜀郡怜。'以'鵩鸟'对'犀牛'为正对矣。子美岂不知对属之偏正邪?盖其纵横出入无不合也。"据此,"偏对"是指两个词(松柏、鸿雁)对一个词(古墓、鲤鱼)。这类对仗唐诗中也很多。如刘禹锡《汉寿城春望》:"华表半空经霹雳,碑文才见满埃尘。"以"霹雳"(一个词)对"埃尘"(两个词)。元稹《以州宅夸于乐天》:"星河似向檐前落,鼓角惊从地底回。"以"星河"(一个词)对"鼓角"(两个词)。杜甫《登岳阳楼》:"昔闻洞庭水,今上岳阳楼。"以"洞庭(之)水"对"岳阳楼",也是属于这一类。

4. 特殊的对仗。又分为四小类:(1)双声对,(2)叠韵对,(3)联绵对,(4)回文对。

(1)双声对。"诗曰:'秋露香佳菊,春风馥丽兰。'释曰:'佳菊'双声,系之上语之尾,'丽兰'叠韵(按:疑为"双声"之误),陈诸下句之末。"唐诗中的例子如:白居易《自河南经乱关内阻饥兄弟离散各在一处因望月有感聊书所怀》:"田园寥落干戈后,骨肉流离道路中。""寥落""流离"均为来母双声。李商隐《落花》:"参差连曲陌,迢递送斜晖。""参差"为清母双声,"迢递"为定母双声。

(2)叠韵对。"诗曰:'放畅千般意,逍遥一个心。'释曰:'放畅'双声(按:疑为"叠韵"之误),陈之上句之初,'逍遥'叠韵,放诸下言之首。"唐诗中的例子如:杜甫《敬赠郑谏议十韵》:"筑居仙缥缈,旅食岁峥嵘。""缥缈"篠韵叠韵,"峥嵘"庚韵叠韵。杜牧《街西》:"银鞍骢骡嘶宛马,绣鞅璁珑走钿车。""骢骡"篠韵叠韵,"璁珑"东韵叠韵。

实际上,唐诗中以双声对叠韵的也很多。如李嘉祐《暮春宜阳郡斋愁坐》:"山当睥睨恒多雨,地接潇湘畏及秋。""睥睨"叠韵,"潇湘"双声。柳宗元《得卢衡州书因以诗寄》:"兼葭淅沥含秋雾,橘柚玲珑透夕阳。""淅沥"叠韵,"玲珑"双声。

(3)联绵对。"联绵对者,不相绝也。一句之中,第二字、第三字是重字,即名为联绵对。但上句如此,下句亦然。诗曰:'看山山已峻,望水水仍清;听蝉蝉响急,思乡乡别情。'"按:这里说第二、三字相重才是联绵对,是指五言诗说的。因为五言诗的节奏一般为2—3,如果是七言诗,则应是第四、五字重字相对。唐诗中的例子如沈佺期《龙池篇》:"龙池跃龙龙已飞,龙德先天天不违。"

(4)回文对。"诗曰:'情亲由得意,得意遂情亲;新情终会故,会故亦经新。'"即上下句首尾相连。这种对仗比较少见。李商隐《和张秀才》:"回肠九回后,犹有剩回肠。"勉强可算这一类。

以上介绍了对仗的种类。唐代的近体诗讲究对仗,入律的古风也有讲对仗的趋势,但是与之相反,在仿古的古风中有时却故意避免对仗。《苕溪渔隐丛话》前集卷十七引《唐子西语录》:"退之作古诗,有故避属对者,'淮之水舒舒,楚山且丛丛'是也。"说的就是这种情况。

§1.4.3 近体诗的避字

在本章的末尾，谈一谈近体诗中的避字问题，主要是避重字和避重韵。

王力《汉语诗律学》中讲了这个问题。《汉语诗律学》第二十二节下：

> 避重韵——在同一首诗当中，韵脚的字不能重复，不然就犯了重韵的毛病。无论古体或近体，重韵总是应该避免的；因此，重韵的诗非常罕见。但是，如果一个字有两种意义，就可以当作两个字看待，虽同在一篇里用于两个韵脚，也不算为犯重韵。

> 所谓避重字只限于两种情形：（一）在律诗的中两联里，出句的字不宜和对句的字相重；（二）凡不同联的字，尽量避免相重。

又说：

> 重字的避免，至多只能说是一种技巧，不能说是一种规律。
> 排律里是不避重字的。

下面我们就避重字和避重韵分别作进一步的讨论。

（一）避重字

唐代诗人在近体诗中是很注意避重字的。《苕溪渔隐丛话》前集卷十七引《三山老人语录》：

> 白乐天寄刘梦得诗，有"叹蚤白无儿"之句，刘赠诗曰："莫嗟华发与无儿，却是人间久远期。雪里高山头蚤白，海中仙果子生迟。于公必有高门庆，谢守何烦晓镜悲。幸免如新分非

浅，祝君长咏梦熊诗。"注云："高山本高，于门使之高，二义殊，古之诗流晓此。"唐人忌重叠用字如此。

"于公必有高门庆"一句，用的是《汉书·于定国传》的典故。《汉书·于定国传》说，定国父于公高大其门闾，后于定国为丞相。这里的"高门"是"高大其门闾"之意，"高"是使动用法。而"雪里高山"的"高"是普通的形容词。刘禹锡在自注中说明"二义殊"，意思是说，自己这首诗并没有犯重字的毛病。这种讲究，宋代诗人仍然如此。苏轼《送江公著知吉州》诗中有"忽忆钓台归洗耳"一句，又有"亦念人生行乐耳"一句，自注："二'耳'义不同，故得重用。"这也说明苏轼认为同义的字在诗中是不能重用的，特别是不能两次用作韵脚字。

但是，唐诗中用重字的也并不很少，《汉语诗律学》举了王维11首诗。现在再举两首于下：

辋川闲居

王　维

一从归白社，不复到青门。
时倚檐前树，远看原上村。
青菰临水拔，白鸟向山翻。
寂寞於陵子，桔槔方灌园。

送客游边

于　鹄

若到并州北，谁人不忆家。
塞深无伴侣，路尽只平沙。

碛冷惟逢雁，天春不见花。
莫随征将意，垂老事轻车。

王维的一首还可以说"白社""青门"是专名，和下面的"白"和"青"意义有别。于鹄的一首两个"不"就显然重了。

（二）避重韵

重字尚且要避，重韵就更要避了。但是，在唐诗中也有不避重韵的。如《苕溪渔隐丛话》前集卷十七引《学林新编》举杜甫《饮中八仙歌》押二"船"字，二"眠"字，三"天"字，三"前"字。又说：

> 盖子美古律诗重用韵者亦多，况于歌乎？如《园人送瓜》诗曰："沉浮乱冰玉，爱惜如芝草。"又曰："园人非故侯，种此何草草。"一篇押二"草"字也。《上后园山脚》诗曰："蓐收困用事，元冥蔚强梁。"又曰："登高欲有往，荡析川无梁。"一篇押二"梁"字也。《北征》诗曰："维时遇艰虞，朝野少暇日。"又曰："老夫情怀恶，呕泄卧数日。"一篇押二"日"字也。《夔府咏怀》诗曰："虽云隔礼数，不敢坠周旋。"又曰："淡交随聚散，泽国绕回旋。"一篇押二"旋"字也。《赠李八秘书》诗曰："事殊迎代邸，喜异赏朱虚。"又曰："风烟巫峡远，台榭楚宫虚。"一篇押二"虚"字也。《赠李邕》诗曰："放逐早联翩，低垂困炎厉。"又曰："哀赠终萧条，恩波延揭厉。"一篇押二"厉"字也。《赠汝阳王》诗曰："自多亲棣萼，谁敢问山陵。"又曰："鸿宝今宁秘，丹梯庶可陵。"一篇押二"陵"字也。《喜薛璩岑参迁官》诗曰："栖迟分半菽，浩荡逐浮萍。"又曰："仰思调玉烛，谁定握青萍。"一篇押二"萍"字也。《寄贾岳州严巴州两

第一章 唐诗的格律

阁老》诗曰:"讨胡愁李广,奉使待张骞。"又曰:"如公尽雄隽,志在必腾骞。"一篇押二"骞"字也。子美诗如此类甚多。……韩退之《赠张籍》诗,二篇押二"更"字,二"阳"字,又《岳阳楼别窦司直》诗,押二"向"字,又《李花》诗押二"花"字,又《双鸟》诗押二"州"字,二"头"字,二"秋"字,二"休"字,又《和卢郎中送盘谷子》诗押二"行"字,又《示爽》诗押二"愁"字,又《叉鱼》诗押二"销"字,《寄孟郊》诗押二"奥"字,《此日足可惜》诗押二"光"字。白乐天《渭村退居》诗押二"房"字,《梦游春》诗押二"行"字,《寄元微之》诗押二"夷"字,《出守杭州路次蓝溪》诗押二"水"字,《游悟真寺》诗押二"盘"字。其余诗人,如此叠用韵者甚多,不可具举,意到即押耳。

按:这一段中所举"重韵",多数是同字而不同义的。如"芝草"的"草"与"草草"的"草"不同义,"朱虚"是人名,与"楚宫虚"的"虚"不同义。韩愈、白居易诗中亦然,如《赠张籍》诗中一为"不可更",一为"五更",《叉鱼》诗今本一作"销",一作"消"等。真正一字同义而重用为韵脚字的,只有下列数例:

  杜甫《北征》:"暇日""数日"。

  杜甫《夔府咏怀》:"周旋""回旋"。

  韩愈《双鸟》诗:"中州""九州","鸣不休""至死休"。

  韩愈《此日足可惜》诗:"日光""夜光"。

  白居易《渭村退居》:"不出房""入僧房"。

  白居易《出守杭州路次蓝溪》:"沧浪水""好山水"。

其中杜甫《夔府咏怀》、白居易《渭村退居》是排律。可见除排律外,重韵确是非常之少的了。

第二章 唐诗的词汇

第一节 唐诗词汇的构成

§2.1.1 概说

第一章所讲的唐诗的格律，对于我们阅读和研究唐诗是很重要的。但是，唐诗的词汇和句法对阅读和研究唐诗关系更为密切。句法将到第三章中再讲，本章先讲唐诗的词汇。

有一些唐诗，我们今天读起来感到困难，主要是对其中的词语不理解。下面举一些例子：

南山诗（节录）

韩　愈

春阳潜沮洳，濯濯吐深秀，
岩峦虽嵂崒，软弱类含酎。
夏炎百木盛，荫郁增埋覆，
神灵日歊歔，云气争结构。
秋霜喜刻轹，磔卓立癯瘦，
参差相叠重，刚耿陵宇宙。
冬行虽幽墨，冰雪工琢镂，

新曦照危峨，亿丈恒高袤。

这几句是描写终南山春夏秋冬四季的景色，读起来不大好懂。是什么造成阅读的困难呢？显然是其中一些较生僻的词。这些词出于先秦两汉的典籍，唐代人的口语中大概已经不用。例如：

沮洳 《诗经·魏风·汾沮洳》："彼汾沮洳。"毛传："沮洳，其渐洳者。"孔疏："沮洳，润泽之处。"

濯濯 《诗经·大雅·崧高》："钩膺濯濯。"毛传："濯濯，光明也。"

崒崪 司马相如《子虚赋》："其山则盘纡茀郁，隆崇崒崪。"为山高貌。

酎 《礼记·月令》："天子饮酎，用礼乐。"郑注："酎之言醇也，谓重酿之酒也。"

欷歔 《说文》："欷歔，气出貌。"

刻轹 《史记·酷吏列传》："刻轹宗室，侵辱功臣。"为"刻削陵践"之义。

幽墨 《楚辞·怀沙》："眴兮杳杳，孔静幽默。"《史记·屈原列传》作"幽墨"，为寂静貌。

这些词语，我们称之为唐诗中的"古词语"。"古"是对唐代而言的，即指这些词语在唐以前的古籍中使用过，而在唐人的口语中大概已经不用了。有些唐诗中用了这些"古词语"，就使得文字艰深难懂。

长安清明

韦 庄

早是伤春梦雨天，可堪芳草更芊芊。

内官初赐清明火,上相闲分白打钱。
紫陌乱嘶红叱拨,绿杨高映画秋千。
游人记得承平事,暗喜风光似昔年。

这首诗除了"芊"字不大常见外,其余的字都很常见。但是,其中的"白打""叱拨"仍然不好懂。另外,如果把"早是"理解为"很早就是",把"可堪"理解为"可以忍受",句子也讲不通。这几个词都是唐代的口语词,在唐人口里是常说的。

白打 焦竑《笔乘》:"白打,蹴鞠戏也。两人对踢为'白打',三人角踢为'官场'。"这个词又见于王建《宫词》:"寒食内人长白打,库中先散与金钱。"

叱拨 五代晋李石《续博物志》载:天宝中,大宛进汗血马六匹,分别以红、紫、青、黄、丁香、桃花叱拨为名。岑参《玉门关盖将军歌》:"枥上昂昂皆骏驹,桃花叱拨价最殊。"

早是 张相《诗词曲语辞汇释》卷二:"早是,犹云'本是'或'已是'也。唐无名氏诗:'早是有家归不得,杜鹃休向耳边啼。'"

可堪 张相《诗词曲语辞汇释》卷一:"李商隐《春日寄怀》诗:'纵使有花兼有月,可堪无酒又无人。'可堪,那堪也。"

这些口语词,有的在现代汉语中不用了(如"白打""叱拨"),有的现代汉语中意义已经改变(如"早是""可堪"),所以也会造成阅读的障碍。

和李侍御渡松滋江

孟浩然

南纪西江阔,皇华御史雄。

第二章　唐诗的词汇

　　截流宁假楫，挂席自生风。
　　寮寀争攀鹢，鱼龙亦避骢。
　　坐听白雪唱，翻入棹歌中。

这首诗中应注意的是这些词语："南纪""皇华""挂席""鹢""骢""白雪唱"。

　　南纪　《诗经·小雅·四月》："滔滔江汉，南国之纪。"郑笺："江也，汉也，南国之大水，经纪众川，使不壅滞。""纪"本为"经纪"之义，但在后来"南纪"或指南方，如江淹《王侍中为南蛮校尉诏》："必能赞政南纪，播惠西夏。"或指南方之大河，如本诗。

　　皇华　《诗经·小雅·皇皇者华》："皇皇者华，于彼原隰。"毛传："皇皇，犹煌煌也。"本为"鲜艳的花朵"之义。但《诗序》以为："皇皇者华，君遣使臣也。"后来用作"使者"的代称。谢灵运《撰征赋序》："余摄官承乏，谬充殊役，皇华愧于先雅，靡盬悴于征人。"

　　挂席　《文选·木华〈海赋〉》："于是候劲风，揭百尺，维长绡，挂帆席。"李善注："随风张幔曰帆，或以席为之，故曰帆席也。"谢灵运《游赤石进帆海》诗："扬帆采石华，挂席拾海月。"

　　鹢　原指一种水鸟，古代多画鹢于船头，所以又称舟船为"鹢"。谢朓《泛水曲》："罢游平乐苑，泛鹢昆明池。"

　　骢　原指青白杂毛的马。《后汉书·桓典传》载：桓典拜侍御史，执政无所回避，常乘骢马，京师畏惮，为之语曰："行行且止，避骢马御史。"因用以为御史之代称。

　　白雪唱　指《阳春》《白雪》。宋玉《对楚王问》："客有歌于郢中者，……其为《阳春》《白雪》，国中属而和者不过数十人。"

这些词语都不能单纯照字面上来理解。它们有的包含一个典故，有

79

的是代称，有的是文学作品中习惯的说法。但从阅读的角度来说，它们都可以看作诗歌中的特殊的词语。这些词语不同于古词语：古词语在唐诗中也只是偶一用之，而这些词语在唐诗中是很常用的。这些词语也不同于口语词：口语词是当时人们在日常生活中常用的，而这些词语只用于文学作品，包括散文、骈文、辞赋和诗歌。我们把这类词语称为"诗文用语"。

要读懂唐诗，就要掌握这三类词语。当然，这三类词语在诗中常是交错运用的，如在《南山》诗中，既有许多古词语，也有一些口语词，如："团辞试提挈，挂一念漏万"，"团"为估量义；"茫如试矫首，堨塞生恟愁"，"堨塞"为狭窄拥塞义。这都是唐代口语。"天空浮修眉，浓绿画新就。"这是以黛眉比喻远山，暗用《西京杂记》"文君姣好，眉色如望远山"之典。这在诗文中也是常见的。但为了方便，下面分三类介绍。

§2.1.2 古词语

中国古代文学源远流长。唐诗是继承先秦以至汉魏六朝文学的优秀传统而发展起来的，在词汇方面，也深受这些文学作品的影响。在唐诗中有不少出自先秦两汉以至魏晋南北朝的古词语，分述如下：

（一）先秦的古词语

先秦典籍中有许多词语在唐诗中仍被运用。这些词语，有些在唐代还是有生命力的，唐代诗人自然会使用它们。有些在唐代实际上已经不大用了，但是为了使作品显得古雅或是其他原因，诗人们偶尔也使用它们。比如：

第二章 唐诗的词汇

周公负斧扆,成王何夔夔。(李白《寓言三首》之一)夔夔:《尚书·大禹谟》:"夔夔斋栗。"伪孔传:"夔夔,悚惧貌。"

盍簪喧枥马,列炬散林鸦。(杜甫《杜位宅守岁》)盍簪:《周易·豫卦》:"勿疑朋盍簪。"注:"盍,合也。簪,疾也。"一云"簪,聚也"。两句是说朋友聚合,枥马嘶叫,火炬明亮,林鸦惊飞。

遥见林虑山,苍苍戛天倪。(高适《宋中遇林虑杨十七山人因而有别》)天倪:《庄子·齐物论》:"和之以天倪。"释文:"崔云:'或作霓,际也。'""戛天倪"指插在天边。

此地可遗老,劝君来考槃。(岑参《太一石鳖崖口潭旧庐招王学士》)考槃:《诗经·卫风·考槃》:"考槃在涧,硕人之宽。"毛传:"考,成也。槃,乐也。"《毛诗序》:"《考槃》,刺庄公也。不能继先公之业,使贤者退而穷处。""劝君来考槃"意谓"劝君来隐居于此"。

况住洛之涘,鲂鳟可罩汕。(韩愈《崔十六少府摄伊阳以诗及书见投因酬三十韵》)罩汕:《尔雅·释器》:"翼谓之汕,篧谓之罩。"注:"翼,今之撩罟。篧,捕鱼笼也。"此处用作动词,指用"罩"和"汕"捕鱼。

自冬及春暮,不雨旱爞爞。(白居易《贺雨》)爞爞:《诗经·大雅·云汉》:"蕴隆虫虫。"毛传:"蕴蕴而暑,隆隆而雷,虫虫而热。"《尔雅·释训》作"爞爞"。

上述"夔夔""盍簪""天倪""考槃""罩汕""爞爞"这些词语,在唐代口语中显然已经消失,在唐代的书面语中也不常用。用这些词语写诗,是并不值得称道的。但既然唐人已用了这些词语,我们在读诗时就要能够理解其意义。

（二）六朝的古词语

唐代诗人还吸收和使用了六朝文学作品中的大量词汇。六朝是一个文学走向自觉的时代，作品讲究文采，讲究辞藻。这虽有形式主义的一面，但对文学的发展也有推动作用。唐朝文人深受六朝文学的影响，特别是《昭明文选》，在唐代是很受重视的。杜甫《宗武生日》："熟精《文选》理。"又《水阁朝霁》："续儿诵《文选》。"反映出诗人对《文选》的重视。唐诗中有不少诗句是受六朝诗的影响，或点化六朝人的诗句而成的。这一点到第四章第四节中再讲。下面举几个唐诗中运用六朝词语的例子。

闻君携妓访情人，应为尚书不顾身。（李白《寄韦南陵冰余江上乘兴访之遇寻颜尚书笑有此赠》）身：六朝时用作第一人称代词。如《世说新语·文学》："丞相自起解帐，带麈尾，语殷曰：'身今日当与君共谈析理。'"此诗中"身"亦为李白自称，观诗题可知。

当宁陷玉座，白间剥画虫。（杜甫《往在》）白间：何晏《景福殿赋》："皎皎白间，微微列钱。"张铣注："白间，窗也。以白涂之，画为钱文。"杜诗是说安史之乱后宫殿残破，窗户为虫蛀蚀剥落。

登顿驱征骑，栖迟愧宝刀。（高适《使青夷军入居庸三首》之三）登顿：谢灵运《过始宁墅》："山行穷登顿，水涉尽洄沿。"李周翰注："登顿谓上下也。"

夜投佛寺上高阁，星月掩映云朣胧。（韩愈《谒衡岳庙》）朣胧：潘岳《秋兴赋》："月朣胧以含光兮，露凄清以凝冷。"

盛时一去贵反贱，桃笙葵扇安可当。（柳宗元《行路难三首》之三）桃笙：左思《吴都赋》："桃笙象簟，韬于筒中。"李善注："桃笙，桃枝簟也。"

第二章 唐诗的词汇

孙枝擢细叶,旖旎狐裘茸。(李商隐《李肱所遗画松诗》)孙枝:嵇康《琴赋》:"乃斫孙枝,准量所任。"李善注:"郑玄周礼注曰:孙竹,枝根之末生者也。盖桐孙亦然。"

六朝与唐代距离不远,一些六朝的词语,很可能在唐代口语中还继续使用。但上述词语大部分都有唐代人的注释,可见在唐代一般人已不懂得了。所以我们将它们列入"古词语"中。

这些"古词语",既然在唐代就已经费解了,我们今天读起来,当然更不容易懂。这类词语,唐诗的注释者往往会注明其出处,帮助我们理解。如果是读没有注解的唐诗,那么碰到这些词语,就只有多查字典或其他工具书(如《佩文韵府》等)了。

§2.1.3 口语词

唐诗中有不少口语词。这一点古人就已经注意到。如《苕溪诗话》卷七:

> 数物以"个",谓食为"吃",甚近鄙俗,独杜屡用。"峡口惊猿闻一个","两个黄鹂鸣翠柳","却绕井边添个个"。《送李校书》云:"临歧意颇切,对酒不能吃。""楼头吃酒楼下卧","但使残年饱吃饭","梅熟许同朱老吃"。盖篇中大概奇特,可以映带者也。

《唐音癸签》卷十一:

> 孙季昭云:杜子美善以方言里谚点化入诗句中。如云:"吾家老孙子,质朴古人风。""客睡何曾着,秋天不肯明。""枣熟从人打,葵荒欲自锄。""一夜水高二尺强,数日不可更禁当。""不分桃花红胜锦,生憎柳絮白于绵。""负盐出井此溪女,打鼓发船何处郎。"此类尤多,不可殚述。

在这些"俗语""里谚"中，有一些一直沿用到现代，如"个""吃""孙子""睡着""打（枣）""打鼓"等，这些自然不难理解。有些到后来就消失了，如"禁当"（为"禁止"之义），"不分""生憎"（均为"厌恶"义）。这些词语是特别需要注意的。

又《苕溪渔隐丛话》前集卷十：

> 《三山老人语录》云："（杜甫）《重过何氏》诗云：'花妥莺捎蝶，溪喧獭趁鱼。'西北方言以'堕'为'妥'。'花妥'即'花堕'也。"

> 山谷云："……蜀人谓柂师'长年三老'，谓衫领为'舡'，杜诗皆用之。"

按：杜甫《拨闷》："长年三老遥怜汝，捩舵开头捷有神。"蔡注："峡中以篙师为长年，舵工为三老。"邵注："三老，捩舵者。长年，开头者。""舡"用作"衫领"义者，指的是杜甫《饮中八仙歌》"天子呼来不上船，自称臣是酒中仙"中的"船"字，宋人有把"不上船"解释为"不系衫领"的，但此说不可信。[①] 这种以方言入诗的情况不仅见于杜诗，其他诗中也有。如顾况《囝》："囝别郎罢，心摧血下。"注："闽俗呼子为囝，父为郎罢。"

《韵语阳秋》卷十：

> 唐人与亲别而复归，谓之"拜家庆"。卢象诗云："上堂拜家庆，顾与亲恩迩。"孟浩然诗云："明朝拜家庆，须着老莱衣。"

按："拜家庆"亦称"拜庆"，不但见于唐诗，也见于唐代其他作品。蒋防《霍小玉传》："其后年春，生以书判拔萃登科，授郑县主簿。至四月，将之官，便拜庆于东洛。"

---

① 参见《珊瑚钩诗话》卷二。

宋代庞元英《文昌杂录》：

> 元微之诗云："松门待制应全远，药树监搜可得知。"盖有唐宣政殿为正衙，殿庭东西有四松，松下待制官立班之地，旧图至今犹存。……殿门外有药树，监察御史监搜之位在焉。唐制，百官入宫殿门必搜，监察所掌也。

这一条解释了唐诗中"监搜"一词的含义。像"拜家庆""监搜"这些词，是反映唐代社会习俗、政事制度的口语词。

关于唐诗中的口语词，在本章第二、三节中还要专门论及，这里就不详谈了。

§2.1.4 诗文用语

关于诗文用语，古人也有所论述。宋代吕本中《童蒙训》：

> "雕虫蒙记忆，烹鲤问沉绵。"不说作赋，而说"雕虫"，不说寄书，而说"烹鲤"，不说疾病，而说"沉绵"。"颂椒添讽味，禁火卜欢娱。"不说岁节，但云"颂椒"，不说寒食，但云"禁火"，亦文章之妙也。

按："雕虫"两句，是杜甫《秋日夔府咏怀奉寄郑监李宾客一百韵》中的诗句。"雕虫""烹鲤"都是用典。扬雄《法言·吾子》："或问：'吾子少而好赋？'曰：'然，童子雕虫篆刻。'俄而曰：'壮夫不为也。'"蔡邕《饮马长城窟行》："客从远方来，遗我双鲤鱼。呼儿烹鲤鱼，中有尺素书。""沉绵"是修辞中的借代，以病之性状代病，唐诗中常用。宋代赵次公解释"雕虫"两句说："言二公（按：指郑、李二人）记忆其（按：指杜甫）能诗，又数遣人致尺书以问其病体也。""颂椒"两句，是杜甫《续得观书迎就当阳居止正月中旬定出三峡》中的诗句，今本作"颂椒添讽咏，禁火卜欢娱。""颂椒"是用典。《晋书·列女传》载：刘臻妻陈氏曾在正月初一献《椒花颂》，"颂椒"即指正月初一。"禁火"指寒食。古代风俗，寒食禁火三日，见《荆楚岁时记》。两句是说得弟杜观来信，正月初一也增添了欢乐，预计在寒食节可与弟相会。

用典和借代本是一种修辞手法，但用得多了，也就成了词语的一种固定意义（当然这种词语一般用于诗文，在口语中不太用）。所以我们把它称作"诗文用语"，放在本章中来讲述。

唐诗中借代用得很多。例如：

狐裘兽炭酌流霞，壮士悲吟宁见嗟。（李白《幽歌行》）

主家阴洞细烟雾，留客夏簟青琅玕。（杜甫《郑驸马宅宴洞中》）

铁衣远戍辛勤久，玉筯应啼别离后。（高适《燕歌行》）

破额山前碧玉流，骚人遥驻木兰舟。（柳宗元《酬曹侍御过象县见寄》）

"流霞"指酒。《论衡·道虚》："（项）曼都曰：'有仙人数人将我上天，离月数里而止。……口饥欲食，仙人辄饮我以流霞一杯。每饮一杯，数月不饥。'""琅玕"原为美玉名，诗中常用作竹的代称。"玉筯"指泪水。"碧玉"指流水。这些在唐诗中都是常见的。如章碣《春别》："花边马嚼金衔去，楼上人垂玉筯看。"曹唐《病马》："四蹄不凿金砧裂，双眼慵开玉筯斜。"这些由借代而形成的意义在一般的词典中都列为该词条的一个义项，可见，它们已成为该词的固定意义。

除了借代以外，唐诗中还经常使用一些与其事物有关的辞藻。如《白氏六帖》卷一载有与"月"有关的辞藻，摘录如下：

夜光（月名）

第二章 唐诗的词汇

望舒(月御)

照临(下土)

成象(在天成象)

代明(日月代明)

金精、阴灵(《月赋》:"月以阴灵。")

蓂荚(晦朔应月而生落)

桂华(月中有仙桂树)

玉钩、金波、蛾眉(纤纤似玉钩,娟娟若蛾眉,谓初月)

破环、破镜(飞上天,谓残月)

如圭(秋月如圭)

西园游(曹植诗云:"清夜游西园,明月澄清景。")

北堂寝(陆机诗云:"安寝北堂上,明月入我牖,照之有余辉,揽之不盈手。")

纨扇(班婕妤诗曰:"新裂齐纨素,皎洁如霜雪,裁为合欢扇,团团似明月。")

牛喘(《世说》:"吴牛见月而喘。")

鹊飞(魏武帝歌曰:"月明星稀,乌鹊南飞。")

姮娥奔(羿妻窃药奔月,乃为月中仙。)

丽天(日月丽乎天)

离毕(月离于毕,俾滂沱矣)

鱼脑减(《淮南子》:"月毁而鱼脑减。")

从星(月之从星,则有风雨。《书》)

哉生魄(《书》)

卿士(惟月)

得天(日月得天而能久照。《易》)

87

九行（《天文志》："月有九行。"）

玉兔、阴兔（玄兔、金兔）

蟾蜍（瑶兔、蟾光、蟾辉、素月、蟾魄、素娥、圆魄、金魄、素光：月名）

具瞻（皆仰）

蚌蛤（月望则蚌蛤实）

斯征（《诗》云："我日斯迈，而月斯征。"）

月将（日就）

连璧（日月如连璧）

袭月（庆忌猛勇之将，被要离谋杀，以剑自刎将死，感彗星袭月）

梦月（夏禹未遇，梦乘舟月中过）

了解这些辞藻，对读唐诗是有帮助的。比如：

月

杜 甫

四更山吐月，残夜水明楼。
尘匣元开镜，风帘自上钩。
兔应疑鹤发，蟾亦恋貂裘。
斟酌姮娥寡，天寒耐九秋。

如果不懂得上述与月有关的典故和辞藻，就会感到不解：为什么这首诗开始说月，接着又说镜，说钩，说兔，说蟾？懂得了上述典故与辞藻，就可以明白，"镜"和"钩"都是比喻月亮，"兔"和"蟾"都是月亮的代称。仇兆鳌解释这四句说："月魄留痕，如匣边露镜，此承'吐月'；弯月挂檐，如钩上风帘，此承'明楼'。月色临头，恐兔疑白发；月影随身，如蟾恋裘暖。从月光下写出衰老凄凉之况。"尾联的"姮娥"与月有关，那是不言而喻的了。

月

李峤

桂满三五夕，蓂开二八时。
分辉度鹤镜，流影入蛾眉。
皎洁临疏牖，朦胧鉴薄帷。
愿陪北堂宴，长赋西园诗。

这首诗头两句说"桂"，说"蓂"，实际上也是指月。两句是说阴历十五、十六时月亮很圆，颔联和颈联都是写月光。"镜"和"眉"在句中实指镜子和眉毛，但也和月亮有关。尾联"北堂""西园"用的是陆机诗和曹植诗之典，意思是在此月夜效仿陆机、曹植而赋诗。

在唐诗中还常使用一种"割裂式的借代"，这种修辞方式或称"藏头"与"歇后"。如：以"而立"代替"三十"，这是割裂《论语·为政》"三十而立"，是"藏头"。以"友于"代替"兄弟"，这是割裂《论语·为政》"友于兄弟"，是"歇后"。这种修辞方式盛行于六朝，颜之推曾对这种方式提出过批评。《颜氏家训·文章》：

《诗》云："孔怀兄弟。"孔，甚也；怀，思也。言甚可思也。陆机《与长沙顾母书》述从祖弟士璜死，乃言"痛心拔脑，有如孔怀"。心既痛矣，即为甚思，何故方言"有如"也？观其此意，当谓亲兄弟为"孔怀"。《诗》云："父母孔迩。"而呼二亲为"孔迩"，于义通乎？

这种用法在唐代诗文中也很多。宋代严有翼《艺苑雌黄》云：

> 昔人文章中，多以兄弟为"友于"，以日月为"居诸"，以黎民为"周余"，以子姓为"贻厥"，以新婚为"燕尔"，类皆不成文理。虽杜子美、韩退之亦有此病，岂非徇俗之过耶？子美云："山鸟山花吾友于。"又云："友于皆挺拔。"退之云："岂谓贻厥无基址？"又云："为尔惜居诸。"《后汉书·史弼传》云："陛下隆于友于，不忍恩绝。"曹植《求通亲亲表》云："今之否隔，友于同忧。"《晋史》赞论中，此类尤多。

按：以日月为"居诸"，出于《诗经·邶风·柏舟》："日居月诸，胡迭而微。"以黎民为"周余"，出于《诗经·大雅·云汉》："周余黎民，靡有孑遗。"以子姓（子孙）为"贻厥"，出于《诗经·大雅·文王有声》："贻厥孙谋，以燕翼子。"以新婚为"燕尔"，出于《诗经·邶风·谷风》："宴尔新婚，如兄如弟。"（"宴"一本作"燕"）下面再举一些唐诗中的例子：

好客多乘月，应门莫上关。（王维《登裴迪秀才小台作》）"应门"指家僮。出于李密《陈情表》："外无期功强近之亲，内无五尺应门之僮。"

日夕见乔木，乡园在伐柯。（孟浩然《归至郢中》）"伐柯"指不远。《诗经·豳风·伐柯》："伐柯伐柯，其则不远。"

宣命前程急，惟良待士宽。（杜甫《送杨六判官使西蕃》）"惟良"指刺史。《汉书·宣帝纪》："与我共理者，惟良二千石乎！""二千石"在汉代为太守，相当于唐代的刺史。

感激殊非圣，栖迟到异粻。（李商隐《赠送前刘五经映》）"异粻"指五十岁。《礼记·王制》："五十异粻。""栖迟"句指到五十仍不得志。

耳闻明主提三尺，眼见愚民盗一抔。（唐彦谦《题汉高庙》）"三尺"指三尺剑。《史记·高祖本纪》："吾以布衣提三尺剑取天下。""一抔"指一抔土。《史记·张释之传》："假令愚民取长陵一抔土，陛下何以加其法乎？"

这种用法不但见于唐代诗文，而且在一些民间文学创作中也能见到。如王梵志诗："孔怀须敬重，同气并连枝。"敦煌写本《伍子胥变文》："知是舅甥，不顾母之孔怀，遂生恶意奔逐。""孔怀"均指兄弟。可见这种用法在唐代很普遍。

颜之推、严有翼对这种"割裂式的借代"的批评是对的。这种修辞方式确实不值得提倡。但既然唐代诗文中已经这样用了，我们就需要懂得这种用法。比如孟浩然诗中的"乡园在伐柯"，如果按字面来理解，那是无论如何也读不通的。

§2.1.5 唐诗中词语的特殊用法

总的来说，诗歌中的词语总是全民语言（包括文学语言）中固有的词，除了少数例外，诗人不大可能生造词语。但由于诗歌格律的要求，有时在词语的运用方面会有某些特殊情况。这里所说的格律，不光是指近体诗的格律，而且是包括古体诗和近体诗共同的一些格律，如押韵、字数等。下面分几个方面谈谈唐诗中词语的一些特殊用法。

（一）颠倒

有时为了押韵，把联绵字或复音词的词序颠倒。如：

揭来游公卿，莫肯低华簪。谅非轩冕族，应对多差参。（韩愈《孟生诗》）方世举注曰："元和诗人皆好颠倒，如卢仝有'揄揶',白居易有'摩揣'。"又《艺苑雌黄》:"古诗押韵或有语颠倒而理无害者。如退之以'参差'为'差参',以'玲珑'为'珑玲'是也。"

  法吏多少年,磨淬出角圭。将举汝怨尤,以为己阶梯。(韩愈《南内朝贺归呈同官》)方世举注曰:"角圭,即圭角也。唐人好倒用字,如鲜新、莽卤、角圭之类甚多。"

方世举所说的"揄揶""鲜新""莽卤"等,各举一例如下:

  但恨口中无酒气,刘伶见我相揄揶。(卢仝《苦雪寄退之》)
  爱汝玉山草堂静,高秋爽气相鲜新。(杜甫《崔氏东山草堂》)
  食贫甘莽卤,被褐谢斓斒。(柳宗元《酬韶州裴使君》)

至于"玲珑"说成"珑玲",却不始于唐代。王念孙《广雅疏证》卷四下:"玲与珑一声之转……合言之则曰玲珑,倒言之则曰珑玲……《法言·五百》篇云:'珑玲其声者,其质玉乎?'"可见汉代已这样说了。

(二)减字和增字

在唐诗中,由于字句的限制,或者为了对仗的需要,有时一个词减去一个字,有时又一个词加上一个字。例如:

  美人骋金错,纤手脍红鲜。(孟浩然《岘潭作》)
  盛时惭阮步,末宦知周防。(高适《同诸公登慈恩寺塔》)
  贞心一任蛾眉妒,买赋何须问马卿。(戴叔伦《宫词》)

"金错",应为"金错刀",减去一字,不仅正好成一五言句,而且与下句"红鲜"相对。"阮步"应为"阮步兵"指阮籍,减去一字与下句"周防"对仗(周防,后汉人,曾为小吏)。"马卿"为"司马长卿"

之省,即司马相如,减字后构成一七言句。

箭逐云鸿落,鹰随月兔飞。(李白《观猎》)

寿献金茎露,歌翻玉树尘。(李商隐《陈后宫》)

禹力不到处,河声流向西。(周朴《董岭水》)

"月兔"应指月中之兔,但此处并无此意,仅是指一般的兔,只是要和"云鸿"(云中之鸿)对仗,而增"月"字。"歌翻玉树尘"句,指的是陈后主使诸贵人及女学士与狎客共赋新诗,被以新声,其曲有《玉树后庭花》《临春乐》等(见《陈书》)。"翻"是"演奏"之义,此句意谓"歌时演奏《玉树后庭花》之曲","尘"字为凑韵而增添。"河声"实际上仅指"河","河"可流向西,"河声"不可流向西。"声"为增字。

至于唐诗中以"钟"表示钟声,以"砧"表示砧声,以"猿"表示猿啼,则更为常见。如:

树深时见鹿,溪午不闻钟。(李白《访戴天山道士不遇》)

寒衣处处催刀尺,白帝城高急暮砧。(杜甫《秋兴八首》之一)

我来凡几宿,无夕不闻猿。(孟浩然《入峡寄弟》)

但这与其说是减字,还不如说是一种修辞手法。其性质是与以"金错"指"金错刀"不同的。

(三)特殊的名词词组

名词前面加上修饰语构成名词词组,这是很常见的。唐诗中的特殊之处,是在于:(1)有一些名词词组在散文中比较少见;(2)定语与中心语之间的关系比散文中复杂。分述如下:

(1)在唐诗中可以见到这样一些名词词组,在散文中是比较少见的。如：

  到来函谷愁中月，归去磻溪梦里山。(岑参《暮春虢州东亭送李司马归扶风别庐》)

  菊花村晚雁来天，共把离杯向水边。(来鹏《宛陵送李明府》)

  晓发独辞残月店，暮程遥宿隔云村。(韦庄《柳谷道中作却寄》)

  强饮沽来酒，羞看读破书。(耿㧑《春日即事》)
  日萼行烁烁，风条坐襜襜。(韩愈《苦寒》)
  拟填沧海鸟，敢竞太阳萤。(李商隐《寄太原卢司空》)
  空怀济世安人略，不见男婚女嫁时。(刘禹锡《哭吕衡州》)

这些名词词组，有的在散文中出现时要在定语与中心语之间加"之"字，如"梦里之山""沽来之酒""读破之书""拟填沧海之鸟，敢竞太阳之萤"等。如果不加"之"字，有的意思就可能被误解。如"沽来酒""读破书"容易误解为"沽来了酒""读破了书"，"拟填沧海鸟，敢竞太阳萤"容易被误解为"拟填——沧海鸟，敢竞——太阳萤"。即都被误解为动宾结构。有的在散文中即使加上"之"字也不说。如"愁中月""残月店""日萼""风条"等。这是因为定语与中心语之间的关系比较复杂，这一点在下面即将讲到。

(2)一般的名词词组，如果是以名词充当定语的话，定语和中心语之间往往可以加进"之"字。如"中秋(之)月""日(之)影""风(之)声"。但也有些不能加，如"酒店"不能说"酒之店"，因为"酒店"实际上是"沽酒之店"，其定语与中心语的关系要比"日影""风声"等复杂。唐诗中有些"名+名"构成的名词词组，定语与中心语的关系就更为复杂。如"愁中月"应理解为"愁中所

第二章 唐诗的词汇

见之月","残月店"应理解为"带残月之店","日萼"应理解为"日光照射的花萼","风条"应理解为"风中颤动的枝条"。即使同一个名词作定语,它与中心语之间的关系也不全是一样的。下面以"风"为例,看一看"风+名词"构成的偏正词组中定语和中心语是什么关系。

风枝　风枝惊暗鹊,露草覆寒蛩。(戴叔伦《客夜与故人偶集》)

风袂　风袂去时挥,云帆望中失。(白居易《和微之诗》)

风帆　江路与天连,风帆何淼然。(张九龄《江上使风》)

风泉　寂寞群动息,风泉清道心。(刘长卿《石楼》)

风弦　何烦故挥弄,风弦自有声。(白居易《琴诗》)

风帽　醉来风帽半敧斜,几度他乡对菊花。(戴复古《九日》)

风浦　风浦荡归棹,泥陂陷征轮。(孟郊《江邑春霖》)

风案　花樽飘落洒,风案展开书。(白居易《寄皇甫七》)

风牖　云楣将叶并,风牖送花来。(许敬宗《奉和过慈恩寺应制》)

风袖　烟蛾敛略不胜态,风袖低昂如有情。(白居易《霓裳羽衣歌》)

风壤　云山兼五岭,风壤带三苗。(杜甫《野望》)

风哭　棘枝风哭酸,桐叶霜颜高。(孟郊《秋怀》)

"风枝"是在风中颤动的枝条,"风袂"是风吹动的衣袂,"风帆"是风吹送的船帆,"风泉"是在风中叮咚作响的泉水,"风弦"是在风中鸣响的琴弦,"风帽"是被风吹歪的帽子(用孟嘉重九登山帽子被风吹落的典故),"风浦"是微风吹拂的江岸,"风案"是在通风处的书案,"风牖"是生风的窗牖(形容其高),"风袖"是舞动时生风的衣袖（参见杜牧《阿房宫赋》："舞殿冷袖，风雨凄凄。"）。"风壤"的"风"很难翻译出来，"风壤"与"云山"相对，"云山"指高山，"风壤"指旷野，说"云"是指山岭高耸入云，说"风"是指旷野风吹日晒。"风哭"实际上就是风声，因为风声凄厉，所以用"哭"来形容。

以上这些名词词组的定语与中心语的关系都需要灵活地理解，还需要把它们与"名+名"构成的并列词组加以区分。下面所举的是"名+名"的并列词组，其中，"风"的意义也是各不相同的：

风日　淇上风日好，纷纷沿岸多。（沈佺期《入卫》）

风物　仙台初见五城楼，风物凄凄宿雨收。（韩翃《同题仙游观》）

风姿　三年辛苦烟波里，赢得风姿似钓翁。（韦庄《解维》）

风楫　何当理风楫，天外问来程。（马戴《送册东夷王》）

"风日"是"风"和"日"，"风日好"即风和日丽。"风物"是风光和物色，即指景色。"风姿"是风神和姿质，即风度。"风楫"是风帆和船桨，"理风楫"即准备好船只。

下面再举一些由"名词+风"构成的名词词组：

檐风　檐风落鸟毳，窗叶挂虫丝。（张九龄《郡内闲斋》）

荷风　荷风送香气，竹露滴清响。（孟浩然《夏日南亭怀辛大》）

锦帆风　弦管未知银烛晓，旌旗已待锦帆风。（方干《送睦州侯郎中赴阙》）

酒旗风　千里莺啼绿映红，水村山郭酒旗风。（杜牧《江南春》）

洪涛风　舟人渔子入浦溆，山木尽亚洪涛风。（杜甫《戏题

第二章　唐诗的词汇

画山水图歌》）

百尺风　惟惭鲍叔深知我，他日蒲帆百尺风。（罗隐《东归别常修》）

一扇风　楼移庾亮千山月，树待袁宏一扇风。（罗隐《途中献晋州孟中丞》）

一梳风　林残数枝月，发冷一梳风。（曹松《晨起》）

一笛风　深秋帘幕千家雨，落日楼台一笛风。（杜牧《题宣州开元寺》）

"檐风"是从檐下刮过的风，"荷风"是从荷叶上吹过的风，"锦帆风"是推送锦帆的风，"酒旗风"是吹动酒旗的风，"洪涛风"是掀起洪涛的风，"百尺风"指吹在百尺船帆上的风，"一扇风"指挥扇时产生的风（"袁宏一扇风"是用典，此处不赘），"一梳风"指从头发上掠过的风，"一笛风"指传送笛音的风。

这些名词词组很多不能简单地理解为"×的×""×和×"。比如"风泉"，如果理解为"风的泉"，那就不但无法读懂，而且无法领会唐诗词语所表达的优美形象。我们可以看一看下面的诗句：

风泉度丝管，苔藓铺茵席。（宋之问《答田征君》）

萝茑自为幄，风泉何必琴。（张九龄《始兴南山下有林泉》）

松月生夜凉，风泉满清听。（孟浩然《宿业师山房》）

可见，在唐诗中，"风泉"不仅是一个视觉形象，而且是一个听觉形象，像琴声、管声那样动听。

唐诗中还有一种以名词作定语的名词词组，其中的定语纯系用典，而并无实际意义。例如：

胡蝶梦中家万里，杜鹃枝上月三更。（崔涂《春夕旅怀》）

枕寒庄蝶去，窗冷胤萤销。（李商隐《秋日晚思》）

嫩割周颙韭，肥烹鲍照葵。(李商隐《题李上谟壁》)
数枝艳拂文君酒，半里红欹宋玉墙。(罗隐《杏花》)

"杜鹃枝"指栖息杜鹃的树枝，其中的"杜鹃"是有意义的，因为杜鹃的啼声为"不如归去"，所以与"旅怀"有关。但"胡蝶梦"中的"胡蝶"并无意义，"胡蝶梦"是用《庄子·齐物论》中庄周梦为胡蝶之典，但在此诗句中并不用此义，"胡蝶梦"仅仅表示"梦"的意思。李商隐诗中"庄蝶"的"庄"指庄周，"胤萤"的"胤"指车胤，车胤囊萤读书，但此诗句中与庄周、车胤都无关系，"庄蝶"仅指蝶，"胤萤"仅指萤。李商隐另两句诗中也是用典。《南史》载：文惠太子问周颙，菜食何味最胜？答曰："春初早韭，秋末晚菘。"鲍照有《园葵赋》。但此诗中实与周颙、鲍照毫无关系，"周颙韭"仅指韭，"鲍照葵"仅指葵。罗隐诗中的"文君酒"也仅指酒，"宋玉墙"也仅指墙。"文君"用卓文君当垆卖酒之典，"宋玉"是用宋玉《登徒子好色赋》"此女登墙窥臣三年"之典，但"文君""宋玉"均与诗意无关。这种地方，更是阅读时要注意的。

第二节 研究唐诗口语词汇的意义

§2.2.1 概说

上一节讲了唐诗中的词语大致可分三类：古词语、口语词、诗文用语。为了读懂唐诗，对这三类词语都应好好研究。但其中最有研究价值的，是唐诗中的口语词。为什么这样说呢？这是因为：第一，口语词是活在唐人实际语言中的词语。研究这些口语词，有助于我们了解唐代口语的情况，有利于汉语发展史的研究。第二，这些词语中，有的是从唐代沿用至今，意义也没有改变，所以读起来不难懂。但有的在后来已经消失，或者意义已经改变，所以今天读起来就会遇到困难。特别是有些词语，看起来似乎今天还在用，意义也不难懂，但如果按今义去理解，就会把意思理解错。准确地弄懂这些词语的含义，对我们阅读和研究唐诗无疑有着重要的意义。所以，在本章的第二、三节中，着重谈谈有关唐诗中口语词汇研究的问题。

§2.2.2 研究唐诗口语词汇对汉语史研究的意义

汉语经历了很长的发展过程。几千年来，汉语有了很大的变化。如果拿先秦时的一些作品和用现代汉语写的作品比较，就会感到两者的语言很不一样。这种变化是逐渐发生的。从词汇方面说，汉代的词汇就和先秦有所不同，魏晋南北朝时变化更大，到了晚唐五代，从敦煌变文等资料来看，有不少词语和现代汉语一样了。根据吕叔湘先生的说法，晚唐五代是"近代汉语"（注意："近代汉语"是汉语发展史中划分的阶段，不是指鸦片战争以来的汉语），而现代汉语仅是近代汉语的一个阶段。因为"它的语法是近代汉语的语法，它的常用词是近代汉语的词汇"。（见吕叔湘《近代汉语读本·序》）语言是不会发生突变的，所以，晚唐五代时出现的新词语，其中很多应在初唐到中唐就出现了。而初唐到中唐时缺乏像敦煌变文那样典型的集中反映口语词汇的作品，因此，唐诗就成为研究唐代口语词汇的一项重要资料。唐诗中有不少口语词汇，虽然不那么集中，但如果把它们集中起来，数量也颇为可观。这些口语词汇中，有的一直到现代汉语中还在使用，所以我们觉得很好懂，从阅读的角度来说，似乎不需要对它们进行研究，但从汉语史研究的角度来说，它们是当时新出现的词语，是很值得注意的。下面在每类词中略举几个例子，以见一斑。

名词

耶孃 先秦两汉时称"父母"，到六朝时称"耶孃"，在唐代口语中亦然。杜甫《兵车行》："耶孃妻子走相送，尘埃不见咸阳桥。"

边 原为"边隅"之义，是普通名词。唐代发展为泛指的表方位的词，意义相当于"处"。李白《捣衣篇》："君边云拥青丝骑，妾处苔生红粉楼。"

老 唐代成为名词词头，而且普遍使用。白居易《编集拙诗成一十五卷因题卷末戏赠元九李二十》诗："每被老元偷格律，苦教短李伏歌行。"

动词

打 原为"击"义。唐代开始虚化，泛指一般动作。韩偓《偶见》："秋千打困解罗裙，指点醍醐索一尊。"这种"打"字发展很快，到宋代已经是"触事皆谓之打"了。（见欧阳修《归田录》卷二）

要 原为动词，"要挟、求取"之义。唐代发展为"需要"义。刘禹锡《观棋歌送儇师西游》："此时一行出人意，赌取声名不要钱。"又发展为助动词。白居易《朝归书寄元八》："要语连夜语，须眠终日眠。"

形容词

ABB 式 这种重叠式《论语》中就有。《论语·述而》："君子坦荡荡。"唐代用得较普遍。白居易《北亭》："江风万里来，吹我凉浙浙。"

AABB 式 这种重叠式最早见于西周金文。白居易《和自劝二首》之一："稀稀疏疏绕篱竹，窄窄狭狭向阳屋。"

第二章　唐诗的词汇

代词

他　原为"他人"之义,唐代发展为第三人称代词。高适《渔父歌》:"世人欲得知姓名,良久问他不开口。"又用作虚指。李益《写情》:"从此无心爱良夜,任他明月下西楼。"

这　"这"是唐代新产生的指示代词。唐诗中的例子如:白居易《商山路驿桐树》诗:"笑问中庭老桐树,这回归去免来无?"

那　指示代词"那"在六朝只有个别例证,到唐代开始增多。唐诗中的例子如:刘采春《啰唝曲》:"那年离别日,只道住桐庐。"

数词

多少　原是两个词,到唐代凝固成为一个词。孟浩然《春晓》:"夜来风雨声,花落知多少。"

量词

遭　这是唐代新产生的量词。孟郊《寒地百姓吟》:"华膏隔仙罗,虚绕千万遭。"

副词

也　原是语气词。六朝时用作副词,唐代普遍使用,杜甫《释闷》:"四海十年不解兵,犬戎也复临咸京。"

曾经　原为"曾经过"之义,到唐代凝固成副词,与现代汉语中的"曾经"同义。卢照邻《长安古意》:"借问吹箫向紫陌,曾经学舞度芳年。"

介词

把　原为动词,握持义。唐代虚化为介词。任华《寄杜拾遗》:"闲常把琴弄,闷即携樽起。"

趁　原为动词,追逐义。唐代虚化为介词。韩愈《同李二十八员外从裴相公野宿西界》:"不关破贼须归奏,自趁新年贺太平。"

连词

和　原为动词,掺和义。晚唐时虚化为连词。罗隐《四顶山》:"游人来至此,愿剃发和须。"这是"和"用作连词较早的一例。

虽然　原为"虽然如此"之义,唐代凝固为一个词。岑参《题虢州西楼》:"明主虽然弃,丹心亦未休。"

语气词

无　原为动词,唐代虚化为句末的疑问语气词。现代汉语的"吗"即由此演变来。白居易《问刘十九》:"晚来天欲雪,能饮一杯无?"

这仅是很少的一些例子,但从中就不难看出研究唐诗口语词对研究汉语史的重要性了。

§2.2.3 研究口语词汇对阅读和研究唐诗的重要性

上面一些口语词对唐诗的阅读和研究关系不太大,因为这些口语词的意义现在我们全都懂得。另一些口语词却不然,我们今天读起来就不懂了。例如:

宋·洪迈《容斋随笔》:

> 乐天诗云:"江州去日听筝夜,白发新生不愿闻。如今格是头成雪,弹到天明亦任君。"(按:此为白居易《听夜筝有感》)元微之诗云:"隔是身如梦,频来不为名。怜君近南住,时得到山行。"(按:此为元稹《日高睡》)"格"与"隔"二字义同。"格是"犹言"已是"也。

宋·严有翼《艺苑雌黄》:

> 遮莫,盖俚语,犹言尽教也,自唐以来有之。故当时有"遮

第二章　唐诗的词汇

莫你古时五帝，何如我今日三郎"之说。然词人亦稍有用之者。杜诗云："久拚野鹤如双鬓，遮莫邻鸡下五更。"李太白诗："遮莫枝根长百丈，不如当代多还往。遮莫亲姻连帝城，不如当身自簪缨。"有用为禁止之辞者，误。

"格是（隔是）""遮莫"都是唐代的口语，但到了宋代，人们已经不懂得这些词的意义了，所以在笔记中要对这些词加以解释。可见，有一些口语词是消失得很快的。又如欧阳修《六一诗话》：

陶尚书谷尝云："尖檐帽子卑凡厮，短勒靴儿末厥兵。""末厥"，亦当时语。余天圣、景祐间已闻此句，时去陶公尚未远，人皆莫晓其义。王原叔博学多闻，见称于世，最为多识前言者，亦云不知为何说也。第记之，必有知者耳。

陶谷在宋太祖时任学士，离天圣、景祐（宋仁宗年号）不到五十年，而欧阳修及同时的博学之士已不能晓"末厥"的词义（但宋代还是有人解释了"末厥"的意义，见第三节）。可见有一些口语词存在时间极短。那么，经过一千多年，唐诗中一些口语词到今天已经不能知其义，就是不奇怪的了。这些词语，还有待于我们深入研究。

还有一些口语词表面上现代还在用，但实际上和现代的意义不一样。这种词语今天读起来很容易误解，是特别需要注意的。举两个很普通的例子：

春　晓

孟浩然

春眠不觉晓，处处闻啼鸟。

夜来风雨声，花落知多少。

子夜吴歌

李　白

长安一片月，万户捣衣声。
秋风吹不尽，总是玉关情。
何日平胡虏，良人罢远征。

这两首诗大家都很熟悉，意思也不难懂。但是，其中"夜来"是什么意思？是不是"夜间传来"？"总是"是什么意思？是不是现代汉语中"他总是那么年轻"的"总是"？如果那样理解，就都错了。"夜来"的"来"，是名词词尾，可以放在名词、形容词后面，构成表时间的词语。如：

夜来城外一尺雪，晓驾炭车辗冰辙。（白居易《卖炭翁》）夜来：夜间。

何处秋风至，萧萧送雁群。朝来入庭树，孤客最先闻。（刘禹锡《秋风引》）朝来：早晨。

海畔尖山似剑铓，秋来处处割愁肠。（柳宗元《与浩初上人同看山》）秋来：秋天。

小来习性懒，晚节慵转剧。（杜甫《送李校书》）小来：小时候。

"总"在唐代不是表示时间的持续，而是表示范围的概括。换句话说，唐代的"总是"不等于"老是"，而是表示"全是"。请看下面的例子：

只道梅花发，那知柳亦新。枝枝总到地，叶叶自开春。（杜甫《柳边》）

某甲所见，两个总是瞎汉。（《祖堂集》卷四）

所以，李白诗不是说这些捣衣声自始至终是玉关情，而是说这些捣

第二章　唐诗的词汇

衣声一声声全是玉关情。

到目前为止，我们对唐诗口语词的研究是很不够的，对已有的研究成果也是注意得不够的。正因为如此，不仅是初学者，就是一些唐诗注本（甚至是较好的注本）在注释时也不免出错。下面我们举一些例子说明，其目的不是苛求于注家，而是用以说明对唐诗中的词语（特别是口语词）的研究应该引起充分的注意。

（1）杜甫《彭衙行》："痴女饥咬我，啼畏虎狼闻。怀中掩其口，反侧声愈嗔。"《唐诗选》（马茂元选注）注云："痴女因饥饿而咬我，可是咬我并不能充饥，于是她啼了。"

这个注释显然是有问题的。"痴女"再"痴"，在饥饿的时候也不会咬父亲来充饥。可见"咬"并不是"用嘴咬一口"的意思。"咬"是唐代的一个口语词，蒋礼鸿《敦煌变文字义通释》在"咬啮"条下说："咬啮""咬"为"求恳"的意思，并引例说：

《燕子赋》："汝可早去，唤取鹡鸰。他家头尖，凭伊觅曲；咬啮势要，教向凤凰边遮嘱。"（页251）《搜神记》田昆仑条："去后天女忆念天衣，肝肠寸断，胡至意（竟）日无欢喜，语阿婆曰：'暂借天衣著看。'频被新妇咬齿，不违其意。"（页883）"咬齿"应当作"咬啮"。《敦煌曲校录》十二时，普劝四众依教修行："父边蝥咬觅零银，母处含啼乞钗钏。""蝥咬"应和"咬啮"同义。大概这两个词儿，都有再三求乞的意思。

又解释韩愈《答孟郊》"弱拒喜张臂，猛拏闲缩爪。见倒谁肯扶，从嗔我须皵"四句诗说：

意思是，人们对于抗拒力量很弱的人就喜欢张臂欺侮，对于凶猛地拏攫的人则缩手不敢沾惹，见倒下去的人没人肯扶——这个倒下的人就是倒霉的孟郊；因此，韩愈说，任凭人家——指有权势可以提拔士人的人——嗔嫌,我也要为孟郊乞求。

由此可见,"痴女饥咬我"是说痴女因饥饿而缠着父亲要吃的,"咬"是"求恳"之义。

(2)杜甫《观公孙大娘弟子舞剑器行》:"老夫不知其所往,足茧荒山转愁疾。"《唐诗选》(文学研究所选注)注云:"'转愁疾'即'疾转愁',很快地感到忧愁。"

这个注释也有问题。如果这里真是"疾转愁"之义,杜甫为什么偏偏要倒过来说成"转愁疾"呢?唐诗中确实有不少语序颠倒的(见本书第三章第三节),但没有这种颠倒法。这个注释之所以错误,是对于诗句中的"转"和"愁疾"两个口语词不理解。

"转"在这里是个副词,"更加"的意思。这种用法六朝时就有。如:

何平叔美姿仪,面至白,魏明帝疑其傅粉。正夏月,与热汤饼。既噉,大汗出,以朱衣自拭,色转皎然。(《世说新语·容止》)

句中的意思不是说何晏(平叔)的脸色转成"皎然",而是说他的脸色更加"皎然"了。在唐诗中这种副词"转"也用得很多。如:

小来习性懒,晚节慵转剧。(杜甫《送李校书》)

时命虽乖心转壮,技能虚富家逾窘。(韩愈《赠崔立之评事》)

杜甫例是说小时候就懒,老了更懒,而不是说老了变懒。韩愈例"转"和"逾"对举,意思更显豁。

"愁疾"是唐代口语中一个双声联绵字,也可以写作"愁寂""愁绝"("愁"为崇母,"疾""寂""绝"均为从母,崇从旁

第二章 唐诗的词汇

纽),在唐诗中都可以见到,是"忧愁"的意思。如:

愁寂鸳行断,参差虎穴邻。(杜甫《太岁日》)

涤除贪破浪,愁绝付摧枯。(杜甫《北风》)

亚水依岩半倾侧,笼云隐雾多愁绝。(元稹《山枇杷》)

所以"转愁疾"应是"更加忧愁"的意思。

(3)高适《封丘作》:"乃知梅福徒为尔,转忆陶潜归去来。"《历代诗歌选》(季镇淮等选注)注云:"徒为尔:只是为了这个缘故。这句是说终于明白了梅福弃官的原因,转而又想到陶潜和他的《归去来辞》。"

这个注释中对"转"的理解也是错的,"转"是副词,这在上例中已经说到,此处不重复。对"徒为尔"的注释也不妥。"徒为尔"在唐诗中也习见。如:

拙疾徒为尔,穷愁欲问谁?(高适《奉酬睢阳路太守见赠之作》)

朝餐不过饱,五鼎徒为尔。(白居易《把酒》)

学问徒为尔,书题尽已于。(元稹《酬乐天东南行诗一百韵》)

上述"徒为尔"都是"徒然如此"的意思。梅福是西汉末人,曾任南昌尉,唐诗中常把他当作"吏隐"的代表,杜甫《送裴二虬作尉永嘉》:"隐吏逢梅福,游山忆谢公。"正是把作永嘉尉的裴虬比作梅福。高适此诗是叙述自己作封丘县尉时的卑下与屈辱之感,所以说,从自己的体会才知道梅福的"吏隐"只是徒然自欺,因此更想念辞官的陶潜了。

(4)韩愈《调张籍》:"李杜文章在,光焰万丈长。不知群儿愚,那用故谤伤。"《历代诗歌选》注云:"一群后生小辈不知

107

自己愚蠢，故意进行毁谤和中伤，又有何用？"

这个注也不妥。如果诗意是如注释所说的那样，就该说"群儿不知愚"，为什么韩愈要说"不知群儿愚"呢？关键在于，注释者误解了"知"的词义。"知"在此处不是"知道"义，而是"料想"义。这个意义在唐诗中很常见。如：

少年费白日，歌笑矜朱颜。不知忽已老，喜见春风还。(李白《饯校书叔云》)

闻道乘骢发，沙边待至今。不知云雨散，虚费短长吟。(杜甫《渝州候严六侍御不到先下峡》)

余辞郡符去，尔为外事牵。宁知风雪夜，复此对床眠。(韦应物《示全真元常》)

不知腐鼠成滋味，猜意鹓雏竟未休。(李商隐《安定城楼》)

上面几句中的"不知"都是"不料"，"宁知"是"岂料"。韩愈《调张籍》中的"不知"也是"不料"义。全句是不料群儿如此愚蠢，竟然对李杜进行毁谤。

(5) 韩愈《调张籍》："垠崖划崩豁，乾坤摆雷硠。"《唐诗选》(文学研究所选注)注云："划，截裂。"《历代诗歌选》注云："划，劈开。"

这两个注本都把"划"看作动词。其实，这个"划"在张相《诗词曲语辞汇释》中已经讲过，是个副词，"突然"之义。那里举了不少例子，我们选择韩愈诗中的两个，转引如下：

前低划开阔，烂漫堆众皱。(韩愈《南山》)

昵昵儿女语，恩怨相尔汝。划然变轩昂，勇士赴敌场。(韩愈《听颖师弹琴》)

这两个"划"字显然不能当"划开"讲。《调张籍》诗中的"划"和这两个"划"一样,而且《汇释》中也引了此例。注释者如果能留意一下张相《诗词曲语辞汇释》,就可以避免这个错误。

对于唐诗中的口语词是否能正确理解,有时还关系到对诗的思想性、艺术性的分析。下面举一个例子:

贫 女

秦韬玉

蓬门未识绮罗香,拟托良媒益自伤。
谁爱风流高格调,共怜时世俭梳妆。
敢将十指夸纤巧,不把双眉斗画长。
苦恨年年压金线,为他人作嫁衣裳。

这首诗是大家很熟悉的,很多选本都选了这首诗,并对诗中贫女的形象以及诗人的寄托作了分析。然而分析应该是建立在理解的基础上的。对这首诗的第二联"谁爱风流高格调,共怜时世俭梳妆"该怎样理解呢?这联的第一句好懂,世人不爱贫女的风流高格调,但第二句是什么意思,就众说纷纭了。比如:

《中国历代诗歌选》解释这两句说:"有谁来爱这贫女的风格,共同赏识她俭朴的打扮呢?"

《唐诗一百首》解释这两句说:"谁能赏识我不同庸俗的高尚风格?我却跟大家一道体会时世的艰难,总是打扮得很朴素。"

第二种解释前后有矛盾:既然世人谁都不赏识"我"的高尚风格,"我"又怎么能和"大家(世人)一道"体会时世的艰难呢?

第一种解释把两句诗看作一个问句,也是不妥的,而且在串讲中把"时世"解释为"时世的艰难"。

两种解释虽有不同，但都把"俭梳妆"解释为贫女俭朴的梳妆，这是不对的，也是误解这两句诗的关键，这句诗中的"时世俭梳妆"应合在一起理解。"时世妆"一词在唐诗中曾多次出现，胡震亨《唐音癸签》卷十九中提到这一点：

〔时世妆〕唐妇人妆名时世头。《因话录》：西平王治家整肃，不许时世妆梳。白乐天《时世妆》歌："圆鬟无鬓堆髻样，斜红不晕赭面状。"然亦有作"时势"者，权德舆诗："丛鬓愁眉时势新。"元微之《教闺人妆束》诗："人人总解争时势，都大须看各自宜。"岂时人避庙讳改"世"为"势"乎？抑以松鬟危髻，取势颇高，改"势"字貌之乎？正不如作"时世"为雅切耳。

白居易《时世妆》一诗对这种装扮描写得很详细：

时 世 妆

白居易

时世妆，时世妆，出自城中传四方。
时世流行无远近，腮不施朱面无粉。
乌膏注唇唇似泥，双眉画作八字低。
妍媸黑白失本态，妆成尽似含悲啼。
圆鬟无鬓堆髻样，斜红不晕赭面状。
昔闻被发伊川中，辛有见之知有戎。
元和妆梳君记取，髻堆面赭非华风。

除此之外，白居易《代书诗一百韵寄微之》中也写到："风流夸坠髻，时世斗啼眉。"可见这是唐代元和以后很时髦的一种装束。那么，这种"时世妆"何以称为"俭梳妆"呢？席云蓉以为"俭"通"险"，并引《唐会要》"妇人高髻险妆，去眉开额，甚乖风俗，颇坏常仪，费用金银，过为首饰，并请禁断"为证。[①] 可备一说。无论如何，"时世俭梳妆"不是贫女俭朴的打扮。把这个词语弄懂了，全诗也就能正确地理解。这说明理解唐诗中的口语词对阅读和研究唐诗是多么重要！

§2.2.4 研究口语词汇对整理唐诗的重要意义

唐诗流传至今，已一千多年。在流传过程中，难免有错讹衍夺，也会有不同的版本，这都需要整理校勘。在整理校勘的过程中，就需要有关于唐诗口语词汇方面的知识，否则就不能正确地加以判断，甚至会以不误为误。下面举例说明。

(1) 重碧拈春酒，轻红擘荔枝。(杜甫《宴戎州杨使君东楼》) 仇兆鳌注："欧阳公作拈，旧作沽，一作擎，一作拓。"赵次公注："旧本'拈春酒'作'沽'字，非。……二千石设筵，必有公帑，岂亦沽酒乎？旧本作'拈'，当以为正。据元稹《元日》诗云：'羞看稚子先拈酒。'白乐天《岁假》诗：'岁酒先拈辞不得。'则'拈酒'乃唐人语也。杜公又云：'门外柔桑叶可拈。'又云：'试拈秃笔扫骅骝。'亦'拈'之义。"

杜甫这句诗中的"拈"，不同版本有异文，究竟是哪一个字对？如果不懂唐诗的口语词，大概会觉得"拈"不对（因为现代汉语中，"拈"是"用两三个手指头夹"的意思)，而应该是"沽"字对。但是，赵次公说得好：太守宴客，哪有现"沽酒"的呢？更重要的是，"拈酒"是"唐人语"，他举了元稹、白居易的诗说明"拈酒"的说法在唐诗中很常见，而且"拈"在唐代不仅可说"拈酒"，也可说"拈

[①] 见席云蓉著《"俭梳妆"释》，载《文史知识》1981年第6期。本书在谈《贫女》诗时参考了席说。

叶""拈笔"。确实,"拈"在唐代的意义与在现代汉语中不完全一样。如南唐时成书的《祖堂集》中,"拈"有如下用法:

  拈起盏子 拈起猫儿 拈锹子 拈起拳头 拈经中语问大众

可见"拈"在唐五代的口语中是很活跃的一个词,杜甫诗句中应是"拈"字。

(2)范蠡舟偏小,王乔鹤不群。(杜甫《观李固请司马弟山水图》)仇兆鳌于"偏"下注:"一作'偏舟'。"

  究竟应是"舟偏小"还是"偏舟小"?仇注在后面说:"范蠡乘扁舟,泛五湖。"似乎是赞成改为"偏舟"的。但是,"偏"不等于"扁"。而且,改为"偏舟小",就和后面的"鹤不群"不对仗了。这里也要理解:"偏"在唐代不是现代汉语中"偏偏"的意思,而是"特别"之义。这也是"唐人语"。例如:

  内帛擎偏重,宫衣着更香。(杜甫《送许八拾遗》)
  野鹤巢边松最老,毒龙潜处水偏清。(卢纶《夜投丰德寺》)
  谢公最小偏怜女,自嫁黔娄百事乖。(元稹《遣悲怀》)

这种意义南北朝时就有,如郦道元《水经注·沔水》:"沔水又东偏浅。"而在唐代继续使用。所以,杜甫诗中"舟偏小"是对的,不应改为"偏舟小"。

(3)边庭飘飖那可度,绝域苍茫复何有。(高适《燕歌行》)"边庭"一作"边风"。

  "边庭"和"边风"哪一种对?现代汉语中"飘飖"只能指"在空中随风摇动",据此似应以"边风"为是。但在唐诗中,"飘飖"还有"路途曲折艰难"之义。如:

  辚轲辞下杜,飘飖陵浊泾。(杜甫《桥陵诗》)

第二章 唐诗的词汇

飘飘西极马,来自渥洼池。(杜甫《赠崔十三》)

飘飘经远道,客思满穷秋。浩荡对长涟,君行殊未休。(高适《涟上别王秀才》)

据此,应以"边庭"为是。"边风"可能是后人不懂"飘飘"在唐代的意义而误改,但改动以后,"边风"和"绝域"意义就不相应了。

(4)间关莺语花底滑,幽咽泉流水下滩。(白居易《琵琶行》)日本那波道圆本作"冰(冰)下滩"。"滩"一本作"难"。

"水"和"冰","滩"和"难",究竟孰是?这两句诗,上一句是写琵琶声清脆流畅,下一句是写琵琶声掩抑停顿。如果说"水下滩"则是清脆流畅而不是掩抑停顿了。故段玉裁、陈寅恪等学者均主张为"冰下难"。但是,在唐代,"滩"除"沙滩"义外,还有"尽"义。这一点在蒋礼鸿《敦煌变文字义通释》中已经指出。他认为"滩"有"完,尽"之义,举例说:

《破魔变文》:"鬼神类,万千般,变化如来气力滩。任你前头多变化,如来不动一毛端。"(页349)"气力滩"就是气力尽……案:玄应《一切经音义》卷十七,俱舍论第一卷音义引《尔雅·释天》"涒滩"的李巡注道:"滩,单,尽也。""单"通作"殚","殚"也是尽。《说文》"滩"是"𤅬"的俗体,"𤅬,水濡而干也。"又引《诗》"𤅬其干矣"。水干就是水尽,水尽叫做滩,力尽也叫做滩。

又说:

《琵琶行》的"水下滩",日本那波道圆本作"冰下滩"。欧阳修《李留后家闻筝》诗:"绵蛮巧啭花间舌,呜咽交流冰下泉。"可证"冰"字为是。

据此,则应为"冰下滩",我们在这里还可以补充两句白居易的诗作例证。

　　第五弦声最掩抑，陇水冻咽流不得。（白居易《五弦弹》）
这两句和《琵琶行》"幽咽泉流冰下滩"意思极为近似。"冻咽"就是"冰下滩"。这也可以证《琵琶行》句应以"冰"为是。

　　以上是不同版本的唐诗的校勘。如果唐诗是手写本，那么需要校勘处就更多。例如敦煌写本王梵志诗，诗中不但有错讹，而且有许多当时的俗字。进行校勘时除要有一般训诂学的知识外，也还要懂得唐代的口语词。下面举两个例子。

　　(5)人人总㐅活，注著上头天。(088)① 张锡厚《王梵志诗校辑》改为"巴活"，云："巴活，即巴望着活下去。"

　　把"㐅"改为"巴"，并解释为"巴望"，似乎可以讲通。但"巴望"是现代汉语中的词语，唐人没有这样的说法。实际上，"㐅"即"色"字，在敦煌写本中，"挽"字常写作"挩"字可证。"色活"又是什么意思呢？"色"通"索"，索，求也。"色活"就是"求活"。蒋礼鸿《敦煌变文字义通释》说："索，紧，色，就是娶妻。"并引《不知名变文》："自家早是贫困，日受饥馁，更不料量，须索新妇一处作活。"《龃龉书》："新妇闻之，从床忽起：'当初（初）缘甚不嫌，便即不（下）财下礼？色将我来，道我是底？'"又："已后与儿色妇，大须稳审。""色妇"乙卷作"索妇"。其实，"索（色）"就是求取，可用于物，也可用于妻。正如"取"在古代可用于物，也可用于妻一样。《诗经·豳风·伐柯》："取妻如之何，匪媒不得。"就写作"取"。而在敦煌文书中"索"常写作"色"，校辑者对"㐅"的字形判断错误，又不了解敦煌文书中"色"通"索"的通例，以及"索"

---

① 编号根据张锡厚《王梵志诗校辑》。

第二章 唐诗的词汇

在唐代的用法,所以就注错了。

(6)应是潇湘红粉继,不念当初罗帐恩。(敦煌曲子词《破阵子》)任二北《敦煌曲校录》改"继"为"恋",云:"'恋'原作'继',因形近而讹。"

"继"和"恋"形并不相近,不应改。但"继"又是什么意思呢?蒋礼鸿《敦煌曲校议》:"'继'字或校'恋',或校'绊',都不对。变文有'继绊''继缠','继'就是'系'的同音通假字。'红粉继'就是'红粉系'。"《敦煌变文字义通释》"继绊,继缠,继念,继"字条解释说:"就是系绊,系缠,系念。"引了敦煌变文中的不少例证。又引玄应《一切经音义》卷三,摩诃般若波罗蜜经第一卷音义:"系念,古文'系''继'二形。"又卷二十二,瑜珈师地论第三十八卷音义:"系念,古文'继''系'二形,同,古帝反。"又引《后汉书·李固传》:"群下继望。""继望"即"系望"。说明东汉以后"继"就通作"系"。这些材料非常充分,可见改"继"为"恋"是不了解"继"在唐代口语中的用法,因而是错的。(敦煌曲子词不是诗,但它的整理校改与唐诗相同,因此引此例。)

对唐诗的整理,除校勘外还要标点。看起来,诗歌的标点并不困难,五言诗五个字一句,七言诗七个字一句,怎么会出错?其实不然。因为标点除了断句外,还要根据文意决定使用逗号、句号和问号等。在诗歌中,逗号和句号的使用与散文不大一样,一般都在单数句后面用逗号,双数句后面用句号,而不管句子是完了还是没有完(参见第三章第一节"连贯句"),但用句号、分号还是用问号,差别就很大了。有的点校本就因为误解了词义而用错了标点。例如:

(7)台中元侍御,早晚作郎官;未作郎官际,无人相伴闲。(白居易《朝归书寄元八》)① 这四句诗的标点,关键在于对"早晚"一词的理解。现代汉语中的"早晚"是"或迟或早"的意思,按此意思理解,是说元侍御迟早要做郎官,这当然是一个叙述句,应用分号。但是,如果是这个意思,前两句和后两句就连不起来,可见这样理解"早晚"不对。"早晚"在唐代是另一种意思:表示"何时"。这个意思在张相《诗词曲语辞汇释》中已经讲到,现摘引如下:

> 早晚,犹云何日也,此多指将来而言。岑参《送郭乂》诗:"何时过东洛,早晚度盟津?""早晚"与"何时"互文。李白《口号赠杨征君》诗:"不知杨伯起,早晚向关西?"犹云何日向关西也。白居易《种柳三咏》:"白头种松桂,早晚见成林? 不及栽杨柳,明年便有阴。"又《暮归》诗:"归来长困卧,早晚得开颜?"雍裕之《农家望晴》诗:"尝闻秦地西风满,为问西风早晚回?"令狐楚《远别离》诗:"春来消息断,早晚是归时?"罗隐《淮南高骈所造迎仙楼》诗:"鸾音鹤信杳难回,凤驾龙车早晚来? 仙境是谁知处所,人间空自造楼台。"凡上各"早晚"字,皆可以"何日"易之。

白居易《朝归书寄元八》中的"早晚"也是此意。白居易诗中的"元八"是他的朋友元宗简,当时任侍御史,而白居易当时任太子左赞善大夫。诗是问元宗简什么时候可以改任郎官,意思是任郎官后自己就有人做伴了。所以"早晚作郎官"后应该用问号。

白居易诗中约有15次用"早晚"一词表"何日"义,而《白居易集》只在其中三处后面用问号,可见并非一时疏忽,而是对"早晚"一词的意义不了解。如:

---

① 标点据顾学颉校点《白居易集》,中华书局,1979。下页例(8)同。

眼看过半百，早晚扫岩扉。(白居易《寄山僧》)

白头种松桂，早晚见成林；不及栽杨柳，明年便有阴。(白居易《种柳三咏》)

这些句子末尾都是应改为问号的。

(8) 何言左迁去？尚获专城居。(白居易《马上作》)

《马上作》一诗是长庆二年(822)白居易从中书舍人出守杭州时写的。"左迁"指出为地方官，"专城居"指任杭州太守。理解这两句诗的关键在于"何言"一词。"何言"不是"为什么说"，而是"哪里料到"。"言"表示"料"义的在唐诗中很多。如：

非直结交游侠子，亦曾亲近英雄人。何言中路遭弃捐，零落飘沦古狱边。(郭震《宝剑篇》)

天马白银鞍，亲承明主欢。……何言谪南国，拂剑坐长叹。(李白《送窦司马贬宜春》)

远弃甘幽独，谁言值故人。(柳宗元《酬娄秀才将之淮南》)

据此，白居易诗两句应连读，标点改为：

何言左迁去，尚获专城居。

意思是哪里料到被贬后还能当上太守。

综上所述，可见唐诗口语词汇的研究，对于汉语史的研究，对于唐诗的阅读、整理和研究，都有密切的关系，应当予以充分的重视。

第三节　唐诗口语词汇研究的概况和方法

§2.3.1 唐诗口语词汇研究的概况

在谈唐诗口语词汇的研究时，先要说明两点：(1) 词汇发展是有继承性的。唐诗中的口语词汇，一部分是唐代新产生的，还有一部分是魏晋南北朝甚至东汉时就已产生，而在唐诗中继续使用的。唐诗中的口语词汇也还有一部分继续活在五代甚至宋元的口语中。
(2) 口语词汇的使用是有普遍性的。既然是口语词汇，就不仅在唐诗中使用，而且在唐代其他反映口语的资料中使用。根据这两点，研究唐诗口语词汇应当以唐诗为主要资料，但又不应局限于唐诗，而应该上至汉魏六朝，下至五代宋元，旁及唐代其他资料，才能把唐诗口语词汇研究好。

在古代，对于口语词汇的研究是很不重视的。因为当时认为口语词汇"俗"，是不登大雅之堂。我国传统训诂学研究的主要对象是先秦典籍中以及在《说文》《广雅》中所出现的词语，而对于魏晋南北朝以后出现的口语词注意得很不够。所以，就出现了一种反常的现象：先秦的词语离我们时代很远，但相对来说我们却比较熟悉；魏晋南北朝以后出现的口语词离我们相对近些，但我们却颇为生疏。这种情况是我们应该努力改变的。

但是，说古人对口语词汇研究得少，并不等于古人对口语词汇没有研究。下面对古代与唐诗口语词汇有关的一些著作加以简单的介绍。

一、服虔《通俗文》

服虔的《通俗文》是我国古代第一部研究口语词汇的著作。此书现已亡佚，近人马国翰《玉函山房辑佚书》有辑录。从现存的一些条目看，这部书是很有价值的。其中有些口语词一直沿用到后代，如"鸡伏卵北燕谓之菢""除物曰摒挡"等等。

第二章 唐诗的词汇

二、颜师古《匡谬正俗》

颜师古是唐代著名学者,他的《匡谬正俗》有一部分是对唐代一些口语词进行的考释。如"〔底〕问曰:俗谓何物曰底(丁儿反)。底义何训?答曰:此本言何等物,其后遂省,但直言云等物耳。"他的解释未必可信,重要的是记录了当时的口语。其他如"今人谓物少不充为欠""俗谓如许物为若何"等等,都是口语的记录。不过这部分条目不太多。

三、玄应《一切经音义》、慧琳《一切经音义》

玄应和慧琳都是唐代的高僧,这两部书都是为佛经中的词语注音释义的。玄应书二十五卷。慧琳书一百卷,玄应《音义》也录入其中。这两部书中所解释的有些是佛教的专门用语,还有不少是六朝至隋唐普遍使用的口语词。这是因为佛教要向贫苦百姓宣讲教义,在佛经中必须使用大量口语词的缘故。因此,这两部《音义》也成了注释口语词的重要著作。此二书对研究唐诗中的口语词汇十分重要,其例子将在下面谈研究方法时列举。

四、《广韵》《集韵》

《广韵》,陈彭年等编,收字二万六千余。《集韵》,丁度等编,收字五万三千余。这两部书都是宋代官修的韵书,但每字下都有简单的释义,所以也是研究词汇的重要资料。特别是《集韵》,收字比《广韵》增加了近一倍,其中有不少是口语词,对于研究唐宋时期的口语词汇是很有用的。例子也见下文。

五、赵叔向《肯綮录》、龚熙正《续释常谈》、王楙《野客丛书》

这都是宋代的笔记杂著，其中有一部分比较集中地谈到口语词。《肯綮录》中的"俚俗字义"收集了 100 多个口语词，如"谓人发乱曰鬅鬆""羞惭曰懡㦬""点笔曰氝"等等。《续释常谈》共收口语词 32 个，只引出处，没有解释，如"〔檀郎〕李商隐诗：'谢傅门庭旧未行，今日歌管属檀郎。'李贺诗：'檀郎眼何处。'"等。《野客丛书》中"俗语有所自"，列举了一些俗语的出处，如"'娄罗'见《南史》，'噤口'见《晋书》，'主故'见《东汉》，'人力'见《北史》"等。

六、胡震亨《唐音癸签》

胡震亨是明代研究唐诗的专家，编有《唐音统签》，共 1027 卷，按十天干为序，从甲至壬是唐诗的汇集，清代编《全唐诗》就是在此基础上进行的；《癸签》是关于研究唐诗的资料，我们在前面已不止一次地引用。《癸签》的卷十六至卷二十四为"诂笺"，全是诠释唐诗中的用语，其中有的是引用前人笔记、杂著、诗话中的材料，有的是胡震亨自己所作的诠释。这是研究唐诗中口语词汇的一份极为重要的材料。例子不备举。

七、杨慎《俗言》、岳元声《方言据》、李实《蜀语》

这是明代人研究方言俗语的一些专著。《俗言》和《方言据》所收的条目都不太多。《蜀语》所收条目较多，有一些和唐诗中的口语词有关。如："凡颜色鲜明曰翠。骆宾王文：'缛翠萼于词林，綷鲜花于笔苑。'东坡诗：'两朵妖红翠欲流。'以'翠'对'鲜'，既曰

'红',又曰'翠',皆谓鲜明之貌。"

八、刘淇《助字辨略》

"助字"即今天所说的"虚词"。此书选取从先秦两汉魏晋南北朝直到唐宋时期的虚词将近400个,举例解说。其中先秦的虚词,不及后来王念孙、王引之研究得深入,但对汉魏六朝到唐宋的虚词的研究,应该说此书在清代是最早也是最有成就的。其中有不少对唐诗中虚词的诠释。如:"[若为]柳子厚诗:'若为化得身千亿,散作峰头望故乡。'杜荀鹤诗:'承恩不在貌,教妾若为容。'若为,犹云如何也。又王摩诘诗:'明到衡山与洞庭,若为秋月听猿声。'杜子美诗:'幸不折来伤岁暮,若为看去乱乡愁。'此若为,近于那堪。然如何、那堪,并是不可奈何之辞,则其义亦同也。""[賸]与剩同。余辞也。杜子美诗:'賸欲提携如意舞。'皮袭美诗:'賸欲与君终此志。'温飞卿诗:'賸欲一名添鹤寝。'賸欲,犹云唯欲。唯,独也,只也,秖也,秖余此,故云賸也。李义山诗:'景阳宫井賸堪悲。'韦庄诗:'异乡闻乐賸悲凉。'賸字,秖也。……又杜牧之诗:'賸肯新年归否,江南绿草迢迢。'此賸字,若云尚也。尚是冀望余情,故賸可皆为尚也。"虽然有些解释不是很妥当,但还是有参考价值的。

九、钱大昕《恒言录》、陈鳣《恒言广证》、郝懿行《证俗文》

清人有多种研究方言俚语的专著,《恒言录》是影响较大的一种,但书中所列俗语一般不作诠释,只引出处。如卷一:"[自在]《列子·周穆王》:'遂能存亡自在。'《汉书·王嘉传》:'恣心自在。'杜子美诗:'自在娇莺恰恰啼。'""[心孔]杜子美诗:'小儿心孔开,貌得山僧及童子。'卷二:"[陆续]元微之《连昌宫词》:'逡巡大遍凉州彻，色色龟兹轰录续。''录续'即'陆续'也。"陈鱣《恒言广证》补其未备。

郝懿行也是清代著名的训诂学家。《证俗文》共十九卷，是对饮食、衣服、器用、称谓、时令、动植等方面一些"俗语"的考订，第十七卷专释"方俗语"，是一部研究历代口语词的重要著作。

十、李调元《方言藻》

此书对一些作者认为是唐宋时的方言词语作了解释，如："[好在]李义山诗：'好在青鹦鹉。'好在，今蜀人语犹尔也。""[周遮]白乐天诗：'周遮说话长。'元稹诗：'濯锦莫周遮。'方言也。唐寅诗：'周遮燕语春三月。'则周遮又可作燕声。""[勾留]白乐天诗：'未能抛得杭州去，一半勾留是此湖。'方言，物援之使止也。""[故故]杜甫诗：'故故满青天。'薛能诗：'白发催人故故生。'徐铉诗：'寒更故故迟。'陈师道诗：'隔水吹香故故来。'陆游诗：'雏莺故故啼檐角。'五代词：'故故惊人睡。'方言，犹特地也。又杜子美：'清秋燕子故飞飞。'故字亦可单用。"但此书有一个大问题：很多条目是抄刘淇《助字辨略》的。如上面所引《助字辨略》的[若为][腾]，在《方言藻》中也有，和《助字辨略》几乎一字不差。甚至《助字辨略》错了，《方言藻》也跟着错。如《助字辨略》："定，的辞也。……《世说》：'卿云艾艾，定是几艾？'"《方言藻》也这样说。(按：《世说》中的"定"是"究竟"义。)我们编《古白话词语汇释》，收了《方言藻》中的115个条目，其中有100多个是抄《助字辨略》的。所以，在使用《方言藻》时要细心一点，辨别哪些条目是李调元的见解，哪些条目实际上是抄《助字辨略》的。

第二章 唐诗的词汇

十一、翟灏《通俗编》、梁同书《直语补正》

翟灏《通俗编》代表了我国古代口语词汇研究的最高水平。全书共600余条，分为38卷，所释词语一般都有例证，有诠释，有的还能说明其源流演变，对前人误解之处亦有所辨正。如"青楼"条，说明在汉末魏晋时指富贵人家的闺阁，而到齐梁后用作妓院的代称。"娄罗"条，纠正《苏氏演义》和《酉阳杂俎》考释之误，指出这是一个双声联绵字。这些对研究唐诗中的口语词都有很重要的参考价值。梁同书与翟灏同时，也从事俗语的研究。稿成后发现其中有不少与《通俗编》雷同，因此删去相同部分，而将其余部分汇集为《直语补正》。

以上介绍的都是研究口语词的专书（或是书中有一部分专讲口语词的），至于古代的一些笔记、杂著、训诂著作中讲到有关唐诗口语词汇的，数量就更多。如唐代苏鹗《苏氏演义》、李商隐《杂纂》、李匡乂《资暇录》，五代孙光宪《北梦琐言》，宋代洪迈《容斋随笔》、陆游《老学庵笔记》、罗大经《鹤林玉露》，元末陶宗仪《辍耕录》，明代郎瑛《七修类稿》、方以智《通雅》等。

从上述简介可以看出，古代对唐诗中口语词集中加以解释的并不多（就是《通俗编》，其中与唐诗有关的口语词也只是一部分），而大量对唐诗口语词的解释是散见于历代的笔记、杂著和训诂著作中。要利用古人的研究成果，还要做大量的收集整理工作。

但唐诗的口语词散见于上述著作中，查找起来不是很容易。下面两部书有助于查找：

《明清俗语辞书集成》，这是日本汉学家长泽规矩也辑集的，汇集了中国明清时期20多种考释俗语的辞书，于1974年由日本汲古书院影印出版。1989年上海古籍出版社出版了此书，分为3册。第三册附有词语索引，便于查检。

《古白话词语汇释》，蒋绍愚、李波等编纂。此书选取了从汉代到清代45部古白话词语考释比较集中的著作，摘抄其中与古白话词语有关的条目，把45部书中的考释同一词语的材料汇集在一起，作为一个词条，然后把不同的词条按部首加以排列，供读者查检使用。此书2023年4月由商务印书馆出版。

这两部书对利用古人研究成果来了解唐诗中的口语词都很有用。

下面谈谈近现代对于唐诗中口语词汇的研究情况。

1953年出版的张相《诗词曲语辞汇释》是在唐诗口语词汇研究方面的一个重大进展。此书标目五百三十七，附目六百余条，分条八百有余，作者在《叙言》中说：

> 诗词曲语辞者，即约当唐宋金元明间，流行于诗词曲之特殊语辞，自单字以至短语，其性质泰半通俗，非雅诂旧义所能赅，亦非八家派古文所习见也。自来解释，未有专书。然词为诗余，曲为词余，诗词曲三者各为分流，仍属同源，窃意汇而释之，事或较便。

这段话对此书所释词语的性质说得很清楚。"非雅诂旧义所能赅，亦非八家派古文所习见"的特殊词语，就是唐宋以来流行的口语词，而且是其意义不同于现代汉语的口语词。这类口语词，如上所述，虽然古代已有论及，但是确实是"自来解释，未有专书"。张相此书，应该说在历史上是第一部。

更重要的是此书取材广泛，例证丰富。每一条下，都列举十几

第二章 唐诗的词汇

或数十条例证。关于这一点,作者在《叙言》中也已谈到:

> 采掇所及,往往有列证至十余或更以上者。西江之水,元难吸尽,只以所述意义,多为假定,故于适当范围,罗列诸文,冀以得其左验。又有进者,假定之义,自知不惬,譬之草案,殊非定论。深冀天下学人,引绳落斧,或就所有之证,转益多闻,重定确义,则今此之罗列诸文,虽未详尽,亦足以供给资源也。

作者这种严谨的态度,是很值得称道的。

正因为有大量的例证作基础,所以作者对各个词语的解释也大体可信。此书出版60多年来,一直受到学术界的重视,原因就在于此。如果说这部书在口语词汇的研究方面有划时代的意义,那是不过分的。

当然,草创之作,缺点也在所难免。关于此书的缺点,张永言《古典诗歌"语辞"研究的几个问题》一文(载《中国语文》1960年第4期,后收入张永言《训诂学简论》一书附录,改名《论张相〈诗词曲语辞汇释〉》)已有全面论述,可以参看。我们以为,此书主要有三个缺点:

(1)义项分得过细,而且没有讲清各义项之间的联系。如"却"分为8个意义,"着"分为22个意义,意义如此纷繁,使人看了不得要领,实际上,作者所分的,有的是词在句中的上下文意义,不应该分得如此之细。

(2)缺乏语法观念。所谓"语辞",有不少是虚词,应该从它的语法意义上加以说明。但作者有的只是采取了同义词相训的方法,有的只是说"语助辞"。如"破(一),犹着也,在也,了也,得也。""取(一),语助辞,犹着也,得也。""却(一),语助辞,用于动词之后。"这样显然是不够的。

(3)对音义关系注意得不够。在口语词汇中，同一词而写作不同字是很普遍的。作者注意到了这一点，把一些不同字而实同一词的条目归并到一起，但从音韵上说明其关系做得不够。对某些词何以有某义，如"须"何以有"虽"义，有时是可以从语音上加以说明的，而《汇释》在这方面做得不够。

蒋礼鸿《敦煌变文字义通释》是在口语词汇研究方面的又一重要著作。这部书从1957年初版以后，已经多次增订，表现了作者严肃认真、精益求精的态度。此书的目的是诠释敦煌变文中的词语，但搜集的材料远不止敦煌变文，而是旁及唐诗宋词、史传文集、笔记杂著，以及志怪小说、佛经译文等等。在取材的广泛上，超过了《诗词曲语辞汇释》。所以，它不但是一部研究敦煌变文的词语的专著，而且对研究唐诗的词语也很有价值。

在方法上，《敦煌变文字义通释》也比《诗词曲语辞汇释》进了一步。首先，它注意词语意义的概括性，如"所由"一词，《通鉴》胡注或解释为"掌绾官物之吏"，或解释为"催督租税之吏卒"，或引他书云"坊市公人谓之所由"，而《通释》根据多种资料加以概括说，"所由"是"吏人的名称，所做的事情不止一种，名称也有分别。也用来称某些官员"。这就比较全面、准确。其次，不仅是解释词义，而且能探究词源。如"房卧：有两个意义：一是卧房，一是私有财物，即所谓私房钱。"并解释说："卧房是人最深密的地方，也是私财蓄藏之处，所以移来作私财讲。"又如"清泥、青泥"，义为"臭秽的淤泥"，其得名之由，据《一切经音义》解释是："淤泥，污池水底臭泥也，青黑臭烂滓秽者也。"而《通释》引《急就篇》："屏厕清溷粪上壤。"颜师古注："清，言其处特异余所，常当加洁清也。"

第二章　唐诗的词汇

认为厕所因其臭秽而应当使之清洁，故称为"清"（或写作"圊"），"清泥、青泥"似得义于此，而为"臭秽"之义。《通释》的解释是对的。

《敦煌变文字义通释》也有疏漏之处。有的释义以偏概全，如"加被、加备"条，解释为"保佑、帮助、恩赐的意思"，其实这是个中性词，如《大智度论》卷十六："或有恶鬼，先世恶口，好以恶语加被众生，众生憎恶，见之如仇。"这就不能解释为"保佑、帮助、恩赐"。还有的是因为未见原卷，因而造成错误。如"乘"字条，说"乘"通"朕"，是第一人称代词。但所举的三个"乘"字均见于《维摩诘经讲经文》，据 P.3079 号原卷，字皆作"豕"，是"我"的俗体字，而不是"乘"字。这方面的欠缺是作者的工作条件造成的。

王锳《诗词曲语辞例释》，1980 年初版，1986 年出增订本。其收词范围及体例大致与《诗词曲语辞汇释》相同，作者在《前言》中也说此书"具有《汇释》补遗的性质"。确实，在收罗宏富、释义精确方面，此书继承了《汇释》的长处，但所谓"补遗"，则不仅是收列了《汇释》中未收的条目，而且对《汇释》已收条目诠释不妥与遗漏之处也作了纠正和补充。更重要的是在方法上比《汇释》有所改进。首先是注意了词义之间的联系，其次是有了较明确的语法观念。如"翻（一）"条："翻，反，却，表示转折语气的副词；语气转折较重时相当于'反'，较轻时相当于'却'。""翻（二）"条："翻，摹写，动词。……由于诗词与音乐关系密切，'翻'又用来表示摹习曲调或演唱演奏。""翻腾"条："翻腾，与'翻'的第二义有关，有时为'演奏'义。……又编撰戏曲亦可谓'翻腾'。"这些地方显然比《汇释》进了一步。这是一部关于诗词曲语辞研究的高水平的专著。

近年来,对口语词汇的研究逐渐得到重视,除上述著作外,还出版了不少专著。如:

《全唐诗语词通释》,魏耕原,中国社会科学出版社,2001。

《唐宋诗词语词考释》,魏耕原,商务印书馆,2006。

《全唐诗词语通释》(六卷),《全唐诗词语通释》编纂组,安徽大学出版社,2017。

此外,还有不少关于唐诗口语词汇的单篇论文。但是,总的看来,对唐诗口语词汇的研究还是做得很不够的,有待于我们今后努力。

下面简单介绍一下国外对于唐诗口语词汇的研究情况。

对唐诗口语词汇的研究,欧美学者做得不多,目前见到的只有一种著作:

Stimson, Hugh M.: *T'ang Poetic Vocabulary*. New Haven: Far Eastern Publications, Yale University, 1976.

(斯廷森:唐诗用语小词典,纽哈文:耶鲁大学,远东出版社,1976)

研究较多的是日本学者。中日两国文化关系很深,从16世纪起,日本就有一些研究唐诗用语和唐宋时口语词汇的著作,如伊藤东涯《秉烛谈》、释大典《诗语解》、释六如《葛原诗话》(前后篇)、津阪东阳《夜航诗话》、无著道忠《葛藤语笺》、佚名《诸录俗语解》等。20世纪以后又有如下著作:

川田瑞穗:《诗语集成》,立命馆出版部,1931。

丰田穰:《唐诗俗语考》,汉学会杂志(9:1),1937—1938。

长田夏树:《中唐白话诗中所见的词汇》,中国语学(52),

1956。

小川环树:《唐诗概说·唐诗的助字》,《中国诗人选集·别卷》,1958。

盐见邦彦:《唐诗俗语新考》,弘前大学教养部文化纪要,17—19。

波多野太郎编:《中国小说戏曲词汇研究辞典·综合索引篇》(1—6),横滨市立大学纪要,1956—1961。

波多野太郎编:《中国方志所录方言汇编》(1—9),横滨市立大学纪要,1963—1972。

最后两种是资料汇编,但对唐诗口语词汇的研究很有用处。《中国小说戏曲词汇研究辞典·综合索引篇》,是为日本德川时代、明治年间到昭和时代编印的有关中国小说戏曲的著作中的词语编的索引,指明某词语见于某一著作;这些著作包括前面提到的《诗语解》《葛原诗话》等,其实不仅与中国小说戏曲有关,也和唐诗有关。《中国方志所录方言汇编》是把中国地方志中有关方言的部分影印汇编,并附有索引,便于查检。方言是"活的汉语史",所以研究方言的词汇有助于历史上口语词汇的研究。

§2.3.2 唐诗口语词汇的研究方法

上面谈了唐诗口语词汇研究的概况,可以看出,虽然从张相《诗词曲语辞汇释》以来,这方面的研究有了较大进展,但总的说来还是很不够的,需要我们进一步开展深入研究。下面谈谈研究方法。

对唐诗中口语词汇的研究,主要是对那些既不同于先秦两汉,又不同于现代汉语的词语的意义进行考释。这个工作如果做好了,我们对唐诗中口语词汇的了解将大大推进一步。这对我们阅读和研究唐诗都是有极重要的意义的。

怎样进行词语考释呢？有以下几种方法：

（一）参考作者自注

唐人有些诗集中对于当时的口语词作者有自注。如：

白居易《杭州春望》："红袖织绫夸柿蒂，青旗沽酒趁梨花。"注："其俗，酿酒趁梨花时熟，号为梨花春。"

白居易《喜老自嘲》："行开第八秩，可谓尽天年。"注："时俗谓七十以上为开第八秩。"

韩偓《苑中》："外使进鹰初得按，中官过马不教嘶。"自注："五方外按使以鹰隼初调习始能擒获谓之得按。上每乘马，必阉官驭以进，谓之过马。既乘之，而后蹀躞嘶鸣。"

从这些自注，可以知道"春""秩""得按""过马"等的词义。

（二）参看其他诗文的注

有些唐诗中的口语词，作者没有自注，但可以从唐人为其他诗文（特别是六朝诗文）所作的注中考知其义。如：

韩愈《示儿》："前荣馈宾亲，冠婚之所于。"
按：《文选·王元长〈曲水诗序〉》："负朝阳而抗殿，跨灵沼而浮荣。"五臣注："荣谓屋檐。"可知"前荣"指堂的前部。

韩翃《送客水路归陕》："相风竿影晓来斜，渭水东流去不赊。"
按：《文选·谢玄晖〈和王主簿怨情诗〉》："徒使春带赊，坐惜红妆变。"李善注："赊，缓也。"可知"去不赊"指急流而去。

当然，参考其他诗文的注时要有所选择，并不是所有的注都是正确的。如唐诗中有"硉兀"一词：

> 东郊瘦马使我伤，骨骼硉兀如堵墙。（杜甫《瘦马行》）
> 悠然想扬马，继起名硉兀。（杜甫《鹿头山》）
> 大水淼茫炎海接，奇峰硉兀火云升。（杜甫《多病执热》）
> 低头受侮笑，隐忍硉兀冤。（韩愈《送进士刘师服东归》）
> 几欲犯严出荛口，气象硉兀未可攀。（韩愈《雪后寄崔二十六丞公》）

按：《文选·郭景纯〈江赋〉》："碧沙瀢??而往来，巨石硉兀以前却。"李善注："瀢??、硉兀，沙石随水之貌。"吕向注："硉兀，石转动貌。"这两个注都是随文释义，是不正确的。所以用来解释上引唐诗中的"硉兀"都不合适。"硉兀（硉矹）"应是"山石高耸貌"，因而可用来比喻冤气之郁结与气象之威严。

（三）参看历代笔记杂著中的解释

历代笔记杂著中常有一些唐诗中口语词的解释。除本章第一节中所引《苕溪渔隐丛话》《韵语阳秋》《文昌杂录》，第二节所引《容斋随笔》《艺苑雌黄》等著作中的词语解释之外，这里再举两个例子：

苏轼《仇池笔记》卷上：

> 退之诗云："且可勤买抛青春。"《国史补》云："酒有郢之富水春，乌程之若下春，荥阳之土窟春，富平之石冻春，剑南之烧春。"杜子美诗云："闻道云安麹米春。"《裴铏传奇》亦有酒名松醪春，乃知唐人多酒多以春。

按：此条可与上引白居易《杭州春望》诗自注相参。

刘攽《中山诗话》：

> 今人呼秃尾狗为厥尾，衣之短后者亦曰"厥"。故欧公记陶尚书诗语"末厥兵"[①]，则此兵正谓末贼耳。

这一条记载，对欧阳修认为无人懂得的"末厥"一词作了解释。虽然陶谷是宋人，"末厥"可能是宋时口语，但根据一些笔记可以了解宋时口语，和根据一些笔记可以了解唐诗中的口语，其道理是一样的。特别是像"末厥"这样的词语，因为比较少见，要不是同时代人有所记载，大概就很难了解它的意义了。

（四）参看古代字书、韵书中的解释

在本章第三节中说过，《一切经音义》和《广韵》《集韵》对于研究唐诗中的口语词有很大作用，下面举几个例子。

> 侧塞被径花，飘飘委墀柳。（杜甫《大云寺赞公房》）

慧琳《一切经音义》卷二十四："㔀塞，上楚力反，诗毛传曰：㔀㔀，犹侧侧也。按：㔀㔀，人稠也。"据《一切经音义》知道"㔀塞"是"人稠"的意思。杜诗中的"侧塞"即"㔀塞"，是花繁盛的意思。

> 清管曲终鹦鹉语，红旗影动骏䮲嘶。（白居易《武丘寺路宴留别诸妓》）

《广韵》："骏䮲，蕃大马也，音薄寒。"由此可知"骏䮲"的音义。

> 趁向江陵府，三年作判司。（白居易《自吟拙什，因有所怀》）

《集韵》："蹍，乃殄切。蹈也，逐也。或作趁，趁。""趁"在唐诗中很常见，它的一个意义和现代汉语中"趁早""趁热"的"趁"相同，这在本章第二节中已讲过。但上引白居易诗中的"趁"不是这个意

[①] 宋代魏泰《临汉隐居诗话》谓"末厥"即"末豁"，为"粗疏"之义，此另一说。

思。据《集韵》，知道唐宋时"趁"还有读"乃殄切"的，即今音为niǎn，意思是"蹈也，逐也"，实际上就是现代汉语中的"撵"。

再如上面说"硨兀（硨砎）"一词，《文选》李善注、吕向注都不对，而《一切经音义》卷九十九："硨砎，大石貌也。"《广韵》："硨砎，不稳貌。"《集韵》："硨砎，山崖。"解释比较接近，但不相同。这些解释我们可以参考，再结合唐诗中的实际用例，来确定"硨砎"的词义。

从上面的例子可以看出，借助古代字书、韵书来考释唐诗中口语词的词义，也是不能简单照搬的。有的词，唐诗中的写法和字书上的写法不完全相同，如"侧塞"和"晸塞"，"趁"和"蹍"。有的释义，也不能完全照抄字书，如"硨砎"。总之，在参看字书、韵书时，还需要我们自己动动脑筋。

（五）参证方言

在现代汉语的诸方言中，保存了不少唐宋时的词语。所以，有时可以借助方言来了解唐诗中的口语词。

不过，这样做需要十分谨慎。因为古语保留在方言里，不一定是原封不动地保留着，很可能读音和意义都有些改变。而且，汉语各方言区的人在写文章时都是用统一的书面语，很多方言词是有音无字的；而同音词往往又不止一个。所以，不能轻率地断定唐诗中的某个口语词就是现代方言中的某词。一般来说，方言只是个参考，要确定唐诗中口语词的词义，还要有别的证据。

比如，下列词语都是先确定其词义以后，再用方言材料印证：
《诗词曲语辞汇释》卷三：

谁家，估量辞。含有"怎样""怎能""为什么""什么"

各意义……杜甫《青丝》诗:"青丝白马谁家子,粗豪且逐风尘起。"……犹云"什么东西"也……今日苏杭口语之啥个或啥格,正与"什么"之义相当,当即从"谁家"二字音变而成,"啥"即"谁","个"即"家"也。

《诗词曲语辞汇释》卷三:

> 能,甚辞。凡亦可作这样或如许解而嫌其不得劲者属此。
> 杜甫《赠裴南部》诗:"独醒时所嫉,群小谤能深。"……

张永言谓今四川方言中"能"(去声)犹为"如此"义。(见张永言《古典诗歌"语辞"研究的几个问题》)

《诗词曲语辞汇释》卷四:

> 划,犹只也,……李廓《长安少年行》:"划戴扬州帽,重薰异国香。"……刘克庄《生日和竹溪再和》诗:"划骑犊子不施鞯,老迈犹堪学力田。"

李行健谓今河北方言仍说"划骑",为"骑光背马"之义。(见李行健《河北方言中的古词语》,《中国语文》1979年第3期)

(六)排比归纳

在唐诗的口语词汇中,属于上述五种情况的只是一部分,还有许多是没有任何资料可以参看的,要了解这部分词语的意义,就只有搜集唐诗中包含这个词语的大量诗句,加以比较,从而归纳出这个词语的意义。这就是我们所说的"排比归纳"。这是考释唐诗中口语词的一种基本方法。

上面所说的张相《诗词曲语辞汇释》等专著所用的考释词义的基本方法也是排比归纳。张相《诗词曲语辞汇释·叙言》中讲到"假定一义之经过",其中有一项是"比照意义",下面又分六项,讲

第二章　唐诗的词汇

的就是排比归纳的具体做法。摘录如下：

（甲）有异义相对者，取相对之字以定其义。例如：骆宾王《乐大夫挽词》："城郭犹疑是，原陵稍觉非。"李峤《早发苦竹馆》诗："早霞稍霏霏，残月犹皎皎。"两诗之"稍"字均与"犹"字相对，因假定"稍"犹"已"也。再证之韦应物《休沐东还胄贵里》诗："竹木稍摧翳，园场亦荒芜。"韩愈《秋雨联句》："氛氲稍疏映，雾乱还拥荟。"一与"亦"字相对，一与"还"字相对。"稍"字之"已"义益明。复证之苏轼《十月四日以病在告独酌》诗："月华稍澄穆，雾气尤清薄。"陈师道《次韵晁无咎夏雨》诗："稍无虫飞喧，复觉蝉语多。"一与"尤"字相对，一与"复"字相对，"稍"字之"已"义益确。凡此诸诗之"稍"字，以"少小"之本义释之，殊无当也。（乙）有同义互文者，从互文之字以定其义。例如：李商隐《昨日》诗云："昨日紫姑神去也，今朝青鸟使来赊。""赊"字初觉费解，然此为七律诗体，对仗工整，"赊"字当与"也"字同为语助辞而互文，因假定"来赊"犹之"来兮"，亦犹之"来也"。然后韦应物《池上》诗所云"池上一来赊"及杨万里《多稼亭看梅花》诗所云"更上城头一望赊"者，迎刃而解，知其亦为语助辞也。（丙）有前后相应者，就相应之字以定其义。例如：邵雍《答安之少卿》诗云："轻风早是得人喜，更向荇荷深处来。"又孙光宪《浣溪沙》词云："早是销魂残烛影，更愁闻着品弦声。"两"早是"字均与下句"更"字相应，因假定"早是"之义，犹云"本是"或"已是"也。（丁）有文从省略者，玩全段之文以定其义。例如："早是"字与"更"字相应，然冯延巳《捣练子》词云："早是夜长人不寐，数声和月到帘栊。"又《董西厢》四云："早是离情恼苦，病体儿不能痊愈。"两上句均有"早是"字,知其下句均省去"更"字也。(戊)有以异文印证者。同是一书,版本不同,某字一作某,往往可得佳证。例如:王维《燕支行》诗云:"教战须令赴汤火,终知上将先伐谋。"赵殿成注本云:"'须',顾元纬本、凌本俱作'虽'。"李商隐《中元作》诗云:"羊权须得金条脱,温峤终虚玉镜台。"朱鹤龄注本云:"'须'一作'虽'。"两诗之"须"字作"虽"字解,方与下句之"终"字相应。又巾箱本《琵琶记》三十云:"他媳妇须有之。"凌刻臞仙本及陈眉公本俱作"虽有之"。据此三证,则知"须"犹"虽"也。(己)有以同义异文印证者。类似之文句,甲文某字作某,乙文作某,比照之而其义可见。例如:陈师道《寄泰州曾侍郎肇》诗云:"是处逢人说项斯。"实脱胎于杨敬之《赠项斯》诗之"到处逢人说项斯"。则知"是处"即"到处"也。陈与义《雨中再赋海山楼》诗云:"一生襟抱与山开。"实脱胎于杜甫《奉待严大夫》诗之"一生襟抱向谁开"。则知"与"犹"向"也……凡此方法,大率不出刘淇氏《助字辨略》、王引之氏《经传释词》及清代诸训诂大师所启示。

张相所说的(甲)(乙)(丙)(丁)四条,总起来说是根据上下文关系来推断词义。这是排比归纳的主要方法。(戊)(己)两条可作参考,但不能仅由此来确定某词有某义。这种方法,诚如张相所说,是清代训诂大师使用过的。王引之《经传释词·序》:"揆之本文而协,验之他卷而通,虽旧说所无,可以心知其意者也。"说的就是这种方法。他在《经传释词》中卓有成效地运用了这种方法,有很多词义是发前人所未发,而且结论是牢不可破的。前面我们也讲过,张相《诗词曲语辞汇释》一书中的释义也大都精当,所以出版60多

第二章 唐诗的词汇

年来，一直得到学术界高度的评价。这都证明排比归纳这种方法是行之有效的。当然，这种方法要运用得恰当。第一，必须搜集大量的材料，在此基础上排比归纳。资料搜集得越多，得出的结论就越可能全面。如果仅仅根据少数例子就得出结论，就很可能只是随文释义，或者以偏概全。第二，在根据上下文确定句中词义时，要有语法观念，不要把某种因句式而产生的语义误认为某一词的词义。比如，张相在《叙言》中所说的"稍"有"已"义，实际上是一种误解。他根据骆宾王诗"城郭犹疑是，原陵稍觉非"和李峤诗"早霞稍霏霏，残月犹皎皎"，认为"两诗之'稍'字均与'犹'字相对，因假定'稍'犹'已'也"。但实际上，和"犹"相应的"已"字在诗中是不一定出现的。如：

白水暮(已)东流，青山犹哭声。(杜甫《新安吏》)

画色久(已)欲尽，苍然犹出尘。(杜甫《通泉县署屋壁后薛少保画鹤》)

山泉(已)落沧江，霹雳犹在耳。(杜甫《种莴苣》)

我们不能因为"暮"字、"久"字、"落"字与"犹"字相对，而假定这些字有"已"义。同样，我们也不能因为张相所举的诗中"稍"与"犹"相对，就确定它有"已"义。这里的"稍"当然不能解释为"少小"义，其义应为"渐渐"，而"已"义是由句式产生的。我们可以仿照上引杜甫诗例，把张相所引的例子写成：

城郭犹疑是，原陵(已)稍觉非。(骆宾王《乐大夫挽词》)

早霞(已)稍霏霏，残月犹皎皎。(李峤《早发苦竹馆》)

其余例中的"稍"，解释为"渐"义也都可通。所以，说"稍"有"已"义尚可商榷。这个例子说明张相所举的(甲)(乙)(丙)(丁)等几项具体方法，运用的时候都要慎重。

另外，张相在《叙言》中所举的排比归纳的例子都是以诗证诗，其实这个范围可以扩大。只要是大致同一历史时期的接近口语的资料，不论是诗还是散文，都可以用来排比归纳，像《敦煌变文字义通释》就是这样做的。

（七）根据形音义推求

运用排比归纳法有一个前提：这个词必须是比较常见的，这才有可能搜集大量例句来加以归纳。如果是一些比较少见的字词，那就只能根据形音义来推求了。例如：

到头江畔从渔事，织作中流万尺箳。（陆龟蒙《寄吴融》）

"箳"字《广韵》不收。《集韵》："箳，引水也。一曰竹木为束。"此义用于诗中不合。明代杨慎对"箳"字作了分析，《升庵集》卷六十七"万尺箳"："'箳'，取鱼具也。《酉阳杂俎》：'晋时，钱塘有人作箳，年取鱼亿计，号万匠箳。'按'箳'字从洪，石梁绝水曰洪，射洪、吕梁洪是也。'洪'从竹为'箳'，盖以竹为鱼梁。"这个"箳"也是以竹所为之鱼梁。大概这个词从晋到唐口语中都在使用。

钱迗即独富，吾贫长省事。（王梵志诗〔267〕）

"迗"字不见于字书，是唐代的俗体字，这究竟是什么字呢？王梵志诗〔290〕："脓流遍身迗，六贼腹中停。"据文意，"迗"即"逯"字。但"钱迗"仍不可通，应是"逯"通"饶"，"饶"，多也。"钱迗（饶）"即"钱多"之义。这也是根据形音义推求出来的。

（八）推求词语的理据

上述（一）至（七），是考释唐诗中口语词的词义的方法。这些方法或是单独运用，或是综合运用，其目的都是要考定词义。但是

第二章　唐诗的词汇

某个词语的意义确定以后,最好还能追问一下:这个词语为什么有这种意义?这就是我们所说的"推求词语的理据"。如果弄清了这一点,那么这个词的意义就更加确定无疑。例如:

《敦煌变文字义通释》"和"字条,说"和"有"哄骗"之义,举敦煌写本《降魔变文》及唐代白话诗、陈子昂《感遇诗》等为例,并且说:"这个意义,应该是从应和的意义引申来的,因为骗人必须迎合所骗者的意旨。"

《诗词曲语辞例释》"透(一)"条:"透,犹云到,动词。"又说:"按'透'字中古音为流摄开口一等,去声透母候韵,'到'字为效摄开口一等,去声端母号韵。二者声韵相近,声调相同,宋词中多可通押。……可见'透'表'到'义,当系假借字或方音小异。"

如果是合成词,就更需要推求词的理据。如《敦煌变文字义通释》"事须"条,不但讲了是"应须"的意思,而且认为这是由"于事,必须……"凝缩而成的。"报赛"条,不但说这是"报答,填偿"义,而且解释说"古代报答神的福佑叫'塞'和'赛'",所以这是联合式的复合词。

当然,有些口语词的"理据"难以讲清。比如为什么"委"有"知"义,"格是"有"已是"义,为什么"尽管"叫"遮莫"等。不但古代口语如此,现代一些口语词也如此。比如北京话中把"好"叫"棒",上海话中把"非常"叫"邪气",都不一定能找到理据。而且,对一些词的理据可以有不同的看法。比如"解携",是"分手、分离"之义。这个词的构成,《敦煌变文字义通释》和《诗词曲语辞汇释》都认为是"解携手"的缩略,但"解携手"本是一个动宾结构,"解"是动词,"携手"是宾语,这个宾语本身又是一个动宾结构,"携"是动词,"手"是宾语。缩略语有没有把"动+(动+宾)"缩

139

为"动+动"的？似乎有点疑问。我认为"解"和"携"都有"分离"义，"解"的"分离"义常见，不用举例；"携"的"分离"义，如《左传·僖公七年》："招携以礼，怀远以德。""解"和"携"都可以和其他表示"分离"义的语素构成复合词，如"解摘""携贰""睽携"等，当然也可以由"解"和"携"构成联合式复音词"解携"了。究竟如何分析为是，还可以进一步讨论。

以上说的都是词义考释的方法。如果我们对唐诗中那些与现代汉语意义不同的口语词一一加以考释，弄清了它的意义，并尽可能地说明了它的理据，是否就可以说完成了唐诗口语词汇研究的任务了呢？我们认为，这是完成了一项十分重要的工作，但这还不是唐诗口语词汇研究的全部工作。

之所以说这是一项十分重要的工作，是因为弄清唐诗口语词的意义，直接关系到唐诗的阅读和理解。而在这方面，我们现在还做得十分不够。要对唐诗中的口语词有一个较全面、较透彻的了解，还需要付出极大的努力，而且这个工作不是一两个人所能完成的，必须有一批人为此贡献出全部的精力，才能完成这项工作。

之所以说词语考释还不是唐诗口语词汇研究的全部，是因为除词语考释外，还有别的研究工作要做。首先，词汇是一个系统。从词汇系统的角度看，研究工作就不仅仅是单个词的词义考释，也不能只注意那些和现代汉语不同的口语词，而置那些与现代汉语相同的口语词于不顾。我们应该把唐诗中的全部口语词作为一个系统来研究。其次，词汇都有它的历史发展，除了像前面所举的"末厥"那样存在时间很短，使用也不广泛的词以外，我们研究一个词，都应该研究其来龙去脉，即它从魏晋南北朝（或者从先秦两汉）是怎样发展到唐代的，从唐代到宋元（或者到现代）又是怎样发展的。

这样才能对口语词的历史发展有一个清楚的了解。

这种词汇系统和词汇史的研究,对于汉语历史词汇学的研究当然是十分重要的,对于唐诗的阅读和研究也是有关系的。如唐诗中有一个形容词词尾"生"(如"太瘦生""太憨生""可怜生"的"生"),蒋礼鸿《义府续貂》认为"生"是从六朝时的"馨"发展来的,而"馨"和《说文》中的"生"是古今语。这样的解释,对我们理解唐诗中的"生"是有帮助的。

从目前的状况看,词语考释是首先应当注意的工作,因为这是词汇研究的基础。对于词汇系统和词汇史的研究也不能忽略,尽管在目前还不具备进行全面系统研究的条件,但总可以一点一滴地做起来。

第三章　唐诗的句法

在本章中,将讨论唐诗的句法方面的一些问题。

从《诗经》《楚辞》到汉魏六朝古诗,诗歌的句法就和散文的句法有所不同,这是因为诗歌要求押韵,诗句的字数要求比较整齐,诗的语言要求精练等因素造成的。但总的说来,古诗的句法和散文的句法并没有很大的差别。到唐代,近体诗产生以后,作诗要讲平仄、对仗,押韵比以前更严格了,而且,律诗只有八句(排律除外),绝句只有四句,要在这样短小的篇幅内把一种意境或一种思想完整地表达出来,更要求语言的高度凝练。这些因素必然影响到近体诗的句法,使它和散文的句法距离加大,产生了不同于散文的特点。同时,唐代的古体诗(特别是入律的古风)也深受近体诗的影响,在句法方面也产生了不同于散文的特点。这些特点总起来说,一是省略,二是错位。省略和错位的具体情况,将在本章各节中讨论。

了解唐诗句法方面的这些特点,对我们阅读和研究唐诗有很重要的关系。有一些唐诗,我们读不懂,主要不是由于不懂得其中的词语,而是由于不懂得它的句法。比如:

江上忆严五广休

李商隐

征南幕下带长刀,梦笔深藏五色毫。

逢著澄江不敢咏,镇西留与谢功曹。

这首诗用了两个典故：一是关于江淹的。钟嵘《诗品》卷中："淹罢宣城郡，遂宿冶亭，梦一美丈夫，自称郭璞，谓淹曰：'我有笔在卿处多年矣，可以见还。'淹探怀中，得五色笔以授之。"一是关于谢朓的。《南齐书》载，谢朓曾任随王萧子隆镇西功曹。"余霞散成绮，澄江净如练"是他的名句。典故解释清楚了，全诗没有其他难懂的词语。但是第二句和第四句，如果按照一般散文的句法，读作"主语＋述语＋宾语"，把"梦笔"看作主语，"深藏"看作述语，"五色毫"看作宾语；把"镇西"看作主语，"留与"看作述语，"谢功曹"看作宾语，句子就读不通。在这里，我们应当懂得，第二句是"补足"，先说了"梦笔深藏"，然后补充说明"梦笔"是"五色毫"。第四句是"错位"，按照正常的词序，应是"留与镇西谢功曹"。（关于"补足"和"错位"详见下面有关章节。）这样才能了解全诗的意思：是说自己在幕府中任职，久已不写诗了，面对着美景更不敢咏诗，要等着谢朓（用以比严广休）来写。

研究唐诗的句法，还有助于汉语语法史的研究。例如"把字句"，最早就是在唐诗中出现的。但这是属于语法史研究的范围，我们这里不拟涉及。在本章中，主要讲一些唐诗不同于散文（当然也不同于古诗）的句法。

第一节　唐诗的句式

§3.1.1 唐诗的句式与节奏

唐诗一般都是五言或七言一句，但句子的结构却很不一样。如果误解了句子结构，也就会误解句子的意思。唐诗的句子结构是十分复杂多样的,王力《汉语诗律学》第一章第十六至十八节、第二章第三十四节,对近体诗和古体诗的五、七言句式(即句子结构的类型)作了详细的分析,这对唐诗句式的研究是很有用处的,但初学者不大容易掌握。因此,我们打算谈一谈唐诗的节奏,节奏实际上是对诗句的句子结构的第一层分析。节奏分析对了,当然对整个句子第二层、第三层的分析还有可能弄错;但是节奏分析错了,对整个句子的分析和理解必然不会对。所以,正确分析唐诗的节奏是很重要的。

诗歌韵律的节奏和意义的节奏并不总是一致的,比如五言诗韵律的节奏都是"二二一",但意义的节奏却有"二二一""二一二""一一三""二三"等多种。

本节中所说的"节奏",指的是意义的节奏。关于唐诗的意义的节奏,《汉语诗律学》也有分析(见第一章第十八节),现将上述节奏的例句摘录于下:

"二二一"式:

　　1. 明月—松间—照,清泉—石上—流。(王维《山居秋暝》)

"二一二"式:

　　2. 蝉声—集—古寺,鸟影—度—寒塘。(杜甫《和裴迪》)

"一一三"式:

　　3. 猿—护—窗前树,泉—浇—谷后田。(刘长卿《初到碧涧》)

"二三"式:

　　4. 黄绮—终辞汉,巢由—不见尧。(杜甫《朝雨》)

这种节奏,我们比较熟悉,不大会产生误解。值得注意的是下面一些节奏,它们与散文的节奏很不一样,在诗中也比较少见,如果把

第三章 唐诗的句法

它们弄错了，就会把诗句的意思理解错。例如：

"一三一"式：

5. 蝶—绕香丝—住，蜂—怜艳粉—回。(宋之问《奉和立春日》)①

6. 山—临青塞—断，江—向白云—平。(王维《送严秀才》)

上述句子中末一字都是第一字的谓语，宋之问诗说的是"蝶住，蜂回"，王维诗说的是"山断，江平"。如果把节奏弄错了，理解为常见的"二二一"或"二三"，以为是"香丝住，艳粉回"，"青塞断，白云平"，那就错了。

"四一"式：

7. 紫崖奔处—黑，白鸟去边—明。(杜甫《雨》)

8. 登俎黄柑—重，支床锦石—圆。(杜甫《季秋江村》)

上述例句的特殊之处在于前面四个字组成一个名词词组，充当句子的主语，而这个名词词组的定语是由主谓结构(紫崖奔，白鸟去)或述宾结构(登俎，支床)充当的。这在散文中或古诗中都比较少见，所以容易把它们误认为"二三"式，读成"紫崖—奔处黑，白鸟—去边明"，"登俎—黄柑重，支床—锦石圆"，这样就把作主语的名词词组拆开了，当然也就把意思理解错了。

"一四"式：

9. 紫—收岷岭芋，白—种陆池莲。(杜甫《秋日夔府》)

10. 净—落金塘水，明—浮玉砌霜。(白居易《禁中月》)

上述句子的特点是：第一字是话题，而不是动作的发出者。这种句

---

① 以下例句，有的引自《汉语诗律学》，有的是我补充的，不再一一注明。补充的例句，诗题一般只用前四五个字。本章各节均同。

式,将在本章第三节中讲到。这种句式,不应把它误读为"二三"。

在七言诗中,与此相应的是"一六"式:

11. 鱼——知丙穴由来美,酒——忆郫筒不用沽。(杜甫《将赴成都》)

12. 盘——剥白鸦谷口粟,饭——煮青泥坊底芹。(杜甫《崔氏东山》)

七言诗中较特殊的还有"二五"式:

13. 春水——船如天上坐,老年——花似雾中看。(杜甫《小寒食舟中》)

14. 心折——此时无一寸,路迷——何处是三秦。(杜甫《冬至》)

"五二"式:

15. 永夜角声悲——自语,中天月色好——谁看。(杜甫《宿府》)

像这样一些句式都要注意,不要误解。

最特殊的节奏是五言的"三二"和七言的"三四",胡震亨《唐音癸签》卷四:

> 五字句以上二下三为脉,七字句以上四下三为脉,其恒也。有变五字句上三下二者(如元微之"庾公楼怅望,巴子国生涯"、孟郊"藏千寻布水,出十八高僧"之类),变七字句上三下四者(如韩退之"落以斧引以墨徽",又"虽欲悔舌不可扪"之类),皆蹇吃不足多学。

这是因为诗歌(不论是近体还是古体)一般都是三字尾的,如果变为"三二"和"三四",就类似散文的句法了。这种句式不太多见,但也不是绝无仅有。除胡震亨所举的例子外,下面再举几例:

16. 失意时—相识，成名后—独归。(项斯《送欧阳衮归闽中》)

17. 子去矣—时若发机。(韩愈《送区弘南归》)

18. 明日若过方丈室，还应问—为法来耶？(刘禹锡《和乐天斋戒月满》)

19. 谋身拙—为安蛇足，报国危—曾拊虎须。(韩偓《安贫》)

这种句子，读起来确实不像诗句。特别是韩愈和刘禹锡例，句中用了语气词"矣"和"耶"，就更显得散文化了。这种句式只在仿古的古风中有，近体诗中一般是不出现的。关于这一点，《唐音癸签》卷四也有论及：

诗用助语字，非法也。惟排律长篇或间有之。(如杜老"余力浮于海，端忧问彼苍"，尚不觉用语助字。至王孟"畅以沙际鹤，兼之云外山"，及"依止此山门，谁能效丘也"之类，则恶矣。岂可妄效？)

§3.1.2 假平行

关于唐诗的句式还有一点应当注意：近体诗中对仗的一联，上下句的句子结构可能相同，也可能不同。

对仗的两句多数是结构相同的。如：

登 高

杜 甫

风急天高猿啸哀，渚清沙白鸟飞回。
无边落木萧萧下，不尽长江滚滚来。

万里悲秋常作客，百年多病独登台。
艰难苦恨繁霜鬓，潦倒新停浊酒杯。

四联全用对仗，而且四联上下句的句子结构全部相同，这一点不用多讲。

需要说明的是：对仗的两句句子结构不一定相同。因为对仗主要是要求两句中相同位置上的字词性相同（所谓"词性相同"，不能完全按照现代的语法观念，比如名词作定语，也可认为与形容词词性相同），而并不要求两句的句法结构相同。这种两句字面对仗而结构不同的情况，有人称之为"假平行"。对此，人们往往不大注意，因此要作一些比较详细的讨论。

"假平行"有下列几种：

（一）两句对仗而节奏不同，结构自然也不同

一般来说，对仗的两句节奏应该是相同的，但是也有一些节奏不同。例如：

20. 晴—开—万井树，愁看—五陵烟。（岑参《登总持阁》）上句为"主述宾"，下句为"动宾"。

21. 光射—潜虬动，明—翻宿鸟频。（杜甫《十七夜对月》）上句为紧缩句，由两个主谓结构组成，下句为单句，谓语为"述宾补"。

22. 人声晓动—千门辟，湖色—宵涵万象虚。（元稹《重夸州宅》）上句为紧缩句，由两个主谓结构组成，下句为单句，谓语是个递系结构（见本章第三节）。

23. 苍惶—已就长途往，邂逅无端—出饯迟。（杜甫《送郑

十八》)上句是个单句,由一个动词词组构成,下句是个紧缩句,因"邂逅无端"故"出钱迟"。

(二)两句对仗,节奏也相同,但结构不同

24. 耕凿—安时论,衣冠—与世同。(杜甫《吾宗》)上句是个紧缩句,意谓"耕田而食,凿井而饮,而且安于时论",下句是单句,结构为"主谓"。

25. 忽惊—乡树—出,渐识—路人—多。(李昌符《晚秋归故居》)上句为"述宾",以"乡树出"为宾语,下句为"述宾补",等于说"识路人识得多"。

26. 莱妻—早报—蒸藜熟,童子—遥迎—种豆归。(许浑《村舍》)上句为"主述宾",下句为紧缩句,意谓"童子遥迎,村翁种豆而归"。

27. 碧落—有情—应怅望,青天—无路—可追寻。(李远《失鹤》)上句为紧缩句,意谓"若有情应怅望碧落",下句为由复合谓语组成的单句,意谓"在青天中无路可追寻"。

(三)第一层结构相同,而第二层结构不同

上面说过,节奏是句子的第一层结构,如前举"四一"式:"紫崖奔处—黑,白鸟去边—明","登俎黄柑—重,支床锦石—圆",第一层结构都是"主谓",但还有第二层结构,同是四字的主语,"紫崖奔/处"是主谓结构作定语,"登俎/黄柑"是动宾结构作定语。这第二层结构就不同。对仗句第二层结构不同的如:

28. 翠屏—遮/烛影,红袖—下帘/声。(白居易《人定》)"遮/烛影"是"述宾","下帘/声"是名词词组。

29. 山鬼—吹/灯/灭，厨人—语/夜阑。(杜甫《移居公安》)"吹/灯/灭"是"述宾补"，"语/夜阑"等于说"语至夜阑"，是"述补"。

30. 抱琴—看/鹤/去，枕石—待/云归。(卢纶《题崔端公》)"看/鹤/去"是"动宾补"，"待/云归"是"述宾"。

31. 楼雪—融/城/湿，宫云—去殿/低。(杜甫《晚出左掖》)"融/城/湿"是"动宾补"，等于说"把城墙融湿了"，"去殿/低"是状语加中心语，"离宫殿很低"。

32. 波漂菰米—沉云/黑，露冷莲房—坠/粉红。(杜甫《秋兴八首》之七)"沉云/黑"为"主谓"，"坠/粉红"为"述宾"。

33. 银烛/有光—妨宿燕，画屏/无睡—待牵牛。(温庭筠《池塘七夕》)"银烛"是"有光"的主语，"画屏"是关系语，"画屏无睡"意思是"在画屏后面无睡"。

在遇到这种"假平行"的时候，我们需要仔细辨别上下句结构的不同。如果误把"假平行"看作上下句结构相同，就会造成理解的错误。

§3.1.3 紧缩句

上面讲到唐诗的句子结构时，多次提到"紧缩句"。什么是诗中的紧缩句呢？

我们知道，诗句的单位是以五言或七言为一句。一句诗有时就是意义上的一个句子，如上面举的"莱妻早报蒸藜熟"；但有的时候，从意义上说是两个句子，如"童子遥迎种豆归"，意思是"童子遥迎、村翁种豆而归"。这种由意义上的两个句子组成的五言或七言句，我们称之为"紧缩句"。

第三章　唐诗的句法

特别值得注意的是：在散文中，由两个分句构成一个复句，往往有一些关联词语来表示分句间的关系，如"因……故……""若……则……""纵……亦……"等等。而在唐诗（特别是近体诗）中，这些关联词语一般都省略不用，所以，这些诗中的紧缩句究竟表示什么关系，需要我们读诗时加以分析。例如：

（一）表示因果

34. 草枯鹰眼疾，雪尽马蹄轻。（王维《观猎》）可读作"因草枯故鹰眼疾，因雪尽故马蹄轻"。

35. 云连海气琴书润，风带潮声枕簟凉。（许浑《晚自朝台至》）可读作"因云连海气故琴书润，因风带潮声故枕簟凉"。

（二）表示申说

36. 竹喧归浣女，莲动下渔舟。（王维《山居秋暝》）可读作"竹喧因归浣女之故，莲动因下渔舟之故"。

37. 野绿全经朝雨洗，林红半被暮云烧。（白居易《五凤楼晚望》）可读作"野绿因全经朝雨洗之故，林红因半被暮云烧之故"。

（三）表示目的

38. 不寝听金钥，因风想玉珂。（杜甫《春宿左省》）上句意为"为听金钥而不寝"。

39. 林间暖酒烧红叶，石上题诗扫绿苔。（白居易《送王十八》）意谓"为林间暖酒而烧红叶，为石上题诗而扫绿苔"。

151

（四）表示让步

40. 翠柏苦犹食，明霞高可餐。（杜甫《空囊》）意谓"翠柏虽苦而犹食，明霞虽高而可餐"。

41. 干戈满地客愁破，云日如火炎天凉。（杜甫《夔州歌》）意谓"虽干戈满地而客愁破，虽云日如火而炎天凉"。

（五）表示假设

42. 遇酒多先醉，逢山爱晚归。（白居易《赠沙鸥》）意谓"若遇酒则多先醉，若逢山则爱晚归"。

43. 受谏无今日，临危忆古人。（杜甫《遣忧》）上句意谓"若受谏则无今日"。

应当注意的是：有时候一联中上下句表示的关系可能不一样，这就更需要我们去仔细分析了。如：

44. 水静楼阴直，山昏塞日斜。（杜甫《遣怀》）上句是因果，"因水静故楼阴直"；下句是申说，"山昏因塞日斜之故"。

45. 湖添水色消残雪，江送潮头涌漫波。（元稹《和乐天早春》）上句是申说，"湖添水色因消残雪之故"；下句是因果，"因江送潮头故涌漫波"。

46. 饭粗餐亦饱，被暖起常迟。（白居易《求分司东都》）上句是让步，"饭虽粗而餐亦饱"；下句是因果，"因被暖故起常迟"。

在唐诗中，诗人常喜欢用这些紧缩句。这不但是为了用字精练，而且是为了用紧缩句（特别是表因果的紧缩句）来表现诗人观察的敏锐、细致，以增强诗歌的艺术表现力量。如：

47. 细雨鱼儿出，微风燕子斜。（杜甫《水槛遣兴》）

48. 星垂平野阔，月涌大江流。（杜甫《旅夜书怀》）

49. 野旷天低树，江清月近人。（孟浩然《宿建德江》）

50. 砌冷虫喧座，帘疏月到床。（岑参《送郑侍御》）

51. 风暖鸟声碎，日高花影重。（杜荀鹤《宫词》）

对于第一例，宋代叶梦得《石林诗话》评论说：

> 诗语固忌用巧太过，然缘情体物，自有天然工妙，虽巧而不见其刻削之痕。老杜"细雨鱼儿出，微风燕子斜"，此十字殆无一字虚设。雨细着水面为沤，鱼常上浮而淰，若大雨则伏而不出矣。燕体轻弱，风猛则不能胜，惟微风乃受以为势，故又有"轻燕受风斜"之语。

其他例句，也很受后代称道，这里就不一一分析了。

紧缩句还有一种，把问话和答话在一句诗中写出。如：

52. 大麦干枯小麦黄……问谁腰镰胡与羌。（杜甫《大麦行》）"问谁腰镰"是问话，"胡与羌"是答话。

53. 问子能来宿，今疑索故要。（杜甫《西阁三度期大昌严明府同宿不到》）"问子"是问话，"能来宿"是对方的答话。两句诗的意思是：当初问你，你说能来宿，（但后来三度不到）现在我怀疑需特意邀请才肯来。

附带说到简省。有的诗句把问话的内容略去（或略去一部分），下面直接写答话，但"答"字也不出现。例如：

54. 借问池台主，多居要路津。（刘禹锡《城中闲游》）意思是：借问："池台主为谁？"回答说："他们多居要路津。"

55. 借问新安吏，县小更无丁。（杜甫《新安吏》）意思是：问新安吏："为何选中男从军？"回答说："因为县小再没有壮丁了。"

下面两句也都有简省和紧缩：

56. 松下问童子，言师采药去。(贾岛《寻隐者不遇》)问话的内容省去，但可由答话而知道。

57. 织者何人衣者谁？越溪寒女汉宫姬。(白居易《缭绫》)这是作者自问自答，但既无"答曰"，也无"借问"。

这样一些紧缩形式，在读唐诗时都需要注意。

§3.1.4 连贯句

紧缩句是一句诗中包含着两个意义上的句子，在唐诗中还有一种相反的情形：意义上的一个句子由两句或几句诗来表述。这种句子，在古代的诗话中称为"十字句"（两个五言句等于一个意义上的句子）、"十四字句"（两个七言句等于一个意义上的句子），我们则把它们统称为"连贯句"。

《汉语诗律学》把"十字句和十四字句"分为十三小类，我们把它加以归并，补充说明如下：

（一）上句为时间处所状语，下句为主谓（或谓语）

58. 骤雨清秋夜，金波耿玉绳。(杜甫《江边星月》)

59. 茫茫江汉上，日暮欲何之。(刘长卿《送李中丞》)

这种连贯句比较常见，不用多举。

（二）上句为主语，下句为谓语

60. 贺监旧山川，空来近百年。(齐己《寄方干》)

61. 年年越溪女，相忆采芙蓉。(杜荀鹤《春宫怨》)

62. 徒使词臣庾开府，咸阳终日苦思归。(刘禹锡《荆州道怀古》)

第三例稍有不同："词臣庾开府"是兼语，它既是"使"的宾语，又是"终日苦思归"的主语。

（三）上句为介词结构或主语加介词结构，下句为谓语的主要部分

63.忽与朝中旧，同为泽畔吟。（贾至《南州有赠》）

64.天将今夜月，一遍洗寰瀛。（刘禹锡《八月十五日夜玩月》）

65.此心曾与木兰舟，直到天南潮水头。（贾岛《寄韩潮州愈》）

（四）把宾语分开，一部分在上句，一部分在下句

66.愁见三秋水，分为两地泉。（沈佺期《陇头水》）"三秋水分为两地泉"为"愁见"的宾语。

67.只闻凉叶院，露井近寒砧。（李商隐《独居有怀》）"凉叶院露井近寒砧"为"只闻"的宾语。

68.便是衰病身，此生终老处。（白居易《西原晚望》）"衰病身此生终老处"为"便是"的宾语。

69.遂习宫中女，皆如马上儿。（白居易《杂兴》）"习"是使动，"宫中女"是宾语，"皆如马上儿"为补语，全句意谓"使宫中之女练习得皆如马上儿"。

（五）上句有否定词"不""无""莫"或疑问词"那""何""岂"，这些词一直管到下句

70.无为在歧路，儿女共沾巾。（王勃《送杜少府》）意谓

"不要在分别时流泪"。

71. 那堪将凤女，还以嫁乌孙。(沈佺期《送金城公主》)意谓"不堪将公主远嫁西番"。

72. 无人为移植，得入上林园。(白居易《庐山桂》)意谓"因无人移植，不得入上林园"。

73. 莫道官忙身老大，即无年少逐春心。(韩愈《早春呈水部》)意谓"不要以为没有少年逐春之心"。

74. 贵人岂不仁，视汝如莠蒿？(杜甫《遣遇》)意谓"贵人岂不仁，岂视你为莠蒿？"

（六）最奇特的连贯句

75. 未入吴王宫殿时，浣纱古石今犹在。(李白《送祝八》)粗看起来，上句似乎是一个时间状语，两句是说从未入吴王宫殿的时候，浣纱古石今犹在。但这样意思是讲不通的。其实上句是"浣纱古石"的定语，两句是说"未入吴王宫殿时浣纱的古石至今犹在"。这是一个连贯句，把主语部分分开了。

76. 君何爱重裘，兼味养大贤。(韩愈《苦寒歌》)这句很容易理解为："君为何吝惜重裘，而以兼味养大贤？"(重裘：几件狐裘衣。兼味：多种美食佳肴。)但这意思也是讲不通的。这句的"何爱"一直管到"大贤"，"重裘兼味养大贤"是"以重裘兼味养大贤"之意，整个作"何爱"的宾语。但诗句中把"重裘"和"兼味"，分在上下句中了。

77. 梁山感杞妻，恸哭为之倾。(李白《东海有勇妇》)在一般情况下，下句如果不出现主语，应该是承上省略，即"恸哭"的主语应为"梁山"。但本例不是。本例应读作"梁山感杞妻恸哭，而为之倾"。

78. 头上白接䍦，倒着还骑马。(李白《襄阳曲四首》之二)和上例一样，本例应读作"头上白接䍦倒着，还骑马"。"倒着"说的是"倒戴"，而不是说"倒着骑马"。如果是说"倒着骑马"，就不会在中间加一个"还"字了。

79. 荒哉隋家帝，制此今颓朽。(杜甫《九成宫》)本例应读作"荒哉隋家帝制此，今颓朽"。

80. 数杯君不见，都已遭沉冥。(杜甫《军中醉歌》)本例应读作"君不见，数杯都已遭沉冥"。

以上例子都有一个共同特点：在诗句断开的地方应该连着读，而原来连着读的地方，却要据文意断开。这种句子读起来会有一些困难，但好在这样的诗句并不太多。

（七）连贯句有的不止两句，也不一定在同一联中，可以是四句甚至六句为一个意义完整的复句

81. 东阳本是佳山水，何况曾经沈隐侯，化得邦人解吟咏，如今县令亦风流。(刘禹锡《答东阳于令》)"何况"管第二、三两句。"本是……何况……"构成一个表示递进的复句。四句意谓"因为东阳山水本来就美，又加上沈约在那里做官，使得百姓都会作诗，所以如今县令也风流"。

82. 回念发弘愿，愿此见在身，但受过去报，不结将来因。(白居易《自觉》)从"此见在身"到"将来因"都是"愿"的宾语，三句构成一个单句。

83. 哭君岂无辞？辞云君子人，如何天不吊，穷悴至终身？(白居易《哭刘敦质》)从"君子人"到"至终身"都是"辞云"的宾语，三句构成一个单句。

84. 若作阳公传，欲令后世知，不劳叙世家，不用费文辞，但于国史上，全录元稹诗。(白居易《和阳城驿》)此例不用解释，很明显是六句组成一个复句。

在第一章中曾讲过"流水对"，"流水对"也是连贯句，不过是连贯句中特殊的一种：上下句意义上贯通，而形式上对仗。流水对的例子前面已举过，这里不再重举。

在第一章中还讲过一种"续句对"，如：

> 神女峰娟妙，昭君宅有无；曲留明怨惜，梦尽失欢娱。(杜甫《大历三年春》)

《沧浪诗话》称此为"四句通义"，这也应该是一种连贯句。不过"续句对"（可以是四句，也可以是六句）是由两个意义上的句子组成的，而这两个意义上的句子是交织在一起的。比如上例第一、四两句是讲神女峰，第二、三两句是讲昭君宅。所以，这也是连贯句中的一种特殊形式。但"四句通义"的范围要比"续句对"宽，因为"四句通义"上下句不一定对仗。关于这种形式，宋代葛立方《韵语阳秋》卷一曾提到：

> 老杜诗以后二句续前二句处甚多。如《喜弟观到》诗云："待尔嗔乌鹊，抛书示鹡鸰。枝间喜不去，原上急曾经。"《晴》诗云："啼乌争引子，鸣鹤不归林。下食遭泥去，高飞恨久阴。"《江阁卧病》云："滑忆雕胡饭，香闻锦带羹。溜匙兼暖腹，谁欲致杯罂。"《寄张山人》诗云："曹植休前辈，张芝更后身。数篇吟可老，一字买堪贫。"如此类甚多。此格起于谢灵运《庐陵王墓下》诗云："延州协心许，楚老惜兰芳。解剑竟何如，抚坟徒自伤。"李太白诗亦时有此格，如"毛遂不堕井，曾参宁杀人。

虚言误公子,投杼感慈亲"是也。

这些都是连贯句。如果是上下句对仗的,那就是"续句对"了。

第二节 唐诗的省略

省略是近体诗句法的一个重要特点。唐代的古体诗因受近体诗的影响,也常常有省略。唐诗中的省略大致上有如下几类:

(1)省略语气词。语气词在唐诗中(特别是近体诗中)一般是不用的(新产生的疑问语气词"无"除外)。

(2)省略连词。唐诗中连词一般也是不用的,这在上一节"紧缩句"中已经讲到。

(3)省略谓词,在句中只剩下名词或名词词组,这就是"名词语"。

(4)省略介词,这就形成"关系语"。

(5)除上述四类以外的省略,我们称之为"一般的省略"。

在本节中,先讨论一般的省略,再讨论名词语和关系语。

§3.2.1 一般的省略

一般的省略中最常见的是平行语的省略,如:

1. 上吞巴蜀下潇湘,怒似连山静镜光。(杜牧《西江怀古》)

这句应为"上吞巴蜀下控潇湘,怒似连山静似镜光"。下句省去的"似"是承上省略;上句省去的"控",却在上文中没有出现,而是根据相应位置上的"吞"补出的。由此可知,平行语的省略,总是省去相同位置上的字,但省去的字可以和上文相同,也可以和上文相近而不相同。这个例子,《汉语诗律学》已经举过,下面我们补充一些例子：

2. 山雪河冰野萧瑟，青是烽烟白（是）人骨。（杜甫《悲青坂》）

3. 为君酤酒满眼酤，与奴白饭（与）马青刍。（杜甫《入奏行》）

4. 上穷碧落下（穷）黄泉，两处茫茫皆不见。（白居易《长恨歌》）

5. 跛鳖虽迟骐骥（虽）疾，何妨中路亦相逢。（白居易《喜与韦左丞》）

6. 向平多累自为难，一日身闲一（日）自安。（许浑《村舍》）

以上是省略相同的字，这比较多见。省略相近的字比较少见。如：

7. 乌帽拂尘青骡（饲）粟，紫衣将炙绯衣走。（杜甫《相从歌》）

还有一种较特殊的是在平行语中省略反义词，这种反义词通常是"今"和"昔"，"人"和"我"等。例如：

8. 昔别君未婚，（今）儿女忽成行。（杜甫《赠卫八处士》）此例如果不知道下句是省略"今"字，意思就无法理解。

9. 旧随汉使千堆宝，（今）少答胡王万匹罗。（杜甫《喜闻盗贼总退》）此例是说旧时汉使要向吐蕃送千堆宝，今日可以少答胡王（吐蕃王）万匹罗。

10. 他家人定卧，（我）日西展脚睡。诸人五更走，（我）日高未肯起。（王梵志诗）此例如果不知道下句省略"我"，也就读不懂。

11.（我）才富不如君，（君）道孤还似我。（白居易《郡斋暇日》）此例更为特殊，两句的主语都省略了。之所以能省略，完全是由于整个上下文的衬托。

还有一种省略是和用典相结合的。例如：

12.邻好艰难薄，氓心杼柚焦。（杜甫《奉赠卢五丈》）"杼柚"是织布机，但按此义解释，"氓心杼柚焦"一句义不可通。这里是用典。《诗经·小雅·大东》："小东大东，杼柚其空。"说的是织布机上空空的，形容生活的贫困。而在杜诗中省略了"其空"两字。

13.郊扉及我私，我圃日苍翠。（杜甫《雨》）上句也是用典而省略。《诗经·小雅·大田》："雨我公田，遂及我私。"杜诗等于说"雨我郊扉，遂及我私"。

唐诗中还有一种情况值得注意：因为求精练，有些应在诗中表达的意思就放到诗题中去表达了。因此，有些在诗中省略的字，实际上就是诗题。例如：

14.客病留因药，春深买为花。（杜甫《小园》）上句是完整的，只是词序发生了错位，应读作"客病因药留"。下句也应是"春深为花买"，但是买什么，句中省略了。省略的就是诗题"小园"，等于说"春深为花而买小园"。

15.随风隔幔小，带雨傍林微。（杜甫《萤火》）上句中"小"的主语既不是"风"，也不是"幔"，而是诗题"萤火"。同样，下句中"微"的主语也是"萤火"。

唐诗中还有省略动词而保留副词的。这种省略主要起修辞作用，将到第四章中讨论。

§3.2.2 名词语

《汉语诗律学》第一章第二十一节说："在散文里，宁可没有主语，不能没有谓语；诗句里却常常没有谓语，只一个名词仂语便当作一句的用途。"这种"名词仂语"（"仂语"是王力先生使用的术语，相当于"词组"），就叫"名词语"。

关于名词语，首先要说明两点：

(1)《汉语诗律学》说："诗句里却常常没有谓语，只一个名词仂语便当作一句的用途。"这里所说的"诗句"，是指一个五言句或七言句。在一个五言句或七言句里，名词语有三种类型：(a)半句是名词语。(b)两个半句都是名词语。(c)整句都是名词语。

(2)名词语的特点是"只一个名词仂语便当作一句的用途"，所以，如果在一句诗中有两个名词词组，但并不当作两个意义上的句子用时，就不是名词语，而只是一般的省略。如：

16. 田舍清江上，柴门古道旁。（杜甫《田舍》）

17. 空外一鸷鸟，河间双白鸥。（杜甫《独立》）

18. 日月笼中鸟，乾坤水上萍。（杜甫《衡州送李大夫》）

例16上下句各有两个名词词组："田舍""清江上"和"柴门""古道旁"。但每个名词词组并不当一句用，应该看作是在两个名词词组中间省略了"在"字，可读作"田舍在清江上，柴门在古道旁"。也就是说，"田舍"和"清江上"，"柴门"和"古道旁"合起来，再加上省略的动词"在"，才构成一个句子，所以此例中没有名词语。同样的，例17是省略动词"有"，例18是省略动词"如"（或"似"），都是一般的省略而不是名词语。

下面一句也不是名词语：

19. 今日江南老，他时渭北童。（杜甫《社日》）

此例可读作"今日江南老，即他时渭北童"。虽然上下句都只有一个名词词组，而没有动词或形容词，但上句的名词词组是判断句的主语，下句的名词词语是判断句的谓语（古汉语的判断句本不用判

第三章 唐诗的句法

断词),是两个名词词组组成一个意义上的句子,而并非一个名词词组便当一句的用途,所以此例的上句和下句也都不是名词语。

但是,有时候一般的省略和名词语之间也不容易划出绝对的界线。比如:

20.柳色孤城里,莺声细雨中。(刘长卿《海盐官舍早春》)

21.浮云游子意,落日故人情。(李白《送友人》)

例20可以看作省略"在",例21可以看作省略"如"。但也可以有另一种理解:例20是说"细雨中莺声间关,孤城里柳色青翠"。例21是说"浮云飘忽,游子意伤;落日傍山,故人情长"。如果这样理解,"柳色""莺声""浮云""游子意""落日""故人情"就都是名词语了。就这两例来说,可能后一种理解更为合适。也就是说,如果诗句中没有动词和形容词,只有名词词组,而又不能简单地理解为省去"在""有""如""是"等动词的,就应该看作名词语。

下面,我们就名词语的三种类型分别作一些讨论。

(一)半句是名词语

22.香雾/云鬟湿,清辉/玉臂寒。(杜甫《月夜》)

23.勋业/频看镜,行藏/独倚楼。(杜甫《江上》)

24.卷帘/残月影,高枕/远江声。(杜甫《客夜》)

25.乱云低/薄暮,急雪舞/回风。(杜甫《对雪》)

26.眼看菊蕊/重阳泪,手把梨花/寒食心。(白居易《陵园妾》)

这些例子中每一句诗都可以分为两个半句(用/号隔开),其中一个半句是有动词或形容词的,一个半句是名词语。这些名词语都可以补全。例22、23、24,《汉语诗律学》中已经补全:"香雾初

163

浓,云鬟似湿;清辉既满,玉臂亦寒。""勋业尚赊,频看镜以自惕;行藏未定,独倚楼而深思。""卷帘而残月之影遂入,高枕而远江之声可闻。"例25、26,我们也可以把它们补全:"乱云低垂,薄暮冥冥;急雪飞舞,回风飒飒。""眼看菊蕊,重阳日泪暗滴;手把梨花,寒食时心更伤。"照这样的补法,是认为原句中的名词语都是主语,省略的是谓语。但也可以有另一种理解:认为原句中的名词语都是宾语,省略的是述语。根据后一种理解,可以用另一种方式把例24—26补全:"卷帘而见残月影,高枕犹闻远江声。""正值薄暮,乱云低垂;又遭回风,急雪飞舞。""眼看菊蕊,重阳日滴泪;手把梨花,寒食时伤心。"而且,不管是补上谓语还是补上述语,补出的动词或形容词也可以根据各人的理解而有所不同。例如,例24也可以补成"卷帘而残月影朦胧,高枕而远江声依稀"。这正是名词语的特点:诗人提供的是一个朦胧的意象,给读者留下了广泛的想象余地。只要不离诗句的原意太远,读者是可以根据自己的理解去加以补足的。关于这一点,后面两类的名词语也都是相同的,下面就不重复讲了。

(二)两个半句都是名词语

27. 烟火/军中幕,牛羊/岭上村。(杜甫《秦州杂诗》)

28. 乾坤/万里眼,时序/百年心。(杜甫《春日江村》)

29. 鸟雀/荒村暮,云霞/过客情。(杜甫《滕王亭子》)

30. 高风/汉阳渡,初日/郢门山。(温庭筠《送人东游》)

31. 巫峡啼猿/数行泪,衡阳归雁/几封书。(高适《送李少府》)

这些例子中两个半句都是名词语,因此读的时候两个半句都要补全。这五例依次补为:"烟火冲寒,隐约见军中之幕;牛羊归晚,依稀认岭上之村。""时序迁流,百年之心已碎;乾坤浩荡,万里之眼徒劳。"(以上见《汉语诗律学》)"鸟雀鸣噪,荒村日暮;云霞黯淡,过客情伤。""高风正劲,扬帆于汉阳渡上;初日始升,送客于郢门山前。""听啼猿于巫峡,数行泪落;望衡阳之归雁,几封书回。"

究竟是半句为名词语,还是两个半句均为名词语,有时也不大好区分。比如:

32.千岩曙雪/旌门上,十月寒花/辇路中。(李颀《送李回》)

从表面上看,两个半句都是名词语,但实际上,只有前半句省略动词或形容词,后面半句并没有省略,它只是名词词组作处所状语。如果把整句补全,应该是:"旌门上千岩已有曙雪,辇路中十月犹见寒花。"或者是:"旌门之上,千岩曙雪晶莹;辇路之中,十月寒花葱茏。"不过我们把名词语分为几类的目的,只是为了更好地读懂唐诗,分类本身不是目的,所以,有的时候某一句中的名词语应该属于哪一类,可以不必太在意。

(三)整句诗是一个名词语

这一类又有两种情况:

(1)照《汉语诗律学》的说法,是"句子转化为名词语"。也就是说,从形式上看,一句诗是一个名词词组,谓语没有出现。但实际上,只是谓语转化为名词词组的定语,谓语实际上已包含在名词词组之中。所以这种名词语不能和上述两类一样补出谓语或述语,要使它主谓具备,就只能把它的定语"还原"为谓语。例如:

33.经心石镜月,到面雪山风。(杜甫《春日江村》)可读作"石镜月经心,雪山风到面"。

34.芳菲缘岸圃,樵爨倚滩舟。(杜甫《落日》)可读作"圃缘岸而芳菲,舟倚滩而樵爨"。

35.细草微风岸,危樯独夜舟。(杜甫《旅夜书怀》)可读作"岸上细草如茵,微风吹拂,舟中危樯高耸,独自夜泊"。

36.桤林碍日吟风叶,笼竹和烟滴露梢。(杜甫《堂成》)可读作"桤林叶碍日吟风,笼竹梢和烟滴露"。

为什么本来可以用"主谓"来表达的,诗人偏要把谓语变为定语,使句子成为名词词组呢?这大概有两方面的原因。第一是诗歌平仄、押韵、字数等方面的要求。如例33,若用"主谓"的形式表达,"心"是平声,"面"是仄声,和近体诗要求出句句末用仄声,对句句末用平声正好相反。例34和36也是如此,而且例34成了六字句,例36成了"三四"式的节奏,都不符合诗歌的要求。例35如用"主谓"的形式来表达,显然句子加长了许多,不再是五言或七言所能说尽的了。第二是由于整句用名词语,更有近体诗的格调。梁简文帝有诗句云:"一年夜将尽,万里人未归。"唐代诗人戴叔伦《除夜宿石头驿》诗中有两句:"一年将尽夜,万里未归人。"戴叔伦是有意把梁简文帝的诗改成这样,还是他自己写诗时无意中和梁简文帝的诗十分相近,这是无法知道的了。但是无论如何,同样的语义,甚至十个字都完全相同,而梁朝诗人用"主谓"来表达,唐朝诗人用名词语来表达,这不能不说是时代的风尚使然。

这种名词语在唐诗中相当常见,我们甚至可以说,这种把句子转化成名词语的办法,是唐代诗人使诗句凝练、诗化的一种诀窍。

《汉语诗律学》中还提到,有的名词语是表示时间地点的,这种名词语的末一字"时""中""初"等,有时是为了凑韵而加上的,实际上可以去掉；去掉后又变成一个句子了。所举的例子是（例多不全录，只引三个）：

37. 江水长流地，山云薄暮时。（杜甫《薄暮》）
38. 风尘逢我地，江汉哭君时。（杜甫《哭李常侍》）
39. 天上玉书传诏夜，阵前金甲受降时。（李郢《上裴相公》）

《汉语诗律学》称这类为"真正的名词语"。从形式上看，这是对的，因为这些例子中上下句都是一个名词词组。但是，从是否省略了谓语（或者说是否能补出谓语）的角度来看，上引例句也可以说都不是真正的名词语，如例37两句是首联，次联为"寒花隐乱草，宿鸟择深枝"。很明显，四句连起来，是说"在江水长流之地，山云薄暮之时，寒花隐于乱草，宿鸟择枝而栖"。"江水"两句应是名词词组作时地状语。例38，赵次公注释云："当风尘之际相逢于江汉，而今又在江汉闻其丧而哭也。"这两句形式上是名词词组，实际上可看作"风尘逢我于此地，江汉哭君于今时"，并没有省略谓语，所以也补不出谓语。例39，"裴相公"指裴度。两句可读作"天上玉书传诏夜，即阵前金甲受降时"，是一个判断句，意思是裴度受唐宪宗之诏不久就生擒了吴元济。因此，我认为对这种表时地的名词词组要作具体分析，如果是作时地状语的（如例37），作判断句的主语和谓语的（如例39），从内容上看都不应认为是名词语；而如果句尾的"地""时"等可以去掉，去掉后可变成一个句子的（如例38），可认为是名词语，但应和上述"句子转化为名词语"（例33—36）同属一类，因为它们都没有省略谓语，所以也补不出谓语。

这种由句子转化成的名词语，有时需要把上下句合在一起来读。例如：

40.万里伤心严谴日,百年垂死中兴时。(杜甫《送郑十八》)意思是:正当唐朝中兴之时,郑虔却受到严厉的谪罚,被贬到万里之外。

41.巴山楚水凄凉地,二十三年弃置身。(刘禹锡《酬乐天扬州初逢》)意思是:被贬到荒凉的巴山蜀水之间,一去二十三年。

(2)真正的名词语。这种名词语确实是省略了谓语或述语的。例如:

42.渭北春天树,江东日暮云。(杜甫《春日忆李白》)

43.极浦三春草,高楼万里心。(贾至《南州有赠》)

44.雨中黄叶树,灯下白头人。(司空曙《喜外弟卢纶见宿》)

45.夜后戍楼月,秋来边将心。(戎昱《塞下曲》)

在读这些诗句的时候,上句和下句的谓语或述语都需要读者补出,而且,上句和下句是什么关系,也需要读者去想象。但这种补充和想象比半句是名词语的灵活性更大。比如例42,可以把它补为"(我)斜倚渭北春天之树,遥望江东日暮之云";也可以补为"我憩息于渭北春天之树旁,君行吟于江东日暮之云下";还可以补为"渭北春天树已绿,江东日暮君何之?"例43—45也是如此,就不一一补上了。

有的名词语中有省略。例如:

46.奕叶班姑史,芬芳孟母邻。(杜甫《奉贺阳城郡王太夫人恩命加邓国太夫人》)

这一例子用了两个典故。"班姑"指班固之妹班昭,也称"曹大姑",曾为班固续完《汉书》。"孟母"指孟轲之母,她为教子,曾三次搬家以选择好邻居(事见刘向《列女传》)。杜甫是把阳城郡王之母比作班昭和孟母。但是从字面看,这两句诗是讲不通的:"班姑史"是讲班昭所撰之史，为什么用"奕叶"（几代）来修饰？"孟母邻"是讲孟母的邻居，他们的道德有什么"芬芳"？其实，这两句诗都有省略。诗人的意思是"奕叶如班姑之撰史，芬芳若孟母之择邻"，是说阳城郡王之母既有文才又有贤德。这种句子，也可以说是"句子转化为名词语"，但它的转化不是把谓语转为定语，而是把"班姑撰史""孟母择邻"中的动词"撰""择"省去，这样就使一个"主述宾"完整的句子在形式上变成一个名词词组了。

上面谈了三种类型的名词语，其中除了"句子转化成的名词语"外，读的时候都应补出谓语或述语。但这是就一般情况讲的。也有的名词语不是由句子转化成的，却也补不出谓语或述语；或者更准确地说，谓语或述语虽可补出，但补出后反而成了赘余。例如：

47. 鸡声茅店月，人迹板桥霜。（温庭筠《商山早行》）
48. 高鸟长淮水，平芜故郢城。（王维《送方城韦明府》）
49. 秋声万户竹，寒色五陵松。（李颀《望秦川》）
50. 枫林社日鼓，茅屋午时鸡。（刘禹锡《秋日送客》）

如例47，诗句是用几个形象组成的一个画面，茅店上一轮残月，板桥上一层白霜，霜上几个脚印。除了视觉形象外还有听觉形象：喔喔的鸡声。读了这两句诗如同目见耳闻，感受到"早行"的辛苦。这是诗人直接用形象来说话，补上任何谓语或述语均属多余。例48也是如此：近处，一条长长的淮水，空中几只飞鸟；远处，一片平坦的旷野，一座古老的郢城。这是一幅中国画的画面。读着这两句诗，可以直接在脑海中出现这样一个画面，而用不着补出谓语或述语。例49—50也是如此，都是视觉和听觉的形象，这里就不一一分析了。由此，也可以知道，名词语在诗歌的艺术表达上有一种积极的作用：可以直接给人以鲜明的形象，还可以给人留下广阔的想象余地。

但正因为一些诗句中的名词语没有谓语或述语,几个名词语之间的关系需要读者自己去理解,因此,对一些诗句的理解可能会有不同。如:

>51.深秋帘幕千家雨,落日楼台一笛风。(杜牧《题宣州开元寺水阁》)

第一句"深秋帘幕千家雨"是什么意思?有人是这样理解的:"深秋时节的密雨,像给上千户人家挂上了层层的雨帘。"这是把"帘幕"看作喻体,把"雨"看作本体,认为家家并没有挂着帘幕,而只是各家都在秋雨中。是不是还可以有另一种理解呢?周邦彦《浪淘沙(万叶战)》:"映落照、帘幕千家,听数声何处倚楼笛。"周邦彦的这几句词是从杜牧诗演化而来的,在他的词里,"帘幕"和"落照"一起构成一种景象,可见在他看来,杜牧诗中的"帘幕"并不是"雨"的喻体。谢榛《四溟诗话》卷三,曾把杜牧这两句诗改为"深秋帘幕千家月,静夜楼台一笛风"。他把"帘幕"和"月"一起构成一种景象,也没有把杜牧诗中的"帘幕"看作是"雨"的喻体。因此,我们可以这样来理解杜牧这两句诗:上一句写的是下雨时的景象:深秋时节,在寒雨中,千家万户都垂下了帘幕。下一句写的是晴天的景象:日落时分,在楼台上,悠扬的笛声从风中传来。

如果诗句中名词语之间的关系过于模糊,也会造成理解的困难或歧义。例如:

>52.酒肆人间世,琴台日暮云。(杜甫《琴台》)

这两句是写卓文君和司马相如的事。"琴台"是一处古迹,相传卓文君和司马相如曾在此弹琴。"酒肆"是指两人卖酒的地方。对于这两句,有不同的解释。仇兆鳌注:"按赵汸注云:'玩人世于酒肆之中，思暮云于琴台之上，状其不羁而多情。'此说得之。他家谓'酒肆徒传人世，琴台空映暮云'，与下截混同，故不必从。"两种解释的区别在于：前一说认为这两句是追想司马相如和卓文君当年的情状，后一说认为是写杜甫眼见的景象。其实，除这两种解释外，还可以有第三种："当年玩人世于酒肆，如今见琴台空暮云。"之所以能有这么多种的解释，其原因就在于名词语本身就是比较朦胧的，所以，有时名词语的运用，也给读者的理解带来了一些困难。

§3.2.3 关系语

"关系语"这个术语，也是王力先生提出来的。《汉语史稿》说，关系语是"直接和动词联系，或放在句首、句末，以表示时间、处所、范围或表示行为凭借的工具"。《汉语诗律学》说："散文里也有关系语，但往往限于带方位词的方位语，如'江上''山中'之类，或少数时间语，如'今日''明年'之类。诗句中的关系语的范围较广，非但一切表示方位或时间的名词语都可用为关系语，甚至不表示方位或时间的名词语也可用来表示种种关系（例如方式、因果等），又非但名词语可为关系语，甚至谓语形式和句子形式也可以有此用途。"据此可知，"关系语"的特点是：

（1）关系语是用来表示与动作有关的时间、处所、范围、工具、方式、因果等种种关系的词语。

（2）关系语可以是名词词组，也可以是述宾词组（王力先生称为"谓语形式"）或主谓词组（王力先生称为"句子形式"）。

（3）关系语可以直接放在动词前面或后面，也可以放在句首或句尾。

那么，为什么关系语在诗中用得多，在散文中用得少呢？这是因为在散文中要表示上述种种关系,一般都要使用介词。如表示时间、处所、范围用"于",表示工具、方式用"以",表示原因用"因",表示目的用"为"等等,而在诗歌中可直接用关系语。从这个意义上,我们把关系语看作介词的省略。但这样说只是为了便于理解,实际上,有些关系语并不是简单地加上介词就能理解的,这一点将在后面讲到。

下面,讨论几个与关系语有关的问题。

(一)关系语究竟表示什么关系,要根据上下文仔细分析

53.雨抛金锁甲,苔卧绿沉枪。(杜甫《重过何氏》)

54.绿树闻歌鸟,青楼见舞人。(李白《宫中行乐词》)

关系语表处所,等于说"于雨中""于苔上""于绿树中""于青楼上"。

55.楚雨沾猿暮,湘云拂雁秋。(马戴《送柳秀才》)

56.沧海月明珠有泪,蓝田日暖玉生烟。(李商隐《锦瑟》)

关系语表时间,等于说"于暮时""于秋日""月明时""日暖时"。

57.兵戈不见老莱衣,叹息人间万事非。(杜甫《送韩十四》)

58.万木冻欲折,孤根暖独回。(齐己《早梅》)

关系语表原因,等于说"因兵戈""因冻""因暖"。

59.中丞问俗画熊频,爱弟传书彩鹢新。(杜甫《奉送蜀州》)

60.田家无五行,水旱卜蛙声。(章孝标《田家》)

关系语表工具,等于说"以画熊(车)""以彩鹢""以蛙声"。

61.岭猿同旦暮,江柳共风烟。(刘长卿《新年作》)

第三章　唐诗的句法

关系语表与事,等于说"与岭猿""与江柳"。

62.稻粱须就列,蓬草即相迷。(杜甫《到村》)

关系语表目的,等于说"为稻粱"。"就列"指到任做官。两句是说:为了吃饭,必须到任做官,因此家门口长满了蓬草,连路也不认识了。

63.音徽一柱数,道里下牢千。(杜甫《秋日夔府》)

关系语表示动作的起点和终点,等于说"自一柱""至下牢"。"音徽"是"音问"之义。两句是说:君之音问从一柱(地名)屡次来此,我之居处至下牢(地名)有数千里。

从关系语在句中的位置看,上述例中的关系语有处在句首的(例53、54、57、61、62),有处在句中的(例56、58、59、63),有处在句末的(例55、60)。总的来说,关系语处在句首的较多。

从关系语是由什么词组充当的来看,上述例中的关系语多数是名词词组,也有的是形容词(例58的"冻""暖"),有的是主谓词组(例56的"月明""日暖")。下面再举用述宾词组、主谓词组作关系语的各一例:

64.鬓发游梁白,家山近越青。(王贞白《秋日旅怀》)

65.盘飧市远无兼味,樽酒家贫只旧醅。(杜甫《客至》)

(二)究竟哪些是关系语,要根据上下文仔细辨别

识别关系语,对于理解诗意关系极大。因为关系语在形式上没有标志,所以读的时候很容易忽略。用在句首、句中的关系语,很容易误认为是主语。用在句末的关系语,很容易误认为是宾语。如果这一点弄错了,诗意也就会理解错。例如:

173

戏题寄上汉中王(之三)

杜 甫

群盗无归路,衰颜会远方。
尚怜诗警策,犹忆酒颠狂。
鲁卫弥尊重,徐陈略丧亡。
空余枚叟在,应念早升堂。

第一句"群盗无归路",很容易看作是"主+述+宾",即群盗无路可走了。但这样理解,和第二句"衰颜会远方"联不上,和全诗也不协调。从全诗看,是讲自己和汉中王的关系的,和"群盗"有无归路毫不相干。既然"群盗"当作主语解释不通,那么就有可能是关系语。结合上下文分析,果然如此:"群盗"是表原因的关系语,而主语是"我",在句中省略了。第一、二句是说:我因群盗而不能归乡,故在衰颜时与王相会于远方。仇兆鳌对这两句的注有助于我们理解这一点:"群盗:蜀有徐知道,西京有党项羌,东都有史朝义。无归路:公不能归乡。会远方:遇王于梓州。"又如:

66. 叶稀风更落,山迥日初沉。(杜甫《野望》)
这两句看起来很好懂,节奏都是"二三",意思是树叶稀疏,而秋风更落;青山遥远,而红日初沉。但仔细推敲一下,会觉得有问题。如果"风落"为"风渐止"之义,那么为什么叶稀风就"更落"呢?两者没有因果关系。可见,"落"不是"风"的谓语,而是"叶"的谓语。那么,上句的节奏应是"叶稀—风—更落","风"是放在句中的关系语,表示"因风"。上句是说"树叶稀疏,因风而更落"。再如:

67. 白发悲明镜,青春换敝裘。(岑参《武威春暮》)
这两句也容易读成"主语+述语+宾语",其实不是。因为上句

"悲"的是"白发"，而不可能是"明镜"。这可以参看"君不见高堂明镜悲白发"（李白《将进酒》）、"老罢知明镜"（杜甫《怀旧》）而加深理解。下句当然有可能是"换了敝裘"，但那样意思就是摆脱了困境，而不是陷于困境了，与诗意不符。所以"敝裘"也不应是"换"的宾语。这两句中，"明镜"和"敝裘"都是处于句末的关系语，两句意思是：因明镜照见白发而悲，因貂裘穿敝，青春亦随之改换。

我们在本章第一节中讲过"假平行"，这是我们在确定关系语时必须注意的。不能认为对仗的一联中，一句有关系语，另一句在相同位置就必然是关系语。像上面举的"叶稀风更落，山迥日初沉"就是如此。"风"是关系语，而"日"是"沉"的主语。反之亦然，比如：

68. 画省香炉违伏枕，山楼粉堞隐悲笳。（杜甫《秋兴八首》之二）仇兆鳌注："香炉直省，卧病远违；堞对山楼，悲笳隐动。"下句的"隐悲笳"是"述语+宾语"，我们不能据此推断说，"违伏枕"也是"述语+宾语"。事实上，"伏枕"是个处于句末的关系语，表示原因。上句是说：因伏枕（卧病）而远违画省香炉。这些都是在读诗时应当注意的。

（三）关系语和名词语的区别

关系语多数是由名词词组充当的，这种关系语在形式上和名词语没有区别。大致上说，这两者的区别在于：关系语是省略了介词的名词词组，名词语是省略了谓语或述语的名词词组。因此，在读诗时应补上介词来理解的就是关系语，要补上谓语或述语来理解的就是名词语。例如：

69. 画图省识春风面，环珮空归月夜魂。(杜甫《咏怀古迹》)

70. 花间酒气春风远，竹里棋声夜雨寒。(许浑《村舍》)

例 69 可读作"因画图而省识春风面，鸣环珮而空归月夜魂"，所以"画图"是关系语，"环珮"是名词语。例 70 中"花间酒气"是"远"的主语，"春风"是说明"远"的原因，所以是关系语；"竹里棋声"缺乏谓语，需要补出，所以是名词语。

当然这两者的界线有时也难以截然划分。比如：

71. 烟霜凄野日，粳稻熟天风。(杜甫《自瀼西》)

如果读作"天风频吹粳稻熟，野日澹照烟霜凄"(见《汉语诗律学》)，那么"野日"和"天风"就是名词语；如果读作"烟霜因野日而凄清，粳稻因天风而成熟"，则"野日"和"天风"就是关系语了。不过，在这种地方，分辨是关系语还是名词语倒不十分重要，重要的是要懂得：(1)这两句诗的节奏不是"烟霜—凄野日，粳稻—熟天风"，而是"烟霜凄—野日，粳稻熟—天风"。(2)因此，"野日""天风"不是宾语。(3)"野日""天风"分别是"烟霜凄""粳稻熟"的原因。这样，我们能正确地理解诗句的意思，这就可以了。

第三节 唐诗的错位

§3.3.1 概说

"错位"指的是诗中的词序和散文中不一样，句中的主语、谓语、宾语、定语、状语、补语不在通常的位置上，而是移到别处去了。这是唐诗(特别是近体诗)中一个很引人注目的现象，也是关系到

第三章 唐诗的句法

能不能读懂唐诗的一个关键问题。

这种现象，古人早就注意到了。下面引几段有关的论述：

《唐音癸签》卷四：

> 叠字为句，不过合者析之，顺者倒之，便成法。如"委波金不定"，合者析之也。本言"草碧"，却云"碧知湖外草"；本言"獭趁鱼而喧"，却云"溪喧獭趁鱼"，所谓顺者倒之也。举此可类其余。

按："金波"指月光。本应言"委金波不定"，现在说成"委波金不定"，胡震亨认为是"合者析之"，其实应说是倒置。

《冷斋夜话》：

> 老杜云："红稻啄残鹦鹉粒，碧梧栖老凤凰枝。"……郑谷云："林下听经秋苑鹿，江边扫叶夕阳僧。"以事不错综，则不成文章，若平直叙之，则曰："鹦鹉啄残红稻粒，凤凰栖老碧梧枝。"以"红稻"于上，以"凤凰"于下者，错综之也。

《诚斋诗话》：

> 东坡《煎茶》诗云："……雪乳已翻煎处脚，松风仍作泻时声。"此倒语也，尤为诗家妙法，即少陵"红稻啄余鹦鹉粒，碧梧栖老凤凰枝"也。[①]

《西清诗话》：

> 王仲至召试馆中，试罢作一绝题于壁云："古木森森白玉堂，长年来此试文章。日斜奏罢长杨赋，闲拂尘埃看画墙。"荆公见之甚叹爱，为改作"奏赋长杨罢"，且云："诗家语如此

[①] 杜甫的诗集有不同的版本。《冷斋夜话》所引的"红稻啄残"和《诚斋诗话》所引的"红稻"，都是据杜诗的另一版本，和我们今天习见的"香稻啄余"不同。

乃健。"

从这些评论中可看出两点：(1)唐诗中错位的现象很早就引起人们的注意。(2)古人把错位看作"诗家妙法"，把错位的句子称为"诗家语"。

但是，上述诗话中所引的诗句，却并不全是错位。如"溪喧獭趁鱼"（"趁"是"追赶"之义），应该是我们在本章第一节中说过的表申说的紧缩句。它的词序并没有倒。"碧梧栖老凤凰枝"和"林下听经秋苑鹿，江边扫叶夕阳僧"，其实也不是错位（见下）。那么，究竟什么是错位？在诗歌中为什么不按一般的语序造句，而偏偏要错位？在诗歌中能不能任意地错位？这些就是在本节中要讨论的问题。

§3.3.2 话题句

讨论错位和倒置，首先就牵涉到话题句。我在 1990 年写《唐诗语言研究》初版的时候，还没有话题句的概念，因此把很多话题句（特别是受事话题句）看作了倒置，这是不对的。所以，下面首先要对话题句作一讨论。

（一）什么是话题句？简单地说，话题句是包含"话题＋述题"两个部分的句子，"话题（topic）"是要讲的题目，"述题（comment）"是针对这个题目的述说，是对话题的评论或说明。如："这本书我看过了"，"这本书"是话题，"我看过了"是述题，是对"这本书"的说明。这样解释可能过于简单，那么，我们可以把话题句和我们熟悉的主谓句加以比较，通过比较来说明什么是话题句。

在现代汉语中，因为有话题标记，有语气停顿，有重音，话题句和主谓句可以比较清楚地区分出来。如：

第三章 唐诗的句法

　　小王是个好学生。

这是主谓句。

　　小王啊,可是个好学生。

　　说到小王,那可是个好学生。

这是话题句。

　　一个名词处于句首,它和后续部分构成的句子,可以是主谓句,也可以是话题句。如果处于句首的名词没有标记,它和后续部分之间没有停顿,那么这个名词一般来说就是主语,它的后续部分就是谓语。如果处于句首的名词后面有一个语气词"啊/呢/吗",或者在名词前面可以加上"说到/要说/至于"之类的话题标记,那么这个名词就是话题;在话题和后续部分之间有一个语气的停顿,停顿后面的部分就是述题,重音在述题上。

　　在汉语中,话题句自古就存在,文言中话题句的典型句式是"若夫……,则……","若夫"是话题的标记,"则"前面有一个停顿。如:

　　若夫道德则不然。(《吕氏春秋·必己》)

　　若夫富,则可为也;若夫寿,则不在天乎?(贾谊《新书·修政语下》)

　　若夫四言正体,则雅润为本;五言流调,则清丽居宗。(《文心雕龙·明诗》)

　　这些句子如果用现代汉语表达,就都是"要说××,那么,(它)……"

　　唐诗中也有很多话题句。但我们在讲唐诗的语言时,之所以要列"话题句"一节,并不是要求大家在读唐诗时把话题句和主谓句一一加以区分,而是因为"话题句"这个概念,可以很好地帮助我们了解唐诗中的一些诗句。如：

1. 新松恨不高千尺，恶竹应须斩万竿。（杜甫《将赴成都草堂途中有作》）

这两句诗，如果用"主谓句"的概念来分析，就找不到句子的主语。"新松"和"恶竹"是主语吗？那么谓语是什么？如果诗句是"新松高千尺，恶竹斩万竿"，还可以说"新松"是主语，"高千尺"是谓语；也可以说"恶竹"是主语，"斩万竿"是谓语（动作的对象也可以作主语，如"竹子砍了十多根"）。但是，说"新松"是主语，"恨不高千尺"是谓语，"恶竹"是主语，"应须斩万竿"是谓语，那就说不通了。那么，这两句诗应该怎样理解呢？

这两句诗都是话题句，我们可以把它改换成"若夫××，则……"的句式，或者翻译成现代汉语，用"说到/要说/至于××，（那）就……"的句式来表达：

若夫新松，则恨（其）不高千尺；若夫恶竹，则应须斩（之）万竿。

说到新松，（我）恨不得它高千尺；说到恶竹，（那）就应该砍掉它一万竿。

也就是说，"新松"和"恶竹"是话题，是杜甫要讲的题目；"恨不高千尺"和"应须斩万竿"是述题，是针对这个题目的评论，也就是诗人对这两个题目"新松"和"恶竹"的态度。这样分析，就能把诗句的结构说清楚，这两句诗也很容易理解了。

下面再举一些唐诗中的话题句，并稍加分析。

2. 名岂文章著，官因老病休。（杜甫《旅夜书怀》）

这两句诗可以理解为："若夫名，则岂（因）文章（而）著；若夫官，则应（因）老病（而）休。"诗句的意思是：说到我的名声，（这）

哪里是因为文章写得好而显著的呢？说到我的官职，（那）倒是因为我又老又病，应该休止了。这两句诗，有人把它看作是"岂文章著名，因老病休官"中宾语"名""官"的提前，这样看也可以。但"名""官"为什么要放到句首来？这是因为诗人要强调"名""官"，把它们作为要讲的题目，所以，把这两句看作话题句是更为恰当的。

"新松""恶竹""名""官"都是无生命的物，用作话题十分常见。但有生命的人也可以作为话题。如：

3. 孔圣犹闻伤凤麟，董龙更是何鸡狗。（李白《答王十二寒夜独酌有怀》）

4. 七子论诗谁似公，曹刘须在指挥中。（杜牧《酬张祜处士见寄长句四韵》）

人是有生名词，通常作主谓句的主语，也可以作话题句的话题。这两种情况，有时意思很不一样。人作主语时，通常是某人发出某种动作；人作话题时，通常是说话者对此人的评论。如果没有话题句的概念，很容易把人处于句首的句子都看作主谓句，理解为某人发出了某个动作，比如，上述李白的两句诗，"董龙更是何鸡狗"不会理解错，"孔圣犹闻伤凤麟"这句，如果把"孔圣"理解为主语，读作"孔圣听到了伤凤麟"，那就读不通；这应该是一个话题句，意思是"说到孔圣，人们还听说他曾伤凤麟"。上述杜牧的两句诗，很容易理解为是说"七子（建安七子）在论诗，曹刘（曹植、刘桢）在指挥"。那样就错了。这两句是话题句，"七子"和"曹刘"都是话题，是杜牧评论的对象，杜牧以七子、曹刘来和张祜比较，意思是说：以诗作而论（"论诗"是插入语，读的时候可以放到前面来理解，见本章第四节的"插入与补足"），七子有谁能似公（指张祜），就是曹刘也应在公指挥之中。

话题通常是名词，但也可以是动词词组。如：

5.伏枕嗟公干，归田羡子平。（孟浩然《李氏园林卧疾》）

6.劳生愧严郑，外物慕张邴。（杜甫《渼陂西南台》）

例5意思是：说到伏枕（指自己卧病李公园），我自叹如同刘桢一样（刘桢是建安时的诗人，字公干，曾有诗云："余婴沉痼疾，窜身清漳滨。"）；说到归田，我羡慕子平（向子平是东汉时的隐士）。例6意思是：说到劳生（为谋生而辛劳），我愧对严君平、郑子真；说到外物（以名利为身外之物），我羡慕张仲蔚、邴曼容。（四人都是汉代的隐士。）

(二)话题句中有一类是受事话题句，即句首的话题在语义上是动词的受事。如：

7.马曾金镞中，身有宝刀瘢。（贾岛《赠王将军》）

8.日照虹蜺似，天清风雨闻。（张九龄《湖口望庐山瀑布泉》）

9.柳色青山映，梨花夕鸟藏。（王维《春日上方》）

10.方朔金门召（一作"侍"），班姬玉辇迎。（王维《早朝》）

11.神鱼人不见，福地语真传。（杜甫《秦州杂诗》）

12.将军金甲夜不脱，半夜军行戈相拨。（岑参《走马川行》）

这些例句从意义上讲可以读作"金镞曾中马"，"天清闻风雨"，"青山映柳色"，"金门召方朔，玉辇迎班姬"，"人不见神鱼，语真传福地"，"将军夜不脱金甲"，所以本书原版把它们看作是述宾倒置。其实这些都是受事话题句。

例7，这两句的意思是：王将军之马，曾被金镞射中；王将军

第三章　唐诗的句法

之身，有宝刀砍伤之瘢。两句是讲述王将军之马，之人，歌颂他久经沙场，出生入死。上一句"马曾金镞中"，为什么要把"马"放到句首说呢？显然是把"马"作为要讲的题目，"马"是话题。而从"马"和动词"中（射中）"的关系来看，"马"是动词的受事，所以，这是受事话题句。下一句"身有宝刀瘢"看作主谓句和看作话题句意思差别不大，但和上一句对着看，还是应该看作话题句。

其他几例都是受事话题句，只是有几句的句型略有不同。例10"方朔金门召，班姬玉辇迎"，是在受事话题和动词之间有"金门""玉辇"，前者表示召的处所，后者表示迎的工具，整个句式没有改变。例11"神鱼人不见"，"神鱼"是受事话题，述题是一个主谓结构"人不见"。例12"将军金甲夜不脱"是个话题句，"将军"是话题，"金甲夜不脱"是述题，是对话题"将军"的描述；而"金甲夜不脱"又是个受事话题句，"金甲"是句子的次话题，是"脱"的受事。

有些句子，本书原版说"通常认为是'宾语＋述语＋主语'这样的倒置形式"，如：

13. 薰琴调大舜，宝瑟和神农。（李商隐《今月二日》）
14. 睥睨登哀柝，蟏弧照夕曛。（杜甫《南极》）
15. 云掩初弦月，香传小树花。（杜甫《遣意》）

其实，例13"大舜"和"神农"是本章第二节中所说的"关系语"，前面可以加上介词"于"来理解，两句可以读作"薰琴调于大舜，宝瑟和于神农"。"薰琴"和"宝瑟"是受事话题，两句都是受事话题句。例14的"蟏弧照夕曛"也是一样。至于例15，"香传小树花"也同样可以读作"香传于小树花"，意思是香从小树花传来。但"香"是句子的主语，整句是"主语＋述语＋补语"，是通常的语序。

183

唐诗中真正的"宾语+述语+主语"倒置是很少的,只有这样一些句子:

16. 久拚<u>野鹤如霜鬓</u>,遮莫邻鸡下五更。(杜甫《书堂饮既》)

17. <u>蜜房羽客类芳心</u>,冶叶倡条遍相识。(李商隐《燕台诗四首春》)

例16"野鹤如霜鬓",罗大经《鹤林玉露》卷十二:"杜诗有反言之者,如云'久拚野鹤如霜鬓',正言之,当云'霜鬓如野鹤'也。"例17"蜜房羽客类芳心",冯浩《玉谿生诗集笺注》:"芳心如蜂,倒句法也。"这句正言应是"芳心类蜜房羽客"。

所以,"受事话题句"这个概念对我们阅读和理解唐诗很重要,能让我们对唐诗中很多句子作正确的分析。

(三)唐诗中还有这样一类句子,也要从话题句的角度来理解:

18. 碧—知湖外草,红—见海东云。(杜甫《晴》)

19. 红—取风霜实,青—看雨露柯。(杜甫《江头五咏》)

20. 紫—收岷岭芋,白—种陆池莲。(杜甫《秋日夔府》)

21. 绿—奔穿内水,红—落过墙花。(韦庄《延兴门外作》)

这类诗句形式上都有一些共同的特点:(1)都是"1—4"句式,如例18应读作"碧—知湖外草,红—见海东云"。(2)第一字都是颜色词,第二字都是动词,末三字是一个名词词组。意义上,是诗人看到了这种颜色,然后说这是什么。例18最典型:第二字是感知动词,看到了碧色,知道是湖外草,看到了红色,是见到了东海云。其他几句的动词是和名词词组关联的,如例20,紫色是收获的岷岭芋,白色是种植的陆池莲。

这种句子是一种比较特殊的话题句。话题是一种颜色,述题是

第三章　唐诗的句法

说这种颜色是什么。

这种话题句也可以句首是个双音的颜色词。

22. 翠深—开断壁,红远—结飞楼。(杜甫《晓望白帝城盐山》)

23. 重碧—拈春酒,轻红—擘荔枝。(杜甫《晏戎州》)

或者是其他形容词(净,明,急,低)。如:

24. 净—落金塘水,明—浮玉砌霜。(白居易《禁中月》)

25. 急—想穿岩曲,低—应过石平。(李咸用《闻泉》)

例25的意思是:泉声急,想来是穿过了曲岩;泉声低,应该是流过了平石。

但要注意:并非所有这样"1—4"句式的诗句都是话题句。如下面一些诗句:

26. 青—惜峰峦过,黄—知橘柚来。(杜甫《放船》)

27. 青—辞木奴橘,紫—见地仙芝。(李商隐《陆发荆南始至商洛》)

28. 棘树寒云色,茵蔯春藕香。脆—添生菜美,阴—益食单凉。(杜甫《陪郑广文》)

因为这些诗句后面四字不是对句首一字的评论或说明。例26是说:看到一片青色,惋惜峰峦已经过去;看到一片黄色,知道橘林迎面而来。这是写放船所经的行程和看到的景色,"青"和"黄"不是要讲的题目。例27也是如此,意思是:辞别了青色的木奴橘,见到了紫色的地仙芝。"木奴橘"是荆南的景色,"地仙芝"是商洛的景色。"青"和"紫"都不是诗句要讲的题目。句首的颜色词"青""黄""紫"实际上隐含着动词,所以,这些诗句应看作紧缩句。例28是本书第一章第一节的"近体诗的对仗"中所说的"续句对",

185

"棘树寒云色"和"阴益食单凉"相关,"茵蔯春藕香"和"脆添生菜美"相关。"脆添生菜美,阴益食单凉"两句是说:茵蔯之脆添生菜之美,棘树之阴益食单之凉。"脆"和"阴"是主语,不是话题。

§3.3.3 倒置

讨论了话题句,特别是受事话题句以后,再来讨论倒置,问题就比较清楚了。

"错位"中最常见的是倒置。在汉语中,一般情况下主语在谓语前面,述语在宾语前面,定语、状语在中心语前面。这种词序颠倒了,就是倒置。

但在讨论倒置时有一点先要明确:主语不等于是施事,宾语不等于是受事。不错,汉语中的主语通常是施事,宾语通常是受事,如"一群孩子在看书","一群孩子"是主语,也是"看"这个动作的发出者,"书"是宾语,也是"看"这个动作的对象。但是,汉语中可以有受事主语,如"书看完了","书"是主语,但是是受事;也可以有施事宾语,如"来了一群孩子","一群孩子"是宾语,但是是施事。这种"受事主语+谓语"和"述语+施事宾语"从语法上来看都是正常的"主+谓"和"述+宾"的词序,都不能叫作倒置。

其次,在讨论倒置时还要把下列一些句式排除在外,例如:

29.林下听经秋苑鹿,江边扫叶夕阳僧。(郑谷《慈恩寺偶题》)

30.香稻啄余鹦鹉粒,碧梧栖老凤凰枝。(杜甫《秋兴八首》之八)

31.永忆江湖归白发,欲回天地入扁舟。(李商隐《安定城楼》)

第三章 唐诗的句法

例29是前面说过的"句子转化为名词语","林下听经"是作"秋苑鹿"的定语的,"江边扫叶"是作"夕阳僧"的定语的。当然从意义上说,应是"秋苑鹿林下听经,夕阳僧江边扫叶",但既然当它在诗句中出现时已把谓语转为定语,从而把句子转化为名词语了,我们就不应该再认为是主谓倒置。正如上一节所举的"经心石镜月,到面雪山风","细草微风岸,危樯独夜舟"等不应看作主谓倒置一样。

例30也是名词语。它的结构和本章上一节举过的"桤林碍日吟风叶,笼竹和烟滴露梢"一样。"桤林碍日吟风叶,笼竹和烟滴露梢"说的是"桤林之叶,笼竹之梢","碍日吟风"和"和烟滴露"是修饰"叶"和"梢"的:"碍日吟风"之叶,"和烟滴露"之梢。同样,"香稻啄余鹦鹉粒,碧梧栖老凤凰枝",也是说"香稻之粒,碧梧之枝","啄余鹦鹉"和"栖老凤凰"是修饰"粒"和"枝"的:"啄余鹦鹉"之粒,"栖老凤凰"之枝。整个句子词序并没有颠倒。如果把它看成是"鹦鹉啄余香稻粒,凤凰栖老碧梧枝",那反倒不符合作者的原意。因为,从语法上不能说"树上虫咬了的果子"就等于"虫咬了树上的果子"。至于说"粒"的修饰语"啄余鹦鹉",那确实是倒置的(正常的说法应是"鹦鹉啄余"),但"枝"的修饰语"栖老凤凰"并没有倒置,"栖老凤凰"和"愁白双鬓"一样,是正常的词序。

例31通常认为是"永忆白发归江湖"的倒置,其实可以不必那样看。首先,"白发"是上一节所说的"关系语",是表示时间的,放在动词前与放在动词后均可。其次,这个句子应读成"四三"的节奏,即"永忆江湖—归白发",意思是"永忆江湖而欲白发时归去","归"可以不带宾语,而"江湖"是"忆"的宾语,因此也不必因为"江湖"在"归"前面就说成是述宾倒置。

把上类句型的句子排除以后，我们就可以进一步讨论"倒置"。唐诗中的倒置可分为几类：

（一）主谓倒置

32. 居延城外猎天骄，白草连天野火烧。（王维《出塞作》）应是"天骄猎"。

33. 香稻啄余鹦鹉粒，碧梧栖老凤凰枝。（杜甫《秋兴八首》之八）应是"鹦鹉啄余"。

34. 战蒲知雁唼，皱月觉鱼来。（李商隐《子初全溪作》）应是"蒲战""月皱"。

35. 双双归蛰燕，一一叫群猿。（韩愈《晚泊江口》）应是"蛰燕双双归，群猿一一叫"。

为什么这些必须看成主谓倒置而不能看作"述语+施事宾语"呢！因为"述语+施事宾语"是有一定限制的，并非所有"主语+谓语"都可以变成相应的"述语+施事宾语"。比如"白鹭飞"（主谓）也可以说成"飞白鹭"（述宾），但"白鹭啄"（主谓）就不能说成"啄白鹭"（述宾），因此"啄余鹦鹉"就不能说是"述语+施事宾语"，而只能认为是主谓倒置了。例35也不能是"述语+施事宾语"，因为"述语+施事宾语"前面不能加"双双""一一"这样的修饰语。

（二）述宾倒置

36. 竹沾青玉润，荷滴白露团。（白居易《秋霖即事》）应是"沾竹""滴荷"。

37. 迟暮官臣忝，艰难衮职陪。（杜甫《秋日荆南述怀》）应是"忝宫臣""陪衮职"。

38. 宜阳出守新恩至,京口因家始愿违。(刘长卿《送柳使君》)应是"出守宜阳""因家京口"。

39. 石潜设奇伏,穴觑骋精察。(孟郊《同宿联句》)应是"潜石""觑穴"。

为什么这些不看作"主语+谓语"呢?这是因为,这些加·的名词,在语义上无疑是动作的受事。如果构成"主语+谓语",那就必须是:或者主语是受事主语,或者动词是表示被动的。从上述例句看,这两者都不是。例36"竹沾""荷滴"有可能看作"竹被沾""荷被滴",但因为诗题是"秋霖即事",主语还应该看作是"雨",两句诗应是"雨沾竹而青玉润,雨滴荷而白露团"。所以不是被动式的"主语+谓语",而是述宾倒置。

(三)定语倒置

40. 委波金不定,照席绮愈依。(杜甫《月圆》)应是"金波""绮席"。

41. 远劳从事贤,来吊逐臣色。(韩愈《赠别元十八》)应是"贤从事"。

42. 宁闻倚门夕,尽力洁飧晨。(杜甫《寄张十二》)应是"晨飧"。

43. 三湘愁鬓逢秋色,万里归心对月明。(卢纶《晚次鄂州》)应是"明月"。

下面会讲到,有一些通常认为的宾语倒置,其实是一种特殊的兼语式。这里举的四例,都不是特殊兼语式,所以是定语倒置。(详见下节)

(四)状语倒置

44. 晴浴狎鸥分处处,雨随神女下朝朝。(杜甫《夔州歌》)应是"处处分""朝朝下"。

45. 客病留因药,春深买为花。(杜甫《小园》)应是"因药留""为花买"。

46. 绮陌朝游间,绫衾夜直频。(韩愈《和席八十二韵》)应是"间朝游"("间"是"间或""偶尔"之义)、"频夜直"。

47. 一蛇两头见未曾,怪鸟鸣唤令人憎。(韩愈《永贞行》)应是"未曾见"。

一般来说,状语如果放到动词后面,就成为补语了(如"极好","极"是状语;"好极","极"是补语),为什么还有"状语后置"一说呢?这是因为,并不是任何词语都可以充当补语的。如上面四例中加·的词,都不能作补语,所以放在动词后面,就是状语倒置了。

这样一些倒置是怎样形成的呢?这有多方面的原因。有的是为了平仄和对仗,有的是为了形成"诗家语"。除此之外,我想,这可能与类推有关。如王维《积雨辋川庄作》:"漠漠水田飞白鹭,阴阴夏木啭黄鹂。""飞白鹭"和"啭黄鹂"不是主谓倒置,而是汉语正常的语序。因为"飞""啭"一类动词,可以放在施事前面,构成一个述宾结构,如《诗经·豳风·七月》中有"有鸣仓庚""七月鸣蜩",在现代汉语中也可以说"天上飞着鸽子",这些都不是主谓倒置。但是,"白鹭飞""黄鹂啭"也很常见,"白鹭飞""黄鹂啭"可以和"飞白鹭""啭黄鹂"互相转换。既然如此,人们会加以类推,认为"鹦鹉啄余"也可以写成"啄余鹦鹉"。这样,为了平仄对仗的需要,就出现了"香稻啄余鹦鹉粒"这样的诗句。

§3.3.4 其他错位

除了倒置以外,唐诗中还有其他一些错位。

(一)谓语中的一部分置于主语之前

48. 暗飞萤自照,水宿鸟相呼。(杜甫《倦夜》)
49. 啭枝黄鸟近,泛渚白鸥轻。(杜甫《遣意》)
50. 带雪梅初发,含烟柳尚青。(孟浩然《陪姚使君》)
51. 惯看宾客儿童喜,得食阶除鸟雀驯。(杜甫《南邻》)

这些诗句中加。的是主语,加·的是谓语的一部分。按一般语言习惯,加·的词语应在主语后面,如"萤暗飞自照,鸟水宿相呼"。但在诗句中却放在主语前面了。之所以这样错位,一方面也由于平仄的需要,如"暗飞萤自照"是"仄平平仄仄"合乎平仄格律,"萤暗飞自照"则是"平仄平仄仄",二四成了叠仄,不合平仄格律了。另一方面,更重要的,是为了造成诗的句式。比如,例48、50如果按通常的句式把主语放到最前面,就成了"萤—暗飞—自照,鸟—水宿—相呼""梅—带雪—初发,柳—含烟—尚青",这就是二字尾了,所以必须像现在这样,说成"暗飞—萤自照,水宿—鸟相呼""带雪—梅初发,含烟—柳尚青",才符合诗的"三字尾"的要求。

这种句式可不可以看作"暗飞""水宿"是"萤""鸟"的定语呢?如果是定语,那就不是错位了。就上述四个例句看,这样说似乎也可以。但如果再多看一些类似的例句,就会觉得这样分析不妥当。如:

52. 翳翳月沉雾,辉辉星近楼。(杜甫《不寐》)
53. 厚薄被适情,高低枕得宜。(白居易《晏起》)

54. 再飞鹏激水，一举鹤冲天。（孟浩然《岘山送萧员外》）

55. 饮涧鹿喧双派水，上楼僧踏一梯云。（郑谷《少华甘露寺》）

例52、53中的"翳翳""辉辉""厚薄""高低"要看作定语显然是说不通的，因为这些词语从古到今都不能用作定语（现代汉语中的"高低杠"是另一回事）。尤其是例53，诗意是说"被不论厚薄都适情，枕不论高低都得宜"，"厚薄""高低"无疑是谓语的一部分。例54不是说"再飞之鹏激水，一举之鹤冲天"，特别是"一举"，显然是修饰"冲天"而不是修饰"鹤"的。例55，从语言上看，是说鹿饮涧时喧双派水，僧上楼时踏一梯云，"饮涧"和"上楼"也应看作和"喧双派水""踏一梯云"紧相衔接的动作。而例48—51和例52—55句式是一样的，所以也应同样看待。其实，就例49来仔细体会一下，就可以看出，"泛渚白鸥轻"的"轻"字，不是说的白鸥不重，而是"轻巧"的"轻"，所以，这一句绝不是说"泛渚之白鸥轻（不重）"，而是说"白鸥泛渚飞得十分轻巧"。

（二）宾语的定语放在动词之前

56. 如瓜煮大卵，比线茹芳菁。（韩愈《城南联句》）

57. 芭蕉斜卷笺，辛夷低过笔。（李商隐《娇儿》）

58. 寒天留远客，碧海挂新图。（杜甫《观李固》）

59. 群山万壑赴荆门，生长明妃尚有村。（杜甫《咏怀古迹》）

这些句中加 △ 的是动词，加。的是宾语。加·的词语放在动词前面，很容易使人误认为是主语，但作为主语来读都是读不通的，它们不是主语，而是宾语的定语。这几句应读作"煮如瓜之大卵，

第三章　唐诗的句法

茹比线之芳菁"，"斜卷芭蕉笺，低过（给与）辛夷笔"，"挂碧海之新图（画着大海的图画）"，"尚有生长明妃村"。那么这些加·的词语是否可以看作话题呢？不可以。"如瓜""比线""芭蕉""辛夷"都是比喻，而不是谈论的对象；例58、59更不是说"碧海""生长明妃"如何如何。所以，这种句子不能看作话题句。它们和下面在本章第四节中"特殊述宾式"要讨论的句子不一样。这些加·的词语之所以放到动词之前，主要是为了合乎诗的韵律。例59是律诗，如果写成"尚有生长明妃村"，就成了二、四叠仄，而且是三平调。例56、58如果写成"煮如瓜大卵，茹比线芳菁"，"挂碧海新图"，就是"1—4"句式，诗歌中不太合适。例57写成"斜卷芭蕉笺，低过辛夷笔"，在韵律上是没有问题的，作者之所以要改变语序，大概是为了造成一种"诗家语"。

关于唐诗中的错位，主要就介绍这样一些。还有一些错位的现象与下一节讨论的问题有关，放到下一节再讲。

最后，再举几个比较复杂的错位的例子，来结束这一节：

60．酒邀彭泽载，琴辍武城弹。（孟浩然《卢明府》）

61．璧非真盗客，金有误持郎。（柳宗元《弘农公》）

62．雪生衰鬓久，秋入病心初。（白居易《病中逢秋》）

这几联诗，除例62"雪生衰鬓久"以外，照现在的词序读都读不通。为了读懂这几联诗，我们不妨把词序变一变，分别读作："邀彭泽载酒，辍武城弹琴。""非客真盗璧，有郎误持金。""衰鬓久生雪，病心初入秋。"这样就很好懂了。

那么原诗的词序是不是诗人随心所欲地胡乱颠倒而成，全然不顾语法规则地把词语组合起来的呢？那倒也不是。比如例61，可以看作是从"璧非真盗于客，金有误持之郎"变来的，省去介词"于"

193

和助词"之",就成为例61这样的句子了。

通过这三个例子,我们可以进一步体会到:(1)唐诗中错位的现象是很普遍又很多样的,有时看起来错综得很厉害。(2)为了理解这些诗句,我们不妨试着把词序移动一下,把它变成常见的句式。(3)但这不等于说唐代诗人在写诗时是可以随心所欲地颠倒词序的,实际上,大多数错位的句子,都是最大限度地利用了汉语的灵活性,把在实际语言中可以成立的句子略加改变而形成的。

第四节 唐诗中几种特殊的句式

在本节中,讨论唐诗中几种特殊的句式。所谓特殊,指的是这些句式一般只在唐诗中出现,散文中是很少见到的。

§3.4.1 特殊兼语式

在上一节中说过,有一些通常所说的"定语后置"其实是一种特殊的兼语式。现在来讨论这个问题。

1. 内分金带赤,恩与荔枝青。(杜甫《赠翰林张》)
2. 树绕温泉绿,尘遮晚日红。(孟浩然《京还留别》)
3. 转来深涧满,分出小池平。(储光羲《咏山泉》)
4. 远寻寒涧碧,深入乱山秋。(李咸用《秋日访同人》)
5. 树接南山近,烟含北渚遥。(李峤《长宁公主东庄》)
6. 夜直南宫静,朝趋北禁长。(孟浩然《上张吏部》)
7. 樽当霞绮轻初散,棹拂荷珠碎却圆。(杜甫《宇文晁尚书》)
8. 佳人拾翠春相问,仙侣同舟晚更移。(杜甫《秋兴八首》

第三章　唐诗的句法

之八）

上述例句中加△的是动词,加。的是名词,加·的是形容词(七言中有的是动词或动词词组)。这些词在一起构成什么关系呢?像例1,读作"内分金带之赤,恩与荔枝之青"显然是不行的,读作"内分赤金带,恩与青荔枝"非常通顺,因此通常认为这是定语(赤,青)后置。就这一句来说,这样分析当然可以,但是用来分析类似的句子,就遇到了困难。如例2,读作"树绕绿温泉,尘遮红晚日",初看起来可以,细想却不行。因为诗人在这里要表达的不是这个意思,如果是这个意思,诗句就太拙劣了。诗人的意思是说"树绕着温泉,温泉显得更绿;尘遮着晚日,晚日显得更红"。例3"分出小池平","平"指池水涨满,水与岸平。诗句说的是山泉分流汇成一个小池,然后水越积越多,最后与岸平,所以也不能读作"分出平小池"。例4的上一句读作"远寻碧寒涧"已十分勉强,下句读作"深入秋乱山"就绝对不行了,因为不论散文中还是诗中,都没有"秋乱山"这样的说法。同样,例5、6要读成"近南山""遥北渚""静南宫""长北禁",都是不行的。这三句都只能理解为"远寻寒涧而寒涧碧,深入乱山而乱山秋","树接南山而南山近,烟含北渚而北渚遥","夜直南宫而南宫静,朝趋北禁而北禁长"(指北禁之路长)。这些句子中的名词,既是前面动词的宾语,又是后面形容词的主语,很像兼语式中的"兼语"。这种情况,在七言诗中看得更明显。如例7,意思是说"樽当霞绮,霞绮轻初散;棹拂荷珠,荷珠碎却圆"。例8,意思是说"仙侣同舟,舟晚更移"。这里的"碎却圆""晚更移"只能看作"荷珠""舟"的谓语,而绝不能看作"荷珠""舟"的定语,因为不是棹拂"碎却圆"的露珠,不是同"晚更移"之"舟",而是"棹拂露珠"才使得露珠"碎却圆","同舟"以后舟才"晚更

195

移"，若把"碎却圆""晚更移"看作后置的定语，在逻辑上就发生矛盾了。

既然例2—8都不能看作定语后置，那么，和它们同一类型的例1最好也同样看待，不作为定语后置，而作为一种兼语式："内分金带而金带赤，恩与荔枝而荔枝青"。

不过，这种兼语式与散文中的兼语式不完全一样。散文中的兼语式动词是有限制的，一般只限于"使""令"等动词，上述句中的那种兼语式在散文中是不能成立的，所以我们称之为"特殊兼语式"。

这种特殊兼语式不但唐诗中有，在《楚辞》及六朝的诗赋中就已存在。如《离骚》："驾八龙之婉婉兮，载云旗之委蛇。"江淹《别赋》："惊驷马之仰秣，耸渊鱼之赤鳞。"对于这些句子，也有人认为是定语后置。但这种分析，同样会遇到一些困难。比如"惊驷马之仰秣"，"仰秣"是"抬起头来不再吃草料"的意思，整句是说"音乐非常动听，就连马听了都抬起头来不再吃草料了"。如果把"仰秣"看作后置的定语，那么，按正常的词序把它放到"驷马"之前，成了"惊仰秣之驷马"（惊动了抬起头来不再吃草料的驷马）意思就不通了。所以，"惊驷马之仰秣"只能看作一种特殊的兼语式，意思是"惊驷马而驷马仰秣，耸渊鱼而渊鱼赤鳞"。（"渊鱼赤鳞"是对"渊鱼"的描写，正如把"内分金带赤"理解为"内分金带而金带赤"，"金带赤"是对"金带"的描写一样。）

在上一节讲倒置的时候曾经说过，有一些句子，我们不认为是倒置，但从阅读和理解的角度来说，如果把它们看作是另一种正常词序的倒置，而且把它"正"过来读，只要能读通，也未尝不可。同样的，像"内分金带赤，恩与荔枝青"这样的句子，把它读成"内分赤金带,恩与青荔枝",也未尝不可。但是,当碰到"树绕温泉绿,尘遮晚日红"这一类句子时,就必须把它理解为特殊兼语式了,否则就会把意思理解错,或者根本读不通。

当然,真正的定语后置在唐诗中也是有的,这在上一节中已经举了例,这里不重复。

§3.4.2 特殊述宾式

在本章第三节中讲到,唐诗中有时可以把宾语的定语放到动词之前,这是一种比较奇特的句式。这里要讨论的句式则更加奇特:似乎是把宾语中的中心语放到了动词之前。这种句式,我们把它称为"特殊述宾式"。先看一些例句:

9. 冬花采卢橘,夏果摘杨梅。(宋之问《登粤王台》)
10. 山水寻吴越,风尘厌洛京。(孟浩然《自洛之越》)
11. 露气闻香杜,歌声识采莲。(孟浩然《夜渡湘水》)
12. 儒风爱敦质,佛理尚玄师。(白居易《代书诗》)
13. 别派驱杨墨,他镳并老庄。(李商隐《赠送前刘五经》)
14. 伏枕嗟公干,归田羡子平。(孟浩然《李氏园林卧疾》)
15. 冲天羡鸿鹄,争食羞鸡鹜。(孟浩然《田家作》)
16. 寥落悲前事,支离笑此身。(戴叔伦《除夜宿石头驿》)
17. 荐衡昔日知文举,乞火无人作蒯通。(杜牧《酬张祜》)
18. 鲈鱼斫鲙输张翰,橘树呼奴羡李衡。(郑谷《漂泊》)

这些诗句,都是动词居中,前后各有一个词语,我们把它写成"Q+V+P"。P都是名词,Q有的是名词,有的是动词或动词词组。这些诗句如果把它作为一般的"主语 + 述语 + 宾语"来读,是怎么也读不通的;我们可以把"Q+V+P"变为"V+P+ 之 +Q"来读,如例9,"夏果摘杨梅"可读作"摘杨梅之夏果";例10,"山水寻吴越,风尘厌洛京"可读作"寻吴越之山水,厌洛京之风尘";例14,"伏枕嗟公干,归田羡子平"可读作"嗟公干之伏枕,羡子平之归田";例18,"鲈鱼斫鲙输张翰,橘树呼奴羡李衡"可读作"输张翰之鲈鱼斫鲙,羡李衡之橘树呼奴"。其余可以类推。

这种理解,应该说是对的。在例12"儒风爱敦质,佛理尚玄师"后面,白居易有一个自注:"刘二十三敦质雅有儒风,庾七玄师谈佛理有可贵者。"这个注清楚地告诉我们,这句诗不能按通常的"主语+述语+宾语"来理解,这两句诗的意思是"爱敦质之(有)儒风,尚玄师之(谈)佛理"。所以,我们说上述例9—18这类"Q+V+P"的诗句都可以变为"V+P+之+Q"来读,并把这类诗句称为"特殊述宾式",这是有助于唐诗的阅读和理解的。

如果Q是名词,那么"P+之+Q"就是"定+中"。如果Q是动词或动词词组,那么"P+之+Q"就是"主+之+谓"。这两者性质是不一样的,但对于动词来说,则"P+之+Q"都是动词的宾语。但是,这种"Q+V+P"句式,似乎宾语的两部分处在动词的两边。所以,这种句式我们把它称为"特殊述宾式"。

但这里有一个问题需要回答:既然"儒风爱敦质,佛理尚玄师"这两句诗的意思是"爱敦质之儒风,尚玄帅之佛理",那么,为什么要把"儒风""佛理"放到动词前面去呢?这种"特殊述宾式"是怎样形成的?

我的回答是:这只是为了阅读唐诗的方便而作的一种解读。实际上,"儒风爱敦质,佛理尚玄师"和"爱敦质之儒风,尚玄师之佛理"只是意思大致相同;"儒风爱敦质,佛理尚玄师"并不是把"爱敦质之儒风,尚玄师之佛理"中的"儒风""佛理"提到动词前而形成的。"儒风爱敦质,佛理尚玄师"实际上不是述宾式,而是一种话题句。

为什么说这种"Q+V+P"句是一种话题句?

这种句式中的Q,是讨论的对象,是话题,是一个大范围;从语义上说,P是这个大范围中的一个局部;而V通常是表示作者感情或意向的动词。如例9,意思是:说到夏果,我采摘的是杨梅。例10,意思是:说到山水,我寻找吴越的山水;说到风尘,我厌恶洛京的风尘。例14,在本章第三节的"话题句"中已经说过,意思是:说到伏枕(指自己卧病李公园),我自叹如同刘桢一样(刘桢是建安时的诗人,字公干,曾有诗云:"余婴沉痼疾,窜身清漳滨。");说到归田,我羡慕子平(向子平是东汉时的隐士)。例18,意思是:说到鲈鱼斫鲙这件事,我比不上张翰;说到橘树呼奴这件事,我羡慕李衡。

这是按照话题句"Q+V+P"来理解这些句子的意思。而这种意思,如果按照"V+P+之+Q"的句式来读,意思大致相同。读者自己可以作一比较。

为了更好地说明问题,我们举现代汉语中的一个例子:

　A.书法推崇王羲之,绘画喜欢顾恺之。

　B.推崇王羲之的书法,喜欢顾恺之的绘画。

A是一个话题句。"书法"和"绘画"都是谈论的对象,都是话题。整句是说:在书法方面如何如何,在绘画方面如何如何,"推崇王羲之"和"喜欢顾恺之"是述题(对话题的陈述)。

B是一个述宾句。但A、B两句,意义大致相同。

但是,A和B显然是两种不同的句式。我们不能说A是由B的宾语中"书法""绘画"提到动词前面而形成的。

上述例9—18都应该这样看待："Q+V+P"是一种话题句，在阅读时，可以把它变为"V+P+之+Q"这样的述宾式来理解。在这个意义上，我们不妨把这种"Q+V+P"的句式称为"特殊述宾式"。但就实质而言，"Q+V+P"并不是一种述宾句。

也有个别的"Q+V+P"式的诗句不能看作话题句，如：

19. 退藏恨雨师，健步闻旱魃。(杜甫《七月三日》)

因为话题是谈论的对象，通常是旧信息，而这里的"退藏""健步"不是谈论的对象，不是旧信息；两句不是表达"在退藏方面如何如何，在健步方面如何如何"。但这两句诗只能读作"恨雨师之退藏，闻旱魃之健步"，所以，这确实是述宾式的特殊表达。这个句子是怎样形成的，我还说不好，只能作一个初步的假设：这可能是因为唐诗中有不少"Q+V+P"的句子可以读作"V+P+之+Q"式，由此反推，一个本来是应该用"V+P+之+Q"表达的句子，也可以写成"Q+V+P"。但这样的句子很少见。

§3.4.3 插入与补足

在唐诗中，有时在主语和谓语之间插入一个词语，把主语和谓语隔开。在读唐诗时，应当注意这种情形，不要把主谓之间的关系弄错了。

插入的情况有两种。

(1) 在主语(或话题)和谓语之间插入关系语。这在前面讲关系语时已经涉及，这里再举几例：

20. 茅茨疏易湿，云雾密难开。(杜甫《梅雨》)
21. 阶前短草泥不乱，院中长条风乍稀。(杜甫《雨不绝》)
22. 白石卧可枕，青萝行可攀。(白居易《秋山》)

第三章　唐诗的句法

23. 禁钟春雨细，宫树野烟和。(韦应物《送汾城》)
24. 白云回望合，青霭入看无。(王维《终南山》)

例20是说雨疏时茅茨易湿，雨密时云雾难开。例21是说院中长条因风而乍稀。例22是说卧时白石可枕，行时青萝可攀。例23是说在春雨中禁钟之声十分细微。例24是说回望时白云四合，入看时青霭似无。句中加点的都是关系语，这些关系语有的由名词充当，有的由动词或动词词组充当，有的由形容词充当。例21的关系语"风"表示原因，例23的关系语"春雨"表示处所，其余的关系语都表示时间。

这些关系语因为插在主语(或话题)和谓语中间，因此很容易误解。如例20的"疏"和"密"很容易误解为"茅茨"和"云雾"的谓语，其实不是，看诗题"梅雨"就可以明白。例21的"风"很容易误解为"乍稀"的主语，其实也不是，这一点可以凭借上句中"泥"不是"不乱"的主语而体会到，然后再根据文意来加以确定。其他例句也都有这个问题，就不一一分析了。

(2)主语(或话题)和谓语之间插入其他词语。

25. 扁舟不独如张翰，皂帽还应似管宁。(杜甫《严中丞》)
26. 玉玺不缘归日角，锦帆应是到天涯。(李商隐《隋宫》)
27. 管乐有才真不忝，关张无命欲何如？(李商隐《筹笔驿》)
28. 七子论诗谁似公，曹刘须在指挥中。(杜牧《酬张祜》)

例25、26中插入的是关联词语，这还不大会引起误解。例27、28中插入的词语，就容易引起误解了。例27容易误解为"管乐有才""关张无命"，例28容易误解为"七子在论诗方面谁比得了你"。其实，这些插入的词语都应该抽出来放到句首来读。例25、26很明显,不用再说了。例27的意思是:(诸葛亮)有才,和管乐相比真不忝;(诸葛亮)无命,纵有猛将关张又欲如何?例28的意思是:以诗作而论,建安七子谁能比得上你?

为什么这样一些本该放在句首的词语要放在主语(或话题)和谓语之间?这也是为了造成一种"诗家语"。不但主谓之间可以插入,就是七言句的第一、二字与第五、六、七字之间并非主谓关系的,有时也可以插入,这大概也是觉得这样插入后更有诗的味道。例如:

29.马惊不忧深谷堕,草动只怕长弓射。(杜甫《光禄坂行》)

30.登第早年同座主,莅官今日是州民。(张籍《寄苏州》)

这种插入的词语也应放到首句来读。

补足,指的是在诗句中前面已把一个意思大致说全了,后面再对其中一部分加以补充。例如:

31.枳嫩栖鸾叶,桐香待凤花。(李商隐《永乐县所居》)

32.巾拂香余捣药尘,阶除灰死烧丹火。(杜甫《忆昔行》)

33.征南幕下带长刀,梦笔深藏五色毫。(李商隐《江上忆严五广休》)

这三句是在本句中补足。例31"枳嫩""桐香"已是一个完整的主谓结构了,后面再补充说明枳是什么样的叶,桐是什么样的花。例32"捣药尘"是补充说明"香"的,"烧丹火"是补充说明"灰"的。例33"五色毫"是补充说明"笔"的。

34.何当看花蕊,欲发照江梅。(杜甫《徐九少尹》)

35.堂前扑枣任西邻,无食无儿一妇人。(杜甫《又呈吴郎》)

第三章　唐诗的句法

36. 征南官属似君稀，才子当今刘孝威。(韩翃《送刘评事》)

37. 文昌新入有光辉，紫界宫墙白粉闱。(白居易《闻杨十二》)

38. 最爱湖东行不足，绿杨荫里白沙堤。(白居易《钱塘湖春行》)

39. 节使横行西出师，鸣弓擐甲羽林儿。(岑参《九日使君席》)

40. 花钿委地无人收，翠翘金雀玉搔头。(白居易《长恨歌》)

以上是下句补足上句。例34"欲发照江梅"是补足"花蕊"的，例35"无食无儿一妇人"是补足"西邻"的，例36"才子当今刘孝威"是补足"君"的，例37"紫界宫墙白粉闱"是补足"文昌"的，例38"绿杨荫里白沙堤"是补足"湖东"的，例39稍稍特别一点，"鸣弓擐甲羽林儿"是补充说明"师"中的士卒的，例40是说，"翠翘金雀玉搔头"和"花钿"一样，也委地无人收。

从上述例句可以看出：(1)用以补足的词语都是名词词组。(2)被补足的词语在哪一部分不固定，有时是上句的宾语，有时是上句的主语，有的既不是句子的主语，又不是整句的宾语(如例36的"君"，它是句中动词词组中"似"的宾语)，这只能根据文意来判断。

在本章的四节中，谈了唐诗句法中一些主要的问题，句法方面的其他问题还很多，未能一一谈到。在谈这些句法问题的时候，必然要作一定的语法分析，但是，我们希望这不要引起一种误解：认为对每一句唐诗中的每一个词语，都要十分精确地说明它们的语法关系。当然，总的来说，唐诗的句子要服从汉语的语法，多数诗句也像散文的句子一样，是可以清楚地说明其语法关系的；但是，诗毕竟是诗，它的句子有省略，有跳跃，有时还有作者故意造成的朦胧，因此，要对每一句诗都像散文的句子一样精确地说明其语法关系，是既不可能，也不必要的。特别应当注意的是：对于一些本来简单明了的诗句，更没有必要用"语法分析"把它弄得十分复杂，如果那样做，就是误入歧途了。比如，李贺《昌谷北园新笋》："露压烟啼千万枝"，有人分析说，这是既有错位，又有省略，应该读作"露压千万枝，千万枝在烟中啼"。杜牧《山行》："远上寒山石径斜"，有人分析说，这句诗是说"通过斜的石径远上寒山"，所以既有省略（"通过"）又有倒装（"斜的石径"倒装成"石径斜"）。这样的分析，是滥用了省略和错位的概念，实在是毫无必要。其实，"露压烟啼千万枝"说的就是"露压着的、在烟中啼的千万枝"，"烟啼"的"烟"表示动作的处所，自古有之，毫不足奇，这里既没有省略，也没有错位。"远上寒山石径斜"是个紧缩句，一句诗把"远上寒山"和"石径斜"两个句子合在一起，至于两者是什么关系，诗人并没有说出，而让读者去体会。这里也没有语法上的省略和错位。我们讲唐诗的句法，是为了把难懂的诗句弄懂，而不是相反，把本来很好懂的句子弄得复杂化，这一点，是必须注意的。

第四章　唐诗的修辞

第一节　炼字、炼句、炼意

§4.1.1 概说

谈唐诗的修辞,首先要谈到唐代诗人对字句的锤炼。

唐代诗人是十分注意字句的锤炼的。唐人的一些诗句道出了他们创作时的苦心,如杜甫的"为人性僻耽佳句,语不惊人死不休"(《江上值水如海势聊短述》),贾岛的"二句三年得,一吟双泪流"(《题诗后》)。一些流传后世的佳话,如韩愈、贾岛讨论"僧推月下门"和"僧敲月下门"的故事,李贺负囊作诗,"呕出心乃已"的故事,也都说明他们对诗歌创作严肃认真的态度。这些都已熟知,不再重复。下面再引几条宋人笔记、诗话中的记载,作为补充。

《苕溪渔隐丛话》前集卷八:

张文潜云:"世以乐天诗为得于容易而来,尝于洛中一士人家见白公诗草数纸,点窜涂之,及其成篇,殆与初作不侔。"

又:

《漫叟诗话》云:"'桃花细逐杨花落,黄鸟时兼白鸟飞。'李商老云:'尝见徐师川说一士大夫家有老杜墨迹,其初云"桃花欲共杨花语",自以淡墨改三字。'乃知古人字不厌改也,不然何以有'日锻月炼'之语?"

又：

《郡阁雅言》云："王贞白唐末大播诗名，《御沟》为卷首，云'一派御沟水，绿槐相荫清。此波涵帝泽，无处濯尘缨。鸟道来虽险，龙池到自平。朝宗心本切，愿向急流倾。'自为冠绝无瑕，呈僧贯休，休公曰：'此甚好，只是剩一字。'贞白扬袂而去。休公曰：'此公思敏。'取笔书'中'字掌中。逡巡贞白回，欣然云：'已得一字。'云：'此中涵帝泽。'休公将掌中字示之。"

陶岳《五代史补》三：

郑谷在袁州，齐己携诗诣之。有《早梅》诗云："前村深雪里，昨夜数枝开。"谷曰："'数枝'非早也，未若'一枝'。"齐己不觉下拜。自是士林以谷为一字师。

这些记载说明唐代诗人对字句的锤炼十分认真，就是一个字也不轻易放过。

关于字句的锤炼，古人有一种说法，叫作"炼字不如炼句，炼句不如炼意，炼意不如炼格"（见《诗人玉屑》及《潜溪诗眼》引《金针诗格》）。下面就分炼字、炼句、炼意来讨论。

§4.1.2 炼字

欧阳修《六一诗话》讲过一个故事：

陈舍人从易……偶得杜集旧本，文多脱误，至《送蔡都尉》诗云："身轻一鸟"，其下脱一字。陈公因与数客各用一字补之。或云"疾"，或云"落"，或云"起"，或云"下"，莫能定。其后得一善本，乃是"身轻一鸟过"。陈公叹服，以为虽一字，诸君亦不能到也。

第四章 唐诗的修辞

《苕溪渔隐丛话》引了这个故事,加以发挥说:

> 诗句以一字为工,自然颖异不凡,如灵丹一粒,点石成金也。

所谓"点石成金"云云,是宋人的一种诗论,我们不必深究;但是写诗要注意炼字,这还是对的。

那么,炼字应当如何"炼"呢?让我们先看看古人在这方面的评论:

《诗人玉屑》卷八:

> 作诗在于炼字。如老杜"飞星过水白,落月动沙虚"是炼中间一字。"地坼江帆隐,天清木叶闻"是炼末后一字。《酬李都督早春》诗云:"红入桃花嫩,青归柳叶新。"若非"入"与"归"二字,则与儿童之诗何异?

《鹤林玉露》卷六:

> 作诗要健字撑拄,要活字斡旋。如:"红入桃花嫩,青归柳叶新。""弟子贫原宪,诸生老伏虔。""入"与"归"字,"贫"与"老"字,乃撑拄也。"生理何颜面,忧端且岁时。""名岂文章著,官应老病休。""何"与"且"字,"岂"与"应"字,乃斡旋也。撑拄如屋之有柱,斡旋如车之有轴。

《石林诗话》卷中:

> 诗人以一字为工,世固知之,惟老杜变化开阖,出奇无穷,殆不可以形迹捕。如:"江山有巴蜀,栋宇自齐梁。"远近数千里,上下数百年,只在"有"与"自"两字间,而吞纳山川之气,俯仰古今之怀,皆见于言外。《滕王亭子》:"粉墙犹竹色,虚阁自松声。"若不用"犹"与"自"两字,则余八言凡亭子皆可用,不必滕王也。

《诚斋诗话》：

诗有实字，而善用之者以实为虚，杜云："弟子贫原宪，诸生老伏虔。""老"字盖用"赵充国请行，上老之"。

《苕溪渔隐丛话》前集卷十三：

《吕氏童蒙训》云："潘邠老言：七言诗第五字要响，如'返照入江翻石壁，归云拥树失山村'，'翻'字、'失'字是响字。五言诗第三字要响，如'圆荷浮小叶，细麦落轻花'，'浮'字、'落'字是响字也。所谓响者，致力处也。"予窃以为字字当活，活则字字自响。

从上述议论可以看出，古人所谓炼字，主要是炼动词、形容词和虚词。

《鹤林玉露》所说的"健字"，所举的例子都是动词与形容词。《诗人玉屑》说的"中间一字""末后一字"，与潘邠老所说的七言第五字、五言第三字，一般也都是动词、形容词所处的位置，特别是七言第五字、五言第三字都是诗句"三字尾"的头一字，是一句诗中的关键字，处在这个地位的也常常是动词或形容词。所以所谓"健字撑拄"，就是在句中关键地位的动词、形容词要用得"颖异不凡"，能把整个句子挑起来。比如"红入桃花嫩，青归柳叶新"两句，意思无非是说春天到了，桃花红且嫩，柳叶青且新，但用了"入""归"两字，就把诗句写活了，显示出春回大地，赋予万物以生机的景象。其他如：

1. 吴楚东南坼，乾坤日夜浮。（杜甫《登岳阳楼》）

2. 白沙留月色，绿竹助秋声。（李白《题苑溪馆》）

3. 孤灯然客梦，寒杵捣乡愁。（岑参《宿关西客舍》）

例1，吴楚实际上并没有"坼"，乾坤更不会在水上"浮"，但诗人是用这两个字来写自己在洞庭湖上的感觉：眼前是一片无边无际的大水，好像湖东南的吴楚之地都裂开了，甚至整个乾坤都浮在水上。例2，本来是说月光照在白沙上，分不出哪是月色哪是白沙；绿竹在秋风中摇动，更加增添了秋声。但诗人用了"留""助"两个字，把月色和绿竹写得似乎有了生命。例3，"梦"本不能"然（燃）"，"愁"也无法"捣"，但诗人却故意把这两个字加以搭配，目的是使得诗句突兀不凡。这些地方，都是诗人对字用心锤炼的。

但是，炼字也不一定要用奇特的字。如果用普通的字，而又用得妥帖，富有表现力，这同样也是炼字。例如上面所举的欧阳修十分叹服杜甫"身轻一鸟过"的"过"字，这个字并没有什么奇特，但用"一鸟过"来形容武将动作的轻捷，确是非常恰当，比用"疾""落""起""下"都要好。因为说"一鸟疾"，光是说了动作之快，究竟怎样快，却没有"一鸟过"具体、形象。而用"落""起""下"则不能准确地表达动作的轻疾，因为鸟落、鸟起、鸟下，都可以疾速，也可以徐缓。又如，唐诗中同样描写夕阳照着山峰的三句诗：

4. 荒城临古渡，落日满秋山。（王维《归嵩山作》）
5. 万里通秋雁，千峰共夕阳。（刘长卿《移使鄂州》）
6. 万木迎秋序，千峰驻晚晖。（李嘉祐《至七里滩》）

刘长卿用一个"共"字，李嘉祐用一个"驻"字，用字都比较讲究，不同一般。但看来还是王维用一个普通的"满"字更好。

又如：

7. 野渡花争发，春塘水乱流。（李嘉祐《送王牧》）
8. 柳塘春水漫，花坞夕阳迟。（严维《酬刘员外》）

这两句诗都是为唐宋诗话所极口称道的，两句都是写春天的景象，而且都是写水写花，但李嘉祐诗写出了春天的生机勃勃，严维诗写出了春光融融。可是两句诗用的都是普通的字，这种普通的字不是不需要锤炼，而是正如王安石所说的"看似寻常最奇崛，成如容易却艰辛"（《题张司业诗》）。

《诚斋诗话》所说的"以实为虚"指的是我们今天所说的"词类活用"，他所举的"老"字就是形容词用作意动。这种活用的词诗人也很爱用，因为它同时表达出动作和动作的结果。比如王安石的名句"春风又绿江南岸"是经过数十字的选择最后定为"绿"字的，他之所以不用"过""到"等字，而最后选定了"绿"字，大概与"绿"字是形容词的使动有关。《吕氏童蒙训》所举的杜甫诗"返照入江翻石壁，归云拥树失山村"，其中的"翻"和"失"也是使动，诗人用这两个字十分精练而又十分生动地描绘了眼前的景色：夕阳照在江面上，石壁的倒影犹如山崖翻入江中；云雾萦绕在树端，整个山村都消失在云雾间。下面一些句中用的也是这类活用的词：

9. 槛外低秦岭，窗中小渭川。（岑参《登总持阁》）

10. 人烟寒橘柚，秋色老梧桐。（李白《秋登宣城谢朓北楼》）

11. 山光悦鸟性，潭影空人心。（常建《题破山寺》）

例9是说登高一看，栏杆外的秦岭显得很低，窗中见到的渭川显得很小。例10是说，秋天橘柚变红，给橘林中的人家增添了寒意；秋天的风霜使梧桐变老。例11是说，山中的晴光使鸟儿都喜悦地鸣叫，澄澈的深潭使人心中的杂念也消失干净。这些诗句中的活用的词都用得十分成功。

《鹤林玉露》所说的"活字"是虚字，如他所举的"何""且""岂""应"等。《石林诗话》中所说的主要也是虚字。为什么

第四章　唐诗的修辞

说"活字斡旋"呢？因为唐诗中的虚字主要是副词和代词（连词、介词一般省去，语气词更是不用），而副词和代词又多是表示范围、情态、语气等的，所以有时可以起实词起不到的作用，使诗句有一种言外之意。比如《鹤林玉露》所举杜甫《旅夜书怀》"名岂文章著，官应老病休"，字面的意思是说：我不是因文章而著名，如今又老又病，已经休官。但是，在上句中，除自谦之外又有些自负，在下句中，明显地透露出一些牢骚和不满，这些主要是通过"岂"字和"应"字表达出来的。又如《石林诗话》所举的"粉墙犹竹色，虚阁自松声"，"犹"字表示滕王阁还和初建时一样，"自"字表示昔日的繁华已成过去，虚阁中只有松涛仍在作响，这就告诉人们：这是一座历史悠久、昔日繁华而今已冷落的林园。如果把两个虚字换成实字，把诗句改成"粉墙映竹色，虚阁传松声"，那就如《石林诗话》所说的那样，"凡亭子皆可用"了。这样的例子很多，如：

12. 苦调琴先觉，愁容镜独知。（王适《古离别》）
13. 故国犹兵马，他乡亦鼓鼙。（杜甫《送远》）
14. 映阶碧草自春色，隔叶黄鹂空好音。（杜甫《蜀相》）

例12用一个"先"字，一个"独"字，很巧妙地表达出一个与丈夫久别的女子心中的苦楚总是用琴声来倾诉，她日益憔悴的面容除自己照镜外无人觉察。例13的"犹"表示战乱持续时间之长，"亦"表示战乱波及范围之广。例14的"自"表示不管人世如何变化，而大自然却依旧不变，到春天碧草仍自生长，"空"表示祠庙虽在，而诸葛亮和他惨淡经营的事业早已成为历史的陈迹，所以黄鹂也空有好音，以此表达了诗人吊古伤怀的感情。例13、14和《石林诗话》所举的《滕王亭子》中的例句都是保留了副词而省去了动词，可见诗人认为在这些句子中副词比动词还重要。实际上也确实如此。

假如把例 13 中的"犹"和"亦"换成动词，把诗句改成"故国有兵马，他乡闻鼓鼙"，就表现不出战乱持续之久和波及范围之广这层意思了。

唐诗中对字的锤炼还表现在叠音词的运用上。《石林诗话》卷上：

> 诗下双字极难。须使七言五言之间除去五字三字外，精神兴致全见于两言，方为工妙。唐人记"水田飞白鹭，夏木啭黄鹂"为李嘉祐诗，王摩诘窃取之，非也。此两句好处，正在添"漠漠""阴阴"四字，此乃摩诘为嘉祐点化，以自见其妙，如李光弼将郭子仪军，一号令之，精彩数倍。不然，如嘉祐本句，但是咏景耳，人皆可到。要之当令如老杜"无边落木萧萧下，不尽长江滚滚来"与"江天漠漠鸟双去，风雨时时龙一吟"等，乃为超绝。

这段话说得很好。在唐诗中用叠字的佳句很多，下面略举几例：

15. 漠漠帆来重，冥冥鸟去迟。（韦应物《赋得暮雨》）

16. 云山一一看皆美，竹树萧萧画不成。（苏颋《扈从鄠杜间》）

17. 世事茫茫难自料，春愁黯黯独成眠。（韦应物《寄李儋元锡》）

18. 客子入门月皎皎，谁家捣练风凄凄。（杜甫《暮归》）

这些叠字，有的用在句首，有的用在句中，有的用在句末；有的是形容词的重叠，有的是量词的重叠，有的是叠音的单纯词（如"萧萧"）。这些叠字的运用，都增强了诗句的形象性和节奏感，这就不一一分析了。

第四章 唐诗的修辞

有的诗中，一些简单的数字，一经诗人巧妙运用，也会表现出很强的艺术感染力。例如：

19. 一花开楚国，双燕入卢家。（刘方平《新春》）

20. 有时三点两点雨，到处十枝五枝花。（李山甫《寒食》）

在这些诗句中，数字也活了起来，显示出春光的明媚动人。宋代辛弃疾《西江月》中"七八个星天外，两三点雨山前"，这两句名句，不能不说是受到唐诗的意境的启发的。

其他如唐诗中表示色彩、声音的词的运用，双声叠韵字的运用等等，都是很有特色的，这里就从略了。

§4.1.3 炼句

唐代诗人还很讲究炼句。在唐代，一些诗人往往因佳句而知名。《韵语阳秋》卷四：

> 唐朝人士，以诗名者甚众，往往因一篇之善，一句之工，名公先达为之游谈延誉，遂至声闻四驰。"曲终人不见，江上数峰青"，钱起以是得名。"故国三千里，深宫二十年"，张祜以是得名。"微云淡河汉，疏雨滴梧桐"，孟浩然以是得名。"兵卫森画戟，宴寝凝清香"，韦应物以是得名。"野火烧不尽，春风吹又生"，白居易以是得名。"敲门风动竹，疑是故人来"，李益以是得名。"鸟宿池边树，僧敲月下门"，贾岛以是得名。"画栋朝飞南浦云，珠帘暮卷西山雨"，王勃以是得名。"华裾织翠青如葱，入门下马气如虹"，李贺以是得名。

这里面包含着许多故事，但我们引这段话是为了说明唐代诗人注重"炼句"，所以那些故事就不说了。

注重炼句，是从六朝开始的。《沧浪诗话·诗评》：

汉魏古诗，气象混沌，难以句摘。晋以还方有佳句，如渊明"采菊东篱下，悠然见南山"，谢灵运"池塘生春草"之类。胡应麟《诗薮》内编卷二汇集晋以后的佳句：

太冲："振衣千仞冈，濯足万里流。"士衡："和风飞清响，纤云垂薄阴。"景阳："朝霞迎白日，丹气临旸谷。"景纯："左挹浮丘袖，右拍洪崖肩。"休奕："志士惜日短，愁人知夜长。"正长："朔风动秋草，边马有归心。"颜远："富贵他人合，贫贱亲戚离。"渊明："采菊东篱下，悠然见南山。""日暮天无云，春风扇微和。"康乐："清辉能娱人，游子澹忘归。""池塘生春草，园柳变鸣禽。"叔源："景昃鸣禽集，水木湛清华。"延之："鸾翮有时铩，龙性谁能驯？"玄晖："金波丽鳷鹊，玉绳低建章。""余霞散成绮，澄江净如练。"吴兴："庭皋木叶下，陇首秋云飞。""太液微波起，长杨高树秋。"文通："日暮碧云合，佳人殊未来。"梁武："金风诅清夜，明月悬洞房。"明远："绣甍结飞霞，璇题纳行月。""马毛缩如蝟，角弓不可张。"仲言："枝横却月观，花绕凌风台。""露滋寒塘草，月映清淮流。"萧悫："芙蓉露下落，杨柳月中疏。"王籍："蝉噪林逾静，鸟鸣山更幽。"休文："标峰彩虹外，置岭白云间。"王融："高树升夕烟，层楼满初月。"皆精言秀调，独步当时。

这种情况，是符合文学发展的趋势的。中国古典文学发展到魏晋南北朝，成了文学自觉的时代，对文学作品的特点，给予了更多的注意，而且，随着对声律、对偶越来越讲究，就必然会使诗句工整精丽，形象生动。在文学理论方面，陆机《文赋》提出了"立片言以居要，乃一篇之警策"，"警策"一般是就散文而言，就诗句而言就是佳句。唐代诗人对六朝时的佳句是非常欣赏的。李白《金陵城西楼月下吟》："解道澄江净如练，令人长忆谢玄晖。"对谢朓的佳句赞叹不已。杜甫《与李十二白同寻范十隐居》："李侯有佳句，往往似阴铿。"把李白的佳句比作六朝诗人阴铿。唐代诗人自己对"佳句"也十分用心。杜甫"为人性僻耽佳句，语不惊人死不休"，在本节开头已经引过。他在《寄高三十五书记》一诗中又说："叹息高生老，新诗日又多。美名人不及，佳句法如何。"可见唐代诗人不仅重视佳句，而且重视佳句之"法"。

那么，炼句又有什么"法"呢？

首先要谈谈炼句与炼字的关系。关于这一点，《诗薮》内编卷五有一段话：

> 盛唐句法浑涵，如两汉之诗，不可以一字求。至老杜而后，句中有奇字为眼；才有此，句法便不浑涵。昔人谓石之有眼为砚之一病，余亦谓句中有眼为诗之一病。如"地坼江帆隐，天清木叶闻"，故不如"地卑荒野大，天远暮江迟"也。"返照入江翻石壁，归云拥树失山村"，故不如"蓝水远从千涧落，玉山高并两峰寒"也。此最诗家三昧，具眼自能辨之。（齐梁以至初唐率用艳字为眼，盛唐一洗，至杜乃有奇字。）

又说：

> 老杜用字入化者，古今独步。中有太奇巧处，然巧而不尖，奇而不诡，犹不失上乘。如"孤灯然客梦，寒杵捣乡愁"则尖矣。"流星透疏木，走月逆行云"则诡矣。

这里所说的"诗眼"就是上面所说的"炼字"处。胡应麟把"诗眼"称为"诗之一病"，当然未必妥当，因为炼字炼得好的，有不少仍不失为佳句和好诗。但他的意见主要是认为用字过于奇僻，造句过于雕琢，就不是佳句，佳句应当是句法浑涵，无斧凿痕的，这种看法却是对的。他举的杜诗的句子,像"地坼江帆隐,天清木叶闻","返照入江翻石壁,归云拥树失山村",这都是宋人认为有"炼字"的(见前),而胡应麟认为不如杜甫另一些没有"诗眼"的句子。就这些句子的比较而言,胡应麟的意见是对的。(当然,那有"炼字"的两句也不能算不好,只是气象不如"地卑"及"蓝水"两句阔大。)这就是"炼字不如炼句"。

关于诗句究竟怎样就是好,怎样就是不好,古代的诗话中也谈过一些。比如:

《石林诗话》卷下:

> 诗语固忌用巧太过,然缘情体物,自有天然工妙,虽巧而不见削刻之痕。老杜"细雨鱼儿出,微风燕子斜",此十字殆无一字虚设。雨细着水面为沤,鱼常上浮而淰,若大雨则伏而不出矣。燕体轻弱,风猛则不能胜,惟微风乃受以为势,故又有"轻燕受风斜"之语。至"穿花蛱蝶深深见,点水蜻蜓款款飞","深深"若无"穿"字,"款款"若无"点"字,皆无以见其精微如此。然读之浑然,全似未尝用力,此所以不碍其气格超胜。使晚唐诸子为之,便当如"鱼跃练江抛玉尺,莺穿丝柳织金梭"体矣。

《蔡宽夫诗话》:

> 天下事有意为之,辄不能尽妙,而文章尤然。文章之间,诗尤然。世乃有"日锻月炼"之说,此所以用功者虽多,而名家者终少也。晚唐诸人议论虽浅俚,然亦有暗合者,但不能守之耳。所谓"尽日觅不得,有时还自来"者,使所见果到此,则"采菊东篱下,悠然见南山"之句,有何不可为?惟徒能言之,此禅家所谓"语到而无实见处"也,往往有好句当面蹉过,若"吟成一个字,撚断数茎须",不知何处合费许辛苦?正恐虽撚

第四章 唐诗的修辞

尽须,不过能作"药杵声中捣残梦,茶铛影里煮孤灯"句耳。
《六一诗话》:

圣俞尝语余曰:"诗家虽率意,而造语亦难。若意新语工,得前人所未道者,斯为善也。必能状难写之景,如在目前,含不尽之意,见于言外,然后为至矣。贾岛云:'竹笼拾山果,瓦瓶担石泉。'姚合云:'马随山鹿放,鸡逐野禽栖。'等是山邑荒僻,官况萧条,不如'县古槐根出,官清马骨高'为工也。"余曰:"语之工者固如是。状难写之景,含不尽之意,何诗为然?"圣俞曰:"作者得于心,览者会以意,殆难指陈以言也。虽然,可略道其仿佛。若严维'柳塘春水漫,花坞夕阳迟',则天容时态,融和骀荡,岂不如在目前乎?又若温庭筠'鸡声茅店月,人迹板桥霜',贾岛'怪禽啼旷野,落日恐行人',则道路辛苦,羁愁旅思,岂不见于言外乎?"

这些话,归结起来,是为"炼句"提出了消极的和积极的两个标准。消极的是炼句不能用巧太过,有削刻痕。比如"鱼跃练江抛玉尺,莺穿丝柳织金梭"(未详所出)和"药杵声中捣残梦,茶铛影里煮孤灯"(李洞《赠曹郎中崇贤所居》)就是堆砌辞藻和过于僻涩的诗句,刻意炼句而炼成这种句子就是失败的。积极的是要天然工巧,读之浑然,能状难写之景,含不尽之意。像杜诗"细雨鱼儿出,微风燕子斜","穿花蛱蝶深深见,点水蜻蜓款款飞",温庭筠诗"鸡声茅店月,人迹板桥霜"等就是如此。《蔡宽夫诗话》是着重从创作构思方面讲的,他说的"天下事有意为之,辄不能尽妙"讲得有些绝对化,但是,如果说诗歌创作的关键在于平日的观察体验,以及有无真情实感,而不在于字句的堆砌雕琢、刻意求工,所谓"功夫在诗外",那么,这意思还是对的。

至于炼句的一些具体做法,我们在本书第三章讲唐诗的句法时已涉及一点。唐诗中的紧缩句、名词语和关系语的运用,错位的运用,既是唐诗句法上的特点,又是出于修辞上的需要:除了为满足平仄、押韵的要求外,还为了使诗句凝练、富有表现力,以及造成一种不同于散文的"诗家语"。当然,这些都只是一种修辞的手段。而这种手段运用得成功与否,还取决于诗人的思想素质和艺术修养。同时,不采用这些唐诗中特有的句法,而完全用古风的句式来写,也能写出佳句来。这些主要牵涉到艺术创作的问题,这里就不讨论了。

§4.1.4 炼意

《金针诗格》除了"炼句不如炼意"外,还有一句"炼意不如炼格"。"意"和"格"是不同的概念,但又有相通之处,所以我们把它们放到一起讲。

为什么说"炼句不如炼意"呢?《蔡宽夫诗话》:

> 诗语大忌用工太过。盖炼句胜则意必不足;语工而意不足,则格力必弱。此自然之理也。"红稻啄余鹦鹉粒,碧梧栖老凤凰枝",可谓精切,而在其集中本非佳处,不若"暂止飞鸟将数子,频来语燕定新巢"为天然自在。

这话讲得很对。晚唐时一些诗人的诗句写得十分工巧,但是往往受到后代诗人和评论家的批评,就是因为意不足而格卑下。

《洪驹父诗话》:

> 东坡言郑谷诗:"江上晚来堪画处,渔人披得一蓑归。"此村学中诗也。子厚云:"千山鸟飞绝,万径人踪灭。孤舟蓑笠翁,独钓寒江雪。"信有格也哉!

郑谷是晚唐时颇有名气的诗人,这两句诗见于他的《雪中偶题》。

第四章　唐诗的修辞

全诗四句："乱飘僧舍茶烟湿，密洒歌楼酒力微。江上晚来堪画处，渔人披得一蓑归。"柳宗元的《江雪》是大家很熟悉的。两首诗中都写到了披着蓑笠的渔翁，为什么苏轼对柳诗如此赞赏，称之为"信有格也哉"，而把郑谷的诗贬为"村学中诗"呢？很显然，柳宗元的诗不仅是写景，而且是抒情，借一个在冰天雪地中"独钓寒江雪"的渔翁写出了自己高洁不凡的品格和情操。而郑谷的诗除了写眼前景物外，别无他意。所以，古人所说的"格"，首先是指诗要有意境，有寄托。

但即使是没有任何寄托的咏物诗，也有"格"的高下之别。郑谷上引一诗的另两句："乱飘僧舍茶烟湿，密洒歌楼酒力微。"也受到宋人的批评，说它"气格如此之卑"（见《石林诗话》卷下）。《石林诗话》卷上还说：

"开帘风动竹，疑是故人来"与"徘徊花上月，空度可怜宵"，此两联虽见唐人小说中，其实佳句也。郑谷诗"睡轻可忍风敲竹，饮散那堪月在花"，意盖与此同。然论其格力，适堪揭酒家壁，与市人书扇耳。天下事每患自以为工处着力太过，何但诗也。

这说明古人所说的"格"还包含另一个意思：写景状物不能太琐细，太切近，否则就是格卑。

《庚溪诗话》卷下有一段话评唐代诗人对鹤与鹭的描写：

后之人形于赋咏者不少，而规规然只及羽毛飞鸣之间。如咏鹤云："低头乍恐丹砂落，晒翅常疑白雪销。"此白乐天诗。"丹顶西施颊，霜毛四皓须。"此杜牧之诗。此皆格卑无远韵也。至于鲍明远《鹤赋》云"钟浮旷之藻思，抱清迥之明心"，杜子美云"老鹤万里心"，李太白《画鹤赞》云"长唳风宵，寂立霜

219

> 晓",刘禹锡云"徐引竹间步,远含云外情",此乃奇语也。如咏鹭云:"拂日疑星落,凌风似雪飞。"此李文饶诗。"立当青草人先见,行近白莲鱼未知。"此雍陶诗。亦格卑无远韵也。至于杜牧之《晚晴赋》云:"忽八九之红芰,如妇如女,堕蕊飘颜,似见放弃。白鹭潜来,邈风标之公子,窥此美人兮,如慕说其容媚。"虽语近于纤艳,然亦善比兴者。至于许浑云:"云汉知心远,林塘觉思孤。"僧惠崇云:"曝翎沙日暖,引步岛风清。照水千寻迥,栖烟一点明。"此乃奇语也。

这说的是同样的意思:如果"规规然只及羽毛飞鸣之间",那么,尽管对鹤、鹭的羽毛和动作有很细致的描写,也是"格卑无远韵",而只有写出鹤与鹭的神态,这才是"奇语"。

"意"或"格"的问题,主要不是修辞的问题,而是思想内容和艺术构思的问题,所以这里不多谈了。但炼意或炼格是和炼句、炼字紧密联系的,如果意不足,格卑下,那么炼句、炼字再工巧,也是无济于事的。所以,尽管我们的讨论以炼句,特别是以炼字为重点,但我们对这个问题的认识,应该是如《珊瑚钩诗话》所说的那样:"诗以意为主,又须篇中炼句,句中炼字,乃得工耳。以气韵清高深眇者绝,以格力雅健雄豪者胜。"

第二节 形象、生动、精练、含蓄

§4.2.1 形象、生动

诗歌要求形象、生动,这是不言而喻的。现在要讨论的是如何做到形象、生动。这个问题很大,也不完全在修辞的范围之内,这里只能就几个有关的问题谈一谈。

首先是"形似"与"神似"的问题。这在上一节谈"炼意"的时候已经涉及,现在再进一步加以讨论。

李白《望庐山瀑布》:"日照香炉生紫烟,遥看瀑布挂前川。飞流直下三千尺,疑是银河落九天。"这首诗是大家很熟悉的。中唐时诗人徐凝也有一首《庐山瀑布》:"虚空落泉千仞直,雷奔入江不暂息。今古长如白练飞,一条界破青山色。"这首诗是他的得意之作。《云溪友议》载:白居易为杭州刺史时,徐凝与张祜赛诗。张祜举了他自己的一些得意之作,徐凝说:"美则美矣,争如老夫'今古长如白练飞,一条界破青山色'!"白居易认为徐凝优胜。但是,苏轼却是另一种评价。《王直方诗话》:"……东坡云:世传徐凝《瀑布》诗,至为尘陋。又伪作乐天诗称美此句,有'赛不得'之语。乐天虽涉浅易,岂至是哉!乃作绝云:'帝遣银河一派垂,古来惟有谪仙辞。飞流溅沫知多少,不为徐凝洗恶诗。'"

说徐凝的诗是"恶诗",未免贬得过分。但以徐凝诗和李白诗相比,确实是李白的诗好。为什么?简单地说,徐凝的诗是静态描写,说瀑布挂在青山之间,如一条白练;李白的诗是动态描写,写瀑布倾泻而下,犹如从天而降。徐凝的诗主要是写了瀑布的"形",李白的诗写出了瀑布的"神"。

苏轼还对唐宋诗人写花的诗进行过评论。《野客丛书》:"东坡云:诗人有写物之工,'桑之未落,其叶沃若',他物不可当此。林和靖《梅》诗:'疏影横斜水清浅,暗香浮动月黄昏',决非桃杏诗;皮日休《白莲》诗:'无情有恨何人见,月冷风清欲堕时',决非红莲诗。"《碧溪诗话》卷八:"(石)曼卿《红梅》云:'认桃无绿叶,辨杏有青枝。'坡谓有村学中体,尝嘲之曰:'诗老不知梅格在,强拈绿叶与青枝。'"石曼卿是宋代诗人,他的《红梅》诗把梅和桃、杏作了比较,说要把梅比作桃吧,可是梅不像桃那样有绿叶,要说梅和杏的不同,则在于梅有青枝而杏没有。这样的描写从植物分类学上说是很细致的,可以说写出了梅的形态特征,但确实不像诗。而林和靖的咏梅,皮日休的咏白莲(中国传统诗文中认为红莲是富贵的,白莲是高洁的),根本没有涉及梅和白莲的具体形态,但苏轼说读了以后知道绝非桃杏,绝非红莲,就是因为这些诗句写了梅和白莲的"神"。

苏轼这种主张,曾用诗明确地表达过。《书鄢陵王主簿所画折枝》:"论画以形似,见与儿童邻。赋诗必此诗,定非知诗人。"是很明确地主张重神似的。我很赞同这个看法。所谓"形象",不是指表面上的惟妙惟肖,而是要能妙笔传神。

在唐诗中,一些优秀的咏物诗都是能传神的,下面举几首写雁的诗为例:

孤 雁

杜 甫

孤雁不饮啄,飞鸣声念群。
谁怜一片影,相失万重云。
望尽似犹见,哀多如更闻。
野鸦无意绪,鸣噪自纷纷。

送征雁

钱 起

秋空万里静,嘹唳独南征。

风急翻霜冷，云开见月惊。
塞长怯去翼，影灭有余声。
怅望遥天外，乡愁满目生。

早 雁

杜 牧

金河秋半虏弦开，云外惊飞四散哀。
仙掌月明孤影过，长门灯暗数声来。
须知胡骑纷纷在，岂逐秋风一一回？
莫怨潇湘少人处，水多菰米岸莓苔。

孤 雁

崔 涂

几行归塞尽，念尔独何之？
暮雨相呼失，寒塘欲下迟。
渚云低暗度，关月冷相随。
未必逢矰缴，孤飞自可疑。

几首诗都写了在天空飞过的大雁。因为雁在空中，人在地上，所以都着重写它的"影"和"声"。几首诗的诗题不同，描写也各有侧重。如钱起写的是《送征雁》，所以着重写它的"嘹唳独南征"，杜牧的《早雁》写的是为躲避"虏弦"而南飞的雁，所以着重写它的"云外惊飞四散哀"。杜甫和崔涂写的是《孤雁》，所以或是写它离群的影子、悲哀的鸣声来显示它的孤单；或是用"暮雨""寒塘""渚云""关月"等来渲染气氛的凄凉。这些都是写了雁的"神"。不仅如此,这些咏物诗中还都寄托着诗人的感情。钱起在篇末点明因征雁而引起的乡愁。杜牧的诗没有明言,但他的早雁实际上象征着乱动年代中人们的流离和苦难。崔涂的诗倾注了对"孤雁"的哀怜和同情,而杜甫的诗则是借孤雁来刻画失群者的心情,正如王彦辅所说:"公值丧乱,羁旅南土,而见于诗者,常在乡井,故托意于孤雁。"所以,这些诗都是咏物和抒情结合在一起的。

其次,谈谈唐诗中为了使诗歌形象生动常用的几种修辞手法:烘托、反衬和递进。

关于烘托,也先举几首诗来看:

春夜喜雨

杜 甫

好雨知时节,当春乃发生。
随风潜入夜,润物细无声。
野径云俱黑,江船火独明。
晓看红湿处,花重锦官城。

赋得暮雨送李胄

韦应物

楚江微雨里,建业暮钟时。
漠漠帆来重,冥冥鸟去迟。
海门深不见,浦树远含滋。
相送情无限,沾襟比散丝。

第四章 唐诗的修辞

细 雨

李商隐

潇洒傍回汀,依微过短亭。
气凉先动竹,点细未开萍。
稍促高高燕,微疏的的萤。
故园烟草色,仍近五门青。

卢氏池上遇雨赠同游者

温庭筠

簟翻凉气集,溪上润残棋。
萍皱风来后,荷喧雨到时。
寂寥闲望久,飘洒独归迟。
无限松江恨,烦君解钓丝。

这几首诗都是写雨的,所写的雨并不完全相同:杜甫写的是夜雨,韦应物、李商隐写的是细雨,温庭筠写的是夏日的阵雨。这几首诗的写法也不完全相同,但我们这里要说的是:这几首诗都采用了烘托的方法。这以韦应物的一首最为明显:全首除了第一句提到"微雨"以外,下面都没有直接写雨,而是通过别的事物把雨写出来:船上的布帆变得重了,鸟儿也飞得不那么轻巧了,天是灰蒙蒙的一片远处都看不见,而江边的树却显得十分滋润。读着这些句子,读者自然会感到,在船帆上,鸟羽上,在天边,在树梢,全都是蒙蒙的细雨。李商隐和温庭筠的诗都先写了下雨前的景象:先来一阵凉气。但对凉气的描写是通过别的事物来表现的:或者"动竹"(这是细雨前的凉风），或是"簟翻"和"萍皱"（这是阵雨前的凉风）。然后写雨点的飘洒，这也是通过别的事情来表现的：燕飞得高了，萤飞得散了，因此知道细雨开始下了。荷叶发出一阵声响，这就是阵雨已经来了。杜甫的诗和这三首不大一样：前面四句是对雨的正面描写，但在最后一句也用了烘托的手法，用"花重锦官城"来表现昨夜下了一场好雨。

这种手法增强了诗歌的表达力。我们可以设想：假如不许通过别的事物来写雨，那么诗人对雨的描写会多么单调！

反衬是指用相反的东西来衬托。关于这种修辞方法，古人早就注意到了。如《冷斋夜话》：

> 荆公曰：前辈诗云"风定花犹落"，静中见动意，"鸟鸣山更幽"，动中见静意……唐诗有曰"海日生残夜，江春入旧年"者，置早意于残晚中。有曰"惊蝉移别树，斗雀堕闲庭"者，置静意于喧动中。

《冷斋夜话》所说的实际上是两种修辞方法。"鸟鸣山更幽""惊蝉移别树，斗雀堕闲庭"，用的是反衬的手法。这几句都是要写环境的幽静。但是"静"应怎样来写呢？说"万籁俱寂""寂静无声"当然可以，但是那样就比较一般。现在诗人采用了反衬的方法，用有声来表现无声。"鸟鸣山更幽"，这种景象我们是体会得到的：如果到寂静的深山里去行走，会觉得脚步声都很响；如果这时听到一声鸟的鸣叫，给我们的感觉不是觉得喧闹，而是更感到山的寂静空旷。所以这句诗成了后来传诵的名句。"惊蝉移别树，斗雀堕闲庭"也是用这种方法：只有在非常寂静的环境中，才能听到蝉曳着长声从一棵树飞到别的树上去；也只有在这样的环境里，"斗雀"从树上掉到地上才能被人们听到。所以，这里虽然写的是"惊蝉""斗雀"，

第四章　唐诗的修辞

但是是用来烘托静,而不是表现动。

这种方法,唐诗中经常采用。例如:

1. 日午独觉无余声,山童隔竹敲茶臼。(柳宗元《夏昼偶作》)

2. 棋声花院闭,幡影石坛高。(司空图句)

这都是通过声音来反衬寂静。《苕溪渔隐丛话》前集卷六引苏轼对司空图此句的评论说:"吾尝独游五老峰,入白鹤观,松阴满地,不见一人,惟闻棋声,然后知此句之工也。"

至于以"悲"来反衬"喜",以"乐"来反衬"哀",这就更是常见的了。例如:

3. 喜心翻倒极,呜咽泪沾巾。(杜甫《自京窜至凤翔喜达行在所》)

4. 乍见翻疑梦,相悲各问年。(司空曙《云阳馆与韩绅宿别》)

5. 万里伤心严谴日,百年垂死中兴时。(杜甫《送郑十八虔贬台州司户》)

6. 群胡归来血洗箭,仍唱夷歌饮都市。(杜甫《悲陈陶》)

例3、4都是用悲来反衬喜,例5是用唐朝的中兴来反衬郑虔被贬的可悲,例6是用群胡的乐来反衬作者的悲。

有的时候,是用昔日的乐来反衬今日的哀,而且,还把时间顺序颠倒过来,先说今日,再说往日,这样反衬的效果就更明显。例如:

7. 此日六军同驻马,当时七夕笑牵牛。(李商隐《马嵬》)

8. 回日楼台非甲帐,去时冠剑是丁年。(温庭筠《苏武庙》)

例7是说唐玄宗在马嵬被迫杀死杨贵妃,然后倒叙他们在长生殿笑牛郎织女一年只能一夕相会,而誓愿世世为夫妻之事。例8是写苏武被匈奴拘留数十年后回到长安,看到楼台已全非昔日面貌,当然自己也老了,然后倒叙他出使时佩戴剑冠正值壮年。这样反衬的效果就很强烈。

《冷斋夜话》所说的"风定花犹落"和"海日生残夜,江春入旧年"是另一种修辞手法。这是把两种相反的事物或性状放在一起,但不是为了以一种衬托另一种,而是为了互相对比而相映成趣。"风定花犹落"是在一种静谧的气氛中呈现动态。"海日生残夜,江春入旧年"是描写这样一种奇特的景象:残夜还未过去,朝日已经升起;旧年尚未结束,江上已有春意。类似的例句在唐诗中还有:

9. 野径云俱黑,江船火独明。(杜甫《春夜喜雨》)

10. 黑云压城城欲摧,甲光向日金鳞开。(李贺《雁门太守行》)

11. 陇云晴半雨,边草夏先秋。(贺知章《送人之军中》)

12. 园林带雪潜生草,桃李虽春未有花。(李端《闲园即事》)

例9既不是用"黑"来反衬"明",也不是用"明"来反衬"黑",而是在黑的背景上加上一点红的渔火,构成一幅色彩鲜明的图画。例10也是如此,用黑云和金光相互配合来渲染战场的悲壮气氛。例11和例12都是描写了两种相反性质同时并存的奇特景象:晴和雨并存,夏景和秋景并存;雪和草并存,新春和残冬并存。

递进是这样一种修辞方法:为了说甲事之甚,就先说乙事之甚,然后再说甲事比乙事更甚。例如:

13. 刘郎已恨蓬山远,更隔蓬山一万重。(李商隐《无题四首》之一)

第四章 唐诗的修辞

这是为了说自己和所欢相隔之远,而先说蓬山(仙山)之远,然后说自己和所欢相隔比蓬山还远万倍。这样的表达效果当然更强烈。

还有一种递进的方法更加巧妙。例如:

14. 如今却羡相如富,犹有人间四壁居。(崔道融句,见《诚斋诗话》引)

15. 因知海上神仙窟,只似人间富贵家。(韦庄《陪金陵府相》)

例14是要说自己穷,就以司马相如相比。司马相如在卓文君私奔以后,和她一起回到成都,"家徒四壁立"(见《汉书·司马相如传》),历来用作贫穷的典型。但作者在这里不说他穷,却说他"富",不说自己比他更穷,而是说自己羡慕他的"富",因为他毕竟还有"四壁",这就极端地形容了自己的贫穷,比一般的递进更加生动。例15也是同样的,为了说人之富,就以"海上神仙窟"相比。但如果说比海上神仙窟更富,就有点落俗套,所以这里倒过来说:海上神仙窟就像人间富贵家,意思就是海上神仙窟也不过如此,人间富贵家比它更阔气。

贾岛《渡桑干》:"客舍并州已十霜,归心日夜忆咸阳。如今更渡桑干水,却望并州是故乡。"采用的也是这种递进的方法。他不直接说并州离故乡远,住在并州思念家乡,渡桑干后比并州更远,因而更加思念家乡,而是说渡桑干以后"却望并州是故乡"。这和不说相如穷而说相如富是一样的。但有人却误解了这一点。《艺圃撷余》:

一日偶诵贾岛《桑干》绝句,见谢枋得注云:"旅寓十年,交游欢爱,与故乡无异。一旦别去,岂能无情?渡桑干而望并州,反以为故乡也。"不觉大笑。拈以问玉山程生曰:"诗如此

229

解否？"程生曰："向如此解。"余谓此岛自思乡作，何曾与并州有情？其意恨久客并州，远隔故乡，今非惟不能归，反北渡桑干，还望并州，又是故乡矣。并州且不得住，何况得归咸阳？此岛意也。谢注有分毫相似否？程始叹赏，以为闻所未闻，不知向自听梦中语耳。

其实，贾岛这首绝句的意思，在唐人其他诗篇中已经说过。刘长卿《移使鄂州次岘阳馆怀旧居》："旧游成远道，此去更违乡。"说的是旧游离乡已远，此去离乡更远。只不过贾岛的诗表达得更曲折一些罢了。

递进总是要先立一个比较的标准。但一般的递进是立乙为标准，然后说乙如此之甚，而甲比乙更甚；而例14、15及贾岛《渡桑干》则是立乙为标准，却说乙不如此之甚，甲才是如此之甚。实质上，在表示"甲比乙更甚"这一点上，两者是一致的，但后者显得更别致，不落俗套。

§4.2.2 精练、含蓄

诗都要求精练，而含蓄往往又是和精练联系在一起的。《白石道人诗说》：

若句中无余字，篇中无长语，非善之善者也；句中有余味，篇中有余意，善之善者也。

这里的"句中无余字，篇中无长语"说的是精练，"句中有余味，篇中有余意"说的是含蓄。

（一）精练

在近体诗中，字句更要求精练。因为律诗、绝句本来就篇幅很

第四章 唐诗的修辞

短,如果在诗中还有"余字"和"长语",就被认为诗的不工了。对唐诗中的"余字"和"长语",后代有所批评。如:

秋夜独坐

王　维

独坐悲双鬓,空堂欲二更。
雨中山果落,灯下草虫鸣。
白发终难变,黄金不可成。
欲知除老病,惟有学无生。

送别钱起

郎士元

暮蝉不可听,落叶岂堪闻。
共是悲秋客,那知此路分。
荒城背流水,远雁入寒云。
陶令东篱菊,余花可赠君。

明代王世懋《艺圃撷余》认为,王维诗"独坐悲双鬓"和"白发终难变"是"语异意重",认为郎士元诗"暮蝉不可听,落叶岂堪闻"是"合掌"(即一联中相对仗的"不可""岂堪"意思一样),这批评是对的。

后代诗话还拿唐诗中一些诗句进行比较,比较它们哪一句写得更精练。如《苕溪渔隐丛话》后集卷九:"浩然《夜归鹿门寺歌》云:'山寺鸣钟昼已昏,渔梁渡头争渡喧。人随沙岸向江村,余亦乘舟归鹿门.'不若岑参《巴南舟中即事》诗云:'渡口欲黄昏,归人争渡喧.'岑诗语简而意尽,优于孟也。"《后山诗话》:"世称杜牧'南山与秋色,气势两相高'为警绝,而子美才用一句,语益工,曰'千崖秋气高'也。"沈德潜《唐诗别裁》评郎士元《送李将军归邓州》"春色临关近,黄云出塞多"两句时说:"王右丞则以'黄云断春色'五字尽之。"(按:王维《送平澹然判官》:"黄云断春色,画角起边愁。")这些评论大致也是对的,只是杜牧的诗把"南山"与"秋色"分开说是有意强调,不能说是不精练。

不过,总的说来,唐诗是比较注意避免这种"余字""长语"的,特别是一联中上下句同出一意,总是极力避免。关于这一点,是随着近体诗的逐渐成熟而形成的。《蔡宽夫诗话》:

> 晋宋间诗人造语虽秀拔,然大抵上下句多出一意。如"鱼戏新荷动,鸟散余花落","蝉噪林逾静,鸟鸣山更幽"之类,非不工矣,终不免此病。其甚乃有一人名而分用之者,如刘越石"宣尼悲获麟,西狩泣孔丘",谢惠连"虽好相如达,不同长卿慢"等语,若非前后相映带,殆不可读,然要非全美也。唐初,余风犹未殄,陶冶至杜子美,始净尽矣。

那么,要使字句精练,除了删除不必要的字以外,还有什么办法呢?

《唐子西文录》:

> 东坡诗叙事言简而意尽。忠州有潭,潭有潜蛟,人未之信也。虎饮水其上,蛟尾而食之,俄而浮骨其上,人方知之。东坡以十字道尽云:"潜鳞有饥蛟,掉尾取渴虎。"言"渴"则知虎以饮水而召灾,言"饥"则蛟食其肉矣。

这是一个关于写诗如何做到简洁精练的很好的例子。人们在

第四章 唐诗的修辞

谈到散文造句如何简洁精练时，常举欧阳修、宋祁等如何叙述"奔马毙犬于道"为例，而苏轼此例可与之比美。这件事如果用散文叙述，至少应说"潭有潜蛟，虎饮水其上，蛟尾而食之"，而苏轼诗用十个字说尽此事。

苏轼是如何使诗句精练的呢？据《唐子西文录》分析，是用"渴"字来表达了"虎饮水其上"这个动作，用"饥"字来表达了蛟食虎这个动作。其实，这就是我们第三章中讲句法时说到的将谓语转化为定语。这种方法，不但在"名词语"中可以用，而且也可以用来构成在句中充当宾语或主语的名词词组。在唐诗中，常可以见到这样的句子：

16. 泪逐劝杯下，愁连吹笛生。（杜甫《泛江送客》）

17. 暂止飞乌将数子，频来语燕定新巢。（杜甫《堂成》）

这两句中的"劝""吹""暂止飞""频来语"如果不作定语而作谓语来叙事，则要说成"因客劝酒而泪下，听人吹笛而愁生"，"乌将数子而暂止飞翔，燕定新巢而频与人语"，显然要比原来的诗句字数增加了。

有时，唐诗中还把这种由谓语转化为定语的名词词组和使动、意动结合起来使用，就显得更加简练。如：

18. 月明垂叶露，云逐渡溪风。（杜甫《秦州杂诗》）

这两句诗的意思是说：露珠从叶子上垂下来，月光把它照得莹晶透亮；风从溪上吹过，云也随风而移动。但杜甫用十个字就把这意思说完了。这里的关键是用了"垂叶露""渡溪风"和用作使动的形容词"明"。

此外，像名词语、关系语等如果运用得恰当，也能使诗句字数少而含意多。这些就不再细说了。

在讨论精练的时候有一点需要注意：诗句用来抒情写景，要求形象生动，未必字数少的就一定优于字数多的。比如《苕溪渔隐丛话》后集卷十三引《复斋漫录》："'野火烧不尽，春风吹又生。'予以为不若刘长卿'春入烧痕青'之句，语简而意尽。"这个看法就不一定对。刘长卿的"春入烧痕青"，是说春天到来，被烧过的野草的焦黑处，又冒出了青青的嫩芽。这固然写得简洁生动，但白居易的名句主要是表现了"野草"的顽强精神，这是刘长卿的诗句所没有表现的。后世多传诵白居易的这一联诗，而并不一定知道刘长卿的"春入烧痕青"，这并不是偶然的。

关于这一点，在后代的诗话中也有人提到过。《韵语阳秋》卷一：

"水田飞白鹭，夏木啭黄鹂。"李嘉祐诗也。王摩诘衍之为七言曰："漠漠水田飞白鹭，阴阴夏木啭黄鹂。"而兴益远。"九天阊阖开宫殿，万国衣冠拜冕旒。"王摩诘诗也。杜子美删之为五言句："阊阖开黄道，衣冠拜紫宸。"而语益工。

《石林诗话》也曾说过王维诗精彩处"正在添'漠漠''阴阴'四字"，这在本章第一节中已经引过。

《艺苑卮言》卷四：

昔人谓崔涂"渐与骨肉远，转于僮仆亲"，远不及王维"孤客亲僮仆"，固然。然王语虽极简切，入选尚未，崔语虽觉支离，近体差可。要在自得之。（"入选尚未"指还不能进入《文选》。"近体差可"指符合近体诗的格调。）

《韵语阳秋》和《艺苑卮言》说明了诗句或增或删，或繁或简，有的是取决于传情达意的需要，有的还与体裁风格有关，不见得删就是好，增就是不好，也不见得一句就是好，两句就是不好。这是我们在讨论"精练"的问题时应当注意的。

至于为了减省字句而妨碍意思的表达,那就不是精练,而是"苟简"。《六一诗话》:"贾岛《哭僧》云:'写留行道影,焚却坐禅身。'时谓烧杀活和尚。"(这是贾岛《哭柏岩和尚》中的诗句)贾岛的诗之所以出这个笑话,就是一味图字句简省的缘故。他本来的意思是说,僧人坐禅时端然不动的身躯死后被焚掉了。"坐禅"是生前的事,"焚却"是死后的事。贾岛把这两者硬凑在一起用一个句子表达,所以就成了"烧杀活和尚"。

(二)含蓄

含蓄是比精练更进一步的要求。精练只是要把不必要的字句删去,尽量用最少的字句把意思说清楚,即所谓"言简意尽",而含蓄是要求"意在言外","言有尽而意无穷",即一句诗或一篇诗中包含比字面上所表达的更多的内容。苏轼曾说过:"言有尽而意无穷者,天下之至言也。"(见《白石道人诗说》引),说的就是含蓄的重要。

《冷斋夜话》:

> 诗有句含蓄者,如老杜曰"勋业频看镜,行藏独倚楼",郑云叟曰"相看临远水,独自上孤舟"是也。有意含蓄者,如《宫词》曰"银烛秋光冷画屏,轻罗小扇扑流萤。天街夜色凉如水,卧看牵牛织女星",又《嘲人》诗曰"怪来妆阁闭,朝下不相迎。总向春园里,花间笑语声"是也。有句意俱含蓄者,如《九日》诗曰"明年此会知谁健,醉把茱萸仔细看",《宫怨》诗曰"玉容不及寒鸦色,犹带昭阳日影来"是也。

这里所举的诗句和诗篇,实际上包含两类。一类是像"勋业频看镜,行藏独倚楼"那样,意思本身比较模糊。前面说过,这是因为运用了名词语的缘故。如果把名词语省略的谓语补出来,比如补作"勋业尚赊,频看镜以自惕;行藏未定,独倚楼而深思"。(见第三章第二节)那么,句子就没有什么言外之意了。另一类是像"玉容不及寒鸦色,犹带昭阳日影来"那样,意思很清楚,没有含糊不清的或需要补足的东西,但是它除了字面的意思外,还有言外之意。这是王昌龄《长信宫词》中的句子,"昭阳"是汉成帝的宠妃赵昭仪所居的宫殿,这两句是写的宫女的哀怨:寒鸦还能带上昭阳的日影,而自己却一生未曾见过皇帝的面!这后一类,才是我们所说的含蓄。

从句和篇的分别来看,确实有的是"句含蓄",有的是"篇含蓄"。《诚斋诗话》举了一些句含蓄的例子:

> 杜云:"遣人向市赊香粳,唤妇出房亲自馔。"上言其力穷,故曰"赊";下言其无使令,故曰"亲"。又:"东归贫路自觉难,欲别上马身无力。"上有相干(按:指干求,求人援助)之意而不言,下有恋别之意而不忍。又:"朋酒日欢会,老夫今始知。"嘲其独遗己而不招也。又夏日不赴而云"野雪兴难乘",此不言"热"而反言之也。

又说:

> 唐人《长门怨》云:"珊瑚枕上千行泪,不是思君是恨君。"是得为怨诽而不乱乎?惟刘长卿云"月来深殿早,春到后宫迟",可谓怨诽而不乱矣。近世陈克咏李伯时画《宁王进史图》云:"汗简不知天上事,至尊新纳寿王妃。"是得为微、为晦、为婉、为不污秽乎?惟李义山云:"侍宴归来宫漏永,薛王沉醉寿王醒。"可谓微婉显晦,尽而不污矣。

他所举的杜甫和刘长卿的几句诗不用解释了,把李商隐的诗简

第四章 唐诗的修辞

单解释一下。李商隐《龙池》:"龙池赐酒敞云屏,羯鼓声高众乐停。夜半宴归宫漏永,薛王沉醉寿王醒。""寿王"指李瑁,是唐玄宗的儿子。杨贵妃本是寿王之妻,被唐玄宗夺去。"寿王醒"指他在宫中宴会上喝不下酒去。其原因就是陈克诗所说的"至尊新纳寿王妃"。但陈克是明白说出来了,而李商隐说得很含蓄。杨万里称赞刘长卿、李商隐的诗是从维护"名教"出发的,这点我们并不赞同。但是从诗歌艺术表达的效果来看,确实含蓄的表达有时比直截了当地说出更好。

含蓄的诗句不仅在抒情叙事的诗中有,在写景的诗中也有。例如:

19. 欲投人处宿,隔水问樵夫。(王维《终南山》)

20. 野旷天低树,江清月近人。(孟浩然《宿建德江》)

例19在山中要投宿需要"问樵夫",这是很自然的。但为什么要"隔水"问樵夫呢?仔细一想,诗人是以此来表达山势的险峻,山路的盘曲。在深山里,往往两人离得很近,可以对面说话,但隔着溪涧或山沟,要走到一处却很不容易。例20,江清为什么月就近人呢?原来这里所说的"月"不是天上的月,而是江中的月。因为江水清澈,所以江中的月影也特别清楚,江中的月,当然"近人"了。这些在诗中都没有明显地说出,需要读者自己去体会。

整首诗含蓄的,在唐诗中很多,《冷斋夜话》所引的杜牧《宫词》(《全唐诗》题作《秋夕》)就是很含蓄的一首。这首诗只写了人物的住所、人物的动作,但没有明写人物的身份和人物的思想。不过从诗题可以看出,这是写宫女的。而宫女的思想感情就包含在她的动作之中:"轻罗小扇扑流萤"写她的无聊,"卧看牵牛织女星"写她的哀愁。牛郎织女远隔着银河,但毕竟还能一年一会;而自己

237

却永远生活在寂寞之中。有的选本评论这首诗说:"画出一幅夏夜乘凉画,活泼轻快之情溢于纸上。"实在是没有体会诗中含蓄之意。

下面我们另看一首:

嫦　娥

李商隐

云母屏风烛影深,长河渐落晓星沉。
嫦娥应悔偷灵药,碧海青天夜夜心。

这首诗写了人物生活的环境,也写出了人物的思想。题目是"嫦娥",似乎这就是这首诗要写的人物。这样理解对不对呢?仔细一想会觉得有些问题。如果写的是嫦娥,第一句"云母屏风烛影深",是嫦娥生活的环境吗?传说中的嫦娥住在广寒宫里,不会有云母屏风,更不会点蜡烛。第二句是嫦娥的思想吗?如果是嫦娥的思想,就不会用"应"字。"应"是推测之辞,这句诗是他人在推测嫦娥的思想。那么这个"他人"又是谁呢?这才是这首诗真正要写的人物:宫女。她住在装饰着"云母屏风"的深宫里,通宵不寐,直到"长河渐落晓星沉"。在孤寂和苦闷中,她想到了嫦娥:嫦娥住在月宫里,和我住在深宫里一样,受到世人的羡慕;但她和我是一样的寂寞,对着无边的夜空和无尽的长夜,她应该对偷灵药感到无比的后悔。这些就是这首诗的言外之意,理解了这些言外之意,才是真正读懂了这首诗。

最后有一点需要说明:作为诗歌的风格来说,含蓄只是其中一种。有的诗以含蓄婉委见长,有的诗以淋漓酣畅见长。在本节中我们谈了含蓄在诗歌表达方面的作用,并不等于否定诗歌的其他风格。这一点是不应该引起误解的。

第三节　比喻、比拟、夸张、想象

§4.3.1 比喻、比拟

比喻和比拟是唐诗中常用的修辞方法。

唐诗中的比喻有两点需要注意：(1)在本体和喻体之间有时不用"如""似"等连接。(2)喻体可放在本体之后，也可以放在本体之前，也可以插在句子之中。

正因为如此，所以有些比喻不容易看出来。例如：

1. 林花着雨胭脂湿，水荇牵风翠带长。(杜甫《曲江对雨》)
2. 垂楼万幕青云合，破浪千帆阵马来。(杜牧《怀钟陵旧游》)
3. 樯出江中树，波连海上山。(孟浩然《送友东归》)
4. 两水夹明镜，双桥落彩虹。(李白《秋登宣城谢朓北楼》)

这几句喻体都在后面。例1比较明显，"林花着雨""水荇牵风"是本体，"胭脂湿""翠带长"是喻体。例2就比较容易误解，以为"垂楼万幕"和"青云合"、"破浪千帆"和"阵马来"都是写景，其实写景的只是"垂楼万幕""破浪千帆"，后面的"青云合""阵马来"都是比喻。例3很容易看作是"主语+述语+宾语"，仔细分析，就会发现在本句中"江中树"不可能是"樯出"的宾语，"海上山"也不可能是"波连"的宾语，它们是用来比喻"樯"和"波"的。例4也容易看作"主语+述语+宾语"，其实是说"两水如夹明镜，双桥如落彩虹"。从例3、例4可以看到，唐诗中的比喻可以是先说一个主谓结构(樯出,波连),然后用一个名词词组(江中树,海上山)来比喻;也可以是先说一个名词词组(两水,双桥),然后用一个述宾结构(夹明镜,落彩虹)来比喻。也就是说,不一定以物喻物,以事喻事,也可以以物喻事,或者以事喻物。

5. 篱菊黄金合,窗筠绿玉稠。(白居易《履道新居》)

6. 细葛含风软,香罗叠雪轻。(杜甫《端午日赐衣》)

7. 呼儿拂几霜刃挥,红肥花落白雪霏。(李白《酬中都小吏携斗酒双鱼于逆旅见赠》)

8. 司空远寄养初成,毛色桃花眼镜明。(韩愈《贺张十八秘书得裴司空马》)

这几句喻体都在句中。例5比较明显,"黄金""绿玉"是喻体。例6的喻体"含风""叠雪"是一个述宾词组,就不大容易看出来,其实这句可读作"细葛软如含风,香罗轻如叠雪"。例7很容易把句末五字读作"花(主语)落(谓语)""白雪(主语)霏(谓语)",其实不是。"红肥花落白雪霏"是形容挥霜刃切鱼的情形,红的白的纷纷落下,红的如花,白的如雪。王琦注:"谓其红者如花白者如雪也。"例8也很容易把句尾的三字读作"眼镜(主语)明(谓语)",其实"镜"也是喻体,应读作"眼如镜明"。

9. 琉璃䩉木叶,翡翠开园英。(韩愈《城南联句》)

10. 竹批双耳峻,风入四蹄轻。(杜甫《房兵曹胡马》)

11. 晴虹桥影出,秋雁橹声来。(白居易《河亭晴望》)

12. 雪照聚沙雁,花飞出谷莺。(李白《荆门浮舟》)

这几句喻体都在句首,本体反在后面。例9是以"琉璃"比喻"木叶",以"翡翠"比喻"园英"。例10的喻体是个主谓词组,意思是双耳如竹削成一样,奔跑起来如风入一样。例11的"晴虹""秋雁"

第四章　唐诗的修辞

很容易误解为写景，其实是比喻。两句是说：桥影似晴虹，橹声似雁鸣。例12更容易把"雪照""花飞"看作是写景，但这样显然是讲不通的：不可能同时既是"雪照"，又是"花飞"。这两句是以"雪照"比喻雁的毛色，以"花飞"比喻莺飞。

以上举的例子多数是上下两句都有比喻，而且喻体在上下句中都处在同样的位置，但并不是唐诗中的比喻都是如此，这就给阅读带来了困难。如：

13. 大水淼茫炎海接，奇峰碑兀火云升。（杜甫《多病执热》）

14. 弓抱关西月，旗翻渭北风。（岑参《奉送李太保》）

15. 世交黄叶散，乡路白云重。（刘长卿《和州留别》）

16. 幽泪欲干残菊露，余香犹入败荷风。（李商隐《过伊仆射旧宅》）

例13，上句显然"大水淼茫"为本体，"炎海接"为喻体，因此，很容易误认为下句同样，"奇峰碑兀"为本体，"火云升"为喻体。其实这两句本体和喻体的位置不同。仇兆鳌注："大水炎海，上实下虚；奇峰火云，上虚下实。"例14，上句"关西月"是喻体，下句"渭北风"不是比喻。例15，"黄叶"是喻体，下句"白云"不是比喻。例16，上句"幽泪欲干"是比喻"残菊露"的，下句不是比喻句。

比喻中还有"借喻"，只出现喻体，不出现本体。唐诗中也有这种情况。例如：

17. 长信月留宁避晓，宜春花满不飞香。（钱起《和王员外雪晴早朝》）

18. 梅蕊覆阶铃阁暖，雪花当户戟枝寒。（刘禹锡《早春对雪》）

241

19. 歌鼙远山珠滴滴，漏催香烛泪涟涟。（罗隐《湖州裴郎中》）

20. 堕月兔毛干觳觫，失云龙骨瘦查牙。（曹唐《病马》）

例17中的"月"和"花"都是比喻雪。"长信"和"宜春"都是宫殿名。"月留宁避晓"，"月"比喻雪的光洁。如果真是月，早晨就该落下去了，但因为是"早雪"，所以"宁避晓"；"花满不飞香"，因为是雪花，所以不香。例18，"梅蕊"也是指雪。例19，"远山"指的是女子的眉毛。《西京杂记》卷二："文君姣好，眉色如望远山。"例20，"兔"和"龙"都是比喻马。两句说病马如同堕月之兔（传说月宫中有白兔），失云之龙。这些句子，读的时候都要理解其中的借喻，否则就会把诗句理解错。

唐诗中的比喻还有一点要注意的：有时候在用"如""似"连接本体和喻体时，其顺序恰恰和通常的颠倒，即喻体在前，本体在后。例如：

21. 蜀江如线针如水，荆岑弹丸心未已。（杜甫《荆南兵马使》）

22. 久拚野鹤如双鬓，遮莫邻鸡下五更。（杜甫《书堂饮既》）

例21，通常应作"水如针"。例22，通常应作"双鬓如野鹤"。这是一种特殊的比喻形式。

比喻如果是以人喻物或以物喻人，就叫"比拟"。在唐诗中比拟也很常见，这一点古人的诗话中已经提到。例如《庚溪诗话》卷下：

古今以体物语形于诗句，或以人事喻物，或以物喻人事。如唐许浑《题崔处士幽居》云："荆树有花兄弟乐，橘林无实子

第四章　唐诗的修辞

孙忙。"语亦工矣。及观柳子厚《过卢少府郊居》云："苟药闲庭延国老，开樽虚室值贤人。"则语尤自在而意胜。

这里所引许浑诗中用了两个典故。周景式《孝子传》："古有兄弟，忽欲分异，出门见三荆同株，接叶连阴，叹曰：'木犹欣聚，况我而殊哉！'还为雍和。"《襄阳记》："三国吴丹阳太守李衡于宅边种橘千株，临死谓其子曰：'汝母恶我治家，故穷如是。然吾州里有千头木奴，不责汝衣食，岁上一匹绢，亦可足用耳。'"柳宗元诗中"国老"指甘草，"贤人"指浊酒，出处已在本书第一章第四节讲对仗时说明。其实这两联诗都不是比拟。但《庚溪诗话》提出了"以人事喻物"和"以物喻人事"，这是值得注意的。

真正是比拟的例子是《诚斋诗话》所举的两例：

> 杜《蜀山水图》云："沱水流中座，岷山赴北堂。白波吹粉壁，青嶂插雕梁。"此以画为真也。曾吉父云："断崖韦偃树，小雨郭熙山。"此以真为画也。白乐天《女道士》诗云："姑山半峰雪，瑶水一枝莲。"此以花比美妇人也。东坡《海棠》云："朱唇得酒晕生脸，翠袖卷纱红映肉。"此以美妇人比花也。山谷《酴醾》云："露湿何郎试汤饼，日烘荀令炷炉香。"此以美丈夫比花也。

"以花比美妇人"和"以美妇人比花"都是比拟。再举两个唐诗中类似的例子：

> 23. 娇黄新嫩欲题诗，尽日含毫有所思。记得玉人初病起，道家妆束厌襀时。（薛能《黄蜀葵》）

> 24. 水精眠梦是何人？栏药日高红髲鬆。（李商隐《日高》）

例23是以美人比花（黄蜀葵），例24是以花比水精帘里的美人。

但是，古人通常是把比拟和比喻放在一起谈的。如《诚斋诗话》

中所说的"以画为真"和"以真为画"就是比喻。在诗歌创作中，比拟更是和比喻一起使用，这一点在下面的例子中就会看到。

《诚斋诗话》所说的"以画为真"和"以真为画"在唐诗中也很常见。"以真为画"的如：

> 25. 江城如画里，山晚望晴空。(李白《秋登宣城谢朓北楼》)
>
> 26. 荻岸如秋水，松门似画图。(杜甫《反照》)

"以画为真"的如：

> 27. 堂上不合生枫树，怪底江山起烟雾。闻君扫却赤县图，乘兴遣画沧州趣。……得非悬圃裂，无乃潇湘翻，悄然坐我天姥下，耳边已似闻清猿。(杜甫《奉先刘少府新画山水障歌》)

虽然是图画，但杜甫写得如同身临其境一样：不但眼前长出了枫树，而且耳边听到了猿啼。

这种方法使用得最妙的是杜甫的《丹青引》：

丹青引(节录)

杜　甫

先帝天马玉花骢，画工如山貌不同。
是日牵来赤墀下，迥立阊阖生长风。
诏谓将军拂绢素，意匠惨澹经营中。
斯须九重真龙出，一洗万古凡马空。
玉花却在御榻上，榻上庭前屹相向。
至尊含笑催赐金，圉人太仆皆惆怅。

"御榻"是画马的地方，"玉花却在御榻上"说的是画成以后，就好像真马到了御榻上去一样,"榻上庭前屹相向",两匹真马,一在榻上,一在庭前,相对屹立。这种构思和比喻十分巧妙。

有时,诗中还可以连着使用一连串比喻。唐诗中最著名的是韩愈的《南山》诗和白居易的《琵琶行》。现将有关部分节录如下:

南山(节录)

韩 愈

前低划开阔,烂漫堆众雏。
或连若相从,或蹙若相斗;
或妥若弭伏,或竦若惊雊;
或散若瓦解,或赴若辐辏;
或翩若船游,或决若马骤;
或背若相恶,或向若相佑;
或乱若抽笋,或嵲若炷灸;
或错若绘画,或缭若篆籀;
或罗若星离,或蓊若云逗;
或浮若波涛,或碎若锄耨;
或如贲育伦,赌胜勇前购;
先强势已出,后钝嗔诇譳;
或如帝王尊,丛集朝贱幼;
虽亲不亵狎,虽远不悖谬;
或如临食案,肴核纷饤饾;
又如游九原,坟墓包椁柩;
……

这一段是写登上了终南山山顶之后,看到众山俯伏的景象。诗人用各种各样的比喻加以描写:或把群峰比作物,如比作星,比作云,比作食案上的肴核,比作九原的坟墓;或比作动物,如比作马,比作雏;或比作人,如比作勇士(贲育)争前,比作帝王临朝,等等。这里面既有比喻,也有比拟。这一连串的比喻(比拟),显示了诗人丰富的想象和高度的驾驭语言的能力。

白居易《琵琶行》中对音乐的描写是大家比较熟悉的:

琵琶行(节录)

白居易

大弦嘈嘈如急雨,小弦切切如私语。
嘈嘈切切错杂弹,大珠小珠落玉盘。
间关莺语花底滑,幽咽泉流冰下滩。
冰泉冷涩弦凝绝,凝绝不通声暂息。
别有幽愁暗恨生,此时无声胜有声。
银瓶乍破水浆迸,铁骑突出刀枪鸣。
曲终收拨当心画,四弦一声如裂帛。

这几句诗和《南山》不同的是:它有时用"如",有时不用"如"。而且,《南山》诗写的是群山的各种形态(空间的),而《琵琶行》写的是乐曲演奏过程中的各种变化(时间的)。就想象的丰富和语言的生动来说,两者都是一致的;不过,由于《琵琶行》的语言更晓畅明白,语句更富于变化,所以,它比《南山》诗有更强的艺术感染力。

§4.3.2 夸张、想象

诗歌中经常有夸张。关于夸张,《诗人玉屑》卷一引宋人赵蕃（字章泉）的一段话说得很好：

> 论诗者贵乎似，论似者可以言尽耶！少陵《春水生》二首云："二月六夜春水生，门前小滩浑欲平。鸂鶒溪鹅莫漫喜，吾与汝曹俱眼明。""一夜水高二尺强，数日不可更禁当。南市津头有船卖，无钱即买系篱傍。"曾空青《清樾轩》二诗云："卧听滩声漰漰流，冷风凄雨似深秋。江边石上乌白树，一夜水长到梢头。""竹间嘉树密扶疏，异乡物色似吾庐。清晓开门出负水，已有小舟来卖鱼。"似耶不似耶？学诗者不可以不辨。

这里说的是诗歌中用了夸张以后真实不真实的问题。杜甫《春水生》的第一首是说春水生以后，门前的小滩都涨满了水，鸂鶒溪鹅都来捉鱼吃了。第二首是说水一夜就涨二尺多，门口已是一片汪洋，如果有钱应该买一条船来系在篱笆旁。曾空青的两首也是写涨水，第一首说水"一夜水长到梢头"，第二首说"已有小舟来卖鱼"。这样描写是否失实呢？如果真是那样，就不是"春水生"而是发水灾了，两位诗人也早就没有心思坐在屋里写诗。但是，读诗的人谁也不会去指责诗人描写失实，因为，这明显地是用了夸张的手法；既然是夸张，就不可能和实际情况一模一样。而从另一方面说，读者会觉得这几首诗很生动地写出了春水涨得快的情况，给人留下很深刻的印象。也就是说，夸张虽然不完全符合生活的真实，却符合艺术的真实。

在唐诗中，用夸张的相当多。比如：

28. 白发三千丈，缘愁似个长。(李白《秋浦歌》)

29. 轮台九月风夜吼，一川碎石大如斗，随风满地石乱走。（岑参《走马川行》）

这些都是大家熟悉的名句。但宋时有人对李白的诗提出异议。如《艺苑雌黄》："吟诗喜作豪句，须不畔于理方善……石敏若《橘林文》中，咏雪有'燕南雪花大于掌，冰柱悬檐一千丈'之语，豪则豪矣，然安得尔高屋耶？余观李太白《北风行》云：'燕山雪花大如席。'《秋浦歌》云：'白发三千丈。'其句可谓豪矣，奈无此理何！"这种评论是不正确的。如果照这样来看待"理"，那么所有的夸张就都不能用了。

唐诗中的夸张争论最多的，大概要算杜甫《古柏行》中的"孔明庙前有老柏，柯如青铜根如石。霜皮溜雨四十围，黛色参天二千尺"这几句了。首先是沈括，他在《梦溪笔谈》中以科学家的精确性对这棵古柏的粗和长作了计算："武侯庙柏诗云：'霜皮溜雨四十围，黛色参天二千尺。'四十围乃是径七尺，无乃太细长乎？"《缃素杂记》不同意沈括的说法，反驳说："予谓存中性机警，善《九章算术》，独于此为误，何也？古制以围三径一，四十围即百二十尺，围有百二十尺，即径四十尺矣，安得云七尺也？若以人两手大指相合为一围，则是一小尺，即径一丈三尺三寸，又安得云七尺也？武侯庙柏，当从古制为定，则径四十尺，其长二千尺宜矣，岂得以太细长讥之乎？老杜号为诗史，何肯妄为云云也。"

这两个人的算法不同，结论不同，但却有一点相同：没有理解诗歌的夸张，所以出发点就错了。《缃素杂记》想纠正《梦溪笔谈》的说法，但自己却是越说越拘泥。"老杜号为诗史"，难道就不能有一点夸张了吗？还是《学林新编》说得对：

《古柏行》曰："霜皮溜雨四十围，黛色参天二千尺。"沈存中《笔谈》云："无乃太细长?"某案:子美《潼关吏》诗曰:"大城铁不如,小城万丈余。"岂有万丈城邪?姑言其高。四十围二千尺者,亦姑言其高且大也。诗人之言当如此。而存中乃拘以尺寸校之,则过矣。(《缃素杂记》及《学林新编》之说均见《苕溪渔隐丛话》前集卷八)

不过,沈括在文艺方面也并非外行,他也发表过关于诗歌的很有见地的意见。他的"无乃太细长乎"的疑问,也不能说完全是由于不懂夸张而产生的。比如《学林新编》所举的"小城万丈余",沈括大概就不至于说"无乃太高乎?"因为"万"是虚数,用"千"用"万"泛言其多,这是人们所习惯的。沈括之所以对《古柏行》提出疑问,我想大概也和杜甫的用字有关。杜甫在诗中如果是说"霜皮溜雨数十围,黛色参天几千尺",大概就不会有人提出疑问了。但他没有用虚指的数字,而是用了很实在的"四十""二千",这样,数学家沈括就要来替他算一算了。

这也给我们一个启示:用夸张就要用得比较明显,使人不致误以为是写实。

下面一个例子,也可以说明这一点。

《苕溪渔隐丛话》后集卷十四:

王建云:"闭门留野鹿,分食与山鸡。"魏野云:"洗砚鱼吞墨,烹茶鹤避烟。"二人之诗,巧欲摹写山居意趣,第理有当否?如建所言二物,何驯狎如许,理必无之;如野所言,虽未必皆然,理或有之。至若少陵云:"得食阶除鸟雀驯。"东坡云:"为鼠长留饭,怜蛾不点灯。"皆当于理,人无得以议之也。

《苕溪渔隐丛话》以是否"当于理"为标准来衡量王建与魏野(宋朝诗人)的诗句。按"理"来说,王建的诗当然是不可能的。但问题在于首先要分清这是写实还是夸张。如果是夸张,就不能呆板地以常理来衡量了。也许,问题在于王建的诗句写得有些含糊,使人看了不知道究竟是写实还是夸张。如果写得再明显一点,如同苏轼《赤壁赋》中所说的那样"侣鱼虾而友麋鹿",人们就不会从"理有当否"的角度去"议之"了。

当然,夸张也不能太脱离生活基础,正如鲁迅所说的那样,"燕山雪花大如席"并不失实,但说"广州雪花大如席",这就失实了。这种"失实"和"不失实"的界线如何掌握,是艺术创作和艺术鉴赏的问题,这里不讨论了。

顺便说一下,是否失实的问题,不但在诗歌运用夸张的时候存在,就是在诗歌写实的时候也存在。古人的诗话曾指出两首著名的唐诗的描写中有失实之处。

《遁斋闲览》:

> 杜牧《华清宫》诗云:"长安回望绣成堆,山顶千门次第开。一骑红尘妃子笑,无人知是荔枝来。"尤脍炙人口。据《唐纪》,明皇以十月幸骊山,至春即还宫,是未尝六月在骊山也。然荔枝盛暑方熟,词意虽美,而失事实。

《野客丛书》:

> 乐天《长恨歌》:"夕殿萤飞思悄然,孤灯挑尽未成眠。"岂有兴庆宫中夜不点烛,明皇自挑灯之理?

这两处,从客观事实来看,杜牧诗和白居易诗确实都不合事实。但是,作为艺术创作来说,这样写却是可以的。因为骊山顶上的华清宫是唐玄宗和杨贵妃奢侈享乐的最著名的地方,吃荔枝是杨贵妃奢侈享乐的最典型的事例,把这两者集中在一起,最能表现他们的穷奢极欲。而《长恨歌》后半首中的唐玄宗,诗人是把他作为一个

第四章　唐诗的修辞

深情脉脉的普通人来写的,所以用了通常描写男女相思的"孤灯挑尽",如果按事实写出宫中点蜡,以及有宫女、太监伺候,那就和全诗的情调、气氛全然不合了。所以,即使不是夸张,而是写景,也是不能完全拘泥于客观事实的。

夸张总是把某种事物的性状加以夸大,但在唐诗中有的时候也把某种事物的性状加以缩小,这通常有两种情况。一种是描写从高处、从远处观览时的感觉,如:

30. 连山若波涛,奔走似朝东;青松夹驰道,宫观何玲珑。(岑参《登慈恩寺浮屠》)

31. 天边树若荠,江畔洲如月。(孟浩然《秋登万山》)

32. 遥望齐州九点烟,一泓海水杯中泻。(李贺《梦天》)

另一种是强调事物的玲珑可爱或故意言其小。

33. 江作青罗带,山如碧玉簪。(韩愈《送桂州严大夫》)

34. 人行明镜中,鸟度屏风里。(李白《入青溪山》)

35. 日月笼中鸟,乾坤水上萍。(杜甫《衡州送李大夫》)

想象在唐诗中起很重要的作用,它和比喻、夸张的关系都很密切,许多生动的比喻和奇特的夸张都来自诗人丰富的想象。但是不能说想象就等于比喻和夸张。比如《诚斋诗话》:

诗有惊人句。杜《山水障》:"堂上不合生枫树,怪底江山起烟雾。"又:"斫却月中桂,清光应更多。"白乐天云:"遥怜天上桂华孤,为问姮娥更寡(按:《白居易集》作"要")无?月中幸有闲田地,何不中央种两株?"韩子苍《衡岳图》:"故人来自天柱峰,手提石廪与祝融。两山陂陀几百里,安得置之行李中。"此亦是用东坡云:"我持此石归,袖中有东海。"杜牧之云:"我欲东召龙伯公,上天揭取北斗柄。蓬莱顶上斡海水,水尽

251

见底看海空。"李贺云:"女娲炼石补天处,石破天惊逗秋雨。"

这里所说的"惊人句",有的是和比喻、夸张结合在一起的,如前面举过"堂上不合生枫树,怪底江山起烟雾",既是"以画为真",又是夸张地描写了画的逼真。但其余一些就和比喻、夸张无关,特别是所引白居易的诗,语句毫不夸张,但写出了诗人一种很有趣的想象。

这种奇特的想象,最典型的当然要推李贺的诗了。如:

36. 王子吹笙鹅管长,呼龙耕烟种瑶草。(李贺《天上谣》)

37. 王母桃花千遍红,彭祖巫咸几回死。(李贺《浩歌》)

38. 天东有若木,下置衔烛龙。吾将斩龙足,嚼龙肉,使之朝不得回,夜不得伏,自然老者不死,少者不哭。(李贺《苦昼短》)

这些都是大家很熟悉的诗句。正如杜牧为李贺文集所作的序所说的那样:"鲸呿鳌掷,牛鬼蛇神,不足为其虚荒诞幻也。"

但是,想象不一定是想象人间所无的事情。面对一些很普通的事物,诗人也可以有奇特的想象。如:

39. 天下伤心处,劳劳送客亭。春风知别苦,不遣柳条青。(李白《劳劳亭》)

40. 秋应为红叶,雨不厌苍苔。(李商隐《寄裴衡》)

例39,本来因为劳劳亭是送别之处,古人有折柳枝赠别的习惯,所以劳劳亭的柳枝都被折尽了。如果是一般地加以叙述,那就是"近来攀折苦,应为别离多"(王之涣《送别》)。但李白却奇妙地想象,说:如果春风知道离别之苦就不会让柳条发青。例40所说的也是一种很普通的现象:秋天到来,枫叶变红;秋雨绵绵,绿苔滋生。但诗人却想象成秋天是为红叶而来到人间的,雨对苍苔有特别的喜好，所以不断地下，让青苔不断地增多。通过这样一些奇妙的想象和精练的表达，使这样一些十分常见的现象在诗人笔下别具新意。

《冷斋夜话》："东坡云：'诗以奇趣为宗，反常合道为趣。'"上述诗句，正是看起来似乎"反常"，但细想却是"合道"，所以奇而不怪。

"通感"也是以想象为基础的。"通感"是钱锺书先生首先提出的，他举的例子是韩愈《听颖师弹琴》，其中形容琴声的句子有"浮云柳絮无根蒂，天地阔远随飞扬。喧啾百鸟群，忽见孤凤凰。跻攀分寸不可上，失势一落千丈强"。这是把听觉转化为视觉。通常理解通感多举李贺《天上谣》："天河夜转漂回星，银浦流云学水声。"这本来是从视觉上感到银河似水，然后又进一步把银河看作了真正的流水，不但能够"漂回星"，而且能够"学水声"，这就从视觉通于听觉了。

所以，通感是一种想象的扩大。银河像水，这是由银河淡白的颜色而引起的想象，这种颜色是银河实际存在的。但把银河想象成水以后，想象又进一步扩展，想到银河能漂星，想到银河发出潺潺水声。而这些都是银河实际上没有的性状，是人的主观想象赋予它的。

像这样的例子，在唐诗中还能举出一些来。例如：

41. 羲和敲日玻璃声，劫灰飞尽古今平。(李贺《秦王饮酒》)

42. 影高群木外，香满一轮中。(张乔《试月中桂》)

43. 御炉香焰暖，驰道玉声寒。(窦叔向《春日早朝应制》)

44. 野渡波摇月，寒城雨翳钟。(方干《送从兄郜》)

45. 禁钟春雨细，官树野烟和。(韦应物《送汾城王主簿》)

46. 风冷衣裳脆，天寒笔砚清。(姚合《秋日山中》)

例 41，本因太阳光和玻璃相似，故用以相比；然后又由此而想象敲太阳的声音与敲玻璃相同。例 42，月中桂高悬空中，是视觉所见；由此而又想象其有香味。例 43，"香焰"能给人"暖"的感觉，是真实的，"玉声"只能给人听觉，不能给人触觉，说"玉声寒"，是因"玉"而引起的感觉。例 44，"翳"本是用于视觉的，视线在雨幕中显得模糊了叫"翳"，这里是说在雨中钟声微弱，但也用"翳"，是把视觉移于听觉。例 45，"禁钟春雨细"，是说在春雨中钟声很"细"，"细"既指声音细微，又含有"不绝如缕"之意，照后一种意思，也是听觉通于视觉。例 46，通常说"风冷衣裳薄"，因为薄而联想到纸，又由纸联想到"脆"。所以，这些都是"通感"。

李白《夜宿山寺》："危楼高百尺，手可摘星辰。不敢高声语，恐惊天上人。"如果仅仅说到头两句，这首诗就很普通。因为一般形容高，总是说"一伸手就可以摸着天"之类。但李白不仅从距离方面来描写高，还从声音方面来描写，似乎真的离天那么近，说话声高一点就会惊动天上的人。加上这样的描写，就从触觉、听觉两方面来表现了离天之近，因此也就显得分外真切，而且别具新意。

最后再说一点。唐诗中常能见到这样一类诗句：

47. 老至居人下，春归在客先。(刘长卿《新年作》)

48. 客路偏逢雨，乡山不入楼。(顾况《洛阳早春》)

49. 残暑蝉催尽，新秋雁带来。(白居易《宴散》)

50. 虹收青嶂雨，鸟没夕阳天。(李商隐《河清与赵氏昆季燕集》)

这些诗句，如果换成普通的说法，那么，例 47 的下句应说成"春归客未归"；例 48 的下句应说成"乡山望不见"；例 49 应说成"残暑蝉犹鸣，新秋雁飞来"；例50的上句应说成"雨霁晴虹见"。但显然，这样说诗意就完全没有了。那么例47—50是一种什么修辞手法呢？说拟人，说想象，似乎都可以，但又都不很贴切。这种表达方法的特点，是把一件常见的事换一个角度说，虽然意思和通常的说法一样，但诗句就使人耳目一新了。看来，诗人为了使诗句"语工意新"，可以采取多种表现手法。这种手法，不是通常所说的几种"修辞格"所能包括的。研究唐诗的修辞，应该在这些方面多作一些深入的研究，而不应该仅仅满足于为几种修辞格找一些唐诗中的例子。这一点，因为考虑得还不很成熟，所以在本书中未能多谈。但我想，这是今后研究唐诗修辞所应当注意的。

第四节　沿袭、点化、翻案

中国古典诗歌的发展源远流长。唐诗从《诗经》《楚辞》以及汉魏六朝诗发展而来，它在语言运用上必然对以前的诗歌有继承，有借鉴，也有发展。同时，它对后代诗歌的语言运用也必然会有影响。在对前人诗歌语言的继承和借鉴方面，怎样便好，怎样便不好，在本节中将讨论这个问题。

§4.4.1 沿袭

单纯地沿袭前人的诗句就不叫艺术创造，这种做法无疑是不好的。当然一字不变的照抄毕竟是少数，多数的沿袭是把字句略加改动，但毫无新意。这种情况古人称之为"偷语"。

《诗人玉屑》卷五引《诗苑类格》：

> 诗有三偷。（偷语）最是钝贼，如傅长虞"日月光太清"，陈

后主"日月光天德"是也。(偷意)事虽可罔,情不可原。如柳浑(按:应作"恽")"太液微波起,长杨高树秋",沈佺期"小池残暑退,高树早凉归"是也。(偷势)才巧意精,各无朕迹,盖诗人偷狐白裘手也。如嵇康"目送归雁,手挥五弦",王昌龄"手携双鲤鱼,目送千里雁"是也。

按:唐皎然《诗式》也有类似的说法,并注明几个例子的出处分别为傅长虞《赠何劭王济》诗、陈后主《入隋侍宴应诏》诗、柳恽《从武帝登景阳楼》诗、沈佺期《酬苏味道》诗、嵇康《送秀才入军》诗、王昌龄《独游》诗。

这里所说的"偷语"是沿袭,"偷意""偷势"应是下面要说的"点化"。

《温公续诗话》:

> 惠崇诗有"剑静龙归匣,旗闲虎绕竿"。其尤自负者,有"河分冈势断,春入烧痕青"。时人或有讥其犯古者,嘲之:"河分冈势司空曙,春入烧痕刘长卿。不是师兄多犯古,古人诗句犯师兄。"

按:惠崇是宋代的诗僧,他的"河分冈势断,春入烧痕青"是他的诗《题杨云卿郊居》中的两句,但一句是抄唐代诗人司空曙的,一句是抄唐代诗人刘长卿的,所以受到了当时人的嘲笑。(但罗大经《鹤林玉露》、王士禛《带经堂诗话》认为说惠崇抄袭并无确证。这个问题不详谈。)

《诚斋诗话》:

> 山谷集中有绝句云:"草色青青柳色黄,桃花零乱杏花香。春风不解吹愁去,春日偏能惹恨长。"此唐人贾至诗也,特改五字耳。

第四章 唐诗的修辞

按：贾至《春思》："草色青青柳色黄，桃花历乱李花香。东风不为吹愁去，春日偏能惹恨长。"黄庭坚（号山谷）的绝句只改了五个字，意思也没有太大的变化，这应该说是"偷语"，而且比惠崇"偷"得更多。为什么黄庭坚的没有受到嘲笑呢？一来是因为黄庭坚的名气大，二来是因为黄庭坚有一套"脱胎换骨、点铁成金"的理论，即认为只要把前人的诗改动几个字，就可以"点铁成金"。其实，这种理论会导致诗歌的沿袭、模仿，是不足取的。

黄庭坚沿袭唐人诗作的不少。《韵语阳秋》卷一：

> 近观山谷《黔南十绝》，七篇全用乐天《花下对酒》《渭川旧居》《东城寻春》《西楼》《委顺》《竹窗》等诗，余三篇用其诗略点化而已。乐天云："相去六千里，地绝天邈然。十书九不到，何以开愁颜。"山谷则云："相望六千里，天地隔江山。十书九不到，何用一开颜？"乐天云："霜降水反壑，风落木归山。冉冉岁时晏，物皆复本原。"山谷云："霜降水反壑，风落木归山。冉冉岁华晚，昆虫皆闭关。"乐天诗云："渴人多梦饮，饥人多梦餐。春来梦何处？合眼到东川。"山谷云："病人多梦医，囚人多梦赦。如何春来梦，合眼见乡社。"

其实，这里所说的"点化"的例子，也近乎沿袭。

那么唐人的诗句有没有"偷"前人的呢？也有。唐诗受六朝诗影响很大，有不少句子是"偷"六朝的。不过唐代没有那一套"脱胎换骨、点铁成金"的理论，所以多半是"偷意""偷势"，而不是"偷语"，也就是说，大多是点化而不是沿袭。这在下面还要谈到。

唐诗中有些诗句是雷同或相似的。《升庵诗话》卷八：

> 唐人诗句不厌雷同，绝句尤多。试举其略。如"忽见陌头杨柳色，悔教夫婿觅封侯。"王昌龄《春闺怨》也。而李顾《春

闺怨》亦云:"红粉女儿窗下差,画眉夫婿陇西头。自怨愁容长照镜,悔教征戍觅封侯。"王勃《九日》诗云:"九月九日望乡台,他席他乡送客杯。人今已厌南中苦,鸿雁那从北地来。"而卢照邻《九日》诗亦云:"九月九日眺山川,归心归望积风烟。他乡共酌金花酒,万里同悲鸿雁天。"杜牧《边上闻胡笳》诗云:"何处吹笳薄暮天,塞垣高鸟没狼烟。游人一听头堪白,苏武争禁十九年。"胡曾诗云:"漠漠黄沙际碧天,问人云此是居延。停骖一顾犹魂断,苏武争消十九年。"戎昱《湘浦曲》云:"虞帝南巡不复还,翠娥幽怨水云间。昨夜月明湘浦宿,闺中环珮度空山。"高骈云:"帝舜南巡不复还,二妃幽怨水云间,当时珠泪垂多少,只到而今竹尚斑。"白乐天诗:"绿浪东西南北水,红阑三百九十桥。"刘禹锡云:"春城三百九十桥,夹岸朱楼隔柳条。"杜工部诗:"新春看又过,何日是归年?"李太白云:"万里关塞断,何日是归年?"莺莺诗:"自从销瘦减容光,万转千回懒下床,不为旁人羞不起,为郎憔悴却羞郎。"欧阳詹《太原妓》诗:"自从销瘦减容光,半是思郎半恨郎。欲识旧时云髻样,开奴床上镂金箱。"李贺《咏竹》诗:"无情有恨何人见,露压烟笼千万枝。"皮日休《咏白莲》云:"无情有恨何人见,月晓风清欲堕时。"陆龟蒙《送棋客》诗云:"满目山川似弈棋,况当秋雁正斜飞。金门若召羊玄保,赌取江东太守归。"温庭筠《观棋》诗云:"闲对楸枰倾一壶,黄华坪上几成卢。他时谒帝铜池水,便赌宣城太守无?"

这里举了不少例子。其中有些诗句确实是雷同的。这在当时是诗人有意地效仿、袭用他人之作,还是无意中的"不谋而合",现在不得而知了。但从总体上说,这些诗还是有特色,不能说是抄

第四章　唐诗的修辞

袭的。

但唐人有时却是自己"抄"自己的诗句。《韵语阳秋》卷一：

> 许浑《呈裴明府》诗云："江村夜涨浮天水，泽国秋生动地风。"《汉水伤稼》亦全用此一联。《郊居春日》诗云："花前更谢依刘客，雪后空怀访戴人。"《和杜侍御》云："因过石城先访戴，欲朝金阙暂依刘。"又《送林处士》云："镜中非访戴，剑外欲依刘。"《寄三州守》云："花深稚榻迎何客，月在膺舟醉几人？"《陪崔公宴》又云："宾馆尽闲徐稚榻，客帆空恋李膺舟。"《题王隐居》云："随蜂收野蜜，寻麝采生香。"《呈李明府》云："洞花蜂聚蜜，岩柏麝留香。"《松江》诗云："晚色千帆落，林声一雁飞。"《深春》诗云："故里千帆外，深春一雁飞。"……盖其源不长，其流不远，则波澜不至于汪洋浩渺，宜哉！

又卷二举方干诗亦多相重。这是由于诗人胸中不富，所以笔下重出了。

§4.4.2 点化

这里说的点化，不是黄庭坚所说的"点化"，而是在继承、借鉴前人的基础上真正有所创新。先举一个很典型的例子。

《优古堂诗话》：

> 《潘子真诗话》云："'船如天上坐，人似镜中行。'又'船如天上坐，鱼似镜中悬。'沈云卿诗也。杜子美诗云：'春水船如天上坐，老年花似雾中看。'盖触类而长之。"予以云卿之诗，盖源于王逸少《镜湖》诗所谓"山阴路上行，如在镜中游"之句。然李白《入青溪山》诗亦云："人行明镜中，鸟度屏风里。"虽有所袭，然语益工也。

确实，从"山阴路上行，如在镜中游"到"人似镜中行"到"人行明镜中"；从"船如天上坐"到"春水船如天上坐"，不是简单的沿袭，而是"语益工"。

《西清诗话》：

> 诗之声律成于唐，然亦多原六朝旨意。何逊《入西塞》诗云："薄云岩际出，初月波中上。"至少陵《江边小阁》诗则云："薄云岩际宿，孤月浪中翻。"虽因旧而益妍。

这话说得很好，第一，确实是唐代诗人"多原六朝旨意"；第二，虽然杜甫诗只把何逊诗改了四个字，但改得确实好，这不是沿袭，而是"因旧而益妍"。

这种情况，古人屡有论及。如：

《诚斋诗话》：

> 句有偶似古人者，亦有述之者。杜子美《武侯庙》诗云："映阶碧草自春色，隔叶黄鹂空好音。"此何逊《行孙氏陵》云："山莺空树响，垅月自秋晖"也。杜云："薄云岩际宿，孤月浪中翻。"此庾信"白云岩际出，清月波中上"也。[①]"出""上"二字胜矣。阴铿云："莺随入户树，花逐山下风。"杜云："月明垂叶露，云逐渡溪风。"又云："水流行地日，江入度山云。"此一联胜。庾信云："永韬三尺剑，长卷一戎衣。"杜云："风尘三尺剑，社稷一戎衣。"亦胜庾矣。南朝苏子卿《梅》诗云："只言花是雪，不悟有香来。"介甫云："遥知不是雪，为有暗香来。"述者不及作者。陆龟蒙云："殷勤与解丁香结，从放繁枝散诞香。"

---

① 此二句见今本《何逊集·入西塞示南府同僚》，句作"薄云岩际出，初月波中上"。

第四章 唐诗的修辞

介甫云:"殷勤为解丁香结,放出枝头自在春。"作者不及述者。《池北偶谈》卷十二《唐诗本六朝》:

唐诗佳句,多本六朝。昔人拈出甚多,略摘一二为昔人所未及者。如王右丞"积水不可极,安知沧海东",本谢康乐"洪波不可极,安知大壑东"。"春草年年绿,王孙归不归",本庾肩吾"何必游春草,王孙自不归"。"还家剑锋尽,出塞马蹄穿",本吴均"野战剑锋尽,攻城才智贫"。"结庐古城下,时登古城上",本何逊"家本青山下,好登青山上"。"莫以今时宠,能忘昔日恩",本冯小怜"虽蒙今日宠,犹忆昔时怜"。"飒飒秋雨中,潺潺石溜泻",本王融"潺湲石溜泻,绵蛮山雨闻"。"白发终难变,黄金不可成",本江淹"丹砂信难学,黄金不可成"。"如何此时恨,噭噭夜猿鸣",本沈约"噭噭夜猿鸣,溶溶晨雾合"。孟襄阳"木落雁南渡,北风江上寒",本鲍明远"木落江渡寒,雁还风送秋"。郎士元"暮蝉不可听,落叶岂堪闻",本吴均"落叶思纷纷,蝉声犹可闻"。崔国辅"长信宫中草,年年愁处生。故侵珠履迹,不使玉阶行",则竟用庾诗"全因履迹少,并欲上阶生"也。

此外,像《艇斋诗话》《诗薮》等都指出了唐人一些诗句源自六朝,这里就不一一摘引了。《西清诗话》说唐人用六朝句是"因旧而益妍",从总体上说,这是对的。

《诗苑类格》和《诗式》中说的"偷势"是点化的另一种类型。这是用前人的句式而不用前人的句意。《诚斋诗话》:

有用古人句律而不用其句意者。庾信《月》诗云"渡河光不湿",杜云"入河蟾不没"。唐人云"因过竹院逢僧话,又得浮生半日闲",坡云"殷勤昨夜三更雨,又得浮生一日凉"。杜

> 《梦李白》云"落月满屋梁,犹疑照颜色",山谷《簟》诗云"落日映江波,依稀比颜色"。退之云"如何连晓语,只是说家乡",吕居仁云"如何今夜雨,只是滴芭蕉"。

最后一例最为明显,两诗相同之处只在"如何……只是……"这样的句式,而内容全然不同。

《优古堂诗话》:

> 顾况喜白乐天《送友人原上草》诗"野火烧不尽,春风吹又生",乃是李太白《瀑布》诗"海风吹不断,江月照还空"意。

其实这两首诗意思不相干,倒还不如说是在句式上相似。

点化还有一种形式,只是把字或句前后挪动一下。如《唐音癸签》卷十一说:

> "前逢锦车使,都护在楼兰。"虞世南用为起句,殊未安。未若王摩诘"萧关逢候骑,都护在燕然"作结句较妥也。

按:虞世南《拟饮马长城窟》:"驰马渡河干,流深马渡难。前逢锦车使,都护在楼兰。轻骑犹衔勒,疑兵尚解鞍。温池下绝涧,栈道接危峦。拓地勋方赏,亡城律岂宽。有月关犹暗,经春陇尚寒。云昏无复影,冰合不闻湍。怀君不可遇,聊持报一餐。"王维《使至塞上》:"单车欲问边,属国过居延。征蓬出汉塞,归雁入胡天。大漠孤烟直,长河落日圆。萧关逢候骑,都护在燕然。"两诗内容不同,虞世南诗是叙述军旅生活,所以要把"都护在楼兰"放在前面,然后叙述军中之事。王维诗是描写塞外风光,不专写军旅,故以"都护在燕然"作结。似未可谓虞世南诗未妥。

又:

> 戴句(戴叔伦:"一年将尽夜,万里未归人。")元出梁简文"一年夜将尽,万里人未归"。但颠倒用之,而字无一易。

第四章　唐诗的修辞

按：这种"点化"颇有意思。两诗看来"字无一易"，但梁简文诗只是叙述了"年将尽而人未归"这件事，而戴叔伦诗改为两个名词语，就给读者留下了较多的想象余地：在此时此刻，"万里未归人"是何情怀？这正是名词语的作用，从梁简文诗到戴叔伦诗不仅仅是字句的颠倒，而是反映出近体诗的发展。

又：

> 白居易咏老柳树："但见半衰临此路，不知初种是何人。"罗隐咏长明灯："不知初点人何在，只见当年火至今。"语似祖述，而用法一顺一倒不同。

按：罗隐诗当然说不上是点化白居易诗而来，但是这种前后颠倒，却也是一种点化的方法。

至于宋人点化唐人的句子就更多了。《韵语阳秋》卷二：

> 诗家有换骨法，谓用古人意而点化之，使加工也。李白诗云："白发三千丈，缘愁似个长。"荆公点化之，则云："缲成白发三千丈。"刘禹锡云："遥望洞庭湖水面，白银盘里一青螺。"山谷点化之，则云："可惜不当湖水面，银山堆里看青山。"孔稚圭《白苎歌》云："山虚钟磬彻。"山谷点化之，则云："山空响管弦。"卢仝诗云："草石是亲情。"山谷点化之，则云："小山作朋友，香草当姬妾。"

《艇斋诗话》列宋人诗出于唐诗者若干条，汇录如下：

> 山谷《雪》诗云"明知不是蘦刀催"，本宋之问诗云"今年春色早，应为蘦刀催"。山谷《谢人惠笔》诗云"莫将空写吏文书"，用乐天《紫毫笔》诗"慎勿空将弹失仪，慎勿空将录制词"。欧公词"杏花红处青山缺"，本乐天诗"花枝缺处青楼开"。荆公《梅》诗云"肌雪参差冷太真"，出乐天诗"中有一

263

人字太真,雪肤花貌参差是"。东坡"扬州近日红千叶,自是风流时世妆",出乐天《讽谏》诗云"元和时世妆"。山谷咏明皇时事云:"扶风乔木夏阴合,斜谷铃声秋夜深。人到愁来无处会,不关情处亦伤情。"全用乐天诗意,乐天云:"峡猿亦无意,陇水复何情。为到愁人耳,皆为断肠声。"乐天《盐商妇》诗云:"南北东西不失家,风水为乡舟作宅。"东坡《鱼蛮子》诗正取此意。……山谷"百年中半夜分去,一岁无多春再来",全用乐天两句"百年夜分半,一岁春无多"。东坡《放鱼》诗"不用辛苦泥沙底",出乐天诗"不须泥沙底,辛苦觅明珠"。山谷"试说宣城乐,停杯且试听",取退之"番禺军府盛,欲说暂停杯"。东坡"老守自醉霜松折",取退之"起舞先撼霜松摧"。东坡"公言百岁如风狂",取退之诗"百岁如风狂"。山谷"简编自襁褓,簪笏到仍昆",取退之联句"爵勋逮僮隶,簪笏自怀繃"。东坡"婉娩几时来入梦",出退之诗"旅宿梦婉娩"。

这些例子,和前引《诚斋诗话》《韵语阳秋》所举黄庭坚袭用贾至、白居易诗不同,多数应该说是点化。

然而,即使是继承和借鉴,最好也是"师其意而不师其辞"。《苕溪渔隐丛话》后集卷十:

"天街小雨润如酥,草色遥看近却无。最是一年春好处,绝胜烟柳满皇都。"此退之《早春》诗也。"荷尽已无擎雨盖,菊残犹有傲霜枝。一年好景君须记,最是橙黄橘绿时。"此子瞻《初冬》诗也。二诗意思颇同而词殊,皆曲尽其妙。

这两首诗一写初春,一写初冬,都是抓住了那个时期季节转换时的特点来写,而且都说这是一年中最好的景色,所以说"意思颇同",从这一点上可以说在艺术上是有继承关系的。但两诗词句毫不相干，这样的继承应该说比"点化"要高明。

§4.4.3 翻案

"点化"虽然可以"因旧而益妍"，但毕竟只能在前人字句的基础上变化。有的诗人不满足于这一点，于是就来翻案。这种"翻案法"，古代诗话也已注意到了。《诚斋诗话》评杜甫《九日》诗中的"羞将短发还吹帽，笑倩旁人为正冠"两句，说："将一事翻腾作一联，又孟嘉以落帽为风流，少陵以不落为风流，翻尽古人公案，最为妙法。"按：《世说新语·识鉴》刘孝标注引《孟嘉别传》："九月九日，（桓）温游龙山，参僚毕集，时佐史并著戎服，风吹嘉帽堕落，温戒左右勿言，以观其举止。嘉初不觉，良久如厕，命取还之。令孙盛作文嘲之，成，著嘉坐。嘉还即答，四坐嗟叹。"以后风吹帽落就成了文人在写重阳登高时常用的一个典故。但杜甫在《九日》诗里却说，自己头发都快掉光了，不愿帽子被风吹落，所以请别人为自己戴正帽子。这就是"翻案"。

像杜甫《九日》的这种翻案，主要是在用典方面的翻案。对于这种翻案，《艺苑雌黄》有一段评论：

> 文人用故事，有直用其事者，有反其意而用之者。李义山诗："可怜夜半虚前席，不问苍生问鬼神。"虽说贾谊，然反其意而用之矣。林和靖诗："茂陵他日求遗稿，犹喜曾无封禅书。"虽说相如，亦反其意而用之矣。直用其事，人皆能之；反其意而用之者，非学业高人，超越寻常拘挛之见，不规规然蹈袭前人陈迹者，何以臻此。

按：《史记·贾谊传》："（谊被贬长沙，）后岁余，贾生征见，孝文帝方受釐，坐宣室。上因感鬼神事，而问鬼神之本。贾生因具道所以然之状。至夜半，文帝前席。既罢，曰：'吾久不见贾生，自以为过之，今不及也。'居顷之，拜贾生为梁怀王太傅。"历来把文帝"前席"作为美谈，作为君王虚心下问的典故，但李商隐却反用其事，说文帝夜半前席也是枉然，因为"不问苍生问鬼神"。又：《史记·司马相如传》载，相如死后，武帝使所忠求其遗书。其妻曰："长卿未死时，为一卷书，曰有使者来求书，奏之。"其遗札书言封禅事，奏所忠。后来常用此典，以相如遗封禅书比喻文人有遗著。但宋代诗人林和靖在此诗中反用其事，以不留封禅书为高。这都是为了"不蹈袭前人陈迹"。

　　翻案可以从不同的角度说。如王贞白《题严陵钓台》："应怜渭滨叟，匡国只论兵。""渭滨叟"指姜太公，他辅佐武王伐纣，建立周朝，历来认为是了不起的治国之才。但王贞白的诗却把他加以贬低，说他治国只知道用兵。许浑《晚自朝台至韦隐居郊园》："西下磻溪犹万里，可能垂白待文王？"磻溪是传说姜太公垂钓之处（即王贞白诗中的"渭滨"），他于此遇文王，时年已七十。许浑的诗说："怎么能像姜太公一样直到暮年还等待文王呢？"是从另一个角度翻案。当然，不同的角度是服从于不同的目的。王贞白诗是为了称赞严子陵有高世之才，所以否定姜太公"匡国只论兵"；许浑是为了赞美韦某的隐居，所以否定姜太公的"垂白待文王"。

　　还有的"反用其事"，其实不是对历史人物或历史事件的翻案，而只是说今日之事不同往昔。如王维《送杨少府贬郴州》："长沙不久留才子，贾谊何须吊屈平。"贾谊被贬为长沙王太傅后，满腹冤屈，作《吊屈原赋》，既吊屈原，又"吊"自己。王维反用了这个典故，但实际上对贾谊吊屈原一事并未作任何评价，而只是以贾谊比杨少府，并劝慰杨少府说：你不会像贾谊那样久留长沙，因此也不必过于忧伤。

翻案往往不是给人物或事件作客观的历史评价，而是通过翻案来寄托诗人自己的抱负或感慨。对于这一点，古代有些评论家似乎注意得不够，因此发表的议论未免偏颇。如《苕溪渔隐丛话》后集卷十五："牧之于题咏，好异于人。如《赤壁》云：'东风不与周郎便，铜雀春深锁二乔。'《题商山四皓庙》云：'南军不袒左边袖，四皓安刘是灭刘。'皆反说其事。至《题乌江亭》，则好异而叛于理。诗云：'胜负兵家不可期，包羞忍耻是男儿。江东子弟多才俊，卷土重来未可知。'项氏以八千人渡江，败亡之余，无一还者，其失人心为甚，谁肯复附之？其不能卷土重来决矣！"这个评论就未必正确。《彦周诗话》："杜牧之作《赤壁》诗云……意谓赤壁不能纵火，为曹公夺二乔置之铜雀台上也。孙氏霸业，系此一战，社稷存亡，生灵涂炭都不问，只恐捉了二乔，可见措大不识好恶。"这种评论，更是迂腐可笑。

以上说的是对历史人物、事件和典故的翻案。除此以外，还有对前人诗文翻案的。如：

《苕溪渔隐丛话》后集卷四：

太白云："解道澄江净如练，令人长忆谢玄晖。"至鲁直则云："凭谁说与谢玄晖，休道澄江净如练。"王文海云："鸟鸣山更幽。"至介甫则曰："茅檐相对坐终日，一鸟不鸣山更幽。"皆反其意而用之，盖不欲沿袭之耳。

《优古堂诗话》：

《陈辅之诗话》记荆公喜王建《宫词》："树头树底觅残红，一片西飞一片东。自是桃花贪结子，错教人恨五更风。"韩子苍反其意而作诗送葛亚卿曰："刘郎底事去匆匆，花有深情只暂红。弱质未应贪结子，细思须恨五更风。"

也有不是针对某一首诗翻案，而是一反历来诗文常见的说法而别出新意的。如自从盛弘之《荆州记》引民谣"巴东三峡巫峡长，猿鸣三声泪沾裳"以来，诗文中写闻猿啼而落泪的极多。而柳宗元《入黄溪闻猿》却说："溪路千里曲，哀猿何处鸣？孤臣泪已尽，虚作断肠声。"

也有不是整首诗的诗意翻前人之案，而是在某一句的描写中翻案。如写山势的高峻，一般都说"如削成"。如张说《奉和圣制途经华岳应制》："白日悬高掌，寒空类削成。"宗楚客《奉和幸安乐公主山庄应制》："水边重阁含飞动，云里孤峰类削成。"而崔颢《行经华阴》却说："岩峣太华俯咸京，天外三峰削不成。"

点化也好，翻案也好，都是诗人不愿意沿袭，而想要创新。确实，求新是诗歌创作的一个基本要求，如果都是陈词滥调，诗歌就没有生命了。但是，求新的根本途径却既不在于点化，也不在于翻案，而是要从生活中吸取营养，创造出新的意境。这因为已超出修辞的范围，在这里也就不谈了。

参 考 书 目

《汉语诗律学》 王力　上海教育出版社，1979年新2版
《唐音癸签》（明）胡震亨　中华书局，1962
《唐诗概说》〔日〕小川环树《中国诗人选集·别卷》，1958
《文镜秘府论》校注　〔日〕弘法大师撰，王利器校注　中国社会科学出版社，1983
《文镜秘府论汇校汇考》　卢盛江校考　中华书局，2006
《声调四谱图说》（清）董文涣
《六朝声律与唐诗体格》　杜晓勤　北京大学出版社，2017
《诗词曲语辞汇释》　张相　中华书局，1953
《敦煌变文字义通释》（增订本）　蒋礼鸿　上海古籍出版社，1984
《诗词曲语辞例释》（增订本）　王锳　中华书局，1986
《诗词例话》　周振甫　中国青年出版社，1979
《历代诗话》（清）何文焕辑　中华书局，1981
《历代诗话续编》　丁福保辑　中华书局，1983
《清诗话》　丁福保辑　中华书局，1963
《清诗话续编》　郭绍虞编选　上海古籍出版社，1983
《苕溪渔隐丛话》（宋）胡仔　人民文学出版社，1962
《诗人玉屑》（宋）魏庆之　中华书局，1963
《诗薮》（明）胡应麟　上海古籍出版社，1979

《全唐诗》（清）彭定求等编　中华书局，1960

《唐诗品汇》（明）高棅选编　上海古籍出版社，1982

《唐诗别裁》（清）沈德潜选注　中华书局，1964

《李白全集编年笺注》　安旗、薛天纬、阎琦、房日晰笺注　中华书局，2015

《杜甫全集校注》　萧涤非主编　人民文学出版社，2014

《白居易诗集校注》　谢思炜　中华书局，2006

《杜牧集系年校注》　吴在庆　中华书局，2008

《李商隐诗歌集解》　刘学锴、余恕诚　中华书局，1988

附　录

唐诗词语小札

《唐诗词语小札》是由下列三篇文章合并而成的:《杜诗词语札记》(载《语言学论丛》第六辑,1980),《唐诗词语札记》(载《北京大学学报》1980年第3期),《唐诗词语札记(二)》(载《语言学论丛》第十辑,1983)。合并时作了一些删改。所释词语按汉语拼音音序排列,共88条。这些词语大都是汉语中常用的词语,但在唐诗中,它们有些意义既不同于先秦两汉,又不同于现代汉语,是汉语发展史上某一发展时期特有的意义和用法。这里所解释的就是这种特有的意义和用法。当初,这几篇文章在刊物上发表时,因限于篇幅,在每种意义下只举了五六个例句。这次合并后,体例一仍其旧,例句也就不增加了。例句主要依据《全唐诗》(包括其中的"一作"),也参照了唐诗的其他版本。例句后的篇名,有的只取三至五字作为简称。

目　录

1. 崩腾〔附:崩迫、崩危〕(273)　　2. 边(273)
3. 不成(275)　　4. 猜(75)　　5. 苍茫(276)

6. 曾是(277)	7. 迟(278)	8. 冲(278)
9. 初(279)	10. 此(279)	11. 次(280)
12. 从(280)	13. 摧藏〔附：摧残〕(281)	
14. 错莫(282)	15. 带(283)	16. 当(283)
17. 得(284)	18. 动(285)	19. 独(286)
20. 对(287)	21. 方(288)	22. 分(289)
23. 纷(289)	24. 扶(290)	25. 拂(290)
26. 复(291)	27. 好(292)	28. 合(293)
29. 何处(294)	30. 何事(294)	31. 何太(295)
32. 后(296)	33. 忽如(297)	34. 兼(297)
35. 间(298)	36. 较〔校〕(299)	37. 接(299)
38. 旧(300)	39. 居然(302)	40. 堪(303)
41. 看(303)	42. 可(304)	43. 苦(305)
44. 来(305)	45. 烂漫(307)	46. 怜(308)
47. 莫(309)	48. 耐(310)	49. 能(311)
50. 偏(311)	51. 飘飖(312)	52. 其如(313)
53. 岂(314)	54. 侵(315)	55. 仍(315)
56. 如何(316)	57. 飒(316)	58. 扫地(317)
59. 涩(318)	60. 数〔附：比数〕(318)	
61. 贪(319)	62. 往往(319)	63. 谓(320)
64. 为报(320)	65. 惜(321)	66. 想象(321)
67. 向(322)	68. 寻(323)	69. 压(324)
70. 言(325)	71. 掩(325)	72. 疑(326)
73. 倚(327)	74. 挹〔附：挐〕(327)	
75. 应(328)	76. 映(328)	77. 余(329)

78. 欲知(330)	79. 在(330)	80. 知(331)
81. 直(332)	82. 祗〔秖、只〕(333)	83. 中(334)
84. 逐(335)	85. 转(335)	86. 自(336)
87. 足(337)	88. 作(339)	

一、崩腾（附：崩迫、崩危）

"崩腾"是一个联绵词，"纷乱"的意思。例如：

汉兵奋迅如霹雳，虏骑～～畏蒺藜。（王维《老将行》）

想象晋末时，～～胡尘起。（李白《赠张相镐》）

酒客数十公，～～醉中流。（李白《玩月金陵》）

～～戎马际，往往杀长吏。（杜甫《送顾八分》）

奔走朝万国，～～集百灵。（岑参《送许子》）

贼徒～～望旗拜，有若群蛰惊春雷。（刘禹锡《平蔡州》）

又引申为"迫促匆遽"之义。例如：

我今蹭蹬无所似，看尔～～何若为。（高适《送蔡山人》）

"崩迫"也是"匆遽迫促"之义。例如：

吾衰怯行迈，旅次展～～。（杜甫《催宗文》）意思是在旅途中舒展迫促的心情。

"崩危"是"迫促危惧"之义。例如：

拳跼竟万仞，～～走九冥。（陈子昂《感遇》）下句是说怀着迫促危惧的心情行走在深谷中。有的注本解释为"冒着山石崩塌的危险走在深深的谷底"，未妥。

二、边

名词。表示处所，义同"处"。例如：

紫崖奔处黑,白鸟去~明。(杜甫《雨四首》之一)

始知云雨峡,忽尽下牢~。(杜甫《春夜峡州》)

秋色凋春草,王孙若个~。(杜甫《哭李尚书》)

又如:

君~云拥青丝骑,妾处苔生红粉楼。(李白《捣衣篇》)

行侣时相问,浔阳何处~。(孟浩然《夜渡湘水》)

乡书何处达,归雁洛阳~。(王湾《次北固山下》)

以上诸例,有的"边"与"处"对举,有的"边"与"处"叠用,"边"皆与"处"同义。《唐语林》卷五:"大作家在那边!""那边"也就是"那处"。到现代汉语中,"那边"成了一个词。

表示处所的"边"有时具体指"前面",有时具体指"下面"。例如:

眼~江舸何匆促,未得安流逆浪归。(杜甫《雨不绝》)"眼边"即"眼前"。

故乡门巷荆棘底,中原君臣豺虎~。(杜甫《昼梦》)"豺虎边"即"豺虎前"。

巫峡西江外,秦城北斗~。(杜甫《历历》)"秦城"指长安。"北斗边"即"北斗下"。古人以为长安上直北斗,故云。

"边"又可以指"中",如:

帝乡愁绪外,春色泪痕~。(杜甫《泛江送魏仓曹》)

我生无依著,尽室畏途~。(杜甫《自阆州赴蜀》)

白屋花开里,孤城麦秀~。(杜甫《行次古城店》)

《诗词曲语辞汇释》卷一"底(四)"条下云:"底"有"里、下、前、边、旁"诸义。"边"字亦同。不仅如此,表方位的词如"间、里、中、内、前"等都有类似情况。这是唐诗中很值得注意的一个现象。

三、不成

《诗词曲语辞汇释》卷四："不成，犹云难道也。"此义宋代方产生，杜诗中的"不成"是"未能"之义。

～～向南国，复作游西川。(杜甫《自阆州赴蜀》)

～～寻别业，未敢息微躬。(杜甫《遣闷》)

～～诛执法，焉得变危机。(杜甫《伤春五首》之三)"不成诛执法"指唐代宗未能诛宦官程元振。

四、猜

动词。义同"惊"。惊奇，惊讶。

～鹰虑奋迅，惊鹿时踢跳。(刘禹锡《连州腊日》)"猜"与"惊"对举。

柳讶眉伤浅，桃～粉太轻。(李商隐《俳谐》)"猜"与"讶"对举。两句大意是：讶柳之眉浅，惊桃之粉轻。

夷言听未惯，越俗循犹乍。指摘两憎嫌，睚眦互～讶。(韩愈《县斋有怀》)"猜讶"连用。此诗是韩愈被贬阳山县时作。两句大意是：未惯越地之俗，故双方俱指摘而憎嫌；不懂当地之言，故彼此互张目而惊讶。

涉涧～行潦，缘崖畏宿氛。(孙逖《山行遇雨》)

翠幕雕笼非所慕，珠丸柘弹莫相～。(刘禹锡《吐绶鸟词》)

经移何处竹？别种几株梅？渠当无绝水，石计总生苔。院果谁先熟？林花那后开？羁心只欲问，为报不须～。(王绩《在京思故园见乡人问》)

最后一例是诗人向"乡人"问了一连串关于故园的问题，然后解释："因为羁旅他乡所以不停地问,请你不要为此而惊讶。""猜"是"惊讶"之义。有的注本解释为"请对方尽量答复,不要迟疑",这是把"猜"理解为常见的"疑"义,而不知"猜"有"惊"义。

五、苍茫

(一)"苍茫"除了形容景色的荒寂、地域的旷远外,还可以指人的精神状态,有"迷茫、怅惘"之义。

此身饮罢无归处,独立～～自咏诗。(杜甫《乐游园歌》)

咫尺但愁雷雨至,～～不晓神灵意。(杜甫《渼陂行》)

行色兼多病,～～泛爱前。(杜甫《行次古城店》)"泛爱"指朋友。

～～步兵哭,展转仲宣哀。(杜甫《秋日荆南述怀》)"步兵"指阮籍。阮籍"时率意独驾,不由径路,车迹所穷,辄恸哭而反"。此句中"苍茫"正是"怅惘"之义。

杜子将北征,～～问家室。(杜甫《北征》)

第一例赵次公解为"荒寂貌",第五例仇兆鳌解释为"急遽之意",似未妥。

(二)"苍茫"还有"匆遽""急迫"之义。"苍茫"亦作"苍苍""苍然"。

令弟草中来,～～请论事。(杜甫《送从弟亚》)按:杜亚在安史之乱起后,到灵武向肃宗上书论政事。时局艰危,故云"苍茫"。

～～风尘际,蹭蹬麒麟老。(杜甫《奉赠射洪》)

仰望不可及,苍然五情热。(李白《古风之五》)王琦注:"苍然,匆遽貌。"

苍然西郊道,握手何慷慨。(岑参《武威送别》)

万事信苍苍,机心久已忘。(岑参《寻杨郎中宅》)

两家诚款款,中道许苍苍。(杜甫《送大理封》)按:此诗是叙述两家婚事始已成约,中途变卦。"许苍苍"即"如此匆遽"之义。言其变化之快。

此义六朝时就有。阴铿《和傅郎岁暮还湘州》:"苍茫岁欲晚,辛苦客方行。"仇兆鳌注杜诗时曾引用,并解释说:"苍茫,匆遽之意。"又《唐才子传》卷五载卢仝事,说卢仝因宿王涯之第,遭甘露之祸,"苍忙不能自理,竟同甘露之祸"。"苍忙"亦为"匆遽""惶遽"之意。

"苍茫"与"苍黄""匆忙"都是一声之转。

六、曾是

"曾是"是"乃是""正是"或"本是""已是"之义。"曾"不是"曾经"的"曾",而是加强肯定语气的语气副词。

汉家失中策,胡马屡南驱。闻诏安边使,~~故人谟。(陈子昂《答韩使》)意思是遣使安边乃是故人的计谋。

本欲避骢马,何知同鹢舟。岂伊今日幸,~~昔年游。(孟浩然《与黄侍御北津泛舟》)"何知"即"何期","岂伊"即"岂唯"。

~~巢许浅,始知尧舜深。(王维《送韦大夫》)"巢许"指巢父和许由。两句意思是:正是因为巢许浅,才知道尧舜深。

非关风露凋,~~戍役伤。(杜甫《又上后园》)这是"乃是"之义。

~~无心云,俱为此留滞。(李白《答高山人》)这是"本是"之义。

~~寂寥金烬暗,断无消息石榴红。(李商隐《无题》)这是"已是"之义。

七、迟

形容词。久。《广韵·脂韵》:"迟,久也。"但各字典均无例。唐诗中"迟"作"久"解者例如下:

枕簟入林僻,茶瓜留客~。(杜甫《巳上人茅斋》)

花飞有底急,老去愿春~。(杜甫《可惜》)

步屧深林晚,开樽独酌~。(杜甫《独酌》)

北城击柝复欲罢,东方明星亦不~。(杜甫《晓发公安》)此言启明星将落,若以"迟早"之义解释则不可通。

凉月照窗攲枕倦,澄泉绕石泛觞~。(方干《旅次洋州》)此两句"攲枕倦"和"泛觞迟"的主语相同,言久久在泉边泛觞,故"迟"应解作"久"。有的注本把此句中的"迟"解释为"酒杯在曲水中慢慢流动",似未妥。

八、冲

动词。有"冒""向"等义。

夜来归来~虎过,山黑家中已眠卧。(杜甫《夜归》)

紫鳞~岸跃,苍隼护巢归。(杜甫《重题郑氏东亭》)

岸容待腊将舒柳,山意~寒欲放梅。(杜甫《小至》)

北归~雨雪,谁悯敝貂裘。(杜甫《暮秋将归》)

精光射天地,电腾不可~。(李白《古风之十六》)

~人决起百余尺,红翎白镞随倾斜。(韩愈《雉带箭》)

何必更随鞍马队,~泥踏雨曲江头。(白居易《酬韩侍郎》)

愁~毒雾逢蛇草,畏落沙虫避燕泥。(李德裕《谪岭南道中》)

九、初

文言文中"初不"比较常见，义同"曾不"。其中的"初"是加强语气的语气副词。唐诗中语气副词"初"也可以单用，大致上义同"乃"。

紫梅发~遍，黄鸟歌犹涩。（王维《早春行》）

两龙争斗时，天地动风云。……宇宙~倒悬，鸿沟势将分。（李白《送张秀才》）

先帝侍女八千人，公孙剑器~第一。（杜甫《观公孙大娘》）

洛阳昔陷没，胡马犯潼关。天子~愁思，都人惨别颜。（杜甫《洛阳》）

托身从畎亩，浪迹~自得。（高适《酬庞十》）

将军~得罪，门客复何依。（岑参《送薛侍御》）

以上句中的"初"字都不能解释为"起初"或"开始"，而是与"乃"同义。

十、此

"此"字单用一般不表示时间，但唐诗中却有这种用法，大致等于"今"。

访戴昔未偶，寻嵇~相得。（李白《酬坊州王》）"昔"与"此"对举。

及~见君归，君归妾已老。（李白《去妇词》）

蟾蜍蚀圆影，大明夜已残。羿昔落九乌，天人清且安。阴精~沦惑，去去不足观。（李白《古朗月行》）"阴精"指月，"沦惑"指为蟾蜍所蚀。"阴精此沦惑"意即"明月今为蟾蜍所蚀"。

旌竿暮惨淡，风水白刃涩。胡马屯成皋，防虞~何及。（杜甫

《龙门镇》)此诗作于相州兵败,史思明陷洛阳后。意谓不能早取胜于相州,及今防虞又有何益。

有时,"此日"也不是泛指"这一天",而就指"今日"。例如:

高栋层轩已自凉,秋风~日洒衣裳。(杜甫《七月一日题终明府水楼》)

兵戈与关塞,~日意无穷。(杜甫《九日登梓州城》)

以上两诗都是当日题咏,"此日"不能是泛指"这一天",而应是"今日"。因为"此日"可特指"今日",故"此"字单用也可以有"今"义。

十一、次

"次"有"……之际""……之时"的意思。这种用法在《史记》中就已有。《史记·黥布列传》:"姬侍王,从容语次,誉赫长者也。"

在唐诗及唐五代笔记中此种用法较常见。例如:

泊舟淮水~,霜降夕流清。(常建《泊舟盱眙》)此句中"次"非"外出暂驻"之义,因为前已有"泊舟"。

白莲吟~缺,青霭坐来消。(皮日休《游栖霞寺》)"坐来"为"少顷"之义,见《诗词曲语辞汇释》卷四。

二丈人弹棋~,见杨氏子戏曰。(《唐语林·夙慧》)

方饮~,上戎服臂鹰,疾驱至前。(《唐语林·豪爽》)

宋代笔记中尚有此种用法,如沈括《梦溪笔谈》卷十四:"穆、张尝同造朝,待旦于东华门外,方论文次,适见有奔马践死一犬。"

十二、从

唐诗中"从"除一般用法外,还和"向"同义。"向"在唐诗中有"向着""对""至""于(在)"诸义(见后),"从"也有这些意义。

鸟~烟树宿,萤傍水轩飞。(孟浩然《闲园怀苏》)

胡人愁逐北,宛马又~东。(杜甫《投赠哥舒开府》)"宛马"指大宛马。这句是说宛马又向东来进贡。

以上为"向着"义。

山~人面起,云傍马头生。(李白《送友人入蜀》)

聊~田父言,款曲陈此情。(柳宗元《首春逢耕者》)

以上为"对"义。

渡远荆门外,来~楚国游。(李白《渡荆门送别》)

昨观荆岘作,如~云汉游。(李白《酬谈少府》)

以上为"至"义。

朝~滩上饭,暮向芦中宿。(岑参《渔父》)

偶~池上醉,便向舟中眠。(岑参《郡斋南池》)

以上为"于(在)"义。

十三、摧藏(附:摧残)

"摧藏"是个联绵词,有两个意义:(1)抑挫。(2)悲伤。这两个意义在六朝诗文和唐诗中都有。

和乐怡怿,悲伤~~。(成公绥《啸赋》)李善注:"自抑挫之貌。"

所求竟无绪,裘马欲~~。(李白《赠刘都使》)

炎风溽暑忽然至,羽翼脱落自~~。(柳宗元《笼鹰词》)

以上为"抑挫"义。

慷慨穷林中,抱膝独~~。(刘琨《扶风歌》)

~~多古意,历览备艰辛。(陈子昂《酬李崇嗣》)

仙官两无从，人间久~~。(李白《留别曹南》)

以上为"悲伤"义。

"摧藏"也可以写作"摧残"。例如：

荆卿一去后，壮士多~~。(李白《赠友人》)

尔惟~~始发愤，羞带羽翮伤形愚。(杜甫《杜鹃行》)

以上为"抑挫"义。

卷舒固在我，何事空~~。(李白《秋日炼药院》)

此为"悲伤"义。

十四、错莫

(一)形容词。"交错、不整齐"之义。又写作"错磨"，是叠韵联绵词。

云天犹~~，花萼尚萧疏。(杜甫《远怀舍弟》)赵次公注："言若鸿雁之飞而失序。"按：此二句以雁行与花萼比喻兄弟，言兄弟离散。

错磨终南翠，颠倒白阁影。(杜甫《渼陂西南台》)此二句写水中倒影。"错磨终南翠"形容终南山之倒影在水中动摇不定。

又《文选·张衡〈南都赋〉》："溪壑错缪而盘行。"李善注："错缪，杂乱貌。""错缪"即"错莫"。但写作"错莫"就不大好懂了。

(二)"错莫"又引申为"心烦意乱、失意之貌"。例如：

见人惨淡若哀诉，失主~~无晶光。(杜甫《瘦马行》)

三朝空~~，对饭却惭冤。(李白《赠别从甥高五》)王琦注："鲍照诗：'今朝见我颜色衰，意中错莫与先异。'"

咨嗟日复老，~~身如寄。(韦应物《出还》)

也可以作"莫错"。如：

自言管葛竟谁许，长吁～～还闭关。（李白《驾去温泉宫》）
恩情婉娈忽为别，使人～～乱愁心。（李白《寄远》）

十五、带

动词。连，近。《文选·左思〈吴都赋〉》："带朝夕之濬池，佩长洲之茂苑。"吕延济注："带犹近也。"唐诗中"带"有"连、近"之义者如：

山～乌蛮阔，江连白帝深。（杜甫《渝州候严侍御》）
云山兼五岭，风壤～三苗。（杜甫《野望》）
楼角临风迥，城阴～水昏。（杜甫《东楼》）
金陵控海浦，渌水～吴京。（李白《鼓吹入朝曲》）
移家虽～郭，野径入桑麻。（皎然《寻陆鸿渐不遇》）
野船着岸入青草，水鸟～波飞夕阳。（朱庆余《南湖》）
积润初销碧草新，凤阳晴日～雕轮。（温庭筠《和友》）

以上"带"均为"近"或"连"义，第七例"带雕轮"是说车舆相连。

十六、当

"当"一般是"应当"之义，表示事理之当然。但在唐诗中也有"将"义，表示时间之将然。《诗词曲语辞汇释》卷六："当来，犹云将来也。""当"有"将"义不限于"当来"一词中。杜诗之例如：

～期寒雨干，宿昔齿疾瘳，徘徊虎穴上，面势龙泓头。（杜甫《寄赞上人》）
朱绂即～随彩鹢，青春不假报黄牛。（杜甫《舍弟观赴蓝田》）
归～再前席，适远非历试。（杜甫《送从弟亚》）

例一是杜甫自述将待天晴病瘥后至西谷卜宅。例二是杜甫预想即将乘船出峡。例三是说从弟杜亚出使归来后天子即将前席问事（用汉文帝问贾谊之典），此例尤不能解释为"天子应当前席"。

又如：

明～渡京水，昨晚犹金谷。（王维《宿郑州》）

长安此去欲何依，先达谁～荐陆机？（刘长卿《送陆澧》）

且有蒋君表，～看携手归。（李颀《东京寄万楚》）"看"义同"将"，见后。

以上诸例之"当"都不能解释为"应当"。

又有"行当"一词，即"行将"。

朔方徂岁行～满，欲为君刊第二碑。（刘禹锡《哭吕衡州》）

行～挂其冠，生死君一访。（韩愈《岳阳楼别窦司直》）

行～蒙顾问，吴楚岁频饥。（刘长卿《送王端公》）

十七、得

动词。有。杜诗中其例甚多。如：

陈留风俗衰，人物世不数。塞上～阮生，迥继先父祖。（杜甫《贻阮隐居》）

粉堞电转紫游缰，东～平冈出天壁。（杜甫《醉为马所坠》）

老树空庭～，清渠一邑传。（杜甫《秦州杂诗》）

窜身来蜀地，同病～韦郎。（杜甫《送韦郎》）

爱日恩光蒙借贷，清霜杀气～忧虞。（杜甫《寒雨朝行》）

此日此时人共～，一谈一笑俗相看。（杜甫《人日两篇》之二）

入幕知孙楚，披襟～郑侨。（杜甫《奉赠卢琚》）上句言料知卢琚入幕必将如孙楚之见重于石苞。"知"有"料"义，见后。下句言卢琚出使将有披襟相待之郑侨。季札聘郑，子产见之如旧相识，事见《左传》。

主人留上客，避暑～名园。（杜甫《奉汉中王手札》）
锦里残丹灶，花溪～钓纶。（杜甫《赠王二十四》）
宝镜群臣～，金吾万国回。（杜甫《千秋节有感》）

最后三例很值得注意。"避暑得名园"是说主人有名园留客避暑，"得"不是"得到"。《赠王二十四》一诗是杜甫自阆州归成都时作，"锦里"两句是说还成都后家中犹余丹灶（"残"有"余"义，见蒋礼鸿《敦煌变文字义通释》），溪上尚有钓纶。而赵次公注云："言浣溪之人得我前日所遗之钓纶矣。"《千秋节有感》一诗，是追忆开元时千秋节之盛况。《旧唐书·玄宗纪》："上以降诞日宴百僚于花萼楼下，百僚表请每年八月十五日为千秋节，王公以下，献镜及承露囊。""宝镜"两句是感慨群臣虽有宝镜而无复千秋节之盛。而赵次公注云："追忆宝镜每至此节于群臣得之也。"赵次公是南宋人，可见南宋人已经不知道"得"字的这种用法了。

"得"字这种用法在唐代不独杜诗有，其余如：

汉酺闻奏钧天乐，愿～风吹到夜郎。（李白《流夜郎》）
处处山川同瘴疠，自言能～几人归。（宋之问《至端州驿》）"自言"即"自料"。
人闲易～芳时恨，地胜难招自古魂。（韩偓《春尽》）

十八、动

副词。义同"常"或"辄"。

所不卖公器，～为苍生谋。（王维《献始兴公》）
棋局～随幽涧竹，袈裟忆上泛湖船。（杜甫《因许八》）

285

巴人常小梗，蜀使~无还。（杜甫《将晓》）

人生不相见，~如参与商。（杜甫《赠卫八》）

明时好画策，~欲干王公。（高适《东平路作》）

意气能甘万里去，辛勤~作一年行。（高适《送浑将军》）

第三例"动"与"常"相对，副词的意义更为显著。

十九、独

（一）副词。义同"犹"。即现代汉语"还""仍"之义。杜甫《咏怀》："生常免租税，名不隶征伐。抚迹犹酸辛，平人固骚屑。"以及《怀锦水居止二首之一》："犹闻蜀父老，不忘舜讴歌。"两例中"犹"一本皆作"独"，可为"独"与"犹"同义之证。"独"义同"犹"之例如：

剑南岁月不可度，边头公卿仍~骄。（杜甫《严氏溪放歌》）此句"独"与"仍"叠用。

尚为诸侯客，~屈州县卑。（杜甫《奉送魏六丈》）此句"独"与"尚"对举。

何处莺啼切，移时~未休。（杜甫《上牛头寺》）

东西南北更堪论，白首扁舟病~存。（杜甫《追酬故高蜀州人日见寄》）此诗是杜甫在高适死后见高适旧赠诗所作。高适赠诗中有"愧尔东西南北人"之句，此言自高适赠诗至今，自己贫病漂泊如故。"更堪论"即"岂堪论"，"病独存"即"病犹存"。

走觅南邻爱酒伴，经旬出饮~空床。（杜甫《江畔独步》）下句言酒伴出饮至今犹未归。

（二）副词。"最""特别"之义。

老夫生平好奇古，对此兴与精灵聚。已知仙客意相亲，更觉良工心~苦。(杜甫《题李尊师松树障子歌》)"仙客"指李尊师,"良工"指画松树障子之画工。

昔者庞德公,未曾入州府。襄阳耆旧间,处士节~苦。(杜甫《遣兴五首之二》)

清源多众鱼,远岸富乔木。~叹枫香林,春时好颜色。(杜甫《南池》)

看画曾饥渴,追踪恨森茫。虎头金粟影,神妙~难忘。(杜甫《送许八》)"虎头金粟影"指顾恺之所画维摩诘图。

枥上看时~意气,众中牵出偏雄豪。(岑参《卫节度赤骠马歌》)"独"义同"最",与"偏"对举。"偏"有"最"义,见后。

二〇、对

(一)动词。义同"当",表示"在……处所""在……时候"。

范宰不买名,弦歌~前楹。(李白《赠范金乡》)

高楼~紫陌,甲第连青山。(李白《南都行》)

无家~寒食,有泪如金波。(杜甫《一百五日夜对月》)

如何~摇落,况乃久风尘。(杜甫《谒先主庙》)赵次公注:"摇落,秋也。""对摇落"即"正当秋日"之义。

干戈悲昔事,墟落~穷年。(高适《宋中别司功》)"穷年"即"暮年"。

登高临故国,怀古~穷秋。(高适《宋中十首》之五)"穷秋"即"深秋"。

(二)动词。义同"如",如同,好像。

乘君素舸泛泾西,宛似云门~若溪。(李白《游泾川陵岩寺》)意思是陵岩寺宛似云门寺,泾川如同若耶溪。云门寺和若耶溪都是会稽的名胜。

两章~秋月,一字偕华星。(杜甫《同元使君》)赵次公注:"上句言如月之皎洁。"

直~巫山峡,兼疑夏禹功。(杜甫《天池》)"直对"即"就像"。"疑"是"似"的意思,见后。

行子~飞蓬,金鞭指铁骢。(高适《送李侍御》)

淡交唯~水,老伴无如鹤。(白居易《问秋光》)此句以"对"和"如"对举。

二一、方

副词。义同"尚"或"还"。

好古笑流俗,素闻贤达风。~希佐明主,长揖辞成功。(李白《东武吟》)

仓廪无宿储,徭役犹未已。~徒不耕者,禄食出闾里。(韦应物《观田家》)

"方未"即"尚未",此义更为常见。

吾观摩天飞,九万~未已。(李白《古风之三十三》)

历数~未迁,雷云屡多难。(李白《南奔书怀》)

感此三叹息,从师~未还。(李白《游泰山》)

出门各有谋,吾道~未夷。(韩愈《出门》)

"方"有"尚"义,晋宋时就有。《后汉书·祢衡传》:"衡言不逊顺。……(黄)祖大怒,令五百将出,欲加棰,衡方大骂,祖恚,遂令杀之。"又《新唐书·王叔文传》:"左右窃语曰:'母死已腐,方留此,将何为耶?'"也是此义。

二二、分

动词。分明,明显。

慈竹春阴覆,香炉晓势~。(杜甫《假山》)
白帝更声尽,阳台曙色~。(杜甫《晓望》)
巢燕高飞尽,林花润色~。(杜甫《喜雨》)
麝香山一半,亭午未全~。(杜甫《晨雨》)

第一例仇兆鳌注云:"晓势分,谓晓烟分布。"似未妥。

又如:

马色~朝景,鸡声逐晓风。(唐玄宗《早度蒲津关》)此与"香炉晓势分""阳台曙色分"相类,均言天色渐明,事物形状亦渐渐由模糊变为清晰分明。

孤烟薄暮关城没,远色初晴渭曲~。(郑谷《少华甘露寺》)"分"与"没"对举,其为"分明""明显"义可知。

二三、纷

表程度深。在不同上下文中分别与"甚""重""屡""久"等相当。

义声~感激,败绩自逡巡。(杜甫《奉赠鲜于》)此为"甚"。

多病~倚薄,少留改岁年。(杜甫《赠李十五》)此为"屡"。"倚薄"为"滞留"之义。"纷倚薄"即"屡倚薄"。

年华~已矣,世故莽相仍。(杜甫《寄刘峡州》)此为"久"。

楚塞郁重叠,蛮溪~诘曲。(刘禹锡《登司马错古城》)此为"甚"。

昏旦递明媚,烟岚~委积。(刘禹锡《游桃源》)此为"重"。

二四、扶

动词。义同"缘"(即现代汉语的"沿")。

约川星罕驻,~道日旗舒。(苏颋《奉和圣制途次旧居》)"约川"等于说"沿河","星罕"是旗名。

皋区~帝壤,瑰蕴郁天京。(韩愈《城南联句》)"皋区"即"奥区神皋",指肥田沃土。"帝壤"指都城。上句言京城四周皆沃土。

此义六朝诗文中就有,例如:

回渠绕曲陌,通波~直阡。(陆机《答张士然》)

~官罗将相,夹道列王侯。(鲍照《代结客少年场行》)

陶渊明《桃花源记》:"既出,得其船,便扶向路,处处志之。""扶"也是"沿"义。"便扶向路"的"扶",一般的注本都注为"沿",但只是根据上下文体会出来的,缺乏有力的旁证,更没有说明为什么"扶"有"沿"义。其实此义在六朝和唐代诗歌中不乏其例。"扶"有"沿"义,与"扶持"的本义无关,而是一个"本无其字"的假借字,字亦可写作"拂"。"拂"有"近"义(见后),也有"沿"义,例如:

绕郭荷花三十里,拂城松树一千株。(白居易《余杭形胜》)

"扶""拂"音近,所以六朝时新产生的表示"缘"义的口语词,既见用"扶",也可用"拂"来记录。

二五、拂

"拂"有"迫近"之义,引申为"经过"。

骏马骄行踏落花,垂鞭直~五云车。(李白《陌上赠美人》)

前闻辨陶牧,转眄~宜都。(杜甫《大历三年》)

以上为"迫近""靠近"义。

松门~中道，石镜回清光。(李白《寻阳送弟》)意即中道经过松门(地名)。

荆扉但洒扫，乘间当过~。(王维《留别山中》)"过拂"即"经过"。

以上为"经过"义。

又有"拂曙"一词。"拂曙"的"拂"如同"薄暮"的"薄"，也是"迫近"之义。这个词南北朝和唐诗中都有。现代说成"拂晓"。

莲帐寒燊窗~曙，筠笼熏火香盈絮。(庾信《对烛赋》)

~曙朝前殿，玉墀多珮声。(王维《扶南曲》)

二六、复

(一)连词。连接动词、形容词时义同"且"，有时义同"或"；连接名词时义同"与"。

不妨饮酒~垂钓，君但能来相往还。(王维《答张五弟》)

霜黄碧梧白鹤栖，城上击柝~乌啼。(杜甫《暮归》)

江路险~永，梦魂愁更多。(岑参《赴犍为》)

以上义同"且"。

绿艳闲且静，红衣浅~深。(王维《红牡丹》)

手中各有携，倾榼浊~清。(杜甫《羌村》)

以上义同"或"。

宁问春将夏，谁论西~东。(王维《愚公谷》)"将"义同"与"，见张相《诗词曲语辞汇释》卷六。

东屯~瀼西，一种住清溪。(杜甫《自瀼西》)"一种"即"同样"。

对酒风与雪,向家河~关。(岑参《送郑堪》)

以上义同"与"。

(二)形容词、副词词尾。常见的有"忽复""且复""空复"等。

闲来垂钓碧溪上,忽~乘舟梦日边。(李白《行路难》)

挥涕且~去,恻怆何时平。(李白《古风之二十二》)

孰知是死别,且~伤其寒。(杜甫《垂老别》)

逆行少吉日,时节空~度。(杜甫《咏怀二首》之二)

寂寂首阳山,白云空~多。(李颀《登首阳山》)

此外还有"虽复""始复""已复"等。

虽~沉埋无所用,犹能夜夜气冲天。(郭震《宝剑篇》)

山蝉号枯桑,始~知天秋。(李白《江上秋怀》)

青春已~过,白日忽相催。(李白《寄远》)

二七、好

表期望之辞。

可怜怀抱向人尽,欲问平安无使来。故凭锦水将双泪,~过瞿塘滟滪堆。(杜甫《所思》)

汝去迎妻子,高秋念却回。即今萤已乱,~与雁同来。(杜甫《舍弟观归蓝田迎新妇送示》)按:送别时大约在夏天,所以说"即今萤已乱"。而期望弟于秋天能与雁同回。

巫峡将之郡,荆门~附书。(杜甫《寄李十四员外》)意谓李将经巫峡之郡就任,期李带信至荆门。

长歌意无极,~为老夫听。(杜甫《行次盐亭》)此即"请君为我倾耳听"之意。

晴天归路~相逐,正是峰前回雁时。(柳宗元《过衡山见新花开却寄弟》)此言期望其弟与己相随而归。"逐"义同"随",见后。

离心不忍听边马,往事应须问塞鸿。~脱儒冠从校尉,一枝长戟六钧弓。(罗隐《登夏州城楼》)

二八、合

(一)动词。为"周匝""环绕"之义。

路转青山~,峰回白日曛。(陈子昂《入东阳峡》)

草~人踪断,尘浓鸟迹深。(李白《谒老君庙》)

绿树村边~,青山郭外斜。(孟浩然《过故人庄》)

峡里云安县,江楼翼瓦齐。两边山木~,终日子规啼。(杜甫《子规》)

东路云山~,南天瘴疠和。(高适《送郑侍御》)

回~俯近郭,寥落见远舟。(岑参《登嘉州凌云寺》)这两句是说登上凌云寺能俯见环抱的近郭,望见寥落的远舟。

(二)形容词。遍。这是从"周匝、环绕"义引申来的。

垂柳金堤~,平沙翠幕连。(孟浩然《上巳日》)

万里舒霜~,一条江练横。(李白《雨后望月》)

猿啸千溪~,松风五月寒。(李白《见京兆韦》)

欲辞巴徼啼莺~,远下荆门去鹢催。(杜甫《奉待严大夫》)

香飘~殿春风转,花覆千官淑景移。(杜甫《紫宸殿退朝》)

(三)动词。义同"类"或"似"。

秀骨象山岳,英谋~鬼神。(李白《赠张相镐》)

枫林橘树丹青~,复道重楼锦绣悬。(杜甫《夔州歌》)"丹青合"即类似丹青。

故人美酒胜浊醪,故人清词~风骚。(高适《同河南李》)

～连弩之应机，类鸣髇之破的。(高适《奉和鹘赋》)

上述例中"合"与"象""类"等对举，"类似"之义更为显豁。

二九、何处

"何处"除表示"什么地方"外，还可以表示"何时"和"何由""何曾"等。

沧海未全归禹贡，蓟门～～尽尧封？(杜甫《诸将》)意谓河北依然有藩镇割据，何时能统一于朝廷。"何处"为"何时"之义。

是非～～定？高枕笑浮生。(杜甫《戏作俳谐体》)"何处"即"何由"。

白发三千丈，缘愁似个长。不知明镜里，～～得秋霜？(李白《秋浦歌》)"何处"为"何时"之义，即不知何时生白发。

莫言塞北无春到，总有春来～～知？(李益《度破讷沙》)"总有"即"纵有"。

斑骓只系垂杨岸，～～西南待好风？(李商隐《无题》)"西南待好风"即"待西南之好风"，比喻情人相见。"只"义同"犹"，见后。

三百年间同晓梦，钟山～～有龙盘？(李商隐《咏史》)

以上第二例"何处"即"何由"，第四例"何处"即"何曾"，均表示反问。这和现代汉语中"哪里"既可问处所又可表反问的情况类似。

三〇、何事

(一)"何事"义同"何为(为什么)"。这个意义是从"缘何事"省略为"何事"，然后变化而来的。李白《横江词》："郎今欲渡缘何事,如此风波不可行。"其中的"何事"是名词。李白《醉后赠从甥高镇》:"丈夫何事空啸傲,不如烧却头上巾。""何事"可以看作是"缘何事"的省略,也可以直接读作"何为"。下列句中的"何事"都可以读作"何为"。

长吁相劝勉,~~来吴关。(李白《游溧阳北》)

古来经济才,~~独罕有。(杜甫《上水遣怀》)

~~阴阳工,不遣雨雪来。(岑参《使交河》)

长安只千里,~~信音稀。(岑参《杨固店》)

(二)义同"何须"。这是由"何为"义引申而来的。

仙家未必能胜此,~~吹笙向碧空。(王维《敕借岐王》)

不能师孔墨,~~问长沮。(王维《赠东岳》)

衰疾江边卧,亲朋日暮回。白鸥元水宿,~~有余哀。(杜甫《云山》)这是以白鸥自比,聊以自慰。

闭门无不可,~~更登高。(高适《同崔员外九日宴》)意思是重阳节闭门饮酒即可,何须登高。

上述各例中的"何事"都是"何须"的意思,也可以译成"何必"或"不必"。

三一、何太

副词。多么,何其。

草书~~古,诗兴不无神。(杜甫《寄张十二》)

灯花~~喜,酒绿正相亲。(杜甫《独酌成诗》)

良会不复久,此生~~劳。(杜甫《王阆州筵》)

~~龙钟极,于今出处妨。(杜甫《寄彭州高使君》)

天兵斩断青海戎,杀气南行动坤轴,不尔苦寒~~酷。(杜甫

《后苦寒行》)"何太"一作"何其"。

楚国青蝇~~多,连城白璧遭谗毁。(李白《鞠歌行》)

菊花~~苦,遭此两重阳。(李白《九月十日即事》)

流水~~急,深宫尽日闲。(韩氏《题红叶》)

三二、后

(一)动词词尾。同现代汉语表完成的"了"。

城拥朝来客,天横醉~参。(杜甫《送严侍郎》)"醉后参"等于说"醉了的参(参星)"。

流辈尽来多叹息,官班高~少过从。(刘禹锡《和仆射牛相公见示长句》)"来"有"了"义,见后。

菱花照~容虽改,蓍草占来命已通。(刘禹锡《和苏十》)

红纸一封书~信,绿芽十片火前春。(白居易《谢寄新蜀茶》)"书后信"即"写完了的信"。

星斗疏明禁漏残,紫泥封~独凭栏。(韩偓《中秋禁值》)

边骑不来沙路失,国恩深~海城荒。(沈彬《塞下》)

(二)放在动词、形容词或时间名词后面,构成表时间的名词性词组。"×后"大致可译为"×时"。

出时山眼白,高~海心明。(李白《雨后望月》)

周公恐惧流言~(一本作"日"),王莽谦恭未篡时。(白居易《放言五首》之三)

散时帘隔露,卧~幕生波。(李商隐《镜槛》)

桃李盛时虽寂寞,雪霜多~始青葱。(李商隐《题小松》)

夜~戍楼月,秋来边将心。(戎昱《塞下曲》)

三三、忽如

"忽如"义同"正如"或"犹如"。

日暮马行疾,城荒人住稀。听歌疑近楚,投馆～～归。(孟浩然《蔡阳馆》)"疑近楚"即"似近楚"。这两句是说到了蔡阳客舍离故乡襄阳已不远,如同到了家一样。

巫峡～～瞻华岳,蜀江犹似见黄河。(杜甫《峡中览物》)这两句以"忽如"对"犹似",意思是峡中巫峡和蜀江如同中原的华山和黄河。

仰望浮与沉,～～云与泥。(岑参《虢州郡斋》)

宝塔凌太虚,～～涌出时。(岑参《登千福寺多宝塔》)意思是宝塔完整无损,犹如初建之时。

北风卷地白草折,胡天八月即飞雪。～～一夜春风来,千树万树梨花开。(岑参《白雪歌》)意思是雪花犹如梨花。

三四、兼

(一)动词。带,连。

茅屋买～土,斯焉心所求。(杜甫《寄赞上人》)"买兼土"即连土一起买。

接宴身～杖,听歌泪满衣。(杜甫《巫山县唐使君宴别》)

峡云常照夜,江日会～风。(杜甫《独坐》)

狎鸥轻白浪,归雁喜青天。物色～生意,凄凉忆去年。(杜甫《倚杖》)

云山～五岭,风壤带三苗。(杜甫《野望》)

降虏～千帐,居人有万家。(杜甫《秦州杂诗》)

江间波浪～天涌,塞上风云接地阴。(杜甫《秋兴八首》之一)

(二)副词。频,倍。

劳生共几何,离恨~相仍。(杜甫《陪章留后惠义寺》)

圣朝~盗贼,异俗更喧卑。(杜甫《偶题》)"兼盗贼"指安史之乱和吐蕃入侵接踵而至。

季秋时欲半,九日意~悲。(杜甫《九日曲江》)

(三)副词,义同"尚"或"还(hái)"。

诗兴人间尽,~须入海求。(杜甫《西阁》)

直讶松杉冷,~疑菱荇香。(杜甫《奉观严郑公》)

扁舟不独如张翰,皂帽应~(一本作"还应")似管宁。(杜甫《严中丞》)

光禄经济器,精微自深衷。前席屡荣问,长城~在躬。(高适《赠秘书弟兼寄幕下诸公》)这两句是说光禄贾公既备皇帝顾问,还肩负军事重任。

我行挹高风,羡尔~少年。(高适《过卢明府》)

羡尔~乘兴,芜湖千里开。(高适《送崔录事赴宣城》)

(四)介词。共,和……一起。

桃花细逐杨花落,黄鸟时~白鸟飞。(杜甫《曲江对酒》)

日~春有暮,愁与醉无醒。(杜甫《又呈窦使君》)

三五、间

表示方位和时间的名词。除表示"中间"的意义外,还可以表示"边""前""时"等义。

系马垂杨下,衔杯大道~。(李白《广陵赠别》)

举手白日~,分明谢时人。(李白《感遇四首》之一)

以上为"边"义。

月衔楼～峰，泉漱阶下石。（李白《日夕山中》）

鸟吟檐～树，花落窗下书。（李白《金门答苏秀才》）

以上为"前"义。

今忽暮春～，值我病经年。（杜甫《杜鹃》）

分宅脱骖～，感激怀未济。（杜甫《八哀诗·李邕》）"分宅脱骖"指接济他人。两句大意是李邕疏财好义，意气慷慨而心如未济。

心事披写～，气酣达所为。（杜甫《奉送魏佑之交广》）两句大意是魏佑至交广披写其胸怀，尽情倾吐。

雁矫衔芦内，猿啼失木～。（杜甫《远游》）两句大意言雁衔芦而矫翼，猿失木而哀啼。

以上皆为"时"义。

三六、较（校）

副词。义同"颇"。字亦作"校"。

冰雪莺难至，春寒花～迟。（杜甫《人日》）

巍峨拔嵩华，腾踔～健壮。（韩愈《岳阳楼》）

空虚寒兢兢，风气～搜漱。（韩愈《南山》）"搜漱"即"飕飕"，风声。此处为风急貌。

能就江楼销暑否？比君茅舍～清凉。（白居易《江楼夕望》）

与君来～迟，已逢摇落后。（白居易《同友人寻涧花》）

1979 年版《辞海》在"较"字条下引杜甫《人日》"春寒花较迟"句作为"比较"义的例子，似未妥。

三七、接

（一）形容词。义同"近"或"傍"。

近根开药圃，～叶制茅亭。(杜甫《高楠》)这两句"接"和"近"对举，意思是说靠近高楠开药圃和制茅亭。"接"不是"连接"之义。

外江三峡且相～，斗酒新诗终自疏。(杜甫《寄岑嘉州》)赵注把"接"注为"连接"，未妥。"外江"指岷江，与三峡并不连接。"相接"为"相近"之义。诗句是说嘉州(在岷江边)和夔州(杜甫在夔州，处巫峡边)相近。"且"为"即使"之义。

荆巫非苦寒，采撷～青春。(杜甫《暇日小园种秋菜》)意思是秋菜在将近春天之时就可采撷。仇兆鳌注："秋蔬多种，直接来春，则圃畦可以自给矣。"把"接"理解为"连接"，未妥。

礼加徐孺子，诗～谢宣城。(杜甫《陪裴使君》)

魏都～燕赵，美女夸芙蓉。(李白《魏郡别苏》)

绿水～柴门，有如桃花源。(李白《之广陵》)

(二)介词。义同"偕"，与……一起。

尽携芳醑陵陂阵，夜～诗人赋花屋。(张说《邺都引》)

先期汗漫九垓上，愿～卢敖游太清。(李白《庐山谣》)此处以卢敖比卢虚舟。

临驿卷缇幕，升堂～绣衣。(李白《至鸭栏驿赠裴侍御》)"绣衣"指侍御。两句是说和侍御一起升堂。

幸～上宾登郑驿，羞为长女似黄家。(李端《闲园即事》)

三八、旧

(一)副词。原本，原自。

驿边沙～白，湖外草新青。(杜甫《宿白沙驿》)

轩墀曾宠鹤，畋猎～非熊。(杜甫《投赠哥舒开府》)"畋猎"句用周文王得姜太公之典。文王将出猎，卜之，曰：所获非虎非罴，所获霸王之辅。出猎后果遇姜太公。此以姜太公比哥舒翰。

小径升堂~不斜,五株桃树亦从遮。(杜甫《题桃树》)

渭水自萦秦塞曲,黄山~绕汉宫斜。(王维《奉和圣制》)

越国~无唐印绶,蛮乡今有汉衣冠。(许浑《朝台送客》)

(二)副词。义同"曾"。或为时间副词,曾经;或为语气副词,加强否定语气。

礼闱曾擢桂,宪府~乘骢。(杜甫《哭长孙侍御》)此言长孙曾任礼部侍郎,又曾任侍御史。"曾""旧"对举。

京中~见无颜色,红颗酸甜只自知。(杜甫《解闷》)"无颜色"言荔枝贡至京华后已无颜色。"只自"即"犹自",见后。

买地铺金曾作圻,寻河取石~支机。(沈佺期《奉和春初幸太平公主南庄》)"旧支机"即"曾支机"。传说张骞乘槎至河汉,织女取支机石与之。此处用其典,谓公主庄中之石皆张骞所取织女曾支机之石,为颂扬之辞。

以上为"曾经"。

江雨~无时,天晴忽散丝。(杜甫《雨四首》之二)"旧无时"略等于"从无定时"或"全无定时"。

报效神如在,馨香~不违。(杜甫《社日》)"旧不"略等于"从不"或"毫不"。

自谓经过~不迷,安知峰壑今来变。(王维《桃源行》)此诗述桃花源记故事。此二句言武陵人欲重至桃花源而不可得。"旧不迷"略等于"绝不迷"。

以上为加强否定语气。

(三)副词。义同"素",一向。

江南佳丽地,山水~难名。(孟浩然《送袁太祝》)

秋浦～萧索，公庭人吏稀。(李白《赠秋浦柳》)
关西杨伯起，汉日～称贤。(李白《送杨燕》)
精锐～无敌，边隅今若何。(杜甫《观兵》)
"旧来"义同"素来"，一向。
鲲飞今始见，鸟坠～～闻。(孟浩然《晓入南山》)
逸气～～凌燕雀，高才何得混妍媸。(高适《同颜少府》)
奉使三年独未归，边头词客～～稀。(岑参《与独孤渐》)
骢马劝君皆卸却，使君家酝～～浓。(岑参《虢州西山》)
五原春色～～迟，二月垂杨未挂丝。(张敬忠《边词》)

三九、居然

副词。显然，突出貌。

～～赤县立，台榭争岧亭。(杜甫《桥陵诗》)此述立奉先县为赤县。"居然"言其突出。

～～双捕虏，自是一嫖姚。(杜甫《寄董卿》)"捕虏"指汉名将马武，"嫖姚"指霍去病。皆以比董卿。

郎署有伊人，～～古人风。(王维《送陆员外》)

前计顿乖张，～～见真赝。(韩愈《崔十六少府》)

杜诗"居然赤县立"下赵次公注曰："《尹文子》：'名之与形，居然别矣。'……《世说》：'王丞相见卫洗马曰：居然有羸形。'晋人用居然字甚多。"按：赵所举《世说》例见《世说新语·容止》。今举其他晋人例如下：

日远。不闻人从日边来，～～可知。(《世说新语·夙慧》)

故能～～而辨八方。(左思《三都赋序》)

不见鄀中歌，能否～～别：阳春无和者，巴人皆下节。(张协

《杂诗》)

亦皆"显然"之义。

四〇、堪

副词。义同"将",表示将然。

旧好肠～断,新愁眼欲穿。(杜甫《寄岳州贾》)

胡骑终宵～北走,武陵一曲想南征。(杜甫《吹笛》)

以上两例"堪"或与"欲"对举,或与"想"("想"义同"拟",想要)对举,都是表示将然的副词。

秋浦猿夜愁,黄山～白头。(李白《秋浦歌》)

览君荆山作,江鲍～动色。(李白《经乱离后》)

幕府秋风日夜清,澹云疏雨过高城。叶心朱实～时落,阶面青苔先自生。(杜甫《院中晚晴》)"先"义同"已",表示已然;"堪"表示将然,与"先"相对。

独宿自然～下泪,况复时闻乌夜啼。(高适《行路难》)

岩峦鸟不过,冰雪马～迟。(高适《使青夷军》)

以上"堪"字都不能以通常"禁得起"或"可以"的意义解释。

四一、看

(一)《诗词曲语辞汇释》卷三谓"看"为估量之辞和尝试之辞。唐诗中的"看"除此而外,尚可用作表将然之辞。细分为:(1)动词。义同"拟"(打算)。(2)副词。义同"将"。

正解柴桑缆,仍～蜀道行。(杜甫《公安送李二十九》)

筑场～敛积,一学楚人为。(杜甫《从驿次草堂复至东屯》)

以上为动词,义同"拟",打算。

许以秋蒂除，仍~小童抱。(杜甫《园人送瓜》)

会~根不拔，莫计枝凋伤。(杜甫《四松》)此言松根将深固不拔，故无须计较枝之凋伤。"会"亦可表将然语气，见《诗词曲语辞汇释》卷一。

会~之子贵，叹及老夫衰。(杜甫《赠崔十三》)此言之子将贵。

且有蒋君表，当~携手归。(李颀《东京寄万楚》)"当"有"将"义，见前。

匈奴破尽人~归，金印酬功如斗大。(韩翃《送孙泼》)

明月~欲堕，当窗悬清光。(李白《拟古》)

以上为副词，义同"将"。

(二)"看"还有"比拟"之义。如：

画手~前辈，吴生远擅场。(杜甫《冬日洛城》)

或~翡翠兰苕上，未掣鲸鱼碧海中。(杜甫《戏为六绝句》)此言当时诗作皆失之纤小，或可与兰苕上之翠鸟相比，而不能如巨鲸行于海中。

四二、可

《诗词曲语辞汇释》卷一："可，犹岂也，那也。"所举例均表反问语气。但古汉语中"岂"有表示反问和表示推测(《词诠》称之为"推度副词")两种用法，"可"也如此。唐诗中"可"表反问语气之例已见《诗词曲语辞汇释》，现举表示推测之例如下：

此时对雪遥相忆，送客逢春~自由？(杜甫《和裴迪》)此处"可"略等于"是否"。

桃花一簇开无主，~爱深红爱浅红？(杜甫《江畔独步》)此言"是爱深红还是爱浅红"？

酒中乐酣宵向分，举觞酹尧～闻？（李白《鲁郡尧祠》）"可"略等于"是否"。

四三、苦

副词。义同"频"或"屡"。

春去春来～自驰，争名争利徒尔为。（骆宾王《帝京篇》）"自"是副词词尾（见后），"苦自驰"等于说"屡驰骋"。

一度浙江北，十年醉楚台。荆门倒屈宋，梁苑倾邹枚。～笑我夸诞，知音安在哉！（李白《赠王判官》）此言荆梁文士屡屡笑我夸诞，世无知音。

要求阳冈暖，～涉阴岭泂。（杜甫《西枝村寻置草堂地》）

朋知～聚散，哀乐日已作。（杜甫《西阁曝日》）

做客多凭酒，新姬～上车。（刘禹锡《同乐天和微之》）

张相《诗词曲语辞汇释》"苦"字条："苦，甚辞。又犹偏也，极也，多或久也。"未说到"苦"有"频"或"屡"义，只是在引陆龟蒙《春雨即事》诗"双屝（按：应作'屦'）著频看齿折，败裘披苦见毛稀"时，解释说："披苦，犹云披得次数多或披得时候久也。"故为之补充。

四四、来

（一）助词。放在动词后面，相当于现代汉语中的"着（zhe）"和"了（le）"。此种用法唐诗中极多。如：

骢马新凿蹄，银鞍被～好。（杜甫《送长孙九侍御》）

自天题处湿，当暑着～清。（杜甫《端午日赐衣》）

骄矜自言不可有，侠士堂中养～久。（李白《少年行》）

铅粉坐相误,照~空凄然。(李白《代美人愁镜》)"照"指"照镜"。

生计抛~诗是业,家园忘却酒为乡。(白居易《送萧处士》)"来"与"却"对举。

桑柘废~犹纳税,田园荒后尚征苗。(杜荀鹤《山中寡妇》)"来"和"后"对举。

来~先上上方看,眼界无穷世界宽。(方干《题报恩寺上方》)"来来"即"来了"。前一"来"是动词,后一"来"是助词。

(二)名词词尾。放在表示时间的名词或形容词后面,起构词作用,构成表时间的名词。如:

小~习性懒,晚节慵转剧。(杜甫《送李校书》)"小来"即"少时""小时候"。

旧~好事今能否,老去新诗谁与传?(杜甫《因许八寄旻上人》)"旧来"即"往时"。

朝发白帝暮江陵,顷~目击信有征。(杜甫《最能行》)"顷来"即"近时"。

比~相国兼安蜀,归赴朝廷已入秦。(杜甫《季夏送乡弟》)"比来"即"近时"。

每愁夜中自足蝎,况乃秋后转多蝇。(杜甫《早秋苦热》)"中"一作"来"。"夜中""夜来"义同。

夜~风雨声,花落知多少。(孟浩然《春晓》)

献主昔云是,今~(一作"日")方觉迷。(李白《赠从弟冽》)

昨~朱颜子,今日白发催。(李白《对酒》)

朝出沙头日正红,晚~云起半江中。(张潮《采莲词》)

夜后戍楼月,秋~边将心。(戎昱《塞下曲》)

(三)助词,放在动词后面,表示"……以后"或"……以来"。

不相见~久,日日泉水头。(王维《赠裴迪》)

自从弃官~,家贫不能有。(王维《偶然作》)

桃李栽~几度春,一回花落一回新。(李白《少年行》)

此君托根幸得所,种~几时闻已大。(岑参《范公丛竹歌》)

别~沧海事,语罢暮天钟。(李益《喜见外弟》)

此臂折~六十年,一肢虽废一身全。(白居易《新丰折臂翁》)

商人重利轻别离,前月浮梁买茶去。去~江口守空船,绕船月明江水寒。(白居易《琵琶行》)

有时,"来"也可以放在"此"后面,表示"此后"或"从那以来"。

无计留君住,应须绊马蹄。……此~相见少,王事各东西。(岑参《水亭送刘》)

四五、烂漫

"烂漫"最早见于《庄子·在宥》:"大德不同,而性命烂漫矣。"赵次公在杜诗"众雏烂漫睡"下注云:"庄子云性命烂漫,注虽云分散远貌,然亦熟烂之意。故灵光殿赋云流离烂漫,而卢仝诗亦云莺花烂漫君不来,皆言其多而熟也。"按:《庄子》疏云:"烂漫,散乱也。"唐诗中"烂漫"或作"烂熳",可分为三组,均从"散乱"义引申而来。

(一)散乱貌。引申为光采四布貌。

如丝气或上,烂熳为云雨。(杜甫《太平寺泉眼》)此"散乱"义。

种竹交加翠,栽桃烂熳红。(杜甫《春日江村》)此"光采四布"

义。此义现代仍用。

（二）无定止，无拘束，纵意，纵情，放纵。

归期岂～～，别意终感激。（杜甫《送李校书》）此"无定止"义。

侵星驱之去，烂熳任远适。（杜甫《驱竖子摘苍耳》）此"纵意"义。

定知相见日，～～倒芳樽。（杜甫《寄高适》）此"纵情"义。仇兆鳌注为"醉貌"，似非。

犬羊曾烂熳，宫阙尚萧条。（杜甫《寄董卿》）此"放纵"义，指长安曾遭吐蕃蹂躏。

待取明朝酒醒罢，与君～～寻春晖。（李白《醉后答丁十八》）

春风烂熳恼娇慵，十八鬟多无气力。（李贺《美人梳头》）

前一例是"纵意"义，后一例犹言"浩荡"，形容春风吹拂无际。

现代汉语中"天真烂漫"之"烂漫"，即由"纵情、无拘束"引申而来。

（三）盛，熟。皆言其程度深。

主人情烂熳，持答翠琅玕。（杜甫《与鄠县源大少府》）赵次公注："盖情多之意。"

众雏～～睡，唤起沾盘飧。（杜甫《彭衙行》）赵次公注："言睡之熟也。"

～～通经术，光芒刷羽仪。（杜甫《同豆卢峰》）此"熟习"之义。

四六、怜

动词。念，想念。《诗词曲语辞汇释》卷五："念，犹怜也。"反过来,"怜"亦有"念"义。

今欲东入海,即将西去秦。尚~终南山,回首清渭滨。(杜甫《奉赠韦左丞》)

群盗无归路,衰颜会远方。尚~诗警策,犹忆酒颠狂。(杜甫《戏题寄上汉中王》)"怜"与"忆"对举。

鸳鹭回金阙,谁~病峡中。(杜甫《社日》)赵次公注:"言贵人之自金阙回者谁念我乎?"

遥~小儿女,未解忆长安。(杜甫《月夜》)

遥~巩树花应满,复见吴洲草新绿。(宋之问《寒食江州》)

远树应~北地春,行人却羡南归雁。(高适《送田少府贬苍梧》)

人日题诗寄草堂,遥~故人思故乡。(高适《人日寄杜二》)

以上诸例中"怜"均无"怜爱"或"怜悯"义。

四七、莫

副词。表示商议、测度。

舞石旋应将乳子,行云~自湿仙衣?(杜甫《雨不绝》)

赋诗分气象,佳句~频频?(杜甫《秋日寄题郑监》)

以上两例"莫"略等于"是否"。

即今龙厩水,~带犬戎膻。(杜甫《秋日夔府》)此句中"莫"略等于"大概""可能"。

按:《雨不绝》诗赵次公注云:"莫是自湿仙衣乎?乃问之之辞。"其说是。余嘉锡《读已见书斋随笔》"莫须有"条云:"秦桧杀岳飞,韩世忠不能平,以问桧,桧曰:飞子云与张宪书虽不明,其事体莫须有。……莫乃商量之词。……不能言其事之必有,而曰恐当有此事云尔。"并引宋人笔记若干条佐证,如"章某既有所陈,莫须与他明辨？""若就士大夫中求如淮纲康伯辈，莫须有人。"其说甚是。按杜诗中之"莫自"即宋人所云之"莫须"，"自"与"须"均为副词词缀。仇注解杜诗第一例为"莫久行雨"，第三例为"莫不尚带余膻也"，王嗣奭解第二例为"莫频频先出，使我不得追和"，皆非。可见明清人已不解此义。

四八、耐

古代"耐"和"能"常通用。"能"有"但"义，即现代汉语中"尽管"的意思（见后"能"字条），"耐"也有此义。

惜别～取醉，鸣榔且长谣。（李白《送殷淑》）"耐"与"且"对举，"且"也有"尽管"义。

水如一匹练，此地即平天。～可乘明月，看花上酒船。（李白《秋浦歌》）

南湖秋水夜无烟，～可乘流直上天。且就洞庭赊月色，将船买酒白云边。（李白《陪族叔游洞庭》）

三月灞陵春已老，故人相逢～醉倒。（岑参《喜韩樽》）

闲时～相访，正有床头钱。（岑参《郡斋南池招杨辚》）

～知茅斋绝低小，江上燕子故来频。（杜甫《绝句漫兴》）这两句是开合句，大意是尽管茅斋低小，燕子仍然常来。"故"为"仍然"之义。

李白的两例，《诗词曲语辞汇释》解释《秋浦歌》句为"愿得"，解释《游洞庭》句为"那可"，而且解释说"不得直上天，则且买酒白云边矣"。王琦解释"游洞庭"句为"犹言若可"。似皆未妥。《游洞庭》一诗中，"白云边"即"白云中"，后两句就是"乘流直上天"的具体想象，所以"耐可"不应是"那可"的意思。解释为"若可",则缺乏旁证,而且从语气看不如解释为"尽可"切合。

四九、能

副词。大致相当于古汉语的"但",或现代汉语的"尽管"。

闷～过小径,自为摘嘉蔬。(杜甫《寄李十四》)意思是烦闷时尽管过小径来摘蔬菜。

高士例须怜麴蘖,丈夫终莫生畦畛。～来取醉任喧呼,死后贤愚俱泯泯。(韩愈《赠崔立之》)"能来"即"尽管来",和句中的"任"(任从)相对应。

不妨饮酒复垂钓,君但～来相往还。(王维《答张五弟》)"但能"叠用,"但能来"即"尽管来"。

五〇、偏

(一)副词。最,尤,特别。

碧山晴又湿,白水雨～多。(杜甫《白水明府》)

内帛擎～重,宫衣着更香。(杜甫《送许八拾遗》)

范蠡舟～小,王乔鹤不群。(杜甫《观李固山水图》)

朝廷～注意,接近与名藩。(杜甫《送鲜于万州》)

业工窜伏深树里,四月五月～号呼。(杜甫《杜鹃行》)

细草～称坐,香醪懒再沽。(杜甫《陪李金吾》)"称"为"适合"之义。

枥上看时独意气,众中牵出～雄豪。(岑参《卫节度赤骠马歌》)"偏"与"独"对举。"独"有"最"义,见前。

坐惜故人去,～令游子伤。(李白《南阳送客》)

野鹤巢边松最老,毒龙潜处水～清。(卢纶《夜投丰德寺》)

"偏"与"最"对举。

谢公最小～怜女,自嫁黔娄百事乖。(元稹《遣悲怀》)"最小偏怜女"即"最小的、最疼爱的女儿"。

更深月色半人家,北斗阑干南斗斜。今夜～知春气暖,虫声新透绿窗纱。(刘方平《月夜》)

按:此义战国时即有。《庄子·庚桑楚》:"老聃之役有庚桑楚者,偏得老子之道。""偏得"即"最得"。南北朝时亦有。《水经注·沔水》:"沔水又东偏浅。""偏浅"即"尤浅"。唐诗中更不胜枚举。刘淇《助字辨略》:"偏,畸重之词。"虽表达不甚准确,然其大意不差。但一般字典均未收此义。1949年前出版的《辞海》和1979年出版的《辞海》都引用刘方平一例,解释为"示动作之出于意外也"或"偏偏",均未妥。

(二)副词。独,独自。

侏儒应共饱,渔父莫～醒。(杜甫《秦州见敕目》)

金陵风景好,豪士集新亭。举目山河异,～伤周颛情。(李白《金陵新亭》)

脱下御衣～得著,进来龙马每教骑。(王建《赠王枢密》)

飞雪带春风,徘徊乱绕空。君看似花处,～在洛城东。(刘方平《春雪》)意谓唯独洛城中富贵之家方有赏雪闲情。

五一、飘飖

"飘飖"在唐诗中除"飘荡"义外,还有"飘泊""辗转"等义。由此引申又可以用来形容道路的曲折艰难。

叹我万里游,～～三十春。(李白《门有车马客行》)

～～风尘际,何地置老夫?(杜甫《草堂》)

～～天地间，一别方兹晨。（高适《答侯少府》）

以上为"飘泊"义。

～～适东周，来往若奔波。（杜甫《别唐十五》）

～～涝州县，迢递限言谑。（高适《淇上酬薛》）

离别十年外，～～千里来。（高适《宋中遇陈二》）

以上为"辗转"义。

辘轳辞下杜，～～陵浊泾。（杜甫《桥陵诗》）此例"飘飘"与"辘轳"对举，都是形容道路的曲折艰难。

边庭～～那可度，绝域苍茫复何有。（高适《燕歌行》）"边庭"一作"边风"。非。两句以"边庭"对"绝域"，都是就地域而言。作"边风"可能是后人因为不了解"飘飘"有"道路曲折艰难"的意义而改的。

五二、其如

"其如"是"其如……何"的省略，意思是"怎奈……何"或"怎奈"。"其如……何"的例子如：

徒对芳樽酒，其如伏枕何。（孟浩然《初年乐城馆》）意思是想去饮酒，怎奈卧病伏枕而不能。

肠断若剪弦，其如愁思何。（李白《寄远》）

"其如"的例子如：

欲徇五斗禄，～～七不堪。（孟浩然《京还赠张维》）"七不堪"见嵇康《与山巨源绝交书》，嵇康说自己生性疏懒，有七件事不堪做官。

岂不惜贤达，～～高尚心。（唐玄宗《送贺知章归四明》）两句意思是本想挽留贺知章，不让他告老还乡，但无奈贺高尚之心何。

不是无兄弟，～～有别离。(杜甫《伤春》)

不独避霜雪，～～俦侣稀。(杜甫《归燕》)意思是归雁南飞不但是为了避霜雪，而且是因俦侣已稀，不得不南归。

五三、岂

(一)"岂"是表反问的副词，相当于现代汉语的"难道""哪里"。但在唐诗中，"岂"有时相当于"岂必"或"何必"。

志合～兄弟，道行无贫贱。(张九龄《叙怀》)意思是志合即是知己，何必一定要是兄弟。

时来极天人，道在～吟叹。(李白《秋日炼药院》)"岂吟叹"即"何必吟叹"。

须知胡骑纷纷在，～逐春风一一回。(杜牧《早雁》)"逐"义同"随"。意思是北方战乱未平，早雁不必归来。

(二)"岂"又可以表示"岂非"或"岂不"的意思。例如：

吾昔与汝辈，读书常闭门。未尝冒湍险，～顾垂堂言。(孟浩然《入峡寄弟》)"垂堂言"指"家累千金，坐不垂堂(屋檐下)"的谚语。"岂顾"是"岂不顾"。

干排雷雨犹力争，根断泉源～天意。(杜甫《楠树为风雨所拔叹》)这是说"岂非天意"。

争名古～然？键捷欻不闭。(杜甫《八哀诗·李邕》)上句意思是争名之事自古而然。

剖之尽蠹虫，采掇爽其宜。纷然不适口，～只存其皮。(杜甫《病橘》)

圣人筐篚恩，实欲邦国活；臣如忽至理，君～弃此物。(杜甫《咏怀》)"此物"即上句所说的"筐篚"，指皇帝赐给群臣的币帛。意思是如果群臣不为邦国效力,君主岂非虚掷此物吗?

上述各例中的"岂"如果解释为"难道",则意义完全相反,与上下文不相承接了。

五四、侵

动词。义同"近",接近,靠近。

尔家最近魁三象,时论因~尺五天。(杜甫《赠韦七》)杜甫自注:"俚语曰:城南韦杜,去天尺五。"韦七家住长安城南之韦曲,所以时人谓之靠近相距只有一尺五的天。

缆~堤柳系,幔卷浪花浮。(杜甫《陪诸贵公子》)仇兆鳌注:"侵,迫近也。"

满谷山云起,~篱涧水悬。(杜甫《示侄佐》)

小吏趋竹径,讼庭~药畦。(岑参《虢州郡斋》)

城边楼枕海,郭里树~湖。(岑参《送任郎中》)此句"枕海"与"侵湖"对举。

五五、仍

连词,义同"且"。可以连接两个词组,也可以连接两个句子。

张弟五车书,读书~隐居。(王维《戏赠张五弟》)

部曲精~锐,匈奴气不骄。(杜甫《故武卫将军》)

蜀人竞祈恩,捧酒~击鼓。(岑参《龙女祠》)

吾观费子毛骨奇,广眉大口~赤髭。(岑参《送费子》)

陈侯立身何坦荡,虬须虎眉~大颡。(李颀《送陈章甫》)

以上是连接词组。

为奏薰琴唱,~题宝剑名。(张九龄《送尚书燕国公》)

既笑接舆狂，～怜孔丘厄。(孟浩然《山中逢道士》)

夷门得隐沦，而与侯生亲；～要鼓刀者，乃是袖锤人。(李白《博平郑太守》)这几句是说信陵君得侯嬴又得朱亥。

这个意义在唐代非常普通，在散文中也很常见。如《旧唐书·地理志》："武德四年，置仓州，领安宜一县。……肃宗上元三年建巳月，于此县得定国宝十三枚，因改元宝应，仍改安宜为宝应。""仍"不是"仍然"之义，而是义同"且"。

五六、如何

唐诗中"如何"有"岂料"之义。如：

云海访瓯闽，风涛泊岛滨。～～岁除夜，得见故乡亲。(孟浩然《除夜乐城》)

结发生别离，相思复相保。～～日已久，五变庭中草。(李白《生别离》)

醉入田家去，行歌荒野中。～～青草里，亦有白头翁。(李白《见野草中有名白头翁者》)

五载客蜀郡，一年居梓州。～～关塞阻，转作潇湘游。(杜甫《去蜀》)意思是说在蜀居住多年之后，本想回关中，怎料道路不通，反而到潇湘去了。

～～燕赵陲，忽偶平生亲。(高适《答侯少府》)"偶"义同"遇"。

怅望日千里，～～今二毛。(高适《送蹇秀才》)"日千里"指骏马，比喻俊才。意思是不料如今蹇秀才也头发花白了。

五七、飒

副词。义同"忽"。

谢公池塘上，春草～已生。(李白《游谢氏山亭》)

云行信长风，～若羽翼生。(李白《游泰山》)

芒然蕙草暮，～尔凉风吹。(李白《秋思》)

交游～向尽，宿昔浩茫然。(杜甫《湘江宴饯》)"向尽"即"将尽"。

雨声传两夜，寒事～高秋。(杜甫《村雨》)意谓两夜雨后突然成秋。

清风～来云不去，闻之酒醒泪如雨。(岑参《秦筝歌》)

门庭～已变，风物惨无辉。(刘禹锡《哭王仆射暴薨》)

以上例句都不能用"衰飒"义解释。

五八、扫地

副词。"全都"之义。

二龙争战决雌雄，赤壁楼船～～空。(李白《赤壁歌送别》)

春光～～尽，碧叶成黄泥。(李白《赠韦侍御》)

自太古及今，君君臣臣，烈士贞女，采其名节尤彰可激清颓俗者，皆～～而祠之。(李白《溧阳濑水贞义女碑铭序》)

又为名词词组，"遍地"之义。

宰邑艰难时，浮云空古城。居人若薙草，～～无纤茎。(李白《献从叔当涂宰阳冰》)

夫子理宿松，浮云知古城。～～物莽然，秋来百草生。(李白《赠闾丘宿松》)"宿松"是县名。

锦水湔云浪，黄山～～春。(李商隐《送从翁》)

《辞源》(修订本)在"扫地"条下有"尽数、全都"一义，而未及"遍地"义，故为之补充。

五九、涩

"涩"的本义是"不滑"。引申为道路难行，或行路艰难。此义南北朝时和唐代都有。

涂~无人行，冒寒往相觅。（晋《子夜四时歌》）

自从官马送还官，行路难行~如棘。（杜甫《逼仄行》）

途穷见交态，世梗悲路~。（杜甫《送率府程》）

乍离华厩移蹄~，初到贫家举眼惊。（张籍《谢裴司空寄马》）

唐代还有地名称为"涩滩"，李白有《下泾县陵阳溪至涩滩》诗，"涩"也是"难行"之义。

六〇、数（附：比数）

动词。义同"比"，等同、并列的意思。

年光三月里，宫殿百花中。不~秦土日，谁将洛水同。（王维《三月三日勤政楼侍宴》）"谁将"即"岂与"。传说三月三日修禊起源于周公在洛阳水泛酒，以及秦昭王置酒河曲（见《晋书·束皙传》）。这两句是说今日之宴既不同于秦王，又不同于周公。

千秋万岁奉明主，临江节士安足~。（杜甫《魏将军歌》）赵次公注："非特临江王节士比也。"

天子预开麟阁待，只今谁~贰师功。（岑参《献封大夫破播仙》）这是以汉代贰师将军喻封常清，说封常清的功劳如今无人可比。

"数"义同"比"，因此也能和"比"叠用，构成"比数"一词，意思是"视为同列"，也就是"看得起"。

长安布衣谁~~，反锁衡门守环堵。（杜甫《秋雨叹》）

君不见富家翁，旧时贫贱谁~~。（高适《行路难》）

司马迁《报任安书》："刑余之人无所比数。"也是这个意思。"无所比数"或"谁比数"，换句话说，就是"为人所不齿"。"不齿"的"齿"也是排列的意思。

六一、贪

动词。义同"欲"。

～趋相府今晨发，恐失佳期后命催。（杜甫《送李八秘书赴杜相公幕》）

涤除～破浪，愁绝付摧枯。（杜甫《北风》）仇兆鳌注："（北风）涤除瘴气，方思破浪南行，奈风急可愁，不敢付之摧枯也。""贪破浪"即"欲破浪"。

威～陵布被，光肯离金罍。（韩愈《咏雪》）大意是：雪欲欺凌贫士，而为豪门助兴。

主人朝谒早，～养汝南鸡。（刘禹锡《鹤叹》）

～荣五采服，遂挂两梁冠。（刘禹锡《送太常萧博士》）此言欲侍亲而辞官。

如今七十自忘机，～爱都忘筋力微。（柳宗元《戏题石门长老东轩》）此为名词"欲"（慾）。

六二、往往

"往往"和"时时"意义不同。"往往"是指情况通常如此，"时时"是指动作屡屡发生。但在唐诗中，"往往"有时义同"时时"。

时时慰风俗，～～出东田。（李白《赠宣城宇文太守》）"往往"和"时时"对举，"出东田"指太守行春。

庙中～～来击鼓，尧本无心尔何苦。（李白《鲁郡尧祠》）

回飙吹散五峰雪，～～飞花落洞庭。(李白《与诸公送陈郎》)

～～虽相见，飘飘愧此身。(杜甫《赠王二十四》)

深路入古寺，乱花随暮春。纷纷对寂寞，～～落衣巾。(刘慎虚《寄阎防》)

六三、谓

"谓"有"以为""认为"之义。如杜甫《奉赠韦左丞丈》："自谓颇挺出，立登要路津。"此义习见。由此又引申为"料"。如：

黄昏始扣主人门，谁～俄顷胶在漆。(杜甫《相逢歌》)

不～生戎马，何知共酒杯？(杜甫《郑驸马池台》)"知"为"期"义，见后。

谁～朝来不作意，春风挽断最长条。(杜甫《绝句漫兴》)

岂～尽烦回纥马，翻然远救朔方兵。(杜甫《诸将》)

只言期一载，谁～历二秋？(李白《江夏行》)

与君自～长如此，宁知草动风尘起。(李白《流夜郎赠辛判官》)

六四、为报

"为报"是唐诗宋词中之熟语，意即"替我告诉"。("为"后省略宾语。)但一些通行的注本中常将此词语注错。如苏轼《定风波·密州出猎》："为报倾城随太守"，有的注作"为了酬答满城人都随同去看打猎的盛意"。柳宗元《汨罗遇风》："为报春风汨罗道，莫将波浪枉明时"，有的注作"为了报答春风汨罗的道路"。故立此条。

～～鸳行旧，鹡鸰在一枝。(杜甫《秦州杂诗》)"鸳行旧"指旧时同列之朝官。

若逢范与岑，~~各衰年。（杜甫《泛江送魏十八》）

荆州遇薛孟，~~欲论诗。（杜甫《别崔潩》）

凤凰池上应回首，~~笼随王右军。（杜甫《得房公池鹅》）此以王羲之自比，谓替我告诉房公，我已将鹅笼归。

又如：

~~寰中百川水，来朝此地莫东归。（沈佺期《龙池篇》）

陇山鹦鹉能言语，~~家人数寄书。（岑参《赴北庭》）

~~苍梧云影道，明年早送客帆归。（韩翃《送刘评事》）"为报……道"即"替我告诉……说"。下句即所告之语。

临蒸且莫叹炎方，~~秋来雁几行。（柳宗元《得卢衡州书》）此例中"为报"是"请告诉我"之意。"为报"成一熟语后，"为"的意义虚化了。

六五、惜

动词。义同"悲"。

男儿生无所成头皓白，牙齿欲落真可~。（杜甫《莫相疑行》）

田家望望~雨干，布谷处处催春种。（杜甫《洗兵马》）

渐~容颜老，无由弟妹来。（杜甫《遣愁》）

将无七擒略，鲁女~园葵。（李白《书怀赠南陵》）"鲁女惜园葵"典出于《列女传》，意思是鲁女为国事而悲。

瞻光~颓发，阅水悲徂年。（李白《秋登巴陵》）

蹉跎君自~，窜逐我因谁。（李白《赠易秀才》）

六六、想象

动词。义同"仿佛"。

翠华~~空山里，玉殿虚无野寺中。（杜甫《咏怀古迹》）王洙注："想象犹仿佛。"

晚途未云已，蹭蹬遭逸毁。~~晋末时，崩腾胡尘起。（李白《赠张相镐》）此言自己晚年遭逸，又逢安史之乱，纷乱如同晋末。

朔雪落吴天，从风渡溟渤。……飘飘四荒外，~~千花发。（李白《淮海对雪》）

仙人游碧峰，处处笙歌发。……~~鸾凤舞，飘飘龙虎衣。（李白《游泰山之六》）

丹霞冠其巅，~~凌虚游。（柳宗元《界围岩水帘》）

六七、向

（一）动词。义同"之"或"至"。即现代汉语的"到……去"或"到"。

借问今何官，触热~武威。（杜甫《送高三十五》）

遣人~市赊香粳，呼妇出房亲自馈。（杜甫《病后遇王倚》）

绵谷元通汉，沱江不~秦。（杜甫《赠别何邕》）

汝阳三斗始朝天，道逢麹车口流涎，恨不移封~酒泉。（杜甫《饮中八仙歌》）

呼鹰过上蔡，卖畚~嵩岑。（李白《留别王司马》）

不~东山久，蔷薇几度花。（李白《忆东山》）

愁~公庭问重译，欲投章甫作文身。（柳宗元《柳州峒氓》）

梦里分明见关塞，不知何路~金微。（张仲素《秋闺思》）

（二）介词。义同"于"，即现代汉语的"在"。

老~巴人里，今辞楚塞隅。（杜甫《大历三年春》）

骑将猎~南山口，城南狐兔不复有。（岑参《卫节度赤骠马歌》）

绿条映素手，采桑~城隅。(李白《陌上桑》)按：汉乐府《陌上桑》："罗敷善蚕桑，采桑城南隅。"李白即用其意。"向"不表示趋向，只表示"在……处"。

西丛七茎劲而健，省~天竺寺前石上见。(白居易《画竹歌》)"省"义同"曾"。见《诗词曲语辞汇释》卷五。

绣成安~春园里，引得黄莺下柳条。(胡令能《咏绣障》)

(三)副词。义同"渐"。

慈亲~羸老，喜惧在深衷。(孟浩然《书怀》)

清浅白石滩，绿蒲~堪把。(王维《白石滩》)

草色日~好，桃源人去稀。(王维《送钱少府》)

日月方~除，恩爱忽焉睽。(储光羲《同王维偶然作》)"向除"即渐至年终。

俄顷风定云墨色，秋天漠漠~昏黑。(杜甫《茅屋为秋风所破歌》)

巴莺纷未稀，徼麦早~熟。(杜甫《客堂》)

六八、寻

义为"沿"或"沿……行"。

何得空里雷，殷殷~地脉。(杜甫《白水崖少府》)赵次公注："寻地脉所在。"非是。

栈悬斜避石，桥断却~溪。(杜甫《自阆州赴蜀》)"却寻溪"即"还沿溪行"。

杖藜~巷晚，炙背近墙暄。(杜甫《晚》)

又如：

攀崖度石壁，弄水~回溪。(李白《春日》)

禹穴~溪入，云门隔岭深。(李白《送纪秀才》)

轻舟泛月~溪转，疑是山阴雪后来。(李白《东鲁门泛舟》)

遥见~沙岸，春风动草衣。(张籍《夜到渔家》)此是"十字句"，言遥见渔夫正沿沙岸行舟。有的注本解释为"有人在寻沙岸泊船"，未妥。

又唐代散文中"寻"也有"沿……行"义。如柳宗元《钴鉧潭西小丘记》："~山口西北道二百步，又得钴鉧潭。"

六九、压

《诗词曲语辞汇释》卷五："亚，有纵横二方面之二义。自其纵者而言，犹低也，俯也。……自其横者而言，犹并也，傍也，挨也。""压"亦有纵横二方面之义，即"临，处"和"并，傍"。"亚""压"同属影母；"亚"祃韵，"压"狎韵，中古时主要元音也是相同的。

暖客貂鼠裘，悲管逐清瑟；劝客驼蹄羹，霜橙~香橘。(杜甫《咏怀》)此"傍"义。

自是秦楼~郑谷，时闻杂佩声珊珊。(杜甫《郑驸马宅》)

借问夔州~何处，峡门江腹拥城隅。(杜甫《夔州歌》)

以上为"临，处"义。

又如：

将军旧~三司贵，相国新兼五等崇。(韩愈《晋公破贼回》)

细径穿禾黍，颓垣~薜萝。(李昌符《秋晚归故居》)

以上为"傍，并"义。

知尔园林~渭滨，夫人堂上泣罗裙。(岑参《与独孤渐道别》)

艳骨已成兰麝土，宫墙依旧~层崖。(皮日休《馆娃宫》)

以上为"临，处"义。

七〇、言

动词。义同"谓"。"谓"有"以为"义,又引申为"料想"义,"言"也有"以为"和"料想"义。

当时一旦擅豪华,自~千载常骄奢。(骆宾王《帝京篇》)

昨夜沧江别,~乘天汉游。宁期此相遇,尚接武陵洲。(陈子昂《江上暂别萧四刘三旋欣接遇》)

自~管葛竟谁许,长吁莫错还闭关。(李白《驾去温泉宫》)

只~啼鸟堪求侣,无那春风欲送行。(高适《夜别韦司士》)

以上为"以为"义。

何~中路遭弃捐,零落飘沦古狱边。(郭震《宝剑篇》)

何~一水浅,似隔九重天。(李白《赠宣城宇文太守》)

不~长不归,环珮犹将听。(王维《故南阳夫人挽歌》)"长不归"指死去。

以上为"料想"义。

又可以说成"谓言",义同"以为"。

去年别我向何处,有人传道游江东。~~挂席度沧海,却来应是无长风。(李白《东鲁见狄博通》)意思是说以为狄已渡海了,不料在东鲁又碰见他,大概是因为没有长风所以回来了。

也可以写成"为言"。

忆昔娇小姿,春心亦自持。~~嫁夫婿,得免长相思。(李白《江夏行》)

七一、掩

动词。"压倒"或"超过"之义。

赋～陈王作,杯如洛水流。(王维《龙池春褉应制》)"陈王"指曹植。

秀色～今古,荷花羞玉颜。(李白《西施》)

挥毫赠新诗,高价～山东。(李白《访道安陵》)

天姥连天向天横,势拔五岳～赤城。(李白《梦游天姥吟》)

伊人今独步,逸思能间发。永怀～风骚,千载常矻矻。(高适《同观陈十六》)

被兹甘棠树,美～召伯诗。(岑参《尹相公京兆府中棠树降甘露》)《诗经》中有《甘棠》一诗,是赞美召伯的。两句大意是:甘露降到棠树上,说明尹公的政绩超过了召伯。

七二、疑

动词。似。

青对巫山峡,黄～夏禹功。(杜甫《瀼西》)此句形容夔州之西池,就像巫山峡,又似夏禹所凿。"对"有"如,像"之义,例如白居易《问秋光》:"淡交唯对水,老伴无如鹤。"

落月满屋梁,犹～照颜色。(杜甫《梦李白》)

望中～在野,幽处欲生云。(杜甫《假山》)

汉家城阙～天上,秦地山川似镜中。(沈佺期《兴庆池侍宴》)

山光积翠遥～遍,水态含青近若空。(苏颋《兴庆池侍宴》)

猿鸟犹～畏简书,风云常为护储胥。(李商隐《筹笔驿》)

尽日无人～怅望,有时经雨乍凄凉。(罗隐《杏花》)

沙翻痕似浪,风急响～雷。(张蠙《登单于台》)

以上各例中的"疑"都不能以"怀疑"解释。

七三、倚

动词。傍,近。由"依靠"之义引申而来,但又与之有别。

~江楠树草堂前,故老相传二百年。(杜甫《楠树》)

维舟~前浦,长啸一含情。(杜甫《公安县怀古》)

锁石藤梢元自落,~天松骨见来枯。(杜甫《寒雨朝行》)

楸树馨香~钓矶,斩新花蕊未应飞。(杜甫《三绝句》)

芳菲缘岸圃,樵爨~滩舟。(杜甫《落日》)

北斗挂城边,南山~殿前。(杜审言《蓬莱三殿》)

四面生白云,中峰~红日。(李白《望黄鹤山》)

楼~霜树外,镜天无一毫。(杜牧《长安秋望》)

游骑偶同人斗酒,名园相~杏交花。(杜牧《街西》)

七四、挹(附:揖)

"挹"通"揖"。推其手使前曰揖。由此引申,"挹(揖)"义同"扬"或"称",有"称颂""称扬""称述""推崇"等意义。

崔徐迹未朽,千载揖清波。(孟浩然《寻梅道士》)"揖清波"即"扬清波"。

每揖龚黄事,还陪李郭舟。(高适《同李太守》)"揖"为"称颂"义。

朝宗人共~,盗贼尔谁尊。(杜甫《长江》)"挹"为"称颂"义,与下句"尊"对举。意思是长江朝宗于海则人共称颂,如果泛滥成灾则无人尊崇。

作歌~盛事,推毂期孤骞。(杜甫《览柏中丞》)"挹"为"称述"义。

我行～高风,羡尔兼少年。(高适《过卢明府》)"挹"为"称扬"义。

世情薄疵贱,夫子怀贤哲。行矣各勉旃,吾当～余烈。(高适《宋中别李》)"挹"义同"扬"。"挹余烈"即发扬余烈。

时望～侍郎,公才标缙绅。(贾至《自蜀奉册》)"挹"为"推崇"义,与"标"对举。

七五、应

"应"和"当"相类似,有时不表示"应当",而表示"将要"。如:

便与先生～永诀,九重泉路尽交期。(杜甫《送郑十八》)"便"义同"纵",见《诗词曲语辞汇释》卷一。

诸将归～尽,题书报旅人。(杜甫《与严二郎奉礼别》)

汉南～老尽,灞上远愁人。(杜甫《柳边》)

舞石旋～将乳子,行云莫自湿仙衣?(杜甫《雨不绝》)"将乳子"即"带乳子"。

帝宠贤王入楚关,扫清江汉始～还。(李白《永王东巡歌》)

自知未～还,离君经三春。(李白《寄远》)"未应还"略等于"未能还"。"应"表示将然,不表示"应当"。

七六、映

动词。义同"掩",即"遮掩"或"隐藏"的意思。

芰荷熏讲席,松柏～香台。(孟浩然《题融公兰若》)

寒塘～衰草,高馆落疏桐。(王维《奉寄韦太守》)

对人传玉腕,～竹解罗襦。(王维《杂诗》)"映竹"即隐藏于竹中。

岸上谁家游冶郎,三三五五~垂杨。(李白《采莲曲》)"映垂杨"即隐藏于垂杨后面。

野竹攒石生,含烟~江岛。(李白《慈姥竹》)

方冬合沓玄阴塞,昨日晚晴今日黑。万里飞蓬~天过,孤城树羽扬风直。(杜甫《复阴》)

~阶碧草犹春色,隔叶黄鹂空好音。(杜甫《蜀相》)

桑竹隐村户,芦花~钓船。(岑参《寻巩县南》)"映"与"隐"对举,为"隐蔽"之义。

七七、余

(一)动词。义同"遗"。

六帝~古丘,樵苏泣遗老。(李白《金陵白杨》)

日下空亭暮,城荒古迹~。(李白《秋日与张少府》)

仙人炼玉处,羽化留~踪。(李白《送温处士》)"余踪"即"遗踪"。

巨璞禹凿~,异状君独见。(杜甫《石砚》)意思是:巨璞是禹凿遗留之物。

地久微子封,台~孝王筑。(高适《酬鸿胪裴》)意思是:此地尚遗孝王所筑之台。

(二)名词。义同"后"。为"……之后"或"后代"之义。

夜漏行人息,归鞍落日~。(王维《同比部》)"落日余"即"落日之后"。

闻道和亲入,垂名报国~。(杜甫《送薛明府》)意思是:垂名于报国之后。

鸡鸣向何处,人物是秦~。(孟浩然《宿武陵》)"秦余"即"秦人的后代"。《桃花源记》说洞中人的祖先避秦时乱而来此。这两句诗即用此典故。

尔来得茂彦,七叶仕汉~。(李白《酬张卿》)意思是:张卿是汉代显宦的后代。

七八、欲知

推测之辞,义同"料想"。

~~禅坐久,行路长春芳。(王维《过福禅师》)

~~今日后,不乐为车公。(王维《河南严尹》)"车公"指车胤。《晋书·车胤传》:"(胤)善于赏会。当时每有盛坐而胤不在,皆云:'无车公不乐。'"此句以车胤比严尹,言料想今后宴集无严尹,己亦为之不乐。

~~怅别心易苦,向暮春风杨柳丝。(李白《下途归石门》)

~~此后相思梦,长在荆门郢树烟。(杜示儿《别舍弟宗一》)

"欲知"有"料想"之义,是因为"知"有"料"义(见后),而"欲"在唐诗中可以是副词,有"已"或"正"义(见王锳《诗词曲语辞例释》),因此,"欲知"就表示"已料"或"正料",成为推测之辞了。

七九、在

(一)动词。义同"藉",凭藉,依靠。

尪服诚如此,扶持~数公。(杜甫《收京》)集注:"时王室再造,实赖子仪光弼数公。"

炎风朔雪天王地,只~忠臣翊圣朝。(杜甫《诸将五首之四》)此言四裔所以臣服,实赖忠臣赞翊。

御风知有~,去国肯无聊。(李商隐《送从翁》)此以"有在"与

"无聊"对举,"在"为"凭藉"义。

军国多所需,切责～有司。有司临郡县,刑法竞欲施。(元结《春陵行》)此言藉有司以取军国之需。

"在"又可与"藉"连用,"藉在"即"依赖"之义。

白头无藉(一作"籍")～,朱绂有哀怜。(杜甫《送韦书记》)集注:"无籍在,朝列也。藉如通籍之籍。"赵云:"谓无所倚藉,故对哀怜。字或一作籍。"按:赵说是。

(二)动词。义同"期",期望,期待。

宁知草间人,腰下有龙泉。浮云～一决,誓欲清幽燕。(李白《在水军宴》)

心虽～朝谒,力与愿矛盾。(杜甫《赠郑十八》)

此生任春草,垂老独飘萍。傥忆山阳会,悲歌～一听。(杜甫《赠张垍》)"山阳会"用向秀思念嵇康之典。后两句大意是:张垍傥或念旧,则期望一听我之悲歌。

寄书惟～频,无吝简与缯。(韩愈《送侯参谋》)

走章驰檄～得贤,燕雀纷拏要鹰隼。(韩愈《赠崔立之》)

嵇鹤元无对,荀龙不～夸。(李商隐《病中闻河东公》)此言嵇绍如鹤立鸡群,天下无双;荀淑之八子(人称"八龙")才质自美,不期人夸。

《云溪友议》卷上载,唐文宗谓高锴曰:"常年宗正寺解送人,恐有浮薄,以忝科名。在卿精拣艺能,勿妨贤路。"此"在"也是"期望"之义。

八〇、知

动词。义同"期"。料到。常与疑问词"何""岂"、否定词

"不"连用。

不谓生戎马,何~共酒杯。(杜甫《郑驸马池台》)"知"与"谓"对举。"谓"有"料"义,见前。

岂~牙齿落,名沾荐贤中。(杜甫《春日江村》)意谓岂期暮年而被荐为员外郎。

闻道乘骢发,沙边待至今。不~云雨散,虚费短长吟。(杜甫《渝州候严侍御不到》)

消渴今如此,提携愧老夫。岂~台阁旧,先拂凤凰雏。(杜甫《别苏徯》)意谓自己老病,不能提携苏徯,不料台阁中之故人有能荐举之者。

天开地裂长安陌,寒尽春生洛阳殿。岂~驱车复同轨,可惜刻漏随更箭。(杜甫《湖城东遇孟云卿》)此言不期变乱后复相遇。

何~七十战,白首未封侯。(陈子昂《感遇》)

宁~风雪夜,复此对床眠。(韦应物《示全真元常》)

李杜文章在,光焰万丈长。不~群儿愚,那用故谤伤。(韩愈《调张籍》)

不~腐鼠成滋味,猜意鹓雏竟未休。(李商隐《安定城楼》)

按:"知"本有"推测、料想"之义,如王维《九月九日》:"遥知兄弟登高处,遍插茱萸少一人。"放在"岂""不"后面则"料"义更显著,因与"期"义同。

八一、直

副词。相当于现代汉语中的"只""就"。强调"只是(或只因)如此,而非其他"。此与《诗词曲语辞汇释》卷一表"就使"义之"直"不同。

得归茅屋赴成都，~为文翁再剖符。(杜甫《将赴成都》)此言就(只)因为严武再度镇蜀，故得返成都。

由来意气合，~取性情真。(杜甫《赠王二十四》)

~怕巫山雨，真伤白帝秋。(杜甫《更题》)

~愁骑马滑，故作放船回。(杜甫《放船》)

~苦风尘暗，谁忧客鬓催。(杜甫《早花》)

又如：

横戈从百战，~为衔恩甚。(李白《塞下曲》)

~是为君餐不得，书来莫说更加餐。(李白《代佳人寄翁参枢》)

礼数异君父，羁縻如羌零。~求输赤诚，所望大体全。(李商隐《行次西郊作》)此言朝廷待藩镇不敢视以为臣，而多方羁縻笼络之，所期望者只是不致反叛而已。有的注本说"直"是"即使"，似未妥。

有花堪折~须折，莫待无花空折枝。(杜秋娘《金缕衣》)

八二、祇（衹、只）

副词。义同"犹"，即现代汉语中的"还""依然"。

至老双鬟只垂颈，野花山叶银钗并。(杜甫《负薪行》)

燕入非旁舍，鸥归~故池。(杜甫《过故斛斯校书庄》)

秋风褭褭吹江汉，只在他乡何处人？(杜甫《戏作寄上汉中王》)

京中旧见无颜色，红颗酸甜只自知。(杜甫《解闷》)"旧见"即"曾见"，见前。

百舌来何处？重重~报春。……过时如发口，君侧有谗人。(杜甫《百舌》)按：此句非为"只是报春"之意。仇兆鳌注："《汲冢周书》：'芒种之日螳螂生，又五日，鵙始鸣。又五日反舌(按：即百舌)无声。……反舌有声，佞人在侧。'诗言春已过而犹报春，故知'君侧有谗人'。"

宋公旧池馆，零落首阳阿。枉道~从入，吟诗许更过。(杜甫《过宋之问旧庄》)此言枉道而入犹许我入庄，他日为吟诗而来当更许我重过。

人生代代无穷已，江月年年祇相似。(张若虚《春江花月夜》)

斑骓只系垂杨岸，何处西南待好风？(李商隐《无题》)"何处"即"何由"，见前。

八三、中

表方位和时间的名词。和现代汉语表"中间"的"中"不一样。

人今已厌南~苦，鸿雁那从北地来。(王勃《蜀中九日》)

此~逢故友，彼地送还乡。(张说《南中别蒋五》)

日没出古城，野田何茫茫。寒狐啸青冢，鬼火烧白杨。昔人未为泉下客，行到此~曾断肠。(李益《野田行》)

坳~初盖底，垤处遂成堆。(韩愈《咏雪》)

第一、二例"中"与"地"对举。"南中"即"南方"，"此中"即"此地"。第三、四例很容易误解为"野田中间""坳中间"，其实是"此处""坳处"之义。

江流天地外，山色有无~。(王维《汉江临泛》)

足以资一时~之学矣。(刘禹锡《秋日过鸿举序》)

以上"中"义同"间"。"有无中"即"有无之间"，"一时中"即"一时之间"。

望~疑在野，幽处欲生云。(杜甫《假山》)

柳映江潭底有情？望~频遣客心惊。(李商隐《柳》)

江城秋日落，山鬼闭门~。(杜甫《巫峡敝庐》)

寒城猎猎戍旗风,独倚危楼怅望~。万里山川唐土地,千年魂魄晋英雄。(罗隐《登夏州城楼》)

以上"中"义同"时"。

八四、逐

动词或介词。随。

桃花细~杨花落,黄鸟时兼白鸟飞。(杜甫《曲江对酒》)

野老篱前江岸回,柴门不正~江开。(杜甫《野老》)

大家东征~子回,风生洲渚锦帆开。(杜甫《送王十五》)仇兆鳌引朱注:"逐子即随子义也。"

渚蒲随地有,村径~门成。(杜甫《漫成》)

泪~劝杯落,愁连吹笛生。(杜甫《泛江送客》)

箭~云鸿落,鹰随月兔飞。(李白《观猎》)

地~名贤好,风随惠化春。(李白《赠崔秋浦》)

明珠归合浦,应~使臣星。(王维《送邢桂州》)

须知胡骑纷纷在,岂~春风一一回。(杜牧《早雁》)

腰褭似龙随日换,轻盈如燕~年新。(李山甫《公子家》)

八五、转

副词。义同"益"。更加,愈。

力疾坐清晓,来诗悲早春。~添愁伴客,更觉老随人。(杜甫《奉酬李都督早春作》)此言读李诗后益添愁。

小来习性懒,晚节慵~剧。(杜甫《送李校书》)

杜陵有布衣,老大意~拙。(杜甫《咏怀》)

堂前扑枣任西邻,无食无儿一妇人。不为困穷宁有此,只缘恐惧~须亲。(杜甫《又呈吴郎》)此言正因妇人恐惧,待之更须亲近。

老夫不知其所往,足茧荒山~愁疾。(杜甫《观公孙大娘》)此句有的注本解释说:"转愁疾即疾转愁,很快地感到忧愁。"非是。"转愁疾"即"益愁疾"。"愁疾"亦作"愁寂",为"忧愁"之义,唐诗中常见。

乃知梅福徒为尔,~忆陶潜归去来。(高适《封丘作》)此言己任封丘尉后知梅福之"吏隐"不足效,益忆陶潜弃官而去。

行尽绿潭潭~幽,疑是武陵春碧流。(李白《和卢侍御》)

时命虽乖心~壮,技能虚富家逾窘。(韩愈《赠崔立之》)"转"与"逾"对举。

宦情羁思共凄凄,春半如秋意~迷。(柳宗元《柳州二月》)

感我此言良久立,却坐促弦弦~急。(白居易《琵琶行》)

"转"和"益"也可叠用。如:

一闻说尽急难才,~愁向驾驵辈。(杜甫《李鄠县丈人胡马行》)"急难才"指良马。

八六、自

(一)副词(或助动词)词缀。常见者为"犹自""空自""本自"等。此外尚有"已自""终自""要自"等等。

一双白鱼不受钓,三寸黄甘犹~青。(杜甫《即事》)

俱飞蛱蝶元相逐,并蒂芙蓉本~双。(杜甫《进艇》)

道州手札适复至,纸长要~三过读。(杜甫《暮秋枉裴道州手札》)"要"即"须"。"三过"即"三遍"。

高栋曾轩已~凉,秋风此日洒衣裳。(杜甫《七月一日题终明府水楼》)

一摘使瓜好,再摘令瓜稀。三摘尚~可,摘绝抱蔓归。(李贤《黄瓜台辞》)

长檠八尺空~长,短檠二尺便且光。(韩愈《短檠灯歌》)

共来百越文身地,犹~音书滞一乡。(柳宗元《登柳州城楼》)

(二)副词。义同"犹"。

商歌还入夜,巴俗~为邻。(杜甫《与严二归奉礼别》)

古墙犹竹色,虚阁~松声。(杜甫《滕王亭子》)

吾徒~飘泊,世事各艰难。(杜甫《宴王使君宅》)

十年结子知谁在?~向庭中种荔枝。(白居易《种荔枝》)

(三)副词。义同"已"或"既"。

昭阳桃李月,罗绮~相亲。(李白《宫中行乐词》)意思是在桃李花开时,宫中已着罗绮了。

军吏回官烛,舟人~楚歌。(杜甫《将晓》)军吏把官烛取走了,舟人已开始唱楚歌,这正是"将晓"时的景象。

怨别~惊千里外,论交却忆十年时。(高适《别李寀》)"却"义同"还"。"自"和"却"呼应。

风景宛然人~改,却经门巷马频嘶。(温庭筠《经李征君故居》)"却经"即"重经"。

八七、足

(一)形容词。形容程度深。随文可解释为"甚""多""频""剧"等。如:

十五富文史,十八~宾客。(杜甫《送李校书》)

天上多鸿雁,池中~鲤鱼。(杜甫《寄高三十五詹事》)

犹恐清光不同见,江陵卑湿~秋阴。(白居易《八月十五日》)

以上为"多"。

君臣节俭~，朝野欢呼同。(杜甫《往在》)此为"甚"。

主将收才子，崆峒~凯歌。(杜甫《寄高三十五书记》)此为"频""屡"。

栖泊云安县，消中内相毒。旧疾廿载来，衰年得无~？(杜甫《客堂》)此言消渴之疾至衰年能不剧乎？

园甘长成时，三寸如黄金。……邦人不~重，所迫豪吏侵。(杜甫《阻雨不得归瀼西甘林》)此言邦人不甚重柑树之故，在于豪吏侵夺。

自嗟孤贱~瑕疵，特见放纵荷宽政。(韩愈《寒食日》)

未容言语还分散，少得团圆~怨嗟。(李商隐《昨日》)

以上为"剧""甚"。

(二)助动词。义同"可"。

华亭鹤唳讵可闻，上蔡苍鹰何~道。(李白《行路难》)这两句分别用陆机和李斯临刑时的典故。"何足道"即"哪可道"，意思是在上蔡带着苍鹰去打猎的情景哪可再说呢。

憔悴成丑士，风云何~论。(李白《赠宣城赵太守悦》)"何足论"即"何可论"，感慨于风云变化之快。

逶迤罗水族，琐细不~名。(杜甫《太子张舍人遗织成褥段》)这两句是描写褥缎上的图案。"不足名"不是说"不值一谈"，而是言其繁多，义同"不可名"。

君山可避暑，况~采白𬞟。(杜甫《寄薛三》)

春色生烽燧，幽人泣薜萝。君臣重修德，犹~见时和。(杜甫《伤春》)这四句是说当时战乱不已，但只要君臣修德，还可以见到太平之时。

以上例句中的"足"都不能用"足以""值得"去解释。

八八、作

动词。义同"成"。"看作""化作"的"作"义同"成"较常见，"作"单用时义同"成"则比较少见。但唐诗中有其例。

庄周梦胡蝶，胡蝶为庄周。一体更变易，万事良悠悠。乃知蓬莱水，复～清浅流。（李白《古风之九》）

月光欲到长门殿，别～深宫一段愁。（李白《长门怨》）"别作"即"更成"。

羽化如可～，相携上清都。（李白《赠丹阳周处士》）

重来休沐地，真～野人居。（杜甫《重过何氏》）

衾枕成芜没，池塘～弃捐。（杜甫《秋日夔府》）

相随万里日，总～白头翁。（杜甫《寄贺兰铦》）"总作"即"都成为"。

庾信罗含皆有宅，春来秋去～谁家。（杜甫《舍弟观赴蓝田》）"谁家"即"什么家"。两句言庾信罗含之故宅久历春秋，不知成了什么样的家。

以上例句如果把"作"解释成"作为"，都不可通。

语言的艺术　艺术的语言

一、从语言探究中国古典诗词的魅力

诗歌是语言的艺术,要研究中国古典诗词的艺术性,离不开语言的研究。但古代的诗话、词话一般只着眼于具体诗句的分析,缺乏理论的概括;而一般修辞学的研究又多偏重于修辞格的研究,实际上古典诗词的魅力绝不仅仅在于它们成功地运用了某些修辞格。从语言角度分析中国古典诗词的艺术性,必须把语言的分析和诗词的立意、构思、意境等结合起来。

(一) 疏密

(A)诗词和绘画一样,用笔疏则想象的空间大,用笔密则想象的空间小。诗词中用语含蓄、省略、跳跃、逆挽、时空跨度大,都是"疏",反之则是"密"。可以拿一些作品来加以比较。如:岑参《轮台歌》,从"轮台城头夜吹角"写到"三军大呼阴山动",最后写到"誓将报主静边尘",详细地描写了战争的过程。而王昌龄《从军行》:"大漠风尘日色昏,红旗半卷出辕门。前军夜战洮河北,已报生擒吐谷浑。"只用四句就概括了一场战斗。卢纶《塞下曲》:"月黑雁飞高,单于夜遁逃。欲将轻骑逐,大雪满弓刀。"只描写了战斗前的气氛,把战争的场面留给读者去想象。相比而言,岑诗是密,王诗是疏,卢诗更疏。

又如,韩偓《偶见》:"秋千打困解罗裙,指点醍醐索一尊。见客入来和笑走,手搓梅子映中门。"生动地描写了一个少女荡秋千后的神态。李清照《点绛唇》:"蹴罢秋千,起来慵整纤纤手,露浓花瘦,薄汗轻衣透。见客人来,袜刬金钗溜,和羞走。倚门回首,却把青梅嗅。"笔墨更加展开,而仍是正面描写。但是张先《青门引》:"隔墙送过秋千影。"只闪过了少女荡秋千的影子。苏轼《蝶恋花》:"墙里秋千墙外道,墙外行人,墙里佳人笑。"只听见少女荡秋千的笑声。这两首词不是正面写少女。所以,韩李之作密,张苏之作疏,疏密各有所宜。

黄永武《中国诗学·设计篇》中曾提出"诗的密度",他说:"转折多,层次多,实字多,又或运用逆折、压缩、翻叠等手法,都能使寥寥有限的字句含意倍丰、含意转深。"他所说的"密度",正是我们所说的"疏"。因为既然要使有限的字句有更深、更丰富的含意,就不能写得十分细致缜密,而要用有限的笔墨引起读者广阔的想象。黄氏所说的"密"是就同样篇幅中包含的内容的丰富而言,我们所说的"疏"是就精练的字句引起的读者的想象的广阔而言。实际上都是指诗词的字句以少胜多,意在言外。

(B)怎样才能用精练的字句,通过读者的想象,创造广阔的意境呢?这首先与诗词的构思有关,同时也与字句的锤炼有关。本文着重讨论后一方面。

在中国古典诗词中,有一种经常使用的方法,可以称为"绾合"。即在同一个句子中,巧妙地把远近、古今、早晚、时地、因果联结在一起,但这种联结在字面上并没有明确地说出,而要通过读者的想象才能完成。如:

远近的绾合:

1. 檐飞宛溪水,窗落敬亭云。(李白《过崔八丈水亭》)
2. 窗含西岭千秋雪,门泊东吴万里船。(杜甫《绝句四首之三》)

古今的绾合：

3. 松楸远近千官冢，禾黍高低六代宫。(许浑《金陵怀古》)

4. 六朝文物草连空，天澹云闲今古同。(杜牧《题宣州开元寺》)

早晚的绾合：

5. 海日生残夜，江春入旧年。(王湾《次北固山下》)

6. 一叶兼萤度，孤云带雁来。(钱起《和万年成少府寓直》)

时地的绾合：

7. 千里莺啼绿映红，水村山郭酒旗风。(杜牧《江南春绝句》)

8. 秋风吹渭水，落叶满长安。(贾岛《忆江上吴处士》)

因果的绾合：

9. 泉声咽危石，日色冷青松。(王维《过香积寺》)

10. 人烟寒橘柚，秋色老梧桐。(李白《秋登宣城谢朓北楼》)

从句子结构来看，绾合有的是使用名词句(如例 3 和例 7 的下句)，有的是使用使动动词(如例 9、例 10)，有的是把复杂的语义压缩在修饰语中(如例 2、例 6)。这些都是使有限的字句展现更广阔的情景。

黄永武先生指出"实字多"可以增加诗的"密度"，这是对的；但虚字的作用也不容忽视。如：

11. 黄叶仍风雨，青楼自管弦。(李商隐《风雨》)

12. 正是江南好风景，落花时节又逢君。(杜甫《江南逢李龟年》)

13. 淮水东边旧时月，夜深还过女墙来。(刘禹锡《石头城》)

14. 已是黄昏独自愁，更著风和雨。(陆游《卜算子·咏梅》)

使用这类虚词，不但可以节省许多笔墨，而且可起到实词起不到的渲染、感叹的作用。

（C）"疏"可以使得诗词凝练、含蓄，那么"密"是不是就不好呢？这也不能一概而论，而要根据艺术表达的需要。就句而言，白居易的"野火烧不尽，春风吹又生"和刘长卿的"春入烧痕青"，崔涂的"渐与骨肉远，转于僮仆亲"和王维的"孤客亲僮仆"，陆游的"小楼一夜听春雨，深巷明朝卖杏花"和陈与义"杏花消息春雨中"，意思都大致相同，前者为两句，后者为一句，但不见得前者就劣于后者。从整首诗看，也有的诗中词语颇多重复，但不见得就是不好。如崔护《题都城南庄》："去年今日此门中，人面桃花相映红。人面只今何处去，桃花依旧笑春风。"诗中两次重复"人面"和"桃花"，而且据《梦溪笔谈》说，第三句原作"人面不知何处去"，后来作者有意改"不知"为"只今"，而使"今"字两次重复。这种重复突出了今昔的强烈对比，表达了无限的惋惜哀伤之情。又如李商隐《夜雨寄北》："君问归期未有期，巴山夜雨涨秋池。何当共剪西窗烛，却话巴山夜雨时。"第一句中两次重复"期"，全诗两次重复"巴山夜雨"，通过重复造成己方和对方、现在和未来之间的往复回环，情味无穷。再如杜甫《冬狩行》篇末重复两句"得不哀痛尘再蒙"，也是为了表达极度悲愤的感情。可见，"密"也是增强艺术性的一种手段。或"疏"或"密"，全在于作者恰当地运用。

（二）异同

诗词中常拿一事物和另一事物比较，或言其同，或言其异，以增强艺术效果。这种方法，也值得进一步探讨。

(1) 同

同，最常见的是比喻。这在一般修辞学著作中已谈得很多了。本文还想指出以下几点：

（A）比喻有"不似之似"。即两件相喻的事物从表面上看差得很远。

1. 似开江鳐斫玉柱，更洗河豚烹腹腴。（苏轼《四月十一日初食荔枝》）苏轼自注："予尝谓荔枝厚味高格两绝，果中无比，惟江鳐柱、河豚鱼近之耳。"

荔枝和江鳐柱、河豚无论是外形还是滋味都不相似，只在"厚味高格"一点上相同。所以古代诗话对苏轼这一比喻十分注意。从艺术性上讲，两种非常相似的事物相喻，人们很容易想到，也经常在作品中出现，所以就不觉得新鲜。而两种不相似或相差甚远的事物，如果能找出其共同点并用于比喻，则会有新鲜奇特之感。苏轼就是运用这种遗貌取神的"不似之似"之比喻的能手。如：

2. 上追轩颉相唯诺，下揖冰斯同鷇𪑛。（苏轼《石鼓歌》）按：《老子》："唯之与阿，相去几何？""鷇"为哺，"𪑛"为乳。

3. 安能终老尘土下，俯仰随人如桔槔。（苏轼《送李公恕赴阙》）

4. 作诗火急追亡逋，清景一失后难摹。（苏轼《腊日游孤山》）

他的名作《和子由渑池怀旧》："人生到处知何似，应似飞鸿踏雪泥。"也是这样一种比喻。只不过这个比喻如此贴切，所以为人们熟知，后来就经常以此为喻了。

但这种比喻在苏轼之前和之后都有。如：

5. 思君如满月，夜夜减清辉。（张九龄《赋得自君之出矣》）

6. 唯有相思似春色，江南江北送君归。（王维《送沈子福归江东》）

7. 我觉其间，雄深雅健，如对文章太史公。（辛弃疾《沁园春·灵山齐庵赋》）

8. 昨日春如十三女儿学绣，一枝枝不教花瘦。……而今春似轻

薄荡子难久。(辛弃疾《粉蝶儿·和晋臣赋落花》)

李白《拟古》"月色不可扫,客愁不可道"和《宣州谢朓楼饯别》"抽刀断水水更流,举杯消愁愁更愁"也属于这一类。如果说以流水喻忧愁还比较常见的话,那么《拟古》中的比喻就是诗人的创造了。

(B)似而不是。"似"当然不等于"是"。但诗人一般用"似""如"都是用来表达两种事物之同,而不是强调其异。但在某种场合,诗人也用"似""如"来表达某事物好像如此而实非如此。最典型的如:

9. 瓢弃樽无绿,炉存火似红。(杜甫《对雪》)

实际上是说炉中的火已经不红了。

又如:

10. 望尽似犹见,哀多如更闻。(杜甫《孤雁》)

这是作者描写孤雁远望哀鸣,如同犹见雁群,犹闻其声一样。但既是孤雁,实际上是已不见雁群,不闻其声。

11. 生还对童稚,似欲忘饥渴。……新归且慰意,生理焉得说。(杜甫《北征》)

"似欲忘饥渴",实际上是未能忘饥渴。下文"新归"两句,就是很好的说明。

12. 多情却似总无情,唯觉尊前笑不成。(杜牧《赠别》)

下一句是对上一句的解说。离筵上想要强颜欢笑却装不出来,看似无情,实则多情。

(C)转喻。比喻的基础是联想。两物相似,故可以此喻彼,这是比喻。一物与众物相似,故可举众物比喻一物,这是博喻。如果诗人由甲联想到乙,又由乙联想到丙,这样辗转相喻,就可称之为"转喻"。

13. 谢公文章如虎豹，至今斑斑在儿孙。(黄庭坚《送谢公定》)

这两句首先以虎豹来喻谢公文章(用《周易》"大人虎变""君子豹变"之典)，其祖既如虎豹，则其儿孙宜有斑斓，因此产生第二个比喻，以"斑斑"喻文采。

14. 川平牛背稳，如驾百斛舟。舟行无人岸自移，我卧读书牛不知。(苏轼《书晁说之考牧图后》)

这里首先以舟喻牛，以川喻原野，然后以舟行川中的感觉来比喻卧牛读书的感觉，既贴切又新颖。

15. 君才有如切玉刀，见之凛凛寒生毛。愿随壮士斩蛟蜃，不愿腰间缠锦绦。(苏轼《送李公恕赴阙》)

这几句首先以"切玉刀"之犀利比喻人之高才，然后又以刀之功用比喻人之志向。

16. 似将海水添宫漏，共滴长门一夜长。(李益《宫怨》)

17. 怪来诗思清人骨，门对寒流雪满山。(韦应物《休暇日访王侍御不遇》)

这两例与前三例有所不同：没有连用两个比喻，而只用了一个比喻。但例16的比喻是由辗转联想而得到的：夜长→漏永→漏水多；例17则反之，先用比喻，然后联想：诗清→心清→境清。都因为运用了联想，所以富有诗意。

(2) 异

异，最常见的是对比。关于对比，也可以指出几点。

(A) 对比可以体现在整篇的构思中。如李白《越中览古》："越王勾践破吴归，战士还家尽锦衣。宫女如花满春殿，只今惟有鹧鸪飞。"以及白居易的《轻肥》、辛弃疾的《破阵子(为陈同甫赋壮语以寄之)》都是大家熟知的作品。对比也可以表现在句子中，如：

1. 可怜无定河边骨，犹是春闺梦里人。(陈陶《陇西行》)
2. 可怜身上衣正单，心忧炭贱愿天寒。(白居易《卖炭翁》)
3. 火照西宫知夜饮，分明复道奉恩时。(王昌龄《长信秋词》)
4. 门外韩擒虎，楼头张丽华。(杜牧《台城曲》)

这是把"异"和"同"结合起来，即：把截然相反的两个方面集中在同一人、同一事、同一时、同一地上，就形成了强烈的反差。

（B）对比也可以侧重在一个方面，而另一方面只是隐隐点出，但读者自然会明了。如刘禹锡《石头城》："山围故国周遭在，潮打空城寂寞回。淮水东边旧时月，夜深还过女墙来。"这首诗是把金陵昔日的繁华和今日的荒凉对比，但全诗主要写了今日的荒凉，而对昔日的追忆只在诗中用"故国""旧时"点出。但金陵为六代繁华之地尽人皆知，所以昔日的景象不必在诗中细写，可以由读者去想见，读了这首诗，自然会有强烈的今昔之感。他的另一首诗《乌衣巷》和元稹的《行宫》，也是采取同样的手法。

又如，陆游的不少诗词都表达了他壮志未衰和报国无门的矛盾。他的《诉衷情》"此生谁料，心在天山，身老沧洲"，把这种矛盾写得非常形象，非常突出。但他的《鹊桥仙》下阕："轻舟八尺，低篷三扇，占断蘋洲烟雨。镜湖元自属闲人，又何必官家赐与！"表面上看来只写了一种悠闲的生活，而且对这种"身老沧洲"的生活非常满足，但是他那种抑郁难申的心情却在字里行间按捺不住地透露出来，读者仍能感到一股报国之情在诗人胸中激荡。

（C）有时对比不是明显地表现在字面上，需要深入体会才能看到。如李贺《雁门太守行》："黑云压城城欲摧，甲光向日金鳞开。角声满天秋色里，塞上燕脂凝夜紫。半卷红旗临易水，霜重鼓声寒不起。报君黄金台上意，提携玉龙为君死。"诗中没有明显的对比字眼，但仔细一读，就可以知道，其中有冷色和暖色的对比。冷色是黑、紫、白（玉龙），暖色是金、红。而冷色是笼罩全诗的，暖色只是偶尔一闪。李贺的作品很善于使用颜色词，这首诗中冷色和暖色的对比强烈地烘托了诗中的悲壮情调。

又如，杜牧《题扬州禅智寺》："雨过一蝉噪，飘萧松桂秋。青苔满阶砌，白鸟故迟留。暮霭生深树，斜阳下小楼。谁知竹西路，歌吹是扬州。"这是以扬州的歌吹来衬托禅智寺的静。但字面上"喧"和"静"都没有出现。王维《寒食汜上作》："落花寂寂啼山鸟，杨柳青青渡水人。"前一句也是以喧衬托静。李华《春行寄兴》："芳树无人花自落，春山一路鸟空啼。"也是同样的意境，只是把一句化为两句。王维自己的诗更有把此意境写成四句的《鸟鸣涧》："人闲桂花落，夜静春山空。月出惊山鸟，时鸣春涧中。"这些诗句都脱胎于王籍《入若耶溪》："蝉噪林逾静，鸟鸣山更幽。"只是王籍点明了"幽"，而王维诗和李华诗都没有把"幽"字点出来。

又如，岑参《春梦》："枕上片时春梦中，行尽江南数千里。"王安石《葛溪驿》："病身最觉风霜早，归梦不知山水长。"范成大《忆秦娥》："片时春梦，江南天阔。"这些句子，似乎是梦短路长的对比，实际上是思归和归不得的对比。张仲素《秋闺思》："梦里分明见关塞，不知何路向金微。"则是把"去不得"点出来了。

（三）奇正

苏轼云："诗以奇趣为宗，反常合道为趣。"又云："渊明诗初看若散缓，熟读有奇趣。"（均见《诗人玉屑》卷十引）"反常"为奇，"合道"为正。奇而不正为怪异，正而不奇为平淡。奇正结合，反常合道才为"趣"。

（A）"反常合道"的句子又可分为两类：一类是看似平易，而实有独得之妙。如张籍《秋思》："洛阳城里见秋风，欲作归书意万重。忽恐匆匆说不尽，行人临发又开封。"这是所谓"人人心中所有，人人笔下所无"，作者捕捉到了这种情景，用极朴素的语言道出，后代诗话评之为"盛唐诸巨手到此者亦罕"（潘德舆《养一斋诗话》卷三）。另一类看似反常，而细想实合情理，如李频《渡汉江》："岭外音书绝，经冬复历春。近乡情更怯，不敢问来人。"按照常理，回乡应该喜而不应怯。但久客他乡，音讯断绝，等待着归客的不知道是喜讯还是噩耗，在这种情况下，近乡而怯正是一种普遍心理。杜甫《述怀》："自寄一封书，今已十月后。反畏消息来，寸心亦何有？"表达的也是这种类似的心情。

属于第一类的例子还有：

1. 天街小雨润如酥，草色遥看近却无。（韩愈《早春呈水部张十八员外》）

2. 估客昼眠知浪静，舟人夜语觉潮生。（卢纶《晚次鄂州》）

3. 登高回首坡陇隔，唯见乌帽出复没。（苏轼《辛丑十一月十九日》）

4. 垂瓶得清甘，可咽不可漱。（苏轼《栖贤三峡桥》）

这些都是常见的情景和感受，人人可见，人人皆有，但他人未曾说到，一经作者道出，此情此景宛然在目，令人不能不佩服作者体物之细，用笔之妙。

下列例子属于第二类，但想象更为奇特。

5. 女娲炼石补天处，石破天惊逗秋雨。（李贺《李凭箜篌引》）

说下雨是天漏，这是想象；说天漏是女娲补天补得不牢，更是奇特的想象。但是在日常生活中确实是补过的地方最容易漏，所以这两句诗读起来不觉得怪诞,而觉得有奇趣。

6. 恨渠生来不读书,江山如此一句无。(陆游《渔翁》)

这也是诗人忽发奇想,谁会去责备一个渔翁不会作诗呢?但只要再读下面两句"我亦衰迟惭笔力,共对江山三叹息",就不会感到奇怪了:诗人是在赞赏江山之美,而又表达得新颖不俗。

(B)夸张和拟人都是常见的修辞手法,但并非所有的夸张和拟人都能收到好的艺术效果。如果一味夸张,假而不真,则流于空泛;如果拟人仅取形似,缺乏巧思,就毫无情趣。也就是说,夸张和拟人也要奇正结合。下面是一些成功的例子。

7. 危楼高百尺,手可摘星辰。不敢高声语,恐惊天上人。(李白《夜宿山寺》)

形容楼高,说伸手可摸着天,这是常见的夸张,诗人不满足于此,又加上两句,好像是真的到了天上,大声说话就会惊动仙人。这种"以假作真"的写法,就比一般的夸张更加生动。

8. 宛丘先生长如丘,宛丘学舍小如舟。常时低头诵经史,忽然欠伸屋打头。(苏轼《戏子由》)

"长如丘""小如舟"显然都是夸张。但如果仅止于此,则并无意味。第三句、第四句进一步写其人之长和其屋之小,仍是用的夸张。但是,长人伸腰忽被打头是常有之事,所以加上这两句,就使得奇中有正,读起来也就别有意味。

9. 春风知别苦,不遣柳条青。(李白《劳劳亭》)

古典诗词中把春风人格化了的很多,如王安石《半山春晚即事》:"春风取花去,酬我以清阴。"晏殊《踏莎行》:"春风不解禁杨花,蒙蒙乱扑行人面。"都是传诵的名句。但李白这两句诗文多了一层曲折:想象春风如果知道离别之苦,就会"不遣柳条青",这样既把柳条和离别联系起来,又使春风显得更加多情。

10. 数峰清苦,商略黄昏雨。(姜夔《点绛唇·丁未冬过吴松作》)

作者采用拟人的手法,使用了"清苦""商略"两个词,巧妙地把寒江上的山峰、山头的云雾和傍晚的雨意联系起来,使人感到雨丝已在暮色中飘洒。这显然比简单的拟人要高明得多。

(C)古典诗词中还常常对一种事物换一个角度描写,从而使诗句不落俗套,富有奇趣。

如:不说春已尽而人未归,而说"春归在客先"(宋之问《新年作》)。不说今年花已尽,而说"能几番游,看花又是明年"(张炎《高阳台》)。不说人向石壁,马行云中,而说"山从人面起,云傍马头生"(李白《送友人入蜀》)。不说船在江面时上时下,而说"青山久与船低昂"(苏轼《出颍口初见淮山》)。不说燕子楼中唯有盼盼一人长夜难眠,而说"燕子楼中霜月夜,秋来只为一人长"(白居易《燕子楼三首之一》)。

苏轼《高邮陈直躬处士画雁》:"野雁见人时,未起意先改。君从何处看,得此无人态?"其意是称赞陈直躬所画的雁神态十分自然。但是作者不从画面落笔,而从野雁写起,所以吴汝纶评曰:"起四句坡公独到妙处,他人所无。"

二、从中国古典诗词看汉语的特点

中国古典诗词的语言是一种艺术的语言,和一般的口语有区别,但它深刻地反映出汉语灵活、凝练、隽永的特点,对古典诗词语言的研究有助于汉语的研究。同时,中国古典诗词的语言作为汉语的一种特殊变体,也是值得深入研究的。

（一）句法

中国古典诗词中有一些特殊的句法，如错位、简缩、交互等。了解这些特殊句法才能读懂古典诗词，这些特殊的句法不是古代诗人任意创造的，而是以汉语的正常语法为基础，最大限度地利用了汉语的特点和灵活性。

（1）错位

"错位"是指句子成分（主语、宾语、修辞语等）离开了通常所在的位置，下面一些例子，通常都看作是错位：

1. 三季沦周赧，七雄灭秦嬴。（陈子昂《感遇诗之十七》）
2. 荒城虚照碧山月，古木尽入苍梧云。（李白《梁园吟》）
3. 奔走烦邮吏，安闲愧老僧。（苏轼《太白山下早行》）
4. 亲射虎，看孙郎。（苏轼《江城子》）
5. 孟轲分邪正，眸子看瞭眊。（韩愈《荐士》）
6. 升堂廊无主，考击谁敢䩺。（王安石《游土山》）
7. 八百里分麾下炙，五十弦翻塞外声。（辛弃疾《破阵子》）
8. 文章曹植波澜阔，服食刘安德业尊。（杜甫《追酬故高蜀州》）
9. 兰佩紫，菊簪黄。（晏几道《阮郎归》）
10. 星回眼，莲承步。（向子諲《水龙吟》）

还有更复杂的错综，如：

11. 牵襟肘即见，著帽耳才䙰。（王安石《游土山》）意谓"才著䙰耳帽"。

但仔细分析，这些句子有的实际上并非错位或颠倒，而是在汉语句子正常词序基础上形成的一种变式。如例1，其实并不是"周赧沦三季，秦嬴灭七雄"的颠倒，而是"三季沦于周赧，七雄灭于秦赢"中省去了"于"。这可以和下面的句子作一比较：

12. 毡包席裹可立致，十鼓只载数骆驼。(韩愈《石鼓歌》)

"十鼓只载数骆驼"绝不能看作是"数骆驼只载十鼓"的颠倒，而只能看作"十鼓只载以数骆驼"中省略了"以"。关于这个问题，在拙著《唐诗语言研究》第三章中有较详细论述，此处不赘。

(2)省略

由于句式和格律的需要，诗词句中的词语有时可以省略，大致有如下几类：

(A)相同位置的词语承上省略

1. 野有象犀水(有)贝玑。(韩愈《送区弘南归》)
2. 或采于薄(或)渔于矶。(同上)
3. 蔽能者诛荐(能者)受机。(同上)

(B)省略连接词语

4. 浦溆既清旷，沿洄(亦)非阻修。(储光羲《夜到洛口入黄河》)
5. 不应有恨，(否则)何事长向别时圆？(苏轼《水调歌头·丙辰中秋》)
6. 道是天公不惜花，(何以)百种千般巧。……道是天公果惜花，(何以)雨洗风吹了。(刘克庄《卜算子》)

(C)省略问话的内容

7. 借问新安吏(……)，县小更无丁。(杜甫《新安吏》)
8. 松下问童子(……)，言师采药去。(贾岛《寻隐者不遇》)
9. 试问卷帘人(……)，却道海棠依旧。(李清照《如梦令》)

很多注本都把杜甫《新安吏》中的"县小更无丁"看作是杜甫问话的内容，这是不对的。

353

(3) 交互

"交互"是指诗词中两句的内容要糅合在一起来读。如：

1. 万里伤心严谴日，百年垂死中兴时。(杜甫《送郑十八虔》)意谓"中兴之时，于百年垂死之日万里严谴"。

2. 江发蛮夷涨，山添雨雪流。(杜甫《江涨》)意谓"江发蛮夷，因山添雨雪流而涨"。

3. 寒灯相对记畴昔，夜雨何时听萧瑟？(苏轼《辛丑十一月十九日》)意谓"畴昔寒灯相对，共约夜雨对床，何时能实现"。

4. 闻鸡凭早晏，占斗辨西东。(黄庭坚《早行》)意谓"凭闻鸡而辨早晏，凭占斗而辨西东"。

5. 来相召，香车宝马，谢他酒朋诗侣。(李清照《永遇乐》)意谓"酒朋诗侣以香车宝马来相召，都一一谢绝"。

6. 彩舟云淡，星河鹭起。(王安石《桂枝香》)意谓"江面上彩舟点点，白鹭起舞，如同银河中淡云飘浮"。

(4) 句式和表达的关系

句式和表达有没有关系？请看下面的例句：

1. 江流天地外，山色有无中。(王维《汉江临眺》)
2. 山随平野尽，江入大荒流。(李白《渡荆门送别》)
3. 星垂平野阔，月涌大江流。(杜甫《旅夜书怀》)

这三句都是写大江的流动，但又有不同：王维是在欣赏，所以用的静态的描写句(只写江流于天地之外，没有写流的趋向)；李白是在歌唱，用的是动态的叙述句(写江水向茫茫的大荒奔流)；杜甫是在思索，用的是表因果的复合句(夜间看到月光随波涛流淌，因此知道大江在不息地奔流)。当然我们不能仅从这几个例子就得出"某种句式就是用于某种表达的"这样简化的结论，但至少可以说，句式和表达不是全然无关的。这个问题还可以进一步研究。

(二) 词语

中国古典诗词不但有特殊的句法，而且有特殊的词语，如诗词中常用的典故、辞藻、意象等。就是普通的词语，在诗词中也会有特殊的用法。在本文中这个问题不可能全面展开，只能谈如下几点：

(1) 普通词语在诗词中的特殊意义和用法

下列句子中一些词语的用法，都是不太常见的。如：

1. 辞严义密读难晓，字体不类隶与科。(韩愈《石鼓歌》)
2. 一马任前双举后，一马却避长鸣嘶。(苏轼《韩干马十四匹》)
3. 狡穴俄空，乐匆匆。(贺铸《六州歌头》)
4. 断红湿，歌纨金缕。(吴文英《莺啼序》)
5. 红藕香残玉簟秋。(李清照《一剪梅》)

例1"科"指科斗文。例2"前"指前足，"后"指后足，这是因为诗句字数限制而采用的简缩，其实不足为法。例3"狡"指狡兽，例4"红"指红泪，是修辞上的借代，但用"红"指花较多，用"红"指红泪不太常见。例5"藕"指荷花。荷花也称"藕花"，但单称"藕"则易造成误解，此处是因"红藕"连用而排除了歧义。不过这些用法都没有积极的修辞效果。

值得注意的是下列例子：

6. 翻身向天仰射云，一笑正坠双飞翼。(杜甫《哀江头》)
7. 亲朋无一字，老病有孤舟。(杜甫《登岳阳楼》)

例6的"笑"，一作"箭"。大概是觉得"笑"不足以"坠双飞翼"，而用"箭"则与上文"射"、下文"坠"都能相应。其实，"笑"

字不误。这句是说才人仰射博得妃子一笑。妃子之笑在中国古代是很常用的典故，周幽王千金买笑而终致亡国。所以唐诗中也常常描写妃子之笑。如杜牧《过华清宫绝句》："一骑红尘妃子笑，无人知是荔枝来。"可见杜甫《哀江头》中的"一笑"也是含有深意的。

例7的"有"也是一个极普通的词语，但在此处绝不能理解为"具有"，而应当理解为"仅有"。这是因为处在具体的上下文中，特别是受上句"无"字的映衬和本句"孤"字的影响而形成的。与此相类似的例子有王安石《金山会宿寄亲友》："已无船舫犹闻笛，远有楼台只见灯。"句中的"无"并非真正没有，而是看不见了。这意义也是在具体上下文中形成的。

(2) 诗词中词语的特殊搭配

在诗词中，词语有时有特殊的搭配关系。如：

1. 久行见空巷，日瘦气惨凄。（杜甫《无家别》）
2. 峨嵋山下少人行，旌旗无光日色薄。（白居易《长恨歌》）
3. 寒日无言西下。（张昇《离亭燕》）
4. 携盘独出月荒凉，渭城已远波声小。（李贺《金铜仙人辞汉歌》）
5. 溪堂醉卧呼不醒，落花如雪春风颠。（苏轼《寄吴德仁》）
6. 战余落日黄，军败鼓声死。（常建《吊王将军墓》）
7. 楼头画角风吹醒。（张先《青门引》）
8. 飞尘涨天箭洒甲，归对妻孥真梦耳。（苏轼《送沈逵赴广南》）

这样一些特殊的搭配，使得表达更为生动。如例8的"箭洒甲"，就形象地表达出箭如雨下的情景。当然，这样的搭配也会使词语在句中产生新的意义，如"日瘦"的"瘦"就不是通常的意义了。

诗词中词语的搭配往往有继承性。如：

9. 老眼还忧不及见，诗成肝胆空轮囷。(陆游《观姜楚公画鹰》)

"轮囷"本为盘屈义，多用于树木。如邹阳《狱中上梁王书》："蟠木根柢，轮囷离奇。"陆游诗中用于肝胆，表郁结义，实始于韩愈。韩愈《赠别元十八协律》："肝胆还轮囷。"一个有影响的作家把某个词语用于特定场合，后代作家就有可能效仿。这种情况是研究文学语言史所应注意的。

(3)诗词中词组的构成

诗词中一些词组的构成是很值得注意的。如：

(A)

1. 松月生夜凉，风泉满清听。(孟浩然《宿业师山房》)
2. 荷风送香气，竹露滴清响。(孟浩然《夏日南亭怀辛大》)
3. 莲舟荡，时时盏里生红浪。(欧阳修《渔家傲》)
4. 岸风翻夕浪，舟雪洒寒灯。(杜甫《泊岳阳城下》)

(B)

5. 秋窗犹曙色，落木更天风。(杜甫《客亭》)
6. 夕殿萤飞思悄然，孤灯挑尽未成眠。(白居易《长恨歌》)
7. 暝堤空，轻把斜阳，总还鸥鹭。(吴文英《莺啼序》)
8. 念月榭携手，露桥闻笛。(周邦彦《兰陵王·柳》)

(C)

9. 云鬓花颜金步摇，芙蓉帐暖度春宵。(白居易《长恨歌》)
10. 微风万顷靴文细，断霞半空鱼尾赤。(苏轼《游金山寺》)
11. 琼枝璧月春如昨。(张元干《兰陵王》)
12. 冰轮斜辗镜天长。(陈亮《一丛花》)

(D)

13. 箭雁沉边,梁燕无主。(刘辰翁《兰陵王》)
14. 易挑锦妇机中字,难得玉人心下事。(刘克庄《玉楼春》)
15. 且复归去来,剑歌行路难。(李白《古风之三十九》)
16. 五更鼓角声悲壮,三峡星河影动摇。(杜甫《阁夜》)

(E)

17. 魏官牵车指千里,东关酸风射眸子。(李贺《金铜仙人辞汉歌》)
18. 瞥然惊散,暮天凉月。(张元干《石州慢》)
19. 自春来、惨绿愁红,芳心是事可可。(柳永《定风波》)
20. 禁苑娇寒,湖堤倦暖。(刘辰翁《永遇乐》)

(F)

21. 闲门向山路,深柳读书堂。(刘慎虚《阙题》)
22. 倦枕厌长夜,小窗终未明。(苏轼《倦夜》)

这些词组都不像"荷叶""木船""狂风""轻寒"那样简单,几乎每一个词语都要扩展成一个复杂的词组来理解,如"松月"是照在松间的明月,"竹露"是竹梢上滴下的露,"酸风"是使人眼发酸的风,"倦暖"是使人产生倦意的暖等等。有的一个词组甚至是一幅美丽的图画。本文姑且把这些常见的词组分为六类:(A)—(D)是"名词+名词(或形容词)",(A)类的定语大致是与中心语有关的处所,(B)类的定语大致是与中心语有关的时间,(C)类的定语是用来比喻中心语的,(D)类的定语实际上是一个动词词组的压缩,如"箭雁"是"中箭之雁","锦妇"是"织锦之妇"。后两类是"形容词+名词(或形容词)",(E)类的定语与其说是中心语本身的属性,还不如说是人的主观感受,(F)类的定语也是一个动词词组的压缩,如"闲门"为"闲开之门","倦枕"为"倦卧之枕"。

这种分类是不完全的,下列词组就无法包括进去:

23. 客心洗流水,余响入霜钟。(李白《听蜀僧濬弹琴》)

24. 红泪清歌,便成轻别。(贺铸《石州引》)

25. 听猿实下三声泪,奉使虚随八月槎。(杜甫《秋兴八首之二》)

26. 高楼送客不能醉,寂寂寒江明月心。(王昌龄《芙蓉楼送辛渐》)

"霜钟"是"霜降则鸣之钟"。"红泪"是从脂粉上流下的泪。"三声泪"无法翻译,只可意会,意思是指"猿鸣三声"而下之泪。"明月心"也是如此,大致是把"一片孤心对月明"压缩为三个字"明月心"。

这种词组如果运用得好,可以使诗词的句子更加凝练含蓄。如白居易《真娘墓》:"不识真娘镜中面,惟见真娘墓头草。""镜中面"三个字就概括了真娘对镜梳妆的情景。祖咏《苏氏别业》:"竹覆经冬雪,庭昏未夕阴。""积雪经冬未消"只用"经冬雪"三个字表达,"日未夕而阴翳"只用"未夕阴"三个字表达,不仅凝练,而且对仗工整。

在诗词中,有一些词组的定语和中心语是倒置的。如:

27. 花须柳眼各无赖,紫蝶黄蜂俱有情。(李商隐《二月二日》)

28. 懒修珠翠上高台,眉月连娟恨不开。(章碣《东都望幸》)

29. 歌梁韵金石,舞地委兰麝。(黄庭坚《寄陈适用》)

30. 浮云已映楼西北,更向云西待月钩。(欧阳修《高楼》)

31. 屏山掩,沉水倦熏。(张元干《兰陵王》)

32. 冰轮斜辗镜天长,江练隐寒光。(陈亮《一丛花》)

359

如例 29 "歌梁"为绕梁之歌,例 31 "屏山"为绣着山的屏风。这些诗词中特有的词语,是很值得注意的。

本文对于诗词中词语特点的论述只是初步的,这个问题今后还应当进一步研究。

(原载台湾大学《中国文学的多层面探讨国际学术会议论文集》,1996 年)

李白、杜甫诗中的"月"和"风"
——计算机如何用于古典诗词鉴赏

计算机技术日新月异的发展，使得计算机在自然科学领域中得到广泛的运用。计算机在诗歌鉴赏中如何使用？这是一个需要探索的问题。计算机所擅长的是检索、分类、统计，而诗歌是感情的结晶、创造的艺术，用机械的检索、分类、统计手段来分析诗歌，无异于扼杀诗歌的生命。所以，正确的做法是计算机和人脑的结合：利用计算机强有力的检索功能，快速、全面、准确地提供有关资料，然后由熟悉诗歌的研究者从审美的角度来探索诗歌艺术的奥秘。

"意象"是古典诗词中艺术创造的一个重要因素。所谓"意象"，是诗歌中常出现的形象，这些形象以其自然的属性为基础，又融入了人文的因素，包含了深厚的文化积淀，如本文所考察的"月"和"风"。运用计算机技术鉴赏古典诗词，可以以意象为中心，用计算机提供某种意象在某个作家或某个时代的诗词中出现的全部例句和诗篇，在此基础上进行艺术分析，深入探究诗人的语言艺术。当然，根据目前计算机技术来对古典诗词进行鉴赏，还是有较大的局限性的。古人曾经说过："炼字不如炼句，炼句不如炼意。"(《诗人玉屑》引《金针诗格》)用计算机来做古典诗词的鉴赏，主要是在"炼字""炼句"两个层面，也就是考察本文所说的"超常组合"。这样的研究有时也可以涉及"炼意"，但那些不事雕饰、浑然一体、自然天成的"炼意"，还无法涉及。其实，那样的"炼意"应属诗歌的上品。如张籍《秋思》："洛阳城里见秋风，欲作归书意万重。忽恐匆匆说不尽，行人临发又开封。"沈德潜评曰"亦复人人胸臆语"，和岑参的《逢入京使》同为"绝唱"。又如：晏殊"梨花院落溶溶月，柳絮池塘淡淡风"(《无题》)，也是传诵的名句，但没有任何超常组合。这样的意境如何用计算机技术来鉴赏，还是一个没有解决的问题。

"月"和"风"是古典诗词中经常出现的意象。本文以李白、杜甫的诗为范围，以这两个意象为中心，对这两位伟大诗人的艺术创造做一点探究。

对"月"和"风"的考察各分五项：

1. 用什么字词来修饰"月/风"：用"A+月""A+风"表示。

2. 用什么字词来表述"月/风"：用"月+V(或V+月)""风+V"表示。

3. "月/风"和什么形象同现：用"月～N""风～N"表示。("月/风"可以和N并列，也可以和N分开出现。)

4. "月/风"的表述和什么描述同现：用"月 V/S""风 V/S"表示。(这实际上是两个小句的紧缩，常用来表达诗人细微的观察和巧妙的构思。)

5. "月/风"在诗篇中经常和什么情景、什么感情联系：用"月—X""风—X"表示。

从计算机检索的角度看，这些都是"月""风"和其他字词的各种组合。但从诗歌鉴赏的角度看，其中有的是通常的组合，研究的价值不大；有的是超常组合，反映诗人高超的语言艺术和奇妙的艺术构思，是研究的重点。

(一) 月

(1) A+月

"月"前面加修饰语，常见的有以下几类：

李白、杜甫诗中的"月"和"风"

1. 性状+月:"明月""落月""新月""寒月""孤月"等。这一类很常见。但李白和杜甫的诗中也有不同的表现(见下)。

2. 季节+月:按理说,"季节"可以是"春、夏、秋、冬",但在李杜诗中主要是"秋月"。这和诗歌描写的景象有关,因为"秋月"最圆最亮,最值得欣赏,也最能引起人的思念,所以常常成为诗人笔下的意象。

3. 处所+月:"山月""江月""边月""碧溪月""石濑月"等。此类多见于诗歌,"月"和景物配合,形成一幅风景画。而在不同的背景下,"月"也各具不同的情态。"山月"常常是高山上之月,显得高远、清爽,如:"策马望山月,途穷造阶墀。"(李白《酬岑勋见寻》)①"江月"是江上或江中之月,月色和水色交融,显得光洁、柔和,如:"江月光于水,高楼思杀人。"(杜甫《江月》)而"边月"出现在荒凉的边塞,往往给人高寒、肃杀之感,如:"边月随弓影,胡霜拂剑花。"(李白《塞下曲六首之五》)至于"峨眉山月半轮秋,影入平羌江水流"(李白《峨眉山月歌》),则是在山峰上有月轮,在江水中有月影,而且一静一动,意境十分优美。

4. 地名+月:"镜湖月""西江月""金陵月""鄜州月""瞿塘月"等。"月"本来是各地都能看到的,并不专属于一个地方。但诗歌中却常常有"地名+月",描写的是诗人在某地所见之月,这往往是紧扣诗歌所表达的主题的。杜甫的《月夜》最为典型:"今夜鄜州月,闺中只独看。遥怜小儿女,未解忆长安。香雾云鬟湿,清辉玉臂寒。何时倚虚幌,双照泪痕干。"事实上,同一个月亮,在长安的杜甫和他在鄜州的妻子都能看到。但杜甫把月亮称为"鄜州月",

---

① 本文所引的诗题如果太长,就截取前面四至六个字。

而且说"闺中只独看",显然是为了突出在战乱中独居鄜州的妻子的孤单和诗人对她的想念。尾联两句,"月"字没有出现,但是是隐含着的,"双照"的主语就是"月",因为这两句表达的是诗人对夫妻团聚的愿望,所以,这个"月"是夫妻共望的明月,不必再强调是某地之月了。

以上在诗歌中都还是常见的组合。除此以外,还有一些超常组合,如:

漂月:五月入五洲,碧山对青楼。故人杨执戟,春赏楚江流。一见醉漂月,三杯歌棹讴。(李白《楚江黄龙矶南》)

水月:观心同水月,解领得明珠。(李白《赠宣州灵源寺》)

白月:大珠脱玷翳,白月当空虚。(杜甫《谒文公上方》)

"漂月"指漂在水中之月,很形象生动。"水月"是水中之月,佛教用以比喻虚幻之象。"白月"是佛教用语,望以前为白月,望以后为黑月。不过这些用语只增加了诗的哲理性,并没有增加诗的艺术感染力。

更值得注意的是下面一首诗:

玉阶生白露,夜久侵罗袜。却下水晶帘,玲珑望秋月。(李白《玉阶怨》)

"玲珑"不可能是"望"的状语,应是"秋月"的修饰语,这可以用张祜的诗为证:

半夜四山钟磬尽,水精宫殿月玲珑。(张祜《东山寺》)

那么,为什么不说"望玲珑秋月"呢?因为这既不合汉语的习惯(汉语中只能说:玲珑之秋月),又不合近体诗的平仄和句法("望玲珑秋月"是叠平,近体诗一般不用"1—4"句式),所以把"玲珑"放到动词"望"的前面。唐诗中这种句式并不少见,如:

如瓜煮大卵，比线茹芳菁。(韩愈《城南联句》)

这也是一种超常组合，可以造成一种"诗家语"。

又：杜甫诗中有"新月""初月""纤月""缺月""残月"，可见诗人观察之细。如："秦地应新月，龙池满旧宫。"(《洞房》)"初月出不高，众星尚争光。"(《成都府》)"风林纤月落，衣露净琴张。"(《夜宴左氏庄》)"热云集曛黑，缺月未生天。"(《湘江宴饯》)"卷帘残月影，高枕远江声。"(《客夜》)

(2) 月+V(或V+月)

第二种要考察的组合是"月"和什么动词(或形容词)组合，构成主谓和述宾关系。

常见的组合有："月出""月照""月皎皎""望月""玩月"等。

超常组合如：

月苦：我行值木落，月苦清猿哀。(李白《过汪氏别业》)

浮月：舟浮潇湘月，山倒洞庭波。(李白《书情题蔡舍人》)

月翻：薄云岩际宿，孤月浪中翻。(杜甫《宿江边阁》)

吐月：四更山吐月，残夜水明楼。(杜甫《月》)

"月"是无生命的，"苦"是一种心理状态，按常规"月"和"苦"不能搭配。李白诗中说"月苦"，是一种移情作用，把诗人自己的感情移到月上去了。通常"舟"不能"浮月"，这里的"月"也是江中之月，月夜行舟，舟在映着月影的江面上行进，好像在月上漂浮。这是一种很美的意境，诗人用短短的五个字就写出了这种意境。"月翻"，在通常情况下是不可能的。这里说的是江中之月在浪中翻滚，造语很奇特，但写景很贴切，很生动。通常"月"不能作"吐"的宾语，"山"也不能作"吐"的主语。但是"四更山吐月"一句，把月亮一点一点从山上出来的景象刻画得惟妙惟肖，显示出杜甫"炼字"的高超。

李白《月下独酌之一》是一首脍炙人口的诗："花间一壶酒，独酌无相亲。举杯邀明月，对影成三人。月既不解饮，影徒随我身。暂伴月将影，行乐须及春。我歌月徘徊，我舞影零乱。醒时同交欢，醉后各分散。永结无情游，相期邈云汉。"人能举杯邀月，月能随人徘徊，与人交欢，这是一种超常组合。但是，这种组合奇妙而不怪异。这首诗不像卢仝《月蚀诗》讲了一连串关于"月"的神话，而是根据人们平常对"月"的感觉加以合理的想象。"月亮跟我走"是小孩子都熟悉的感觉，"我歌月徘徊"只是把这种感觉诗化而已。诗人在世上寂寞孤单，所以只能希望以月为友，与月相亲。带着这种感情看"月"，就会感到"月"似乎也在给自己友善的响应，于是就写出了"我歌月徘徊"和"醒时同交欢""永结无情游"这样的诗句。实际上，这也是诗人感情的外化。这种超常组合正是在此基础上形成的，它使读者感到新奇而又切近，所以在千载之下，还能引起读者的共鸣。

(3) 月～N

这里说的是"月"这个意象经常和什么别的意象一起出现。一般来说，与"月"同属一类、人们经常由"月"联想到的事物，在诗歌中往往和"月"同时出现。常见的组合如："日～月""星～月""云～月""风～月""花～月"等。"日""星""云""风"都是和"月"同类的天象，"花前月下"是人们普遍喜爱的美景，所以它们在诗歌中常常同时出现。

超常组合如：

冰～月：明明金鹊镜，了了玉台前。拂拭交冰月，光辉何清圆。(李白《代美人愁镜二首之一》)

松～月：故山有松月，迟尔玩清晖。（李白《送蔡山人》）

银河～月：含星动双阙，伴月照边城。（杜甫《天河》）

酒～月：抚酒惜此月，流光畏蹉跎。（李白《五松山送殷淑》）

从"月"一般不容易联想到"冰"。李白诗中把"冰月"并列，是着眼于它们"洁白""明亮"的共同点。明镜如月，美人似冰，冰月相映，更加明亮洁白。"松"是草木类，"月"是天象类，两者也差得较远。但是从古人的审美观念来看，这两者是联系在一起的。"明月松间照，清泉石上流。"（王维《山居秋暝》）"松风吹解带，山月照弹琴。"（王维《酬张少府》）在古代诗人看来，"松—月"的关系并不亚于"花—月"的关系，而且可能比"花—月"更雅。"银河"和"月"虽然都出现在夜空，但在诗歌中同现的并不多，可能是因为人们不把它们看作同一类。在杜甫《天河》中，"银河"是主要形象，"月"是伴随"银河"而出现的。"月"和"酒"离得更远，两者的同现主要是在李白诗中。月下饮酒，"莫使金樽空对月"，在李白诗中十分常见，因此，"抚酒"就想到了"月"。

在李白诗中还有不少关于"月"的比喻，比如把"月"比作"白玉盘"等，是比较常见的。下面的比喻比较奇特：

月～雪：月华若夜雪，见此令人思。（李白《秋山寄卫尉》）

水～月：镜湖水如月，耶溪女似雪。（李白《越女词之五》）

两个相似的事物用作比喻，一般人容易想到，也因此容易变得陈旧，失去艺术的生命力。而两个差得较远的事物（如"月—雪"，"水—月"）用作比喻，则要透过表面，把握其内在的相同之点，所以一般人不容易想到，而这样的比喻，往往显得新鲜、生动。

(4) 月 V/S

诗人往往对事物有一种非常细致的观察，也会细致地观察到两件事情之间的联系。这种联系有的比较隐蔽,而诗人能够发现;有的是人们习焉不察,而诗人却敏锐地觉察出来。但在古典诗词中,这种联系往往不是明白地说出,而只是把两件事情联系在一起,甚至是紧缩成一个句子,其间的联系要读者自己去体会。所以,这样的诗句既精练又含蓄,非常耐人咀嚼。李杜诗对"月"的描写有很多这类诗句,下面选取一些加以分析。

雪霁/万里月,云开九江春。(李白《避地司空原》)

这不仅是说雪后夜空如洗,月光普照,而且使人想到月光照在雪地上,更加晶莹洁白,是一幅绝好的图画。

江动/月移石,溪虚云傍花。(杜甫《绝句六首之六》)

李杜笔下"月"这个意象千姿百态,这里出现的是"月移石":月影在江边的石上移动而去。这是诗人的视觉印象,和上面所引"孤月浪中翻"相近。但这句诗不但写出了这种视觉印象,而且写出了造成这种印象的原因是"江动"。"江动—月移石",前者是因,后者是果。这样由因果复句紧缩而成的诗句,在唐诗中是很多的。

星垂平野阔,月涌/大江流。(杜甫《旅夜书怀》)

这句看起来好像和上一句一样,也是既写出视觉印象,又写出造成视觉印象的原因,只不过句式换成了"结果—原因"。其实不然。这首诗的诗题是《旅夜书怀》,诗人在夜间不可能放眼四望,他首先直接感受到的是"星垂""月涌",然后进一步环顾四周,才觉察到"平野阔""大江流"。"星垂/月涌"和"平野阔/大江流"是诗人先后观察到的景象,当然,从事理上说,后者也是前者的原因。可见这种紧缩小句能包含多种关系,其表现力是很丰富的。

风催寒梭响,月入/霜闺悲。(李白《独不见》)

"月入"是月光照进了室内。"月入"和"霜闺悲"有什么联系呢？这可以和李白另一首诗参看。《子夜吴歌·秋歌》："长安一片月，万户捣衣声。秋风吹不尽，总是玉关情。何日平胡虏，良人罢远征。"时值深秋，在外面征战的丈夫还不回来，妻子思念丈夫，而在夜深人静的时候，独自对着户内的月光，心中更加悲伤。

天寒鸟已归，月出/山更静。（杜甫《西枝村寻置草堂地》）

"月出/山更静"，这不仅因为月出是在夜间，而且因为月光给山野涂上了一层静谧的色彩。这两句可以和王维的一首诗参看。王维《鸟鸣涧》："人闲桂花落，夜静春山空。月出惊山鸟，时鸣春涧中。"写的也是月光下的春山的寂静。虽然王维诗中与"月出"直接联系的是"惊山鸟"而使山鸟鸣叫，但山鸟的鸣叫不是使人感到喧闹，而是更衬托了山中的寂静。

月明垂叶露，云逐渡溪风。（杜甫《秦州杂诗之二》）

这是另一种形式的紧缩。本来是两件相关的事情，可以分别用两个句子表达："露垂于叶"和"月明（动词，照明）之"。但诗人为了表达的精练，把前一个句子变成一个词组"垂叶露"，而且让它作"明"的宾语。这样，在短短的五个字中，包含了十分丰富的内容。下一句"云逐渡溪风"也是一样。这十个字，构成了一幅乡间风景画。

和"月～N"相比，"月 V/S"这种组合更富于艺术表现力，它能表现出"月"的各种形态和相关事物的联系，使"月"这个意象千姿百态，而且充满动感，具有深厚的内涵。

(5) 月—X

在诗歌中，"月"可以出现于不同的情景中，可以和不同的感情相联系。但在多样性中还是有一个基调：和"月"联系的情景是宁静。和"月"联系的感情是思念。这是可以用计算机查找与"月"

相关的诗歌,分析统计而得出的(当然需要人工干预)。

下面举两首典型的诗歌:

床前明月光,疑是地上霜。举头望明月,低头思故乡。(李白《静夜思》)

今夜鄜州月,闺中只独看。遥怜小儿女,未解忆长安。香雾云鬟湿,清辉玉臂寒。何时倚虚幌,双照泪痕干。(杜甫《月夜》)

(二)风

"风"这个意象比"月"更虚一点,但用来表现"风"的方法大致和"月"相同。上面分析了李杜诗中"月"的意象,下面再分析李杜诗中"风"的意象就可以简单一些,相同之处就不再多说,重点说明一些不同之处。

(1) A+风

常见的组合有:"微风""和风""烈风""北风"等。

诗歌中的组合如:

天风:海寒多天风,白波连山倒蓬壶。(李白《有所思》)

松风:松风清襟袖,石潭洗心耳。(李白《题元丹丘山居》)

雪山风:经心石镜月,到面雪山风。(杜甫《春日江村之三》)

渡溪风:月明垂叶露,云逐渡溪风。(杜甫《秦州杂诗之二》)

"风"不像"月"那样实,除了"微风""和风""烈风""北风"等组合,"风"没有多少性状可说。但是,风从不同的地方吹过,它给人的感觉不同,所以在诗歌中常常见到"处所+风"的组合。这些组合在散文中少见,在诗歌中多用。

如"天风"。风本来是在天上刮的,为什么还要说"天风"呢?这是为了强调它是不同于"起于青蘋之末"的微风,"天风"往往包含着强劲、威猛的意味。"松风"在唐诗中常见。如"松风吹解带,山月照弹琴。"(王维《酬张少府》)从松林中来的风带着一种清新之气,所以唐诗中"松风"还可以用来比喻优雅的琴声。刘长卿《听弹琴》:"泠泠七弦上,静听松风寒。古调虽自爱,今人多不弹。""雪山风"不言而喻是带着寒气。"云逐渡溪风"和上面分析过的"月明垂叶露"一样,是一个紧缩的诗句,"渡溪风"是由"风渡溪"这个句子转换来的词组。

(2) 风+V

常见的组合有:"风吹""风生""风暖""风清"等。

超常组合如:

风开:雪尽天地明,风开湖山貌。(李白《经乱后将避地》)

风破:岁晏风破肉,荒林寒可回。(杜甫《山寺》)

风催:风催寒梭响,月入霜闺悲。(李白《独不见》)

风妒:影遭碧水潜勾引,风妒红花却倒吹。(杜甫《风雨看舟前落花》)

"开""破"都是使动用法,用"风+使动"可以很精练地表达出风使对象产生某种结果。王安石的名句"春风又绿江南岸",得力的就是使动的"绿"字。"风"是没有生命的,但后面跟上使动后,就提升了一点生命度,好像风有意地使对象产生某种结果。"催"本来是人发出的动作,"风"后面用"催"使"风"生命度更加提升,而且用一个"催"把"秋风起"和"寒梭响"这两件事紧密地联系在一起。这也是一个"炼字"的好例子。说"风妒"就把"风"拟人化了。这些都是诗歌中特有的。

"风吹"虽很常见,但李白诗中有些"吹"的宾语很奇特:

吹霜:严风吹霜海草凋,筋干精坚胡马骄。(李白《胡无人》)

吹月：长风吹月渡海来，遥劝仙人一杯酒。（李白《鲁郡尧祠》）

吹愁：东风吹愁来，白发坐相侵。（李白《独酌》）

吹梦：西忆故人不可见，东风吹梦到长安。（李白《江夏赠韦南陵冰》）

吹我心：狂风吹我心，西挂咸阳树。（李白《金乡送韦八》）

"霜"不是风吹来的，但是寒风凛冽就会有霜，所以诗人说"严风吹霜"显得十分形象。"月"更不是风能吹动的，是诗人把月在天空的运行想象为长风吹送的结果。"愁""梦"是抽象的东西，更不可能是风吹的对象。但在诗人奇特的想象中，它们也被风吹来吹去。最奇特的是"狂风吹我心，西挂咸阳树"，这似乎是违反常理的，但读者能理解，这是用诗的语言表达对远方朋友的思念。"反常合道为趣。"李白的这些诗句正是反常而合道的，所以有奇趣。

（3）风～N

常见的组合有："风～云""风～尘""风～花""风～月"等。

唐诗中很多"风"与其他事物的组合，形成"风+N"的结构。如：

风泉：为余谢风泉，其如幽意何。（李白《答长安崔少府》）

风竹：天云浮绝壁，风竹在华轩。（杜甫《奉汉中王手札》）

风蝶：风蝶勤依桨，春鸥懒避船。（杜甫《行次古城店》）

风榭：雪篱梅可折，风榭柳微舒。（杜甫《将别巫峡》）

风磴：误疑茅堂过江麓，已入风磴霾云端。（杜甫《郑驸马宅》）

风壤：云山兼五岭，风壤带三苗。（杜甫《野望》）

需要注意的是：这种结构中"风"和"N"不是简单的修饰关系，比如，"风泉"不是"风之泉"，也不仅仅是"风中之泉"，而是"风

李白、杜甫诗中的"月"和"风"

中叮咚作响之泉"。这可以有大量的诗句为证。如：

萝茑自为幄，风泉何必琴。（张九龄《始兴南山下》）

松月生夜凉，风泉满清听。（孟浩然《宿业师山房》）

其他如"风竹"是风中摇曳之竹。"风蝶"是风中飞舞之蝶。"风榭"是微风吹拂之榭。"风磴"是通到高处的石磴，因为高，所以有风。"风壤"是风吹日晒的土地。总之，"风"和"N"之间可以有多种关系，需要读者根据唐诗中的用例自己去想象和归纳。这是诗歌的词语和日常使用的词语不同的地方。

（4）风 V/S

沅湘春色还，风暖 / 烟草绿。（李白《春滞沅湘》）

雨色秋来寒，风严 / 清江爽。（李白《酬裴侍御》）

风起 / 春灯乱，江鸣夜雨悬。（杜甫《船下夔州》）

细雨鱼儿出，微风 / 燕子斜。（杜甫《水槛遣心》）

叶稀 / 风 / 更落，山迥日初沉。（杜甫《野望》）

阶前短草泥不乱，院里长条 / 风 / 乍稀。（杜甫《雨不绝》）

前两例"风 V"和"S"都是因果关系，不用细说。"风起 / 春灯乱"，也可以说是因果，但联系下一句"江鸣夜雨悬"，更确切的理解应是，两句写诗人在船中的所见所闻。见的是"春灯乱"，由此而知"风起"；闻的是"江鸣"，由此而知"夜雨悬"。这两句诗的表达和"星垂平野阔，月涌大江流"很相似。"细雨鱼儿出，微风燕子斜"受到宋代叶梦得的盛赞："诗语固忌用巧太过，然缘情体物，自有天然工妙，虽巧而不见刻削之痕。老杜'细雨鱼儿出，微风燕子斜'，此十字殆无一字虚设。雨细着水面为沤，鱼常上浮而淰，若大雨则伏而不出矣。燕体轻弱，风猛则不能胜，惟微风乃受以为势，故又有'轻燕受风斜'之语。"（《石林诗话》卷下）说表现了杜甫的"体

373

物"之细。从表现手法上看,这也是把"细雨"和"鱼儿出"、"微风"和"燕子斜"联系在一起,而这两者为什么有联系,是需要读者自己去体会的。

最后两例比较特殊。不论是按韵律还是按句法,"风"都应该单独一读,而不应该把"风"理解为"更落"和"乍稀"的主语。"落"的是"叶","稀"的是"长条",句子应读为"叶稀/因风/而更落","院中长条/因风/而乍稀"。"风"本身就有吹动的意思,所以这两句仍属于"风 V/S"的组合,表达诗人观察到的"风(吹)"和"叶落""条稀"的联系。

(5)风—X

和"风"联系的情景:(和风)温暖;(烈风)寒冷。

和"风"联系的感情:(和风)愉悦;(烈风)悲苦。

典型的作品:

绣户香风暖,纱窗曙色新。宫花争笑日,池草暗生春。绿树闻歌鸟,青楼见舞人。昭阳桃李月,罗绮自相亲。(李白《宫中行乐词之五》)

烛龙栖寒门,光曜犹旦开。日月照之何不及此,唯有北风号怒天上来。燕山雪花大如席,片片吹落轩辕台。幽州思妇十二月,停歌罢笑双蛾摧。倚门望行人,念君长城苦寒良可哀。别时提剑救边去,遗此虎纹金鞞靫。中有一双白羽箭,蜘蛛结网生尘埃。箭空在,人今战死不复回。不忍见此物,焚之已成灰。黄河捧土尚可塞,北风雨雪恨难裁。(李白《北风行》)

迟日江山丽,春风花草香。泥融飞燕子,沙暖睡鸳鸯。(杜甫《绝句二首之一》)

风急天高猿啸哀,渚清沙白鸟飞回。无边落木萧萧下,不尽长

江滚滚来。万里悲秋常作客,百年多病独登台。艰难苦恨繁霜鬓,潦倒新停浊酒杯。(杜甫《登高》)

(三)李杜风格的比较

通过李白、杜甫诗中"月"和"风"的考察,我们也能看到李白和杜甫这两位诗人风格的不同。

李白想象奇特。如《月下独酌之一》"举杯邀明月"等奇妙的想象和"风吹/霜/月/愁/梦/我心"之类,这是杜甫诗中很少看到的。同时,李白句法自然,诗句和散文比较接近,一首诗常常倾泻而下,一气呵成。当然,李白也有"玲珑望秋月"这样离口语较远的句子,但这不是他的特色。

杜甫观察细微。如"细雨鱼儿出,微风燕子斜",备受后人称赞。又如"星垂平野阔,月涌大江流"以及"新月""初月""纤月""缺月""残月"之类的描写,都体现出他体物之细的特点。同时,杜甫讲究"炼字",句法凝练。如"四更山吐月"和"月明垂叶露,云逐渡溪风""叶稀风更落,山迥日初沉"之类,这是李白诗中所没有的。

(四)"月"和"风"的意象的形成和发展

以上是对李白、杜甫诗中的"月"和"风"的考察。如果我们再向上追溯,从中国文学的源头《诗经》《楚辞》到异彩纷呈的六朝诗赋,考察那里的"月"和"风",我们就会看到,"月"和"风"作为艺术的意象,是有一个形成和发展的过程的。这种考察,我们也可以借助计算机的检索,然后加以分析。

先说"月"。

在《诗经》中,虽然多次出现"月"(月亮),但基本上是作为一种天文现象来描写的。如：

日居月诸，照临下土。(《邶风·日月》)

东方明矣，朝既昌矣。匪东方则明，月出之光。(《齐风·鸡鸣》)

月和日是人们每天看到的，当然会被写进诗歌之中。但这种"月"只是一种自然之物，而不是审美对象。《诗经》中唯一和审美有关的"月"出现在《陈风·月出》中：

月出皎兮，佼人僚兮，舒窈纠兮，劳心悄兮。

月出皓兮，佼人懰兮，舒懮受兮，劳心慅兮。

月出照兮，佼人燎兮，舒夭绍兮，劳心惨兮。

但这里真正的审美对象是月下的美人，而不是月本身。月色增加了美人的美，使诗人赞叹不已，但"月"在诗人眼里，并不见得有什么动人之处。

在《楚辞》(不包括《惜誓》以下的作品，下同)中也是一样。《楚辞》中"月"六见，四处为"日月"，一处为"月与列星"，一处为"被明月兮佩宝璐"("明月"为珠名)。

"月"作为艺术的意象出现是在东汉末。[①] 在被推崇为"五言之冠冕"的《古诗十九首》中，有三处提到"明月"，其中两处是：

明月皎夜光，促织鸣东壁。玉衡指孟冬，众星何历历。(古诗十九首《明月皎夜光》)

愁多知夜长，仰观众星列。三五明月满，四五蟾兔缺。(古诗十九首《孟冬寒气至》)

---

① 人们为月编织一些奇妙的想象是比较早的。在《天问》中已经说到"顾兔在腹"，《淮南子·览冥》中已经记载了姮娥奔月的传说。但在东汉以前的诗歌中，"月"只是一种自然景象。

这两处明月还只是夜间看到的景象,而不是诗人欣赏的对象,诗中也没有把明月和人的感情联系起来。

第三处就不一样了:

明月何皎皎,照我罗床帏。忧愁不能寐,揽衣起徘徊。(古诗十九首《明月何皎皎》)

在这首诗中,明月就不再是高挂在天上,与人无关的无情之物,而是能照在人们的床上,和人们如此贴近,能引起人们忧思的艺术形象了。

汉末的三曹父子在诗歌中都有月的描写。如:

月明星稀,乌鹊南飞。绕树三匝,何枝可依。(曹操《短歌行》)

明月皎皎照我床,星汉西流夜未央。牵牛织女遥相望,尔独何辜限河梁。(曹丕《燕歌行》)

清夜游西园,飞盖相追随。明月澄清影,列宿正参差。秋兰被长阪,朱华冒绿池。潜鱼跃清波,好鸟鸣高枝。(曹植《公宴诗》)

在曹操的诗中,以"月明星稀"烘托一种氛围,表达自己的悲壮之情。曹丕的诗继承了《古诗十九首》而又有发展,诗中的思妇的目光从照着床帏的明月转到银河和银河两边的牛郎织女,又想到自己和丈夫的分离,明月和人的感情紧密联系。曹植的诗把明月和月光写得非常美,从此,"西园"就成了后代文人描写月亮时常用的辞藻。但和后代相比,对明月或月色的描写还不十分细致。

六朝是文学自觉的时代。人们自觉地认识到美是文学作品区别于其他作品的必要条件。陆机明确提出了"诗赋欲丽"(《文赋》),在他的诗歌中,对"月"的描写就更加细致生动,而且有了更多的人的因素。请看下列诗句:

清露坠素辉,明月一何朗。抚枕不能寐,振衣独长想。(《赴洛

道中作》）

安寝北堂上，明月入我牖。照之有余辉，揽之不盈手。(《拟明月何皎皎》)

第一首是把明月和清露互相映照，描绘了清幽的夜景。第二首用一个"入"字把明月写得和人如此亲近，苏轼《水调歌头》"转朱阁，低绮户，照无眠"是其继承和发展；后两句把清澈的月光写得非常传神，张九龄《望月怀远》"海上生明月，天涯共此时。情人怨遥夜，竟夕起相思。灭烛怜光满，披衣觉露滋。不堪盈手赠，还寝梦佳期"，明显地是用陆机的诗意。在这些诗句中，"月"已经形成一个艺术的意象了。

谢灵运是我国第一个大量写山水诗的诗人，在他的笔下，山水成了人玩赏的对象，"月"也显得多姿多态。如：

明月：调弦促柱多哀声，遥夜明月鉴帷屏。(《燕歌行》)

秋月：析析就衰林，皎皎明秋月。(《邻里相送至方山》)

初月：眷西谓初月，顾东疑落日。(《登永嘉绿嶂山》)

晓月：晓月发云阳，落日次朱方。(《庐陵王墓下作》)

海月：扬帆采石华，挂席拾海月。(《游赤石进帆海》)

石上月：暝还云际宿，弄此石上月。(《石门岩上宿》)

他把"月"和自然界的其他景物放在一起，组成一幅富有诗意的山水画。如：

野旷沙岸静，天高秋月明。(《初去郡》)

在谢灵运之后，刘宋的作家谢庄写了《月赋》，其中对月有很精彩的描写：

升清质之悠悠，降澄辉之蔼蔼。列宿掩缛，长河韬映。柔祗雪凝，圆灵水镜。连观霜缟，周除冰净。

后面又写道：

美人迈兮音尘阙，隔千里兮共明月。临风叹兮将焉歇，川路长兮不可越。

把明月和思念联系起来。苏轼的"千里共婵娟"显然是由此演化而来的。到六朝，"月"作为一个艺术意象，已经形成了。

在我们从陆机说到谢灵运的时候，我们不能忘记在他们之间的大诗人陶渊明。他笔下的"月"别具风格。如：

种豆南山下，草盛豆苗稀。晨兴理荒秽，带月荷锄归。（《归园田居之三》）

"带月"不仅点出了时间，而且表现了作者劳作之后的愉悦心情。在陶渊明诗中，"月"这个艺术形象是和他的劳作联系在一起的。

再说"风"。

和"月"不同，"风"很早就已经成为艺术形象。《史记·乐书》："昔者舜作五弦之琴以歌南风。"舜究竟是否曾"歌南风"，后代所传的《南风歌》究竟是否为舜所作，只能存疑。但《诗经》中的"风"已经是寄托人们感情的艺术形象，这应当不成问题。如：

北风其凉，雨雪其雱。（《邶风·北风》）

凯风自南，吹彼棘心。（《邶风·凯风》）

《楚辞》更不必说，其中的"袅袅兮秋风，洞庭波兮木叶下"（《九歌·湘夫人》）就是传诵千古的名句。宋玉的《风赋》旨在讽喻，但对风的描写也很成功。

从战国到汉初，诗歌不多见。但有两个人所写的关于风的诗句却是人们熟知的：

风萧萧兮易水寒，壮士一去兮不复还。

大风起兮云飞扬，威加海内兮归故乡，安得猛士兮守四方。

荆轲和刘邦都不是诗人,但是他们即景生情,以景抒情,发自胸臆,不假雕饰,成了千古名句。可见,"风"很早就成了艺术形象,即使不是诗人也能使用。

为什么"月"成为意象较晚,而"风"成为意象很早呢?这大概是由于"月"离人们的生活比较远,最初,"月"只和昼夜和朔望有关,后来才成为审美的对象。而"风"和人们的生活很近,寒风与和风都会影响人的感情,所以在诗歌中"风"很早就不是单纯的自然之物,而是和人的感情相联系的了。

不过,"风"作为意象,也还有一个发展的过程。在后来的诗歌中,"风"也是更加的多姿多态。比如谢灵运的诗中,除了先秦已有的"秋风""清风""绪风"外,还有"和风""悲风""晨风""朝风""候风""远风""山穴风"。(例略)另外,在六朝的诗歌中出现了"松风""荷风"之类的词语,如:

松风遵路急,山烟冒垄生。(颜延年《拜陵庙作》)
荷风惊浴鸟,桥影聚行鱼。(庾信《奉和山池诗》)

同样是风,但在诗人看来,从松林间吹来的风和从荷池上吹来的风给人的感觉有所不同。用"处所+风"的格式来表达的各种不同的风,既简洁,又生动,所以在唐诗中被广泛运用。而其来源当追溯到六朝。

陶渊明诗中的"风"也和他诗中的"月"一样,别具风格。

山涤余霭,宇暧微霄。有风自南,翼彼新苗。(《时运之一》)
平畴交远风,良苗亦怀新。(《癸卯岁始春怀古田舍诗之二》)

他两次写到吹拂着新苗的风。特别是前一句,在他笔下,风好像是有了生命,轻轻地抚摸着、呵护着新苗。这种观察和体会,是只有亲自在田间劳作的诗人才会有的。

从上面的讨论可以看到,"月"和"风"及其相关的意象的形成和发展过程是不相同的。对于中国古代文学中各种重要的意象是如何形成和发展的,值得深入研究。

(五)余论

运用计算机技术来鉴赏古典诗词,是一项刚刚开始的工作。本文只是做了一个小小的尝试。就本人思考所及,今后还有许多工作要做。下面仍就"月"和"风"的意象来谈几点想法。

1. 计算机检索的手段应进一步完善

运用目前的计算机检索手段,可以很方便地找到唐诗中有"月"字和"风"字的诗句。但古典诗词中"月"和"风"都有很多代称和相关的辞藻,如"玉盘""金波""嫦娥""桂华","噫气""鸣条""起蘋""扶摇"等。有不少诗中没有直接使用"月"字或"风"字,而是使用了这些代称和辞藻,同样构成了"月"或"风"的意象。所以,研究有关意象,也应该把这些代称和辞藻包括在内。由于时间关系,本文未能这样做,是一个缺憾。

下面举一首杜甫的诗来看一看诗人如何运用和"月"有关的辞藻:

四更山吐月,残夜水明楼。尘匣元开镜,风帘自上钩。兔应疑鹤发,蟾亦恋貂裘。斟酌姮娥寡,天寒耐九秋。(杜甫《月》)

诗中除一、二两句是写实外,其余各句都用了有关"月"的比喻或辞藻,如"镜""钩""兔""蟾""姮娥"。

再举一首辛弃疾的词:

一轮秋影转金波,飞镜又重磨。把酒问姮娥,被白发欺人奈何? 乘风好去,长空万里,直下看山河。斫去桂婆娑,人道是

清光更多。(辛弃疾《太常引〔建康中秋，为吕叔潜赋〕》)

这首词写的是中秋之月，但没有用一个"月"字，用的全是"月"的代称和有关的辞藻。在研究古典诗词中"月"的意象时，如果用计算机来查检"月"字，这首词就会漏掉。如果在计算机软件中有"月"和"金波""飞镜""姮娥""桂"的相关链接，这首词就很容易查到。

这些代称和辞藻，在《初学记》《艺文类聚》以至《渊鉴类函》《佩文韵府》等古代的类书中搜罗得比较全。要用计算机来研究古典诗词中"月"和"风"的意象，可以利用古代的类书找出相关的词语，在计算机软件中做成和"月""风"相关的链接，这样可给研究者提供更多的方便。

2. 研究的范围应进一步扩大

就"月""风"而言，还可以做如下一些研究工作：

（A）比较更多的唐诗作家的风格。

比如李贺，他的风格和李白、杜甫都不相同。看下面李贺有关"月"的一些诗句，就可以明显地感觉到。

携盘独出月荒凉，渭城已远波声小。(《金铜仙人辞汉歌》)

吾不识青天高，黄地厚，唯见月寒日暖，来煎人寿。(《苦昼短》)

老兔寒蟾泣天色，云楼半开壁斜白。(《梦天》)

吴质不眠倚桂树，露脚斜飞湿寒兔。(《李凭箜篌引》)

（B）研究唐代散文中"月""风"的用法和描写，和唐诗比较，这样可以更清楚地看到唐诗语言的特点。

（C）以唐诗为中心，上溯汉魏六朝诗以至于《诗经》《楚辞》，下探宋词、元曲，研究"月""风"意象的历史发展，并以此作为一个侧面，来研究中国古代诗歌艺术的发展演变。这一点，本文做了一个简略的考察，今后还可以做得更深入。

总之，运用计算机技术来鉴赏古典诗词前景是非常广阔的，有待于各方面专家的合作，共同推进这一既古老又现代的工作。

（本文的写作使用了北京大学中文系的"全唐诗检索系统"，特此致谢。）

（本文刊于《语言，文学与信息》，台湾新竹清华大学出版社，2004年3月。收为附录时有修改和补充。）